荆楚文庫

袁宗道集箋校

〔明〕袁宗道 著

孟祥榮 箋校

荆楚文庫編纂出版委員會
湖北人民出版社

荊楚文庫

袁宗道集箋校

YUAN ZONGDAO JI JIANJIAO

圖書在版編目（CIP）數據

袁宗道集箋校 / 〔明〕袁宗道著；孟祥榮箋校．
武漢 ：湖北人民出版社，2016.8
ISBN 978-7-216-08869-5
Ⅰ．袁…
Ⅱ．①袁… ②孟…
Ⅲ．①中國文學－古典文學－作品綜合集－明代 ②《袁宗道集》－注釋
Ⅳ．I214.82
中國版本圖書館 CIP 數據核字（2016）第 011391 號

責任編輯：馬　駿　　楊　猛
整體設計：范漢成　　曾顯惠　　思　蒙
責任校對：范承勇
責任印製：王鐵兵
出版發行：湖北人民出版社（中國·武漢）
地址：武漢市雄楚大街 268 號
電話：(027)87679656　郵政編碼：430070
録排：武漢偉創偉業廣告有限公司
印刷：湖北新華印務有限公司
開本：720mm×1000mm　　1/16
印張：23.75　　插頁：12
字數：327 千字
版次：2016 年 8 月第 1 版第 1 次印刷
定價：108.00 元

ISBN 978-7-216-08869-5
9 787216 088695 >

出版説明

湖北乃九省通衢，北學南學交會融通之地，文明昌盛，歷代文獻豐厚。守望傳統，編纂荊楚文獻，湖北淵源有自。清同治年間設立官書局，以整理鄉邦文獻爲旨趣。光緒年間張之洞督鄂後，以崇文書局推進典籍集成，湖北鄉賢身體力行之，編纂《湖北文徵》，集元明清三代湖北先哲遺作，收兩千七百餘作者文八千餘篇，洋洋六百萬言。盧氏兄弟輯録湖北先賢之作而成《湖北先正遺書》。至當代，武漢多所大學、圖書館在鄉邦典籍整理方面亦多所用力。爲傳承和弘揚優秀傳統文化，湖北省委、省政府決定編纂大型歷史文獻叢書《荊楚文庫》。

《荊楚文庫》以“搶救、保護、整理、出版”湖北文獻爲宗旨，分三編集藏。

甲、文獻編。收録歷代鄂籍人士著述，長期寓居湖北人士著述，省外人士探究湖北著述。包括傳世文獻、出土文獻和民間文獻。

乙、方志編。收録歷代省志、府縣志等。

丙、研究編。收録今人研究評述荊楚人物、史地、風物的學術著作和工具書及圖冊。

文獻編、方志編録籍以 1949 年爲下限。

研究編簡體横排，文獻編繁體横排，方志編影印或點校出版。

《荊楚文庫》編纂出版委員會

2015 年 11 月

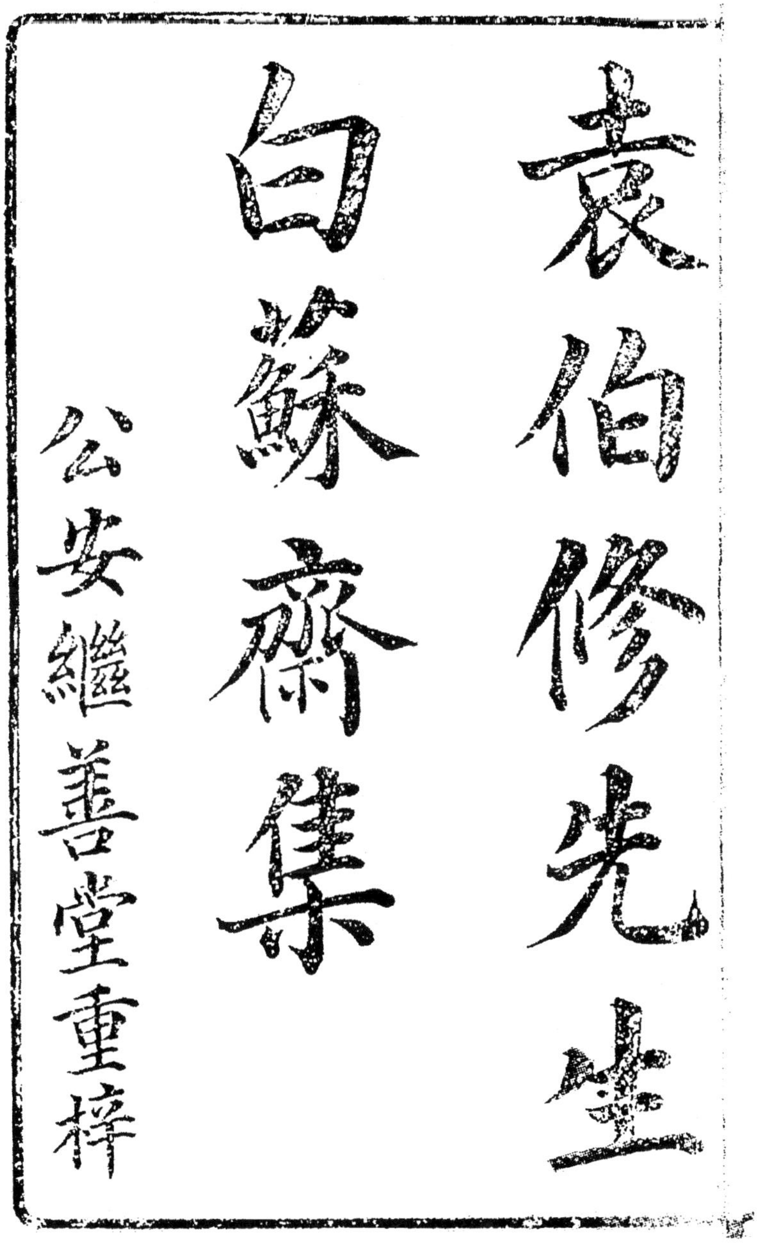

袁伯修先生

白蘇齋集

公安繼善堂重梓

白蘇齋類集書影（一）

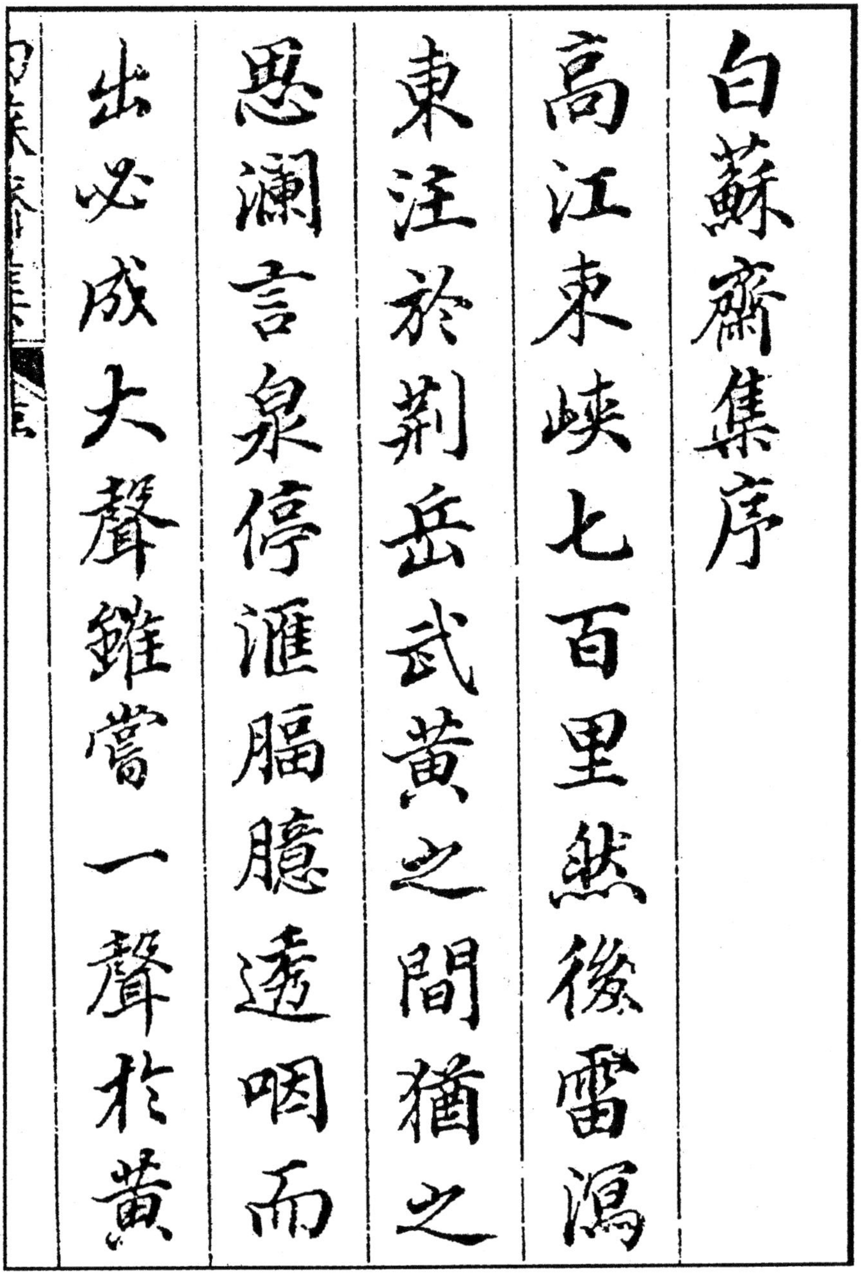

白蘇齋集序

高江東峽七百里然後雷瀉

東注於荊岳武黃之間猶之

思瀾言泉停滙膈臆透咽而

出必成大聲錐嘗一聲於黃

白蘇齋類集書影（二）

白蘇齋類集目錄　　從孫照重鐫

一卷古詩類

過黃河　　訪陳晦伯先生留飲

題瘦馬卷　　送吳尚之太史告歸

題栢溪沈先生墨竹　　題司選君寒玉軒卷

白燕篇為元馭閣老　　顧仲方畫山水歌二首

寒食有感　　詠懷效白

壽亭舅贈我宜興瓶茶具酒具喜而作歌

書讀書樂後　　詠懷

白蘇齋類集書影（三）

明右春坊右庶子兼翰林院侍讀袁公壙志

拓片由公安縣文聯主席李壽和先生提供

前　　言

袁宗道（1560—1600），字伯修，一字無修，號石浦，湖北公安人。萬曆十四年（1586年）進士及第，選庶吉士，任編修，歷官左春坊左中允、左春坊左諭德，終右春坊右庶子。宗道與弟宏道、中道並有文名，時稱“公安三袁”。

錢謙益在《列朝詩集小傳》中曾對袁宗道作過這樣一個評價：“伯修在詞垣，當王、李詞章盛行之日，獨與同館黄昭素，厭薄俗學，力排假借盜竊之失。於唐好香山，於宋好眉山，名其齋曰‘白蘇’，所以自别於時流也。其才或不逮二仲，而公安一脉，實自伯修始之。”①錢氏的評價應該説是很精準的，一方面因爲錢氏是公安三袁中小修的摯友，十分熟悉三袁的情況；另一方面，錢氏作爲晚明文壇巨擘，其眼光和識力是毋庸置疑的。就才學而言，宗道肯定要比宏道遜色，儘管他也算得上是“一個早熟的天才”②。但是，影響袁宗道文學成就和地位的最根本的原因并不在此。與才學的高低相比，宗道身上承載的文化傳統跟新思潮的激蕩所帶來的内在人格衝突對他造成的影響，無疑要大得多。同時，作爲世代業農的家族的長子，以及許多輩以來的第一個經由學而優則仕的人，其宗法血緣的文化規制也在他的靈魂深處形成一種巨大的内控力，使他在潛意識層面即對宗法家族的聲名和榮辱懷有深深的恐懼感。可以説這些都是使袁宗道的發展受到制約的力量。

宗道正式步入仕途是在萬曆十四年。這一年的會試，宗道拔得頭籌。殿試又高中二甲第一，選庶吉士，除翰林院編修。這不僅在袁氏家

① 錢謙益《列朝詩集小傳・丁集中》，上海古籍出版社1983年版。

② 錢伯城《白蘇齋類集》點校本前言，上海古籍出版社1989年版。

族來説是開天闢地的大事，而且在許多人看來，更是平步青雲、命途大順的好時機。其實，命運如果不對袁宗道開玩笑的話，他的仕旅應當説還要來得順一些。據王世貞《弇山堂别集》載，當時主試官已定宗道爲一甲，但是在讀試卷時，宗道之文由大學士許國來讀，許國爲江南人，其音啁哳難懂，未爲上所喜，故而黜在二甲。[①] 好在宗道仍被選爲庶吉士，并出任東宫講官，雖説走了一點點彎路，尚不至於有大礙。

就其天性而言，宗道確實是做官的好料子。他的爲人，其弟小修曾有極好的説明。小修在《告伯修文》中説："兄之爲人，清白好修，砥礪名行，事可與天知，語可對人言，無一念不真實，無一行不穩當，小心翼翼，周詳縝密。自入仕途十五年，未見以一字干人，不欺闇室，不愧衾枕。身死之日，一貧如洗，棲身一室，尚未能具。守官守道，有如處子。"[②] 在《吏部驗封司郎中中郎先生行狀》中，他引宗道的話説："居人間，當斂其鋒鍔，與世抑揚，萬石周慎，爲安親保身之道。"[③] 雖然説作爲兄弟，中道的話難免有些説得過頭，但宗道的人格品性，應當是不差的。三袁之師李贄更有評價："伯也穩實，仲也英特，皆天下名士也。"[④] 憑着李贄的眼光和識力以及與公安三袁的相知之深，他的意見我們是没有理由不聽取的。綜合觀之，可見宗道的爲人就是周慎與穩實。這樣的品性，加上本身出自翰林的際遇，如果假以天年，宗道的前程還真未可期。衹是他教過的學生是個短命的皇上，而他這個老師亦得年不永，所以本可有一番作爲的，不料就此消歇，良可歎也。不過，宗道真的做官與否，對我們的研究而言，還不是一個太大的問題。因爲我們是要在晚明宏大的文化背景下去省察宗道的内在人格的衝突，從而就古代知識分子的生存環境與人格獨立性的問題作一些探究。

具體的物質生存環境固然重要，但古代士人更看重的是一種文化的

① 王世貞《弇山堂别集》卷十八。

② 袁中道《珂雪齋集》卷十九，錢伯城點校本，上海古籍出版社 1989 年版。

③ 袁中道《珂雪齋集》卷十八。

④ 袁中道《珂雪齋集》卷十八。

環境。就中國傳統的文化語境而言，它是由儒、道、佛三大體系而共構的。在長期的時間進程中，它們交替發展，各領風騷，呈現出三足鼎立之勢。魏晉而後，儒道漸次式微，佛教活力四射。但是自南宋以還，儒學援引佛理重施改造而再獲新生，因而也就帶來了佛學的頹衰。到了明中期，由於内外部的原因，不僅佛學禪道凋零，僧行稠雜，宗道之祖，微亦極矣；而且儒學也因理論上的缺乏創新，實踐上的功利化和形式化，亦面臨着前所未有的困境。按孟子的説法，五百年必有王者興，所以儒學的頹勢也必定會有人出來施救，這個人就是王陽明。王氏所發動的聲勢浩大的心學運動，其結果是在晚明思想界掀起了一股狂飆。誠如黄卓越博士所言："是帶動了整個學界基本思維模式的大規模轉型，促成了一場轟轟烈烈的'晚明思潮'。"他更進一步指出了陽明之學的理論基礎："從學術性質上看，王陽明是代表儒學的一方并以恢復傳統'聖學'的名義而提出整套思想改革方案的，但其學説的深層構造，也即理論得以起動的動力，卻是來自佛教心性論，以致能最終擺脱儒學長期體内迴圈終至滯頓的痼疾（過去理學取佛的要素事實上已因内部循環消耗完畢），建立起一套向外開放、可供不斷重新詮釋的體系。"[①] 由此可見，晚明心學與佛學有着密不可分的聯繫，它已經在相當的程度上有别於傳統的儒學體系了。在公安三袁出道之時，心學已在全國特别是士夫之間形成了極大的衝擊態勢。宗道的受心學與佛學的影響，當是在他會試之後。中道在好幾處都談及這一問題。他在《吏部驗封司郎中中郎先生行狀》中説："明年（即萬曆十七年——引者注），上春官。時伯修方爲太史，初與聞性命之學，以啓先生（宏道）。"在《石浦先生傳》中則説得更具體："己丑，焦公竑首制科，瞿公汝稷官京師，先生就之問學，共引以頓悟之旨。而僧深有爲龍潭高足，數以見性之説啓先生。乃徧閲大慧、中峰諸録，得參求之訣。

① 黄卓越《佛教與晚明文學思潮》第一章，東方出版社 1997 年版。

久之，稍有所豁。先生於是研精性命，不復談長生事矣。”[①]中道的話有幾點很重要：一是指出宗道的接受心學與佛學的具體時間，即萬曆十六、十七年間。因爲在萬曆十六年十月，“庚寅，大學士申時行等題：授庶吉士林承芳、吴應賓、袁宗道、全天敘、蕭雲舉、王圖、彭烊、黄汝良詮注翰林院編修、檢討”。萬曆十七年二月丁亥，又“以翰林院編修袁宗道充經筵展書官”[②]，可知在翰院和講筵是宗道研精性命的開始。二是指明了問學的對象，即焦竑、瞿汝稷以及僧深有。萬曆十七年己丑，焦竑中一甲一名狀元，授修撰。焦竑事耿天臺、羅近溪，而又篤信卓吾之學，“以爲未必是聖人，可肩一狂字，坐聖門第二席，故以佛學即爲聖學。”[③]而瞿汝稷時官刑部主事，通曉佛學。錢謙益曾説他“博學無所不窺，尤邃於内典，一時推爲多聞總持。”[④]而麻城人深有即無念，幼即好佛，遍參諸方，與李贄交二十餘年。三是指證了宗道以及他的兄弟們問學的基本過程。在向焦氏、瞿氏等問學之前，袁氏對於道教老莊之學相當長的時間内興趣很濃。這一方面是出於身體的原因，中道曾説宗道“抱奇病，病幾死。有道人教以數息静坐之法有效，始閉門鼻觀，棄去文字障，遍閲養生家言。是時海内有譚冲舉之事者，先生欣然信之，謂神仙可坐而得也”[⑤]。宗道得奇病的時間他自己有説明：“僕年十餘歲時，善葛君。二十一二犯霜露，幾不起。”[⑥]後來一邊吃葛醫的藥，一邊習静，方得痊。另一方面自然是學理上的考慮了。雖然説晚明士大夫醉心性命之學，但是對道教也并非全然棄之不顧。事實上佛與道在許多方面是比較接近的。比如倡自然與自由，重出世與去利等，而且許多的學人更是以佛釋道和援道證儒。焦竑就在其《焦氏筆乘》裏專列“惠静衍莊子”“佛典解莊子”等條目；而釋子德清更是著

① 袁中道《珂雪齋集》卷十七。

② 《明神宗實録》卷二〇四、二〇八。

③ 黄宗羲《明儒學案》卷三十五，中國書店 1990 年影印本。

④ 錢謙益《列朝詩集小傳・丁集》之《瞿少卿汝稷》。

⑤ 袁中道《珂雪齋集》卷十七。

⑥ 袁宗道《白蘇齋類集》卷九《葛醫序》。

《觀老莊影響論》和《道德經解發題》等來以佛釋道，謂：“老莊所宗虛無大道，即《楞嚴》所謂晦昧謂空、八識精明之體也。”[①] 以闡明二者的共通之處。在袁氏兄弟那裏，宏道即著有《廣莊》，而中道亦有《道莊》之作。其小序曰：“莊生《内篇》，爲貝葉前茅，暇日取其與西方旨合者，以意箋之。覺此老牙頰自具禪髓，固知南華仙人的是大士分身入流者也。”[②] 宗道的《説書》實際上也是大量的援禪釋儒，可見三袁對於道教與老莊確實是很花了一番工夫的。後來的興趣轉移，中道也説得很清楚，即是在京師從焦、瞿以及深有習“頓悟之旨”，便“精研性命，不復談長生事矣”。就事實而言，道與佛的區别也是顯見的。黄卓越博士曾分别從本體論、理論的思辯性和超越性以及道教自身的缺陷等方面比較了道的不及佛處，十分精闢。[③] 由此亦可見三袁他們理論興趣轉移的一種必然性。在袁宏道萬曆十六年下第歸來時，宗道也因冊封事告假歸里，兄弟相聚，切磋砥礪，朝夕商榷，“索之華、梵諸典，轉覺茫然。後乃於文字、語言、意識不行處極力參究，時有所解。終不欲自安歧路，恃爝火微明以爲究竟，如此者屢年。忘食忘寢，如醉如癡。”[④] 他們兄弟探究的結果，是不僅對佛學極有所契，而且也帶來其學術的另一次轉向，即由研精性命到格物致知。中道描述當時的情景説：“踰年，偶於張子韶與大慧論格物處有所入，急呼仲兄與語。甫擬開口，仲兄即躍然曰：‘不必言’，相與大笑而罷。至是，始復讀孔孟諸書，乃知至寶原在家内，何必向外尋求？吾試以禪詮儒，使知兩家合一之旨，遂著《海蠡篇》。”[⑤] 這裏的開悟對三袁是很緊要的，它啓迪了他們的心智，使他們在對三教的探究中，不僅悟透了各自的禪法義理，而且也深味出其合一的本旨。《海蠡篇》即是宗道的學習心得，而宏道則有

① 參見黄卓越《佛教與晚明文學思潮》第一章。
② 袁中道《珂雪齋集》卷二十二。
③ 參見黄卓越《佛教與晚明文學思潮》第一章。
④ 袁中道《珂雪齋集》卷十八。
⑤ 袁中道《珂雪齋集》卷十七。

《金屑篇》問世。《海蠡篇》曾得到李贄的高度評價，李贄作有《書伯修〈海蠡篇〉》，文云："予讀袁石浦《海蠡篇》已奇矣，兹復會石浦於龍湖之上，所見又别，更當奇也。夫學道之人，不患不放手，患放手太早耳。聰鋭者易放，魯鈍者難入。豈誠有聰鋭、魯鈍之人哉？無真志耳，不怕死耳。好學而能入，既入而不放，則其放也，孰能禦之？因爲書其後，俟再晤焉。"[①] 概而言之，宗道是書就是以禪詮儒，又以孔證釋，以達二者之貫通。而李贄的稱譽也正是欣賞宗道的"好學而能入，既入而不放"的精神。

梳理一下宗道以及他們三兄弟的問學及轉向的過程是必要的，因爲一個人的思想與行爲總是有其内在的依據，有其具體的文化語境。但是僅説到此仍是不夠的。宗道雖然因官翰院而接受了新思潮的激蕩，在時代的鼓點上敲擊出了自己的音符。也就是説，在接受心學與佛學上，他做了兩個弟弟的引路人。甚至可説在整個晚明的學界，我們也能聽到宗道的聲音。但是，其所受的傳統而正統的儒學教育，加之其穩實的個人稟性，這就又使得宗道在參與到學界的活動時，他的姿態總是不算太高，這一點與宏道有很大的差異。他的二十七歲中進士、入翰院，直至做太子老師的經歷，可以説是一個非常正統的儒者之路。這條路有着質的規定性。被選進翰林院，就可以説是百裏挑一，而被選做東宫講官，那豈不更是嚴之又嚴？一個世代業農的家族裏走出來的人，官做到這種份上，該是多麽的不容易！所以，爲人本就穩實的宗道在自己的工作崗位上，一直就是兢兢業業。中道曾在《石浦先生傳》中詳細地記叙他的這位大哥的工作態度："先生素切歸山之志，以東宫講官不獲補，僅得三人。先生曰：'當此危疑之際，而拂衣去，吾不忍也。'是時，東宫未立，中外每有煩言。先生聞之，私泣於室，體經病後，遂不堪勞。自丁酉充東宫講官，雞鳴而入，寒暑不輟。庚子秋，偶有微恙，强起入

① 該文不見於李贄今集，載中道《珂雪齋集》之《游居柿録》卷一。關於《海蠡篇》作者，《四庫提要》謂其父袁士瑜撰，誤。詳拙作《〈海蠡篇〉爲袁宗道作考》，《文獻》1994.3。又《海蠡篇》，今本宗道集未見標明，然實即《白蘇齋類集》之《説書類》。説詳該處箋注。

直，風色甚厲，歸而病始甚。明日，復力疾入講，竟以憊極而卒。”①這種工作態度還有什麽話説？特别是因宫闈内爭，太子未定，故皇長子講官久不獲補。即使是常洛自身，其學習條件也是夠差的。谷應泰曾記載了這樣一件事：“皇長子出閣講學，時嚴寒，皇長子噤甚。講官郭正域大言：‘天寒如此，殿下當珍重。’喝班役取火禦寒。時中官圍爐密室，聞正域言出之，上聞亦不罪。”②由此可見，皇長子自身的景況且衹如此，給他當老師，景況就更等而下之。但是，宗道依然是兢兢業業地恪盡職守，不敢有一絲一毫的怠慢。而且是心之憂之、神之傷之。此刻的他，可以説是一個完完全全的正統儒者，循規蹈矩。即使撇開自小所受的教育不論，宗道在做庶吉士的幾年時間裏，所學所習，也可見出他的儒學保守的一面。比如他在此時所做的館閣之文，大都持一種較爲保守的姿態。其《性習解》云：“孔子之論性，語氣不遺理，猶之語水不遺珠，所謂一語備性之全體者乎！雖然，夫子直舉全體也，而後世耳食者，借其似焉以騰其性惡渾杞柳作用之説。性惡渾杞柳作用之説興，而後世之恣行胸臆者，又借其似焉以便己，無忌憚之爲害將何極！孟子深憂之，故單取理義之性，而日號於人曰‘性善，性善’。斯語也，陽似少悖夫相近之旨，而陰實翼其師説。故先儒曰‘孟氏有功於聖門，不可勝言’，知言哉！後之談性者，必合孔孟之論，而後性學揭日月而行矣。”③明白地對“恣行胸臆”的異端表示不滿。其《刻文中子序》也説：“今海内學士好治子家言，方海錯乎莊、列輩，濡首其中，而薄洙泗正論爲無當，此風不熄，將爲晉朝揮麈諸人之濫觴，其蠹世道而蕩人心，寧有底極。”④其所表明的，也正是對當時新興之學的一種排擊的態度，而且還有些義正詞嚴的架勢。

不過這樣説我們還衹是注意到了問題的一方面，因爲儘管袁宗道的

① 袁中道《珂雪齋集》卷十七。

② 谷應泰《明史記事本末》卷六十七之《爭國本》。中華書局 1997 年版。

③ 袁宗道《白蘇齋類集》卷七。

④ 袁宗道《白蘇齋類集》卷七。

禀性使他在學術上採取一種儒家的保守主義，但是當時不可阻擋的心學大潮仍不可避免地將其捲入其中。這裏很重要的除了有焦竑、瞿洞觀等人的開啓之外，當時身在黄、麻的卓吾的作用是十分大的。萬曆十八至二十一年間，宗道因事在家鄉待的時間很長，其間三兄弟與諸舅及同道在一起參證學問，對儒、道、佛皆有深究，特别是對三教合一會心處較多。這從他作於此時的《讀大學》《讀論語》《讀中庸》《讀孟子》中看得很清楚。在這"四讀"之前的一篇具有前言性質的短文中他説："三教聖人，門庭各異，本領是同。所謂學禪而後知儒，非虚語也。……閑來與諸弟及數友講論，稍稍借禪以詮儒，始欣然捨竺典，而尋求本業之妙義。"① 比如他在釋"良知"時，即引宗門語録證之："良知二字，伯安自謂從萬死得來，而或者謂其借路葱嶺。夫謂其借路，固非識伯安者。然理一而已，見到徹處，固未嘗有異也。余觀《宗鏡》所引圭峰語，謂達磨指示慧可壁觀之後，復問渠：'莫成斷滅否？'答：'雖絶諸念，亦不斷滅。'問：'何以徵驗？'答：'了了常知，言不可及。'師即印曰：'即此是自性清淨心，更勿疑也。'若所答不契，即但遮諸非，更令觀察，畢竟不與他先言知字。直待他自悟，方驗真實，是親證其體，然後印之，令絶餘疑。故曰默傳心印。所謂默者，唯默知字非，總不言傳。至荷澤時，他宗競起，欲求默契，不遇機緣。恐宗旨遂滅，遂言'知之一字，衆妙之門'。伯安揭良知，正所謂'了了常知'之知，'真心自體'之知，非屬能知所知也。"② 特别是在經過一段時間的悟求之後，三袁一起到麻城向李贄問學，更是極大地提升了他們的熱情。卓吾老子不但與他們數日夜地論談，而且對宗道、宏道稱贊有加。啓智去疑，振聾發聵。這一次的麻城問學，非但讓宗道他們在學問上受益匪淺，而且更因此使他們獲得了在晚明心學潮流中的歷史地位。黄卓越博士甚至把宗道之弟宏道看成是整個晚明思想突出轉折中的重要一環，他

① 袁中道《珂雪齋集》卷十七。

② 袁宗道《白蘇齋類集》卷十七《讀大學》。

的描述爲：王陽明→王畿（王艮）→羅汝芳→李贄→袁宏道。[1]把袁宏道作爲晚明如此重要的思想家的論者是不多見的，但的的確確是十分獨到而精當的見解。值得思考的是，宏道的心學與佛學之路雖是由宗道引入的，但是他的成就和影響卻要比乃兄高得多。這裏面固然有着天分的因素，也有着學術選擇差異的因素，如在禪學趣向上宗道傾向看話禪，而宏道更多地接受隨緣禪，這也在很大的程度上看出個人性格質素的重要性。宏道是一個性格較爲放達又英氣逼人的人，一旦認承的事，很能放膽去做，特别是他非常地反感個性受到拘束，否則就要盡力破除。[2]然而宗道卻不是這樣。宗道可説是一步一個腳印地走，他不會貿然地超越。所以，李贄的“伯也穩實，仲也英特，皆天下名士也”的品評，不僅精當而且深刻。他没有將入微一路的希望屬意宗道，而是説衹有宏道此一“英靈男子”方能“擔荷此一事耳”。性格穩重的人，雖然有時也會置身活動之中，但是他很難是舉旗與領頭之人。宗道在館閣之時即與同館問學習禪，當時宏道方領鄉薦，不過“昧昧於一隅也”，然而宗道性格的穩重與思想上的儒學保守主義卻極大地限制了他迸發出更大的激情，有着更大的投入，注定他衹能是參與者，而不是叱咤風雲的領袖。

對於宗道歸向禪學的原因，我們從以上的角度進行分析固然是十分必要的，但是一個人的文化選擇應該是受到多方面的制約。放棄或改變自己在某些重要時刻所作出的選擇，一定有其深刻的内在原因。從上面的梳理來看，宗道由道而儒而佛而趨於三教合一，在很大程度上是受到外力的牽引，這一點我們必須要有足夠的認識。然而，宗道的最終歸於宗門，我以爲有兩點應該特别地提出來加以討論。第一點，是宗道在人生道路上所受到的超乎常人的打擊。這個人生的打擊主要指子女的夭折。宗道本有二子一女，且都是十分的聰明可愛，不意竟在幾年的時間内先後逝去。這種打擊即或在我們今日也是任人都無法承受的，更何況

① 見黄卓越《佛教與晚明文學思潮》第二章。

② 見拙作《袁宏道的矛盾人格》，《文學遺産》1993.3。

是在極端講究“不孝有三，無後爲大”血緣統系宗法的封建時代呢？中道《曾、登二侄壙記》載：“伯修十七得男，初，夢曾參啖之以棗，遂字曰‘曾’，其期如大人生伯修也。……伯修己卯舉於鄉，年二十，復得一男曰‘登’。……伯修使期滿，欲請告，念大人不及封，遂攜兩兒往，至都門數月，大兒卒；又半月，小兒亦卒。小兒卒爲辛卯冬，中郎計偕往，親見小兒死時事也。……曾生丙子，卒辛卯，十六歲。登生己卯，卒辛卯，十四歲。”兩個穎而慧的孩子，在家鄉時，洋溢在一片親情中。中道曾動情地寫道：“自伯修公車不第，歸侍大人，居長安里中，夜暑，坐荷葉山房前，池上古槐參天，星搖搖出池底。大人呼兩孫遞揎膝，命之屬對，多類詩人語，大人益驚異。予十餘歲，讀野史，喜談説。兩侄自家塾歸，則覓阿叔道古事。予益緣飾之，詫兩侄，兩侄皆躍。夜半言鬼神，益爲可愕語，兩侄皆捫耳大叫。予長侄六七歲，若兄弟然。”[①] 不厭其煩地在此處徵引中道的記載，是爲了讓我們更多地去認識這是兩個多麼令人難忘的孩子。因爲我們了解得越多，就越能體會宗道喪子之痛是何等的深入骨髓，知曉這樣的打擊對他有多大。俗云：少怕喪父，中怕喪妻，老怕喪子。事實上中年喪子難道不是一樣的慘痛？對宗道來説，一下子兩個十幾歲的活蹦亂跳的兒子就永遠地離他而去了，他的心怎會不因此裂成兩半？人生遭受到無法承受的變故，總是思求解脱慰藉，我以爲宗道的醉心白業，是極爲自然而合理的選擇。我們實在無法想象宗道是怎樣挺過來的。看他的作於這一時期内的詩，或許可以幫助我們加深認識。其作於萬曆二十年的《寒食有感》云：“荒村鬼火燒枯樹，照見一片傷心處。古屋直西黑樹林，暗風淒雨愁殺人。堂上姑，堂下婦。短命兒，薄命母。新魂舊魂一處所，老鴟呼風夜啼虎。白日自寒天自黑，有子爲官亦何益？泉臺緩急不得力，兒生三十亦良艱。兒孫相見能傳言，慎勿爲兒傷心肝。”寫得何等的淒苦！這是真傷心人説的真傷心話。再看他約略作於萬曆二十二年的《有感》一詩：

① 袁中道《珂雪齋集》卷十八。

"謾將八苦向人論，造物聊蕭不敢言。窮鬼昌黎今到骨，痛兒卜夏乍收魂。杯棬豈識干時調，樗櫟難酬養士恩。檢點平生多可恨，排愁懺罪仗空門。"[①] 於此可見，喪子之痛在宗道的內心深處實在是抹不平的創傷，排愁懺罪的方法决不是澆幾杯老酒可以解决得了的，"仗空門"就成了不可排除的選擇。而宗道雖然選擇了向佛之路，但是命運的殘酷仍然使他無法擺脱，喪子之痛的打擊還未完全平復，喪女的打擊又一次地降臨。在連喪二子之後，宗道惟一的愛女又離他而去。這一次的打擊决不比喪子的打擊來得小，宗道確實有傷心欲絶的味道。萬曆二十四年的春天，宗道還在爲女兒嫁奩的事發愁[②]，不到一年，竟至不禄。據他此時寫給家人和友人的信得知，他的女兒是死於産病。誠如他寫給中道的信所言："居官數年，喪卻兩子一女。一身蕭然，此懷何堪？猶憶往年夏中，每夜坐大槐樹下，池上星河，晶晶池底，聽兩兒屬對，應答如響，以爲笑樂。至今思之，便是一夢。爾時麥粥，亦何可厭也。功德天，黑暗女，步步相隨，將奈之何！然我之爲功德天者無幾，而爲黑暗女則甚酷矣。"説得催人淚下。特别是他的這個小女"能通竺典，誦金剛經，時有問答，皆出意外"[③]，更令他痛不欲生。

現在能見得到他喪子喪女之後的大致有兩個最直接的結果。一個就是加速了宗道的歸向佛禪與習淨。不僅是加速，而且還使之更加的虔誠。這個問題也可以從兩個方面來考察。一方面，是宗道自身的家庭佛事。他自家返心白業是没有話説，戒酒戒色，放生，所分大官餐錢，即買魚蝦鼈鱔，放入金水池中。甚至是用佛法薰習家人，他聞閨人禪誦甚勤，便喜不自禁地稱贊一番："每持貝葉詢難字，時向蒲團學小乘。"[④] 所以，他的家中，"三孀皆學道"，持戒做佛事。嚴格地説，袁

① 袁宗道《白蘇齋類集》卷一、卷三。

② 袁宗道《白蘇齋類集》卷十五《黄司業毅庵》："弟入春來，拮據嫁奩，冗瑣可厭，窮與忙會，貧與病兼。"

③ 袁宗道《白蘇齋類集》卷十六《寄三弟》。

④ 袁宗道《白蘇齋類集》卷五《閨人禪誦甚勤，喜贈二首》。

氏三兄弟原本都有些好色，但是也都先後持戒了，從淨持的角度對自己作出約束。這樣也就自覺不自覺地影響到了家中其他人。另一方面，是導致宗道在北京結社。萬曆二十六年戊戌，宗道官春坊，宏道授順天府教授，中道入太學，乃於城西崇國寺蒲桃林結社論學。於有礙窒而不徹處，參商發明。中道曾記其當時的情景："當入社日，輪一人具伊蒲之食。至則聚談，或游水邊，或覽貝葉，或數人相聚問近日所見，或靜坐禪榻上，或作詩。至日暮始歸。"[①]一時影響極大，士夫從者甚多。以致引起了當局的注意和不安。沈德符《萬曆野獲編》記載道："己亥、庚子間，楚中袁玉蟠太史同弟中郎，與皖上吴本如、蜀中黄慎軒，最後則浙中陶石簣以起家繼至，相與聚談禪學，旬月必有會，高明士夫翕然從之。時沈四明柄政，聞而憎之。"[②]醉心禪學以致驚動了執政者，不管同社裏這些人之間在禪學理論上有什麽差異，但是他們能夠鬧到當局"聞而憎之"，可見其無論是從規模上，還是就影響上而言，已經是很引人注目的了。而在這裏面，很顯然，袁氏三兄弟是主持人和領頭者無疑。

第二個結果就是使袁宗道在他的晚年（儘管他衹活了四十一歲，但是我們也没有辦法不把他最後的幾年看作晚年）醉心白居易和蘇東坡。認同白、蘇，本是明代思想發展的一個重要特徵，或者説是明代士夫安頓身心時所採取的行動策略。白、蘇既是過去的儒者，也是未來的遁者，同時又是永遠的有獨特經歷的文人，其意義和行爲都具有一種典範性，他們的生命觀念、生活態度和價值取向很自然就成爲明代士夫在人生趣向選擇時的重要對象[③]，這種具有時代性的文化思潮不可避免地會對宗道的歸宿性選擇產生導引和制約的意義。但是這種導引或制約自然也意味着在他們之間亦必定要有相通或相似之處，也即是説，宗道的

① 袁中道《珂雪齋集》卷十七《潘去華尚寶傳》。

② 沈德符《萬曆野獲編》卷二十七《紫柏禍本》。

③ 關於明人與白蘇的關係，請參看黄卓越的《佛教與晚明文學思潮》之《白蘇論》。本人認同他的看法。

契心白、蘇，應有其心理的動因。對於這個問題，其弟中道曾有過分析。他在《白蘇齋記》中寫道："吾觀樂天、子瞻爲人，大約皆真實淳篤，不立城府；而伯修亦溫良重厚，胸中無半毫鱗甲，是其心同也。樂天典大郡，所攜不過天齋石、華亭鶴、折腰菱。晚年買履道里宅，至鬻駝馬。子瞻雖處顛沛，不輕受人絲毫，無田可歸，竟至流落；而伯修賦性耿介，泊然自守，雖居官十餘年，無異寒士，終不以隻字干人，是其操同也。若夫醉墨淋漓於湖山，閑情寄托於花月，借聲歌以寫心，取文酒以自適，則樂天、子瞻蕭然皆塵外人；而伯修少有逸興，愛念光景，耽情水石，塵鞅之暇，招攜二三儁人，或高齋聽雨，或射堂看月，……是其趣同也。……樂天、子瞻，雖現宰官之身，皆契無生之理；而伯修參訪既久，偷心久絶，是其學同也。"[①] 嚴格地説，作爲非常了解其大兄的中道在解釋這一問題時，説得并不十分地準確。因爲明眼人一看即知，從才學、心志、仕歷等方面去比并，他們的差距是顯見的。而爲宗道《白蘇齋集》作序的姚士麟的"其心忠、其學禪、其人達、其官皆曾翰林"的看法也比較的皮相。倒是宗道自己的説法與實際心理動因最爲相契。他在自己的最後的一個孩子死後寫給中道的信中説："昔白樂天無子，止有一女金蟾，慧甚，後復不育，竟以無子。吾此苦真同樂天。"接下來他逐一地否認了中道所説的其與樂天、子瞻的"五同"（而且還多出了兩不同，共七不同），這倒并不完全是出於謙虚。但是他有兩點説得非常地到位："惟無子一事，則酷似之耳。獨樂天學禪，吾亦學禪。"[②] 他在這裏説得很清楚，其與樂天最似的是兩點，一是學禪，一是無子。學禪的倒并非衹有宗道和樂天，儘管他們都十分的虔誠。但是既學禪又無子的類似經歷卻當不多，因此在這些原因當中，無子的因素應該更重一些。一個人於這大千世界，實爲匆匆的過客，總是思想要留下些什麼，有無子嗣自然是頭等重要的事情，故語有云"有子萬

① 袁中道《珂雪齋集》卷十二。

② 袁宗道《白蘇齋類集》卷十六。

事足”。從這一期間宗道寫給親朋的諸信件中明顯地可以感到喪女給他所帶來的打擊，儘管他與白居易有着很大的不同，但是其無子的共同命運仍然使他將其引爲同調，何況還有着學禪的相同的旨趣。所以這一契點，在很大的程度上不僅使宗道更加傾心佛禪，并把這一選擇用來規約自己的行爲和家人的向佛（見同信）；而且也反過來促進和影響了整個晚明的慕習“白、蘇”的思想文化運動。

喪女給袁宗道的打擊所產生的後果已如上述，但是如果就此認定他完全進入了佛禪的世界的話，那可能也是一個美麗的誤解。喪女雖然讓他喪失了對生活更大的熱情，卻并未因此全然消解其作爲儒生的一份本然的對社會的關注。從現存的這一期間爲數不多的信件來看，他的政治熱情似乎比以前更爲高漲些。雖然談禪論道占據了重要的位置，可是關注時局也成爲重要的内容。如萬曆二十五年寫給母舅龔壽亭的信中對時局的擔憂：“近事大可憂，每入直，進左掖門，直望見後山，殊不成景象。幸聖意稍轉，起用行取，次第舉行。從此轉災爲泰，安知非祝融之相也。甥以文字薄技，典在筆札，雖切杞憂，亦何能爲？‘肉食者鄙，未能遠謀’，每讀此句，未嘗不汗下。”[①] 宗道所言的近事，即朝鮮和遼東戰事、地震、火災等，這些事件差不多在接連的時間裹發生。它們令宗道憂心如焚而又無能爲力，儒生心中的一份赤誠，宛然若見。特别是二十六年巡按河南御史姚思仁上《開採圖説》，言開礦之弊大可慮者有八，朝野震動。大概此前姚思仁有信給宗道，宗道回信對他的《開採圖説》大加肯定：“《開採圖説》，一語一淚，一字一血，方之鄭俠，尤爲痛切明著矣。夫中州天下要地，於人則咽喉脾胃也，地瘠而貧，且不時有旱澇河湟之患。今以易病之脾胃，而烏喙砒鴆之毒藥，日攻克其中。萬一如大疏所云‘禍患生於腹心，干戈起於堂奥’，將何術救之乎？如此苦心，如此危論，尚不能感動宸衷，回天之策不幾窮耶！”[②] 可見宗

① 袁宗道《白蘇齋類集》卷十六。

② 袁宗道《白蘇齋類集》卷十六《答姚侍御》。

道雖迭遭人生的重大打擊，但是書生的本色卻一直没有消褪，那份對國對社會的責任與擔承時時在提醒他。正因爲如此，他也如其弟宏道一樣，其價值取向是多元的，人生一直處在傳統價值、社會現實和人生理想交構的困境之中。對此，我們不能衹看到他詩文信札中的歸山和向佛的表白。

對於研究袁宗道的內在人格衝突來説，還有一個重要的因素必須考慮進去。這是一個未被人們給予高度重視的因素，即家庭和家族的因素。宗道作爲家庭的長子和家族中第一個步入仕途的人，其身上所受到的榮耀與壓力一樣大。萬曆十四年，宗道舉會試第一，殿試二甲第一，選庶吉士，入翰林院，對於一個農家子弟來説，不啻是一步登天。這種人生命運的改變，不僅是關涉到袁宗道一個人，而且也關涉到袁氏家族的榮辱興衰。對於其父袁士瑜這一小宗而言，宗道是長子，對於整個袁氏大宗而言，宗道依然是長子（不管其事實上是與否），因爲捨宗道之外還有誰能在科舉上有如此的輝煌？所以不管宗道是否意識到，“長子意識”事實上給了宗道以巨大的心理壓力。如前所述，宗道的一生應該説充滿了不幸，特别是連喪二子一女（宗道本有一遺腹子，但不久即夭折）給他的打擊非一般人所能承受；何況他在本質上亦不是一個貪戀富貴榮華的人，而且也對宦途生涯厭倦[①]，因此他一再地試圖回歸到自然的懷抱。他不止一次地表明這種意願，如“伊余慕古人，冉冉迫中年。局蹐忽已久，未得一日歡。幸有祖父廬，兼之江郭田。雖缺聲伎奉，不乏腐儒餐。爲白非所望，爲陶諒難堪。揣分得所處，將處陶白間”(《詠懷》)。但是他的最終不離仕程，固然有着其正統儒生的責任心與社會正義感，最主要的卻是來自於家庭的壓力。“爲陶諒難堪”，這話是説到家了的。萬曆二十年，宗道得請離京返鄉，日與其外祖父和諸舅朝夕聚首詩酒爲樂，又於明年訪李贄問學。這一段時間對賦性平實的宗

① 此種表白頗見心跡，如《詠懷效白》《詠懷》《新正三日雪窗早起》《獨坐》《對酒》等詩中，皆涌動着一種進退兩難的抉擇痛苦。詩載《白蘇齋類集》卷一、卷二。

道而言，可以説是平生最愜意的了，所以不得已返京時，其不樂意的心情是可以理解的。所以他在《北發》詩中説：“遠志嚴親奪，新愁愛弟寬。驅馳堪自厭，辛苦爲微官。”的是真情流露。三袁的父親袁士瑜是袁家的第一個讀書人，但是場屋顛躓，終其生就止步於秀才的學階。因此他將興家的希望寄托在三個兒子的身上，對他們管教極嚴。兒子們也的確爭氣，舉人、進士考了一撥，這就使得袁家在當地是名噪一方。好不容易打下的江山怎麽能輕易地讓它轟塌，所以他就像是督陣的將軍拿着鞭子在他們的後面監管着。哪一個兒子想中途撤退，那是絶對不能容許的。袁宏道不堪官場牢籠的個性，連上七牘去職離吴，但是他不敢回公安老家，或寄寓真州，或放舟吴越的一個重要原因，就在於懼怕老父。中道《中郎先生行狀》云：“大人亦云‘世豈有二十八而懸車者？’先生不敢返楚。”宏道《詹大家壙記銘》説得更清楚，其云：“大人書來，云‘詹姑方健，兒謁部得改，歸未遲’。”[①] 而宗道作爲長子，自然要在這方面作出表率。所以他儘管心裹想極了歸田，也得自行地壓制。他在喪女之後，心灰意懶，向中道吐露了他的心跡：“我甚欲歸田，但爲大人年未六十，歸計太早，恐親心不悦。”特别是此時宏道亦已辭官，這對其老父的打擊就夠大的了，若宗道再歸田，那對其家庭的刺激實在太大了，所以他衹能委屈自己，他甚至忍不住直接地向老父吐苦水，説自己賦性爽直，又屢遭兒女之變，不宜作官：“徒以二哥既已解令，就一片冷氊；而兒復尋泉石冷淡之趣，非大人所以教子之意，衹得勉强廝捱。”[②] 比較宗道與宏道對辭官的態度可加深理解，宏道是拼命地果決地相辭，并不太多地顧及家庭和家族；宗道則不然。他始終是把自己放在第二位，從中可見“長子意識”對他的制約。事實上所謂“長子意識”即是宗法傳統下的家族意識。美國著名的社會學家E. 希爾斯在論及傳統時曾精闢地指出，各個前後相繼的歷史時刻，現存的和傳遞下

---

① 錢伯城《袁宏道集箋校》卷三十九。

② 袁宗道《白蘇齋類集》卷十六《大人書》。

來的觀念決定了其新的擁護者尚未形成的心理傾向，并賦予它們形式和實質。而且傳統是在整個的歷史過程中不斷地反復塑造而成的，“當一個人獲得了一種觀念之後，他就進入了一個行列，在這個行列中，人們的思想都受到過去事物的指導。”[①]中國人的宗法傳統對嫡長子的重視，這種意識不對宗道發生作用是不可能的。所以他衹能一再地把自己的欲望壓抑或轉移，從而能夠最大限度地去滿足家庭和家族的意願。

不僅如此，宗道對整個家族而言的典範意義更讓他自覺地規範自己的行爲。宗道雖然不是長房一系（袁家自宗道高祖有倫公以下分爲三大房派，宗道曾祖爲二房），但因他大魁天下，所以實際上被袁家看作領軍人物，其言行舉動都會對整個袁氏子弟産生重大的影響，因而宗道衹有嚴格地要求自己，家族的人恐怕事實上也是這樣來看待他的。正是在宗道的影響下，袁氏一脉纔在制科上取得不凡的成績。自萬曆丙戌（1586年）以來，袁家科舉不斷，大魁者、通籍者、鄉書者大有人在，這不能不説與宗道有關。也正因爲如此，宗道的自我規約纔越來越嚴厲，以至在整個人生道路上總是踽踽而行，不敢有絲毫的放意。所以我們看到，宗道有時也很想放松一下，但是卻始終無法放開的原因恐怕就在這裏。

綜上所述，袁宗道在不算太長的人生旅途中，可説是不斷地在多元的文化價值體系裏艱難地選擇，以致形成激烈的内在人格衝突。儒家傳統的教育使他確立了人生最基本的價值原則，雖然尚不能説他是一個積極的入世者，但他的恪盡職守、兢兢業業，表明了他對儒家文化價值原則的遵從，加之他天生的忠恕平實的性格，假以天年，他將是一個溫寧的儒者；然而，晚明之時的心學狂潮也將他捲入其中，宗道涵泳咀嚼，也稱得上是一個弄潮好手，衹是一連串的人生不幸，使宗道的心靈歸依指向了佛禪的境界，走上了與白居易、蘇東坡晚年相似的道路；倘或不是出於家庭和家族的意志，宗道亦有着在山水大自然懷抱裏安頓身心的

① 希爾斯：《論傳統》，上海人民出版社1991年版，第57頁。

意願，與前兩者相比，這一退守的打算真正成了紙上談兵，始終也無法有實行的可能。在這種困境中的抉擇是艱難的，宗道的内在人格的衝突是難以避免的，在古代的中國，知識分子的人格的非獨立性似乎就是一種必然，袁宗道在這個意義上，約略可以成爲小小的個案。

本書箋校完稿於一九九四年。九二年夏，我負笈滬上，得從錢師伯城先生游。先生不以我才疎殖薄，諄諄以宗道、中道兄弟文集箋校事相囑，并耳提面命，親爲審校。年餘，我在上海、北京兩地，以圖書館爲家，歷暑涉春，終成此書之箋校。然數年來置之笥中，因種種原因未能面世。且中道文集箋校，遲遲未能完稿，歲月西逝，轉瞬即是八年。回思先生教誨，言猶在耳，不禁汗涔涔下。學校爲弘揚荆楚文化，決定出版《荆楚文化叢書》，《袁宗道集箋校》有幸忝列其中，方得於二〇〇三年在湖北人民出版社付梓面世。現《荆楚文庫》亦收録該書，余復勘核一過，稍作訂正。是書之箋校，雖自竭力爲之，然限於學殖，乖錯在所難免，還望方家不吝賜教。

孟祥荣

二〇一五年十一月

白蘇齋類集原序

高江東峽七百里，然後雷瀉東注於荆、岳、武、黄之間，猶之思瀾言泉，停匯膈臆，透咽而出，必成大聲。雖嘗一聲於黄之夢澤，再聲於興國之甒甀，前後相去，復寥寂數十年，於是蓄極聚聲於公安之袁氏昆季。而太史公既以明經大魁天下，更自别啓靈寶，别主氣格，與中郎、小修獨唱互賡，陡闢門户於趁舌應聲世界。蓋不必以詞翰盭名理，不必以名理礙性宗，又不必以詞翰宗理規規上合乎秦、漢、唐、宋，而惟畢運我真，用詣萬情。情契真，真生新，祇見情情新來，筆筆新赴。亦不自知其筆之快於言，言之快於情。而爲詞翰，爲名理，爲性宗，種種頭頭，提人新情，换人新眼，稱有明自闢大家也。觀此則太史見地，已足自雄，奈何前借白、蘇，標其齋集？豈非以白、蘇兩公其心忠，其學禪，其人達，其官皆曾翰林；而白無兒，蘇躁吻，俱足以況耶？但香山、東坡，年各四十四，始承司馬、團練之謫，而太史即直腸矢口，品地自嚴，方官侍從，名位日上，忽焉隕落，年僅四十有二，竟免兩公風波地面。然讀其仙鶴臺榭，鷹隼腥膻，及“噉名多局面，謀國半嗔心”句，使得年到白、蘇，則湓江、赤壁，亦應保有此處，此太史生平可得同於白、蘇者乎！若曰韻言近白，大篇類蘇，又非袚人涎沫，自闢門户之意。故讀之者，第當呼之曰“白蘇齋”，不當以白、蘇詩文看作《白蘇齋集》可也。

海鹽姚士麟叔祥敘

袁宗道集箋校凡例

一、袁宗道《白蘇齋集》,《明史·藝文志》《公安縣志》皆作二十四卷，今未見。《千頃堂書目》作二十二卷，與今見傳本卷數相符。

二、本書以原中央圖書館藏劉氏嘉業堂《白蘇齋類集》爲底本。劉氏所藏乃萬曆間舒承溪寫刻本，杭州大學圖書館亦有藏。上海圖書館有同一藏本，然增有陳繼儒批，字句略無異，惟詩題稍有不同處。《白蘇齋類集》尚有公安繼善堂本，爲袁氏後裔袁照重刊，惜僅有十卷。另有《新鐫袁玉蟠先生集》二卷，即《三袁先生集》之一，實乃《類集》選本。字句雖有出入，然亦難以據校。故本書之校，僅標出原文中錯訛之字，但不徑改。

三、本書箋校體例，悉仿錢師伯城先生《袁宏道集箋校》。凡集中詩文有關朋輩交游、專門制度、經歷地理等，均作箋注。因《袁宏道集箋校》出版在先，所涉交游行事已詳者，本書則略之；該書略者，本書則稍詳之。又慮及資料翻檢搜尋之不易，故其交游往還贈答之作，間有録入。

四、原集爲類編，此次箋校不作調整，卷數次序一仍其舊。

五、《附録》分傳記、交游詩文、佚文諸項，凡翻檢所及，概附録於此，以資研究者參考。

目　録

卷之一　古詩類…… 1
過黄河 …… 1
訪陳晦伯先生，晦伯留飲齋中有述 …… 2
題瘦馬卷 …… 2
送吴尚之太史謁告歸桐城 …… 3
題柏溪沈先生墨竹 …… 3
題司選君寒玉軒卷 …… 4
白燕篇爲元馭閣老賦 …… 5
顧仲方畫山水歌 …… 6
其二 …… 6
寒食有感 …… 7
詠懷效白 …… 8
壽亭舅贈我宜興瓶茶具酒具，一時精美，喜而作歌 …… 8
書讀書樂後 …… 9
詠懷 …… 10
暮春鄒生邀黄思立諸公游高梁橋即事 …… 11
曹元和邀飲靈慧寺同諸公賦 …… 12
送劉都諫謫遼陽 …… 12
夏日高户部循卿招飲大通橋，同黄太常思立、張國博叔闇、項參知庭堅及舍弟中郎 …… 13
卷之二　古詩類…… 15
新正三日雪窗早起 …… 15
獨坐 …… 15

對酒 …… 16
劉都諫左遷遼陽，別數月矣，遠致酒一甕，爲之大醉數日 …… 16
夢花 …… 17
報謁 …… 17
東坡作戒殺詩遺陳季常，余和其韻 …… 17
又 …… 18
又 …… 18
夜展張蟦集，誤潑酒其上，戲作 …… 19
元宵 …… 19
夏日黄平倩邀飲崇國寺葡萄林，同江進之、丘長孺、方子公及兩弟，分韻得閣字 …… 19
題馮中允貞壽冊 …… 21
又 …… 22
送峨嵋僧清源，時源請有檀香佛，刻鏤甚精 …… 22
金人捧劍篇閣試 …… 22
駕幸石景山臨觀渾河，見水勢洶湧，因念黄河時有衝決，面諭輔臣，經理須要得人，復命作詩恭紀閣試 …… 23
卷之三　今體 …… 25
真定道中 …… 25
憩有斐亭 …… 25
歸興 …… 26
游百丈泉 …… 26
偕館中兄弟游東郊即事得東字 …… 27
題朱兵部竹軒 …… 27
其二 …… 27
題宫樹春雲卷 …… 28
送吴體中歸皖城，體中與余有淨土之約，故詩中及之 …… 28
閑雲館 …… 29

挽周老師九首 …… 29
其二 …… 29
其三 …… 30
其四 …… 30
其五 …… 30
其六 …… 30
其七 …… 30
其八 …… 30
其九 …… 31
送楊太史使淮便道省母 …… 31
送周太史使魯便道壽伯母 …… 32
立春惟長舅、無學弟暨王、吴兩生同游野寺看梅三首 …… 32
其二 …… 32
其三 …… 32
是日登寺樓甚幽，諸公擬借爲社，遂各施買酒餘錢付僧葺窗檻，并志 …… 33
立春後六日爲分歲會，後八日爲除夕 …… 33
其二 …… 34
早春獨坐 …… 34
幽棲 …… 34
其二 …… 34
攜尊江上 …… 35
其二 …… 35
王憲皐督學滇中歸，阻風雪於公安，留觴二首 …… 35
其二 …… 35
南平社六人各一首 …… 36
外大父方伯公 …… 36
孝廉舅惟學 …… 37

侍御舅惟長 …… 37
中郎弟進士 …… 37
小修弟文學 …… 38
偶成 …… 38
有感 …… 38
其二 …… 38
卷之四　今體 …… 40
山寺偶題 …… 40
夜集大人宅偕中郎弟閲五弟時藝 …… 40
又贈毛丈 …… 41
苦雨時市酒者阻風未歸 …… 41
其二 …… 41
食魚笋 …… 42
寄無念 …… 42
其二 …… 42
馬上起憶石浦山房 …… 43
過淇縣，同年蔣令邀飲 …… 43
初晴即事 …… 44
其二 …… 44
其三 …… 44
村居 …… 44
新春索居 …… 45
齋中獨坐 …… 45
雨中 …… 45
幽棲 …… 45
游二聖禪寺 …… 46
晴晚編書 …… 46
源禪游吴造沉香佛像及諸經，歸峨眉山 …… 46

其二 …… 47
陶石簣寄書 …… 47
結社二聖寺 …… 48
讀小修南游稿志喜 …… 48
其二 …… 48
其三 …… 48
偶成 …… 49
桂閣黎收余二十年前題壁詩 …… 49
偶成 …… 50
北發 …… 50
新野道中 …… 51
保安驛道中 …… 51
過舊葉城有感，是時兩弟已行五六日矣，三弟留題荒亭 …… 51
其二 …… 51
宿古驛 …… 52
登紫雲山，是葛仙煉丹處 …… 52
飲禹州李氏園 …… 53
暮雨 …… 53
渡黄河 …… 53
高村店大風，店有淇澳菉竹古跡 …… 54
早發臨洺行沙河道中憶兩弟 …… 54
將抵都門 …… 55
挽同年李檢討成甫四首 …… 55
其二 …… 55
其三 …… 55
其四 …… 56
别陶編修石簣四首 …… 56
其二 …… 57

其三 …… 57
其四 …… 57
卷之五 今體 …… 58
飲楊刺史園二首 …… 58
其二 …… 58
送武陵胡元父令瑞昌 …… 59
送郭少參希彥之蜀 …… 59
其二 …… 59
聞顏尚寶質卿稱病有感 …… 60
飲顏質卿齋頭限韻賦同潘去華 …… 60
其二 …… 60
六月三十夜同蕭允升過黄思立齋頭 …… 61
同黄思立、趙貞甫集蕭允升齋中談禪甚快，各贈一詩 …… 61
黄太常思立 …… 61
蕭贊善允升 …… 62
趙御史貞甫 …… 62
夏日小齋雜興 …… 62
其二 …… 63
其三 …… 63
其四 …… 63
其五 …… 63
其六 …… 63
過修竹館贈朱汝修 …… 63
月夜登樓偶成 …… 64
其二 …… 64
月下蕭允升、顧開雍集小齋賦此 …… 64
其二 …… 64
冬日齋中即事 …… 65

其二 …… 65
同黄昭素、昭質及兩弟夜飲顧升伯齋中 …… 66
晨起 …… 66
閨人禪誦甚勤，喜贈二首 …… 67
其二 …… 67
讀李洞詩 …… 67
春日閑居 …… 68
其二 …… 68
其三 …… 68
即事 …… 69
偶得放翁集，快讀數日，志喜，因效其語 …… 69
賦得殘月似新月 …… 69
黄主客邀送高户部，時開筵夷館 …… 70
雪後出長安門見西山甚近 …… 70
花下 …… 71
京察見部自嘲 …… 71
初春和陸放翁韻 …… 71
其二 …… 71
即事 …… 72
雪晨入直 …… 72
有感戲作 …… 73
火神廟道士 …… 73
送朱平涵太史冊封榮藩 …… 73
顧升伯太史奉命如梁賦此爲別 …… 74
送李湘洲太史齎詔之浙 …… 75
壽舒翁，大行父也 …… 75
送夾山母舅之任太原 …… 75
其二 …… 76

送别謝在杭司理東昌 …… 76
其二 …… 76
五日同鍾樊桐、黄慎軒、方子公及兩弟飲崇國寺僧房，得家字 …… 77
壽鄭大司馬 …… 77
送王以明例貢歸小竹林 …… 78
偶題 …… 79
同惟長舅讀唐詩有感 …… 79
看華嚴經 …… 80
有感 …… 80
雪中共惟長舅氏飲酒 …… 80
送邵芝南太史冊封唐藩 …… 81
卷之六 絶句 …… 82
鼓吹 …… 82
翻前意 …… 82
過黄粱夢三首 …… 82
其二 …… 83
其三 …… 83
銅雀臺 …… 83
行衛輝野村中即事 …… 83
其二 …… 84
即事 …… 84
過郾城讀公孫大孃弟子舞劍詩有感，弟子郾城人也 …… 84
發遂平 …… 85
信陽道中即事 …… 85
其二 …… 85
其三 …… 85
其四 …… 85
其五 …… 85

　其六 …… 85
山中看雲 …… 86
青石橋 …… 86
　其二 …… 86
三日行山中，山盡有感 …… 86
送李吉士予告南歸 …… 87
送潘雪松柱史建言謫閩三首 …… 87
　其二 …… 87
　其三 …… 87
飲小修所攜惠泉 …… 88
　其二 …… 88
　其三 …… 88
　其四 …… 88
黄粱夢戲題 …… 89
　其二 …… 89
仙人洞 …… 89
　其二 …… 89
萬猿書屋 …… 90
天均洞 …… 90
荷花池 …… 90
兩岸芙蓉 …… 90
春色滿園 …… 91
四面琅玕 …… 91
天香噴道 …… 91
蟠柏亭 …… 91
桃花洞 …… 92
五老峰 …… 92
滙清亭 …… 92

長春堤 …… 92
六言 …… 92
其二 …… 93
其三 …… 93
其四 …… 93
題唐元徵乃兄漁唱晚晴冊 …… 93
其二 …… 93
其三 …… 93
其四 …… 93
見白鬚 …… 94
死心和尚一朝棄諸生披剃，書此贈 …… 94
其二 …… 94
其三 …… 95
其四 …… 95
其五 …… 95
其六 …… 95
題雙寺畫竹 …… 95
卷之七 館閣文類 …… 97
真正英雄從戰戰兢兢來 …… 97
刻文章辨體序 …… 98
性習解 …… 99
刻文中子序 …… 101
擬翰林院學士題名記 …… 102
忠清仁辯 …… 103
評春秋列國大夫優劣 …… 104
救荒奇策何如 …… 105
士先器識而後文藝 …… 107
卷之八 館閣文類 …… 109

乞進講大學衍義疏 …… 109
一貫忠恕説 …… 110
防河議 …… 112
擬遼東剿平東夷賜給總督薊遼都御史誥文 …… 113
毛穎、陳玄、石泓、楮素傳 …… 114
刻玉海序 …… 115
皇祖成功文章頌有序 …… 117
玉壺冰賦 …… 118
卷之九 序類 …… 120
敘守考績序 …… 120
李母壽序 …… 121
鄒翁壽序 …… 123
江陵涂使君任黄岡序 …… 124
葛醫序 …… 126
唐醫序 …… 126
顧使君考績序 …… 127
壽封公龍川郭公七袠序 …… 129
易太孺人八十壽序 …… 130
卷之十 序類 …… 133
户部侍郎王見峰七袠序 …… 133
通州刺史吴淮浦考績序 …… 134
賀邑鄒太孺人節壽序 …… 136
送夾山母舅之任太原序 …… 137
牟鎮撫序 …… 139
壽徐母沈夫人五袠序 …… 140
賀陽曲金令君父母榮封序 …… 142
嘉祥縣志序 …… 143
北游稿小序 …… 145

卷之十一 志狀祭文類…… 147
金太宜人墓銘 …… 147
孝廉張廉源墓志銘 …… 149
巡撫福建右副都御史傅野司公墓志銘 …… 151
明吏部尚書汪公墓志銘 …… 154
衡陽鄒先生墓志銘 …… 157
贈太湖知縣王公墓志銘 …… 158
卷之十二 志狀類…… 160
封知縣劉公墓志銘 …… 160
陳處士墓表 …… 162
迪功郎南安少尹方先生行狀 …… 163
外大母趙太夫人行狀 …… 167
卷之十三 祭文類…… 170
祭鄒姻家汪孺人文 …… 170
祭外大母趙夫人文 …… 171
祭鄒金吾妻 …… 172
祭盛老師文 …… 172
祭蕭孺人 …… 174
祭李年伯文 …… 175
祭兵部尚書張公文 …… 176
祭龔鴻臚吉亭母舅文 …… 177
祭王老師母文 …… 178
祭鄒南皐母夫人文 …… 178
祭太常少卿趙連城文 …… 180
祭李年伯母文 …… 181
祭王老年伯文 …… 181
祭葉太師母文 …… 182
祭原任中堂高老先生夫人文 …… 183

祭劉封公文 …… 184
卷之十四 記類 …… 186
游西山一 …… 186
游西山二 …… 186
游西山三 …… 187
游西山四 …… 188
游西山五 …… 188
戒壇山一 …… 189
戒壇山二 …… 190
上方山一 …… 190
上方山二 …… 191
上方山三 …… 191
上方山四 …… 192
小西天一 …… 193
小西天二 …… 193
游九龍池 …… 194
顯靈宮西閣 …… 195
顯靈宮柏 …… 195
三聖庵紀游 …… 196
極樂寺紀游 …… 197
三忠祠紀游 …… 198
錦石灘以下敘里中舊游 …… 199
岳陽紀行 …… 200
嘉魚紀游 …… 200
大别山 …… 201
龍湖 …… 202
江上游紀 …… 202
二聖寺游紀 …… 203

卷之十五 箋牘類……………………………………………………… 205
答梅開府先生 ……………………………………………… 205
又 ………………………………………………………… 205
答編修吴尚之 ……………………………………………… 206
龔壽亭母舅 ………………………………………………… 207
答汪提學靜峰 ……………………………………………… 207
啓王荆石座主時方家居 ………………………………… 208
梅開府寄黄鼠 ……………………………………………… 209
劉都諫 ……………………………………………………… 209
梅開府 ……………………………………………………… 210
陳學博 ……………………………………………………… 210
湯義仍 ……………………………………………………… 211
黄司業毅庵 ………………………………………………… 212
又 ………………………………………………………… 212
答陳徽州正甫 ……………………………………………… 212
李卓吾 ……………………………………………………… 213
又 ………………………………………………………… 214
又 ………………………………………………………… 215
梅開府 ……………………………………………………… 216
馮侍郎琢庵 ………………………………………………… 217
陶編修石簣 ………………………………………………… 217
又 ………………………………………………………… 218
卷之十六 箋牘類……………………………………………………… 221
董章丘 ……………………………………………………… 221
某邑令 ……………………………………………………… 222
大人書 ……………………………………………………… 222
答江長洲綠蘿 ……………………………………………… 223
黄慎軒 ……………………………………………………… 224

梅開府 …… 225
母舅遜亭先生 …… 225
母舅壽亭先生 …… 226
薛大参青雷 …… 227
答蕭贊善玄圃 …… 227
答王衷白太史 …… 228
徐惟得 …… 229
王衷白 …… 229
李宏甫 …… 230
答陶石簣 …… 230
答同社 …… 231
又 …… 232
答友人 …… 232
答駱儀部 …… 233
答友人 …… 233
答劉光州 …… 233
答友人 …… 234
答趙侍御貞甫 …… 234
答友人 …… 234
簡友人 …… 235
龔吉亭先生 …… 235
答姚侍御 …… 236
答楊員外肖墨 …… 236
寄三弟 …… 237
又 …… 240
答陶石簣 …… 240
答陳提學 …… 243
卷之十七 説書類 …… 244

讀大學八篇 …… 244
讀論語四十五篇 …… 247
卷之十八 説書類 …… 258
讀中庸二十六篇 …… 258
卷之十九 説書類 …… 265
讀孟子二十七篇 …… 265
卷之二十 雜説類 …… 277
論文上 …… 277
論文下 …… 278
論大人小人 …… 279
論用才 …… 281
不肖 …… 282
讀子瞻范增論 …… 282
論留侯鄴侯蹤跡 …… 283
論謝安矯情 …… 284
讀淵明傳 …… 284
儉約 …… 285
卷之二十一 雜説類 …… 287
論隱者異趣 …… 287
雜説三十二篇 …… 288
卷之二十二 雜説類 …… 296
雜説八篇 …… 296
附録一 傳記 …… 308
明史 …… 張廷玉 308
神宗實録 …… 温體仁 308
列朝詩集小傳 …… 錢謙益 309
珂雪齋集 …… 袁中道 309
公安縣志 …… 袁鳴珂 周承弼 312

明詩紀事 ……………………………………………………………陳　田 315
附録二　交游詩文……………………………………………………… 317
憶白行賦寄贈袁伯修宫允，予發都門時，宫允以白香山潯陽圖賦見贈，故答之 ………………………………………………劉楚先 317
送袁玉磐冊封楚藩并懷乃弟倩修三首 ………………………馮　琦 318
謝袁玉蟠太史 ……………………………………………………鄒元標 318
祭袁玉蟠宫允文 …………………………………………………鄒元標 319
袁太史封楚藩 ……………………………………………………余繼登 320
書伯修《海蠡篇》 ………………………………………………李　贄 320
與袁石浦 …………………………………………………………李　贄 320
又 …………………………………………………………………李　贄 321
哭袁大春坊 ………………………………………………………李　贄 321
送袁太史冊封楚府便歸省覲 ……………………………………焦　竑 321
書袁太史卷 ………………………………………………………焦　竑 322
袁伯修太史白蘇齋 ………………………………………………王穉登 322
寄袁石浦太史 ……………………………………………………湯顯祖 323
懷伯修先生近體四章 ……………………………………………陶望齡 323
寄懷袁伯修 ………………………………………………………陶望齡 324
得袁石浦書并枉新什志喜十四韻 ………………………………陶望齡 324
與袁石浦 …………………………………………………………陶望齡 324
又 …………………………………………………………………陶望齡 325
又 …………………………………………………………………陶望齡 325
飲袁太史伯修齋中 ………………………………………………江盈科 325
白蘇齋冊子引 ……………………………………………………江盈科 326
題白蘇齋爲袁太史作 ……………………………………………王　衡 327
哭袁伯修太史兼柬小修 …………………………………………湯賓尹 327
哭袁伯修兄文 ……………………………………………………龍　膺 328
祭石浦袁太史文同社 ……………………………………………黄　輝 329

明右春坊右庶子兼翰林院侍讀袁公壙志 ……………………黄　輝 329
附録三　佚文…………………………………………………………… 331
創建般若庵記 ………………………………………………………… 331
試策四篇 ……………………………………………………………… 332
書一　故君子名之必可言也，言之必可行也，君子於其言無所苟而已矣 ……………………………………………………… 332
書二　事孰爲大，事親爲大 ……………………………………… 333
書三　安汝止，惟幾惟康，其弼直，惟動丕應。徯志以昭受上帝，天其申命用休。帝曰：吁！臣哉！鄰哉！鄰哉！臣哉！禹曰：俞 ………………………………………………… 334
論一　帝天之命，主於民心 ……………………………………… 335

卷之一

古詩類

過黄河

飛蓋霽色新，爽氣來青嶂。行行見洪河，洪河流湯湯。津吏向我言，夜雨添新漲。一葉淩浩渺，沸波濺其上。鼓棹度中流，東西迷所向。雷車爭砰鍧，雪屋互排盪。兒女色如土，老夫神猶王。自矢管公誠，豈憂蔡姬蕩。篙師若有神，布帆遂無恙。三老顧何能，呵護賴神貺。腐儒一寸心，幸哉天昊諒。剌剌撫兒女，無庸太惆悵。宦海多風濤，絶勝洪河浪。

【箋】

萬曆十九年辛卯（一五九一）北行道中作。三十二歲。

案：據中道《珂雪齋集》卷十八《曾、登二侄壙記》，宗道攜兒入都，一在萬曆十四年，是年宗道舉會試第一，時年二十七歲；一在萬曆十九年辛卯秋，以使期滿，欲請告，念父不及封，復攜二子入都。時年三十二歲。詩云“兒女色如土，老夫神猶王”，自稱“老夫”，不似二十餘歲人之語調，故繫此詩於本年。

訪陳晦伯先生，晦伯留飲齋中有述

生平向大雅，遂得窺外屏。青嶂排傑閣，緑竹淨西軒。烏几羅萬軸，鳥跡辨《三墳》。愧予蠡管測，覩此搖心魂。眴目宛委洞，旋面海若門。繾綣日雲夕，篝燈還細論。兕觥湛緑醑，麈尾發玄言。把臂須臾間，鄙懷難具陳。

【箋】

萬曆十七年己丑（一五八九）冊封楚府南行道中在確山作。三十歲。

［陳晦伯］陳耀文，字晦伯，號筆山，確山人。嘉靖二十九年進士，授中書舍人，官有餘閑，得博極群書。自經史外，若《墳》《典》《丘》《索》，奇文奥字以及星曆術數，無不畢覽。升工科給事中，慷慨時政，數上危言，忤時相意，貶魏縣丞，量移淮安推官，寧波、蘇州同知，遷南京户部郎中。尋升陝西行太僕寺卿，因倦游不樂邊塞，遂請告歸。抵家杜門，日以著述爲事。年八十二卒。著有《天中記》《正楊》《學林正就》《學圃萱蘇》《經典稽疑》《花草粹編》諸書行於世。民國《確山縣志》卷十八有傳。焦竑《澹園集》卷十三《與陳晦伯》云："不佞結髮時，從事鉛槧，即聞明公盛名，博聞好古者也。頃與二三同志論列海内文學之士，靡不以明公爲稱首。"又，中道《珂雪齋集》卷十六《龔春所公傳》，謂龔仲慶司理汝南時，常遣善書吏數十人録陳耀文所藏古今圖書數百部云云，是耀文乃當世淹博之士也。

題瘦馬卷

此馬從來號騄駬，漢庭九逸應難擬。蹀躞朝隨廣莫風，連翻夜度虞淵水。一自長鳴起渥窪，雙瞳如鏡氣如霞。陌上驕嘶逢紫燕，溪頭弄影見桃花。越塊過都真可羨，縱横滅没淩飛電。時去黄金燕市空，瘦來白練吴門短。幾年躑躅老風塵，一朝膂力盡騫騰。土蝕驄花生黯淡，霜欺病骨太稜層。十年棄置向沙場，伏櫪壯心殊未央。垂頭卻憶長楸道，咄哉胡不遇孫陽。他時解轡逢知己，雕鞍玉勒黄金珥。努力猶堪馳萬里，九衢四野任君使。

【箋】

萬曆十七年己丑（一五八九）在北京作。三十歲。

送吴尚之太史謁告歸桐城

與君三載游燕市，方内共結烟霞侶。清夜焚香禮法王，臨風揮麈談玄理。君今拂衣歸皖城，伊人遙在江水濱。一片素心向誰吐，三車疑義向誰論。萬事無如歸去好，有足何妨蹈三島。看君匹馬度春明，使我心飛邯鄲道。

【箋】

萬曆十七年己丑（一五八九）在北京作。三十歲。

［吴尚之太史］吴應賓，字尚之，一字客卿，號觀我，桐城人。五歲入塾，日誦千餘言，十四即博通經籍。萬曆十四年舉進士，宗道同年。選庶吉士，授編修，不久即告歸。鄉居四十載，惟閉門著述，深究性命之旨。天啓中，以理學薦，特召，病不克赴，加左春坊左諭德，兼翰林院侍讀。著有《龍眠古文》《龍眠風雅》《古桐鄉詩選》《桐舊録》《學易齋詩文稿》等，學者稱之爲宗一先生。道光《桐城縣志》卷十四有傳。尚之好性命之學，契無生之旨，與宗道交厚。中道《石浦先生傳》云："先生官翰院，求道愈切。時同年汪儀部可受，同館王公圖、蕭公雲舉、吴公應賓，皆有志於養生之學，得教林君艮背行庭之旨。"

題柏溪沈先生墨竹

柏溪先生二室英，手抉雲漢披瑶瓊。牀頭百斗自浮湛，胸中五車鬭縱横。興來和墨掃生絹，幅幅宛出淇園清。古色莽蒼風雨黯，元氣淋漓鬼神驚。珍重一竿世稀有，已覺渭川無千畝。瑟瑟霜葉動秋濤，冥冥烟干蟠蒼虬。瞥覩寒氣生兩腋，白雲冉冉墮虚牖。遙想盤礴落筆時，瀟湘失色神龍走。吁嗟沈翁直節似此君，翛翛得意兼得神，湖州太常非其倫。

【箋】

萬曆十七年己丑（一五八九）在北京作。三十歲。

［柏溪沈先生］沈杜，字名卿，號柏溪，商丘人。禮部尚書沈鯉之父。先世昆山人，明初戍大梁，徙歸德，已復徙商丘。善飲酒，工詩詞，喜草書，解繪事，尤擅墨竹。風枝雨葉，瀟灑亭亭，湊泊古名家。間作小山水，亦往往有天趣。卒年六十八，贈禮部尚書。生平見王世貞《弇州山人續稿》卷七十四《沈太史傳》及郭正域《合并黄離草》卷三十四之《封宗伯沈公墓志銘》。

案：柏溪先生墨竹，除宗道此篇外，一時名公，多所題詠。郭正域、于慎行、余繼登等皆有作，分見《合并黄離草》《谷城山館集》《淡然軒集》。尤以繼登《題柏溪沈翁畫竹，大宗伯龍江公尊人也》一詩，頗能傳柏溪寫墨竹之神。

［湖州太常］文同，字與可，宋梓州人。善畫竹。初舉進士，稍遷太常博士，集賢殿校理。出知陵州。元豐初，知湖州，故世稱文湖州。有《丹淵集》。《宋史・文苑》有傳。

題司選君寒玉軒卷

噫嘻，江陵豈無千樹橘、千畦韭，何不擅此比素封，那用萬竿修篁繞前後。君言長物無所愛，生平愛與此君友。縈沙帶水通三徑，斸雨耕烟開數畝。結實紛綸啄鳳凰，老幹交加篆蝌蚪。秋靜寒濤生白日，夜永涼颸散虚牖。綠户朣朧月自過，紅塵卻掃雲爲帚。主人高節干雲霄，寒玉青青可與偶。祇今文昌懸藻鏡，共羡清白勝瓊玖。不見江上草堂蒽菁間，圖書之外復何有。此中應許二仲過，倘容袁粲相從否？

【箋】

萬曆十七年己丑（一五八九）在北京作。三十歲。

［司選君］司汝霖，本張姓，始從養父姓司，後復本姓，改名汝濟，字澤民，别號傅野，江陵人。隆慶戊辰進士，爲臨川令，改兵部武選主事，遷文選稽勳員外。戊子，調文選郎中，掌選事。後進太常少卿，尋遷右通政。庚寅，晉光禄卿。辛卯，晉都察院右副都御史，巡撫福建。時論以其附居正，尋罷歸里，築萬玉山房，杜門息交，適意林下。見袁宗道《巡撫福建右副都御史傅野司公墓志銘》，《湖北通志》《荆州府志》《江陵縣志》俱有傳。據《神宗實録》："十七年十一月，太常寺少卿司汝霖請復張姓。"因知其時尚未復姓，故宗道仍以司選君稱之，繫此詩於本年，亦基此。

案：王世貞有《萬玉山房記》。記云："司先生顔其讀書之舍曰萬玉山房，而屬世貞爲之記。夫萬玉者，萬竹也。竹何以稱玉也，曰君子比德於玉，已而比玉於竹。……玉稱君子，竹亦稱君子，又同也。"文見《弇州山人續稿》卷三十五。

白燕篇爲元馭閣老賦

我聞玄鳥産勾曲，數千年來化爲白。素質本孕瑤光星，玉姿豈比零陵石。雲波日影泛參差，酒泉事遠見應稀。不向烏衣國裏來，偏宜白玉堂中棲。荆花爛爛蔭修廡，藜火娟娟映雙羽。輕沾弱絮迎柳風，閑趁粉蝶度花雨。柳風花雨春未央，雕梁網户任飛翔。影寫瑤池寧異色，泥銜珠箔但聞香。人間粉黛誰堪匹，雅黄翡翠無顔色。簾前拂羽詎相見，幕中巧語暫相識。朝朝翻玉砌，暮暮度水涯。暮度渾如侵月色，朝翻疑是帶霜華。霜華月色相淩亂，游絲冉冉迷歸翰。豈逐流鶯媚綺羅，宜隨野鶴淩霄漢。君不見啁啾叢棘紛無數，惟有皓質稱天女。高閣曾聞集上真，仙禽自合來縣圃。又不見道康堂上唤景怡，感卿盛德來相依。古來良禽多擇主，肯傍尋常庭户飛？不信主人清比玉，請看雙燕玉爲衣。

【箋】

萬曆十七年己丑（一五八九）在北京作。三十歲。

［元馭閣老］王錫爵，字元馭，號荆石，太倉人。嘉靖四十一年會試第一，廷試第二，授編修。萬曆初掌翰院，張居正奪情，將杖吴中行等，錫爵造居正府切言之。明年，進禮部右侍郎。累官禮部尚書兼文淵閣大學士。首請禁諛諂，抑奔競，戒虚浮，節侈靡，闢横議，簡工作，帝咸嘉納。爲首輔，以擬三王并封旨，爲言官所攻，乃自劾乞罷。不許，改吏部尚書，萬曆三十八年卒，年七十七。謚文肅。《明史》卷二一八有傳。十四年丙戌，錫爵與吏部右侍郎周子義主禮闈，宗道於是年舉會試第一，廷試二甲第一。

顧仲方畫山水歌

良朋投合真有時，十載聞名不相知。偶爾相逢楊子宅，劇談浪謔忘還期。晚合猶勝不相遇，傾腸倒腹忘新故。祇道長同薊北游，何意便向江南去。君家别業冠江南，枕上青山滴翠嵐。密竹繁花迷鳥徑，交疎壘梘到魚潭。日高酒醒良賓集，翩翩手搦生花筆。險韻押傳詩客和，新腔填付歌兒習。錫泉酒美海螯肥，玉琖金盤列繡幃。顛狂肯問烏巾落，奮擲從教麈尾稀。朝朝暮暮停車馬，嬌歌急管催三雅。杯放香泉月并流，曲度南樓雲在下。人生朝露復何疑，君歸行樂正及時。醉月醉花從所好，聽絲聽肉詎言疲。自歌自吟還自壽，身前之名身後酒。才絶畫絶智亦絶，君家名士誰堪偶。江南樂事難具陳，管領金谷須高人。曹霸丹青何足貴，終日坎壈纏其身。

其　二

吾觀仲方畫，不從諸家入，亦復不從十指出。直是一片豪性俠氣結爲塊壘，以酒澆之不能止。忽爾迸散落縑素，偶然濃淡分山水。吾不知溪山之貌仲方，仲方之貌溪山。無情有情含裹那可辨，復有袁生失足混其間。數日苦熱，對公所作寒江流，百骸潑潑化潺湲。心魂清冷絶塵滓，恰逢投礫始驚還。卻笑凡手抛擲胸中活山水，漫從死骨求筋髓。縱然逼真君家顧長康，抵掌虎頭徒爲爾。噫吁嘻，俗眼賞鑒皆如此，不重真骨重形似！

【箋】

萬曆十七年己丑（一五八九）在北京作。三十歲。詩云："十載聞名不相知"，蓋指萬曆八年應試也。宗道是年應會試不第。

［顧仲方］顧正誼，字仲方，松江華亭人。以國子生仕爲中書舍人。畫宗黄公望，家多名人真跡，與宋旭、孫克宏友善，窮探旨趣，遂自名家。晚居濯錦江上，構熙園，水木明瑟，終老其間，自號曰亭林，有《亭林集》。乾隆《華亭縣志》卷十五有傳。唐文獻《占星堂集》卷十二有《畫山水歌爲顧仲方中翰賦》，當爲一時之作。

寒食有感

荒村鬼火燒枯樹，照見一片傷心處。古屋直西黑樹林，暗風淒雨愁殺人。堂上姑，堂下婦；短命兒，薄命母。新魂舊魂一處所，老鴟呼風夜啼虎。白日自寒天自黑，有子爲官亦何益。泉臺緩急不得力，兒生三十亦良艱。爾孫相見能傳言，慎勿爲兒傷心肝。

【箋】

萬曆二十年壬辰（一五九二）在北京作。三十三歲。

［短命兒］宗道有子曾、登。曾生於萬曆四年，時宗道十七歲；登生於萬曆七年，時宗道二十歲。二子早慧。萬曆十九年辛卯，因病相繼殁於京師。見袁中道《珂雪齋集》卷十八《曾、登二侄壙記》。案：據《袁氏族譜》，三袁子侄

輩皆曰“年”，如彭年、祈年、嵩年等，則曾、登亦當名曾年、登年。然據最新發現的《明右春坊右庶子兼翰林院侍讀袁公壙志》，謂宗道子二，長曰應泰、次曰應徽。《壙志》爲宗道好友黄輝所作，時爲萬曆三十年。應有信度。《萬曆丙戌科進士同年總録》亦云其子名爲應泰、應徽。與《族譜》譜系未合，或恐是編譜時改名亦未可知。

［薄命母］宗道母龔太安人，河南左布政使龔大器女，生女一及宗道兄弟三人。於萬曆元年卒。時宗道十四歲，宏道六歲，中道四歲。見黄輝《袁公壙志》及三袁有關文字。

詠懷效白

人各有一適，汝性何獨偏？愛閑亦愛官，諱譏亦諱錢。一心持兩端，一身期萬全。顧此而失彼，憂愁傷肺肝。人生朝露促，世福誰能兼。裴相豈不達，髮白方壯年。北窗高臥人，垂老缺朝餐。良無丘壑貴，安有火食仙。陵谷且難平，稊米寧不然。一毛附馬體，安問缺與完。角者奪其齒，飛者不能潛。鵬飛不笑鷽，夔行不愛蚿。爾莫信爾意，兩粥擁衾眠。

【箋】

萬曆二十一年癸巳（一五九三）——萬曆二十四年丙申（一五九六）間作。三十四歲——三十七歲。

壽亭舅贈我宜興瓶茶具酒具，一時精美，喜而作歌

吾舅贈我宜興瓶，色如羊肝堅如石。吾家復有古銅鐺，蓮子枯硬土花赤。茗品長興弟虎丘，釀法薊州兄三白。酒苦茶香足我事，從此瓶鐺不虛設。虛堂寂寂門下楗，慚無一技送晨夕。讀書覺眉重，臨池嫌腕

拙。世間百事百不能，乍可衡茆甘踽躇。雲心齋前一片地，斑駁苔錢紅間碧。珊瑚漆几博山爐，拂竹捎花巧排列。左置鐺，右置瓶，大奴燒松根，小奴滌瓷罌。坐愁湯老手自瀹，纔聞酒響涎不禁。三杯好顔色，七椀生寒栗。清冷頃覺肝腸换，磊塊都從毛孔出。劉伶頌酒不頌茗，屈生愛醒不愛醒。酲醒中間安置我，日日挈鐺與挈瓶。況我此間蓬蒿宅，褊[1]性畏人稀見客。此物湖海清狂流，能攻吾短蠲吾癖。鐺也老友瓶小友，竹也此君丈也石。日與四子相周旋，共我山房呼五一。紛紛交態何須數，誰似爾我真莫逆。

【箋】

萬曆二十四年丙申（一五九六）在北京作。三十七歲。

［壽亭舅］龔仲慶，字惟長，號壽亭，宗道舅父，公安人。萬曆七年與宗道同舉於鄉，八年成進士，授行人，改福建道御史。以言事謫磁州通判，後官終兵部車駕員外郎。萬曆三十年卒，年五十三。有《遁庵集》。同治《公安縣志》卷六有傳。仲慶居朝，善申時行，與攻張居正者爲敵。見《明史》卷二二九《沈思孝傳》及卷二三六《李植傳》。

【校】

〔1〕褊，原作“徧”，誤。

書讀書樂後

龍湖老子手如鐵，信手許駁寫不輟。縱横圓轉輕古人，還也無筆儀無舌。一語能寒泉下膽，片言堪肉夜臺骨。我自别公苦寂寞，況聞病肺那忘卻？忽有兩僧致公書，乃是手書《讀書樂》。自誇讀書老更强，膽氣精神不可當。歌笑無情有真樂，問公垂老何飛揚。詩既奇崛字遒絶，石走巖皴格力蒼。老骨稜稜精炯炯，對此恍如坐公傍。龍湖老子果希有，此詩此字應不朽。莫道世無賞音人，袁也寶之勝瓊玖。

【箋】

萬曆二十五年丁酉（一五九七）在北京作。三十八歲。

［龍湖老子］李贄，號卓吾，又號宏甫，晉江人。嘉靖三十一年舉人。曾官雲南姚安知府。五十四歲棄官，游楚之黄、麻間，居龍湖，友人因以爲號。專心講學著述，抨擊道學，爲當道所不容。後北上通州，又爲御史張問達所劾，逮死獄中。見袁中道《珂雪齋集》卷十七之《李溫陵傳》。李贄居麻城時，三袁兄弟曾前往問學，公安派之形成，實由李贄肇其端。而公安三袁之以李贄爲師，又自宗道始。萬曆十七年己丑，宗道以冊封事謁告歸里時，焦竑曾爲之引見李贄。曰："亭州有卓吾先生在焉，試一往訊之，其有以開予也夫？"見《澹園集》卷二十二《書袁太史卷》。卓吾亦曾就宗道造訪事回復焦竑，云"袁公果能枉駕龍湖，明年夏初當掃館、烹茶以俟之，幸勿爽約也。"見《李溫陵集》卷四《答焦秣陵》。然宗道當年終未成行，直至二十一年癸巳方有"三珠樹"往訪之舉。此前，宏道、中道皆曾單獨往訪龍湖老子。

［讀書樂］李贄於萬曆二十四年所作詩。詩前小引有云："余蓋有天幸焉，天幸生我目，雖古稀猶能視細書；天幸生我手，雖古稀猶能書細字。然此未爲幸也。天幸生我性，平生不喜見俗人，故自壯至老，無有親賓往來之擾，得以一意讀書。……是以老而樂學，作《讀書樂》以自樂焉。"見《焚書》卷六。

詠　懷

矯矯陶彭澤，飄飄賦歸田。六月北窗下，五柳衡門前。有巾將漉酒，有琴慵上絃。老死無儲粟，扣門語可憐。亦有白居士，分司饒俸錢。既卜洛中宅，常開花下筵。侍兒蠻素嬌，賓客韋劉賢。楊枝歌《子夜》，《霓裳》舞春烟。伊余慕古人，冉冉迫中年。局蹐忽已久，未得一日歡。幸有祖父廬，兼之江郭田。雖缺聲伎奉，不乏腐儒餐。爲白非所望，爲陶諒難堪。揣分得所處，將處陶白間。

【箋】

萬曆二十五年丁酉（一五九七）在北京作。三十八歲。

暮春鄒生邀黄思立諸公游高梁橋即事

柳帶括晴空，寒鏡開清潭。長眉三十里，波底見行驂。雕弓簇小竪，茜衫逐冶男。西山如螺髻，萬黛滴僧藍。長歌吹細縷，酒氣成烟嵐。鳧母出窺人，茭蒲緑鬣鬖。時聞惠連語，蒼翠似江南。

【箋】

萬曆二十六年戊戌（一五九八）在北京作。三十九歲。

［鄒生］或即鄒之有。之有號懷白，公安人。嘉靖時户部尚書鄒文盛四世孫，襲錦衣蔭，升指揮僉事，後乞休，加太子太保，使軍都督府左都督。家居十餘年，以疾終。光緒《荆州府志》卷四十七、《公安縣志》卷六有傳。

［黄思立］黄大節，字思立，一作斯立，號無淨，又號庭翠，信豐人。萬曆十四年進士，宗道同年。授太常博士，上書請立東宫以定國本，未幾，以禮部出爲浙江副使。二十八年庚子，憂歸，起湖廣，不赴。卒天啓二年，年七十一。見《贛州府志》卷五十二及《萬曆丙戌科進士同年總録》。

［諸公］據宏道《瓶花齋集》卷一《暮春同黄無淨、曹季和、黄昭質、家伯修游高梁橋》詩，知同游者爲黄輝兄弟和宏道等人。季和名大咸，又字元和，江陵人。萬曆十四年進士，歷知鹽城、山陽，改禮科給事中，上制簽法。時倭人封貢事敗，言官疏論輔臣趙志皐、張位、沈一貫。位以宿怨疑大咸，遂因趙南星事被劾罷官。《湖北通志》卷一三七及《三楚文獻録》有傳。黄燵，字昭質，南充人。黄輝四弟。萬曆二十年進士。授兵部武選司員外郎，升汝南布政使參政。《南充縣志》卷九有傳。

［高梁橋］在西直門外，爲京師最勝處。劉侗《帝京景物略》卷五云：“水從玉泉來，三十里至橋下，荇尾靡波，魚頭接流。夾岸高柳，絲絲到水。緑樹紺宇，酒旗亭臺，廣畝小池，蔭爽交匝。歲清明，桃柳當候，岸草遍矣。都人

踏青高梁橋，輿者則褰，騎者則馳，蹇驅徒步，既有挈攜，至則棚席幕青，氈地藉草，嬌妓勤優，和劇爭巧。”

案：《帝京景物略》引宗道是詩，字句多有不同。詩題作《暮春游高梁橋即事》，“柳帶括晴空”作“弱柳晴無煙”，“寒鏡”作“空翠”，“長眉”作“長堤”，“波底見”作“波影隨”，“長歌吹”作“姬歌度”，“成”作“生”，“惠連語”作“流鶯語”，“蒼翠”作“的的”。

曹元和邀飲靈慧寺同諸公賦

驟馬出塵海，入門聞午鐘。捎天樹輪囷，委地竹龍鍾。佛衣存古摺，僧老帶山容。經案列野簌，禪板付歌童。西日射飛閣，霞裾淩虛空。萬井排蜂房，九陌喧蚊蟲。歸騎踏飛沙，耳後生長風。

【箋】

萬曆二十六年戊戌（一五九八）在北京作。三十九歲。

［曹元和］曹大咸。見前箋。

送劉都諫謫遼陽

立志爲諍臣，萬死應不悔。含笑辭白髮，結束向遼海。遼海急兵戈，山高集犀鎧。久與狡倭持，戰氛何時解。萬里調客兵，餉絶兵饑餒。脱巾侮大將，易若捕蟲豸。未戰心先攜，兵驕將復猥。百無一堪用，可恃復安在。君行好折衝，旄節久相待。勉矣立功名，身爲國溝壘。

【箋】

萬曆二十六年戊戌（一五九八）在北京作。三十九歲。

［劉都諫］劉爲楫，字時濟（《萬曆丙戌科同年進士總録》作字時用，號濟

蒼），霸州人。萬曆十四年進士，宗道同年。初授安陽知縣，以考最升兵科給事中。乙未，改吏部都給事中。二十六年四月忤旨，吏部擬陝西布政司都事，不許，欲更遠之，左遷遼東苑馬寺主簿。見《明實録》、談遷《國榷》及本集卷十二《封知縣劉公墓志銘》。

［遼海］萬曆二十六年正月，官軍攻倭於蔚山，不克；楊鎬、麻貴奔星州，撤兵回玉京；四月，土蠻犯遼東，總兵官李如松敗没，朝野震動。見《明史》之《神宗紀》及卷二三八《李如松傳》、卷三二〇《朝鮮列傳》。

［萬里調客兵］萬曆二十五年二月，再議東征，以兵部尚書邢玠總督薊遼，決意用兵。五月，邢玠至遼，備倭大將軍麻貴所統兵僅萬七千人，請濟師。玠以朝鮮兵惟嫻水戰，乃請募兵川浙，并調薊、遼、宣、大、山、陝兵及福建、吴淞水兵，劉綎督川漢兵六千七百聽剿。見《明史紀事本末》卷六二《援朝鮮》。

夏日高户部循卿招飲大通橋，同黄太常思立、張國博叔闇、項參知庭堅及舍弟中郎

一望皆林塘，孤亭臨水際。連轡四五人，一揖易巾屣。主人陳尊罍，花下趨人吏。兩行檀壓酒，百巡車行觳。長艘蹅河來，人衣沾草翠。潭影見軒窗，游魚呷亭宇。散坐捐煩苛，縱談忘忌避。水風醒心脾，百罰不成醉。舟行窮幽奥，目境轉奇邃。臨涯逼懸流，萬雷擊山墜。對面不聞語，但見口開閉。冰柱萬條直，雪巖千片碎。側身奔石間，趾酸心病悸。歸卧北窗下，枕邊聞水氣。

【箋】

萬曆二十六年戊戌（一五九八）在北京作。三十九歲。

［高户部循卿］高環，字循卿，號冀泉，長治人。萬曆八年進士，授工部觀政，改户部。見《萬曆八年進士登科録》。

［黄太常］黄大節。見本卷《暮春鄒生邀黄思立諸公游高梁橋即事》箋。

［張國博叔闇］張令聞，字叔闇，號畏巖，江陰人。萬曆十四年進士，宗道同年，工部觀政改刑部郎中，福建汀州知府。道光《江陰縣志》卷十三有傳。

［項參知廷堅］項德楨，字廷堅，號玄池，秀水人。萬曆十四年進士，宗道同年。授工部屯田主事，疏爭三王并封，又與顧允成、張納陛、岳元聲等廷詰王錫爵，有直聲。尋督易州山廠。升山東僉事，備兵薊州。後升四川參議，改補密雲。進河南副使，兵民詣闕乞留。詔如所請。尋轉山西參議，引疾歸。著有《續名臣紀》等十八種。見焦竑《國朝獻徵録》參沈思孝《墓志》。《嘉興府志》卷五十二亦有傳。

［大通橋］在崇文門外三里。橋畔有三忠祠，祀諸葛亮、岳飛、文天祥。見《帝京景物略》卷二。其引宗道是詩，詩題作《夏日高户部循卿招飲大通橋》。

卷之二

古詩類

新正三日雪窗早起

雪窗耀眼明，披衣起梳櫛。鏡光合雪光，光欲透膚革。面紋千百條，旁行相虬結。白髭藏鬢中，似欲逃剪鑷。近服首烏丸，我首何曾黑？回念四旬間，悲歡幾經歷。愁核埋胸腑，年深愁花發。皺紋乃蓓蕾，霜毛爲枝葉。譬彼治田人，種麥而得麥。仙藥豈能變，況餌木與石。白黑亦何殊，毋强生分別。且覔般若湯，一澆磊塊穴。

【箋】

萬曆二十七年己亥（一五九九）在北京作。四十歲。據《國榷》卷七十八："(二十七年）五月戊辰，右諭德范醇敬、唐文獻爲左右庶子兼翰林院侍讀，中允袁宗道爲左諭德兼侍講，署司經局印。"

獨　坐

天驅赤白丸，遞我東西奔。無履亦無足，來往何頻煩。坐令六合内，咄嗟換寒暄。投身冰火聚，誰能自騰騫？我生閲新春，已歷四十番。闌入朱紫叢，駑馬隨鵬鵾。寒熱穿骨髓，憂畏攻心魂。有似魚入網，又類雉居樊。今晨雪雲重，昏昏朝楗門。結跏擁敗衲，真稱僵臥袁。徑滑呵道絶，密室誰晤言。凍雀撲紙窗，饑鼠窺殘樽。呼酒聊取適，苦樂未須論。

【箋】

萬曆二十七年己亥（一五九九）在北京作。四十歲。

對　酒

美酒入犀杯，微作松柏氣。佐之芹與蒿，頗有山林意。不用烹豬羊，酒清忌肥膩。頰有三日紅，囊無百錢費。不費復不饕，養財兼養胃。都門仕宦者，獨有二樂事。第一多美酒，第二饒朋輩。欲得不思歸，呼朋時一醉。

【箋】

萬曆二十七年己亥（一五九九）在北京作。四十歲。

劉都諫左遷遼陽，別數月矣，遠致酒一甕，爲之大醉數日

劉君別我久，遠餉酒一甕。甕大容五石，肩夫雙臂痛。清比惠井泉，白如雪山湩。因憶去年事，朝議同聚訟。都諫上封章，語意帶譏諷。逐向遼陽幕，官微名轉重。沙磧驅凍驢，貰酒無餘俸。佳釀及故人，得微減朝饔。連晨開甕飲，昏花盡如夢。簷曝取殘經，揩眼逐字誦。斜日射階雪，熠熠金沙動。

【箋】

萬曆二十七年己亥（一五九九）在北京作。四十歲。

［劉都諫］劉爲楫。於去年五月左遷遼東苑馬寺主簿。見本集卷一《送劉都

諫謫遼陽》箋。

［官微名轉重］據民國《霸縣新志》卷五："會爭東宫冊立相丞不可有權之疏上，謫遼左苑馬主簿，即日就道，縉紳名公侈爲歌詠以壯其行，大司馬汪恭肅公遴特爲贈言"云云，可參。

夢　花

夢中叢桂開，香蔭籠數畝。黄粒肥於豆，蒼枝大如肘。一笑開清樽，折柬邀詩友。忽悟客燕城，老桂何從有。以手急捫摸，驗是真花否。頗覺花非花，不悟手非手。一夢雜惺迷，真妄誰能剖。豈惟夜夢花，亦有晝生柳。此事實難知，試問逍遥叟。

【箋】

萬曆二十七年己亥（一五九九）在北京作。四十歲。

報　謁

杜門閑七日，頽然忘身世。如入山裏山，散髮坐青靄。夢中聞馬嘶，五内湯火沸。青袍冷於鐵，難着勝堅鎧。病馬負懶夫，衝泥穿闤闠。忙殺坐禪身，生憎六摺刺。

【箋】

萬曆二十七年己亥（一五九九）在北京作。四十歲。

東坡作戒殺詩遺陳季常，余和其韻

念爲生身核，業爲潤生汁。變化萬形骸，胎卵及化濕。共居佛土中，謀生各自得。楚痛誰能堪，相戕何太急。水珍炮鮭鳖，陸羞燔鵝鴨。俎豆萃賓朋，歌吹喧簾冪。以彼徹骨慘，博我雙頰赤。猶恨金盤内，肪膏少肥白。運箸風捲雲，剩脂汙巾幘。可憐横死魂，繞釜啾啾泣。蔬果宜胃腸，此味真可缺。人羊遞往來，循環作主客。塞耳經所譬，清虚道自集。

又

饑來吃白粥，渴來啜茗汁。六時經行裏，鉢盂兩度濕。清齋擁衲眠，清福誰消得。人命呼吸間，年光敲石急。因口造重罪，曾不異雞鴨。萬錢充一餐，金玉燦紗冪。犓腴粟粟黄，虬脯珊瑚赤。剔骨積山高，棄脂塗地白。人亦大可怖，猛虎而冠幘。胎魂能入夢，變形訴且泣。食經并食典，妖篋胡可缺。鑊獄受煮人，是昔豪華客。五辛亦當屏，穢吻饑鬼集。

又

三日不飲酒，無異蝸亡汁。一日不食肉，有似魚離濕。放箸倏已空，一飽竟何得。口腹我所緩，性命彼甚急。渾沌笑蚶蠣，暗弱欺雞鴨。血色蝕刀砧，腥烟蒸帷冪。不思味報身，鐵網火洞赤。一念懺積僁，黑業立化白。譬如遇赦囚，鉗鋏換冠幘。戒刀殞虚空，魔王盡哭泣。世典不戒殺，竺書縫其缺。採毛可薦神，烹葵堪邀客。斷殺從此始，無令寃垢集。

附東坡戒殺詩

我哀籃中蛤，閉口護殘汁。又哀網中魚，開口吐微濕。刳腸彼交病，過分我何得。相逢未寒温，相勸此最急。不見盧懷慎，蒸壺似蒸鴨。坐客皆忍笑，髡然發其冪。不見王武子，每食刀機赤。琉璃載蒸豚，中有人乳白。盧公信寒陋，衰髪得滿幘。武子雖豪華，未死神先泣。先生萬金璧，護此一蟻缺。一年如一夢，百歲真過客。君無廢此篇，嚴詩編杜集。

【箋】

萬曆二十七年己亥（一五九九）在北京作。四十歲。

案：李騰芳有《蘇子瞻有戒殺詩遺陳季常，袁伯修太史和之，余亦有作》詩二首，見《李文莊公全集》卷十。

夜展張螾集，誤潑酒其上，戲作

一生慣落第，結愁深貫骨。化作怪哉蟲，鬖鬖亂卷帙。毒氣着人胸，好懷變蕭瑟。得酒應消糜，餘樽解吾戚。

【箋】

萬曆二十七年己亥（一五九九）在北京作。四十歲。

元　宵

獨倚寒簷看明月，月穿凍枝射衣白。火彈捎天聲吒吒，猛省今夕是元夕。六衢今日人如蟻，到處筒花吐金蕋。三更烟滅游人歸，月洗天街淨如水。筒花開謝何匆亟，馬上看花人歎息。不知花笑看花人，轉眼豪華也銷歇。白蘇居士大耐酸，菜盂粥椀坐團圞。木檠瓦缸光爛爛，不須更買彩燈看。

【箋】

萬曆二十七年己亥（一五九九）在北京作。四十歲。

夏日黄平倩邀飲崇國寺葡萄林，同江進之、丘長孺、方子公及兩弟，分韻得閣字

數畝葡萄林，濃條青若若。垂藤如旛幢，布葉如帷幕。交蔓爲寶

網，綴實成瓔珞。蜩蟬遞代響，清越鈞天樂。寒泉繞膝流，坐久怯衣薄。霞外四五朋，一笑破纏縛。依岸排繩牀，科頭兼赤腳。語或禪或玄，雜之以詼謔。露葵帶雨烹，雲芽揀水瀹。石砌滴琤琤，銅鐺鳴霍霍。朋陣分兩曹，奪爪如相搏。百罰嫌觥小，取缽代杯杓。錦江氣豪宕，新都質文弱。其餘盡楚人，賦性俱脱略。鄉語雖粗醜，動塵珠錯落。三伏此中消，萬卷束高閣。

【箋】

萬曆二十七年己亥（一五九九）在北京作。四十歲。

［黄平倩］黄輝，字昭素，一字平倩，號慎軒，又號鐵庵，南充人。萬曆十七年進士，改庶吉士。時同館中詩文推陶望齡，書畫推董其昌，輝詩及書與齊名而博識猶過之。佞佛，茹齋持誦如老僧。由編修遷右中允，充皇長子講官。《明史》卷二八八有傳。輝與公安三袁交誼甚篤，宗道在京逝世，一切後事皆輝料理。其爲詩文，本奇而藻，但爲“中郎所轉，稍稍失其故步”。陳田《明詩記事》評輝詩云：“平倩詩爽雋絶倫，惜爲公安習氣所染，余擇其近雅者存之，不愧當時才子。”所著據《千頃堂書目》，計有《怡春堂集》六卷、《鐵庵詩選》一卷、《鐵庵集》八十卷、《平倩逸稿》三十六卷。

［崇國寺］在皇城西北隅。元時有東西二崇國寺，此則西崇國寺。寺始於元，明宣德間重建，賜額大隆善護國寺，然都人仍呼其初名。見《長安客話》卷一。據中道《石浦先生傳》云：“先生官京師，仲兄亦改官至，予入太學，乃於城西崇國寺蒲桃林結社論學。往來者爲潘尚寶士藻、劉尚寶日升、黄太史輝、陶太史望齡、顧太史天埈、李太史騰芳、吴儀部用先、蘇中舍惟霖諸公。”

［江進之］江盈科，字進之，號绿蘿山人，桃源人。萬曆二十年進士。授長洲知縣，後補銓曹，爲人中傷，遂改大理寺正，後升按察司僉事，視蜀學政。卒於任，年五十一。有《雪濤閣集》《皇明十六種小傳》等。中道有《江進之傳》，光緒《桃源縣志》卷八有傳。時進之正在大理寺正任上。進之乃公安派中主要骨干，論詩力主清新，用矯七子模擬之弊。中道論其詩曰：“進之詩可愛可驚之語甚多，中有近於俚語者，無損也。稍爲汰之，精光出矣。”然其詩

亦頗爲後世攻訐，朱彝尊《靜志居詩話》卷十六即云：“進之與中郎同官吴下，其詩頗近公安派，持論亦以七子爲非，特變而不成方者。”

［丘長孺］丘坦，原名坦之，字長孺，麻城人。善詩，工書，喜游歷。萬曆三十四年舉武鄉試第一，官至海州參將。所著有《南游稿》《北游稿》《楚丘集》《度遼集》等。《麻城縣志》《湖北詩徵傳略》皆有傳。惟《詩徵傳略》謂其曾舉進士，與諸家所載相異，未知何據。長孺亦公安派重要成員，三袁集中多有酬答寄贈之作。宗道曾於萬曆二十四年冬，爲長孺序《北游稿》，文見後。

［方子公］方文僎，字子公，新安人。曾從潘之恒學詩，窮困落拓。萬曆二十一年，中道應試武昌，識於潘寓，喜其文雅，薦於宏道，爲其料理筆墨。自此至萬曆三十四年，宏道或游或宦，子公常與之俱。萬曆三十四年丁未宏道入京補銓曹，抱病往歸之，道卒。生平俱見中道《游居杮録》卷三。

［兩弟］袁宏道、袁中道。時宏道入京補國學助教，中道亦入太學讀書。

［分韻得閣字］宏道有《夏日同江進之、丘長孺、黄平倩、方子公、家伯修、小修集葡萄方丈，以五月江深草閣寒爲韻，余得五字》詩，是爲同時分韻之作。

［錦江］此處指黄輝，輝爲蜀人。

［新都］即新安。漢郡名，位於新安江上游。獻帝建安十三年置，隸屬揚州，至晉太康元年，更名新安郡。此指子公。

題馮中允貞壽冊

鬱鬱山上松，適與秋風會。貞蕤冒霜青，亭亭直如蓋。黄口鳳凰雛，依倏鳴噦噦。清響激層霄，錦羽如飛旆。一自所天亡，淑媛在顛沛。從逝豈不芳，立孤事爲大。睠此藐諸身，弓裘繄是賴。含血傳遺書，文成起光怪。植身銅馬間，九域望霶霈。風膏明滅中，返危以爲泰。丈夫何必能，一聞一感慨。

又

日夕侍瑤山，徘徊銀牓側。我見大馮君，溫溫玉比德。清心符令顏，中懷淨若拭。巖象與風夢，之子終當協。竹孫有高標，鳳雛無短翼。母德夫如何，孤寧不修飭。如母所關係，不獨在一宅。育子爲名臣，功終歸社稷。六珈固已榮，亨途芳始陟。

【箋】

萬曆二十七年己亥（一五九九）在北京作。四十歲。

［馮中允］馮有經，字源明，一字正子，慈溪人。萬曆十七年進士，選庶吉士，除編修，歷中允，至庶子，充東宫講官。《慈溪縣志》有傳。

送峨嵋僧清源，時源請有檀香佛，刻鏤甚精

師從峨嵋來，往還經幾宿？兹山聞最高，幾許到天竺？師行遍天下，無乃是神足。竦身入梵宫，鏤此旃檀佛。

【箋】

案：此篇又見於宏道集。宏道集編在前，當以宏道作爲是。

金人捧劍篇閣試

長安佳麗逢上巳，秦王開筵面曲水。風送鶯聲雜管弦，柳拂晴烟澹羅綺。此時歌舞臨高臺，千鐘萬騎紛徘徊。瞥覩金人騰曲水，手提三尺何雄哉！神物由來經百煉，龜文龍藻相淩亂。寒光燁奕動流星，紫氣縱横爍飛電。乍看出匣氣干雲，莫邪失色風胡驚。歘忽青天風雨黯，慘淡白日虬龍唫。芙蓉爲鍔珊瑚把，神彩陸離照四野。令君此際威中原，令君此際制西夏。於時秦王氣轉驕，戈鋋[1]臨風風怒號。太原以東無王

氣，函關萬里絶鳴鞘。英雄轉眄已沉淪，阿房衹今草青青。此劍毋乃歸延津，靈秘何年出水心，噫嘻，吾將攜此清邊塵！

【箋】

萬曆十四年丙戌（一五八六）——萬曆十六年戊子（一五八八）在北京作。二十七歲——二十九歲。

案：趙標亦有同題之作，起首云：“長安佳麗逢三日，女郎游冶試春服。何處温泉流瀰瀰，秦王開筵向水曲。”見《趙翰林經濟全集》卷一。標字貞甫，號準臺。平陽人。萬曆十四年進士，宗道同年。工部觀政改庶吉士。十六年十月，改御史，按真定。病起，按四川、山東，爲璽卿。典河南試。卒萬曆三十七年。見《神宗實録》卷四五八。既爲閣試，必作於趙標改御史前，故繫於此。

【校】

〔1〕戈鋋，原作戈鏇。

駕幸石景山臨觀渾河，見水勢洶湧，因念黄河時有衝決，面諭輔臣，經理須要得人，復命作詩恭紀閣試

鸞輿回峪嶺，羽騎度巖河。仰睇石景山，俯瞰桑乾河。桑乾水流何太急，狂飆捲浪高千尺。浮澌穿石吼風雷，新漲奔崖亂雲日。聖主顧且驚，拊髀呼近臣。僅一衣帶水，泛濫愁吾人。況復河源來天上，湯湯百折經龍門。盤旋九曲銀潢轉，澎湃八紘滄海翻。頻年徐邳無安流，白日蛟龍走林皐。縱有田間豈足依，即云疏築那堪久。少府徒聞請萬緡，天吴時復憂千畝。金簡誰嗣敷土功，玄圭應待濟川手。微臣稽首頌吾皇，儆予今復繼陶唐。欲笑秦王稱德水，還輕漢武築宣房。坐令蒿萊化禾黍，還教沮洳變康莊。載德老農歌《擊壤》，洪河萬里浮榮光。

【箋】

萬曆十六年戊子（一五八八）在北京作。二十七歲。

［駕幸石景山］據《國榷》卷七十四："（戊子九月）甲子，幸石景山觀渾河，諭申時行曰：'渾河水勢洶湧無比，則黄河可知。'時行曰：'渾河來自西北，古之桑乾河也。從此出蘆溝橋至直沽入海。水盛時亦洶湧矣。'……上曰：'經理須得其人。'"輔臣即申時行。又據《長安客話》卷四："是秋館課，閣臣即以《駕幸石景山臨觀渾河，見水勢洶湧，因念黄河時有衝決，面諭輔臣，經理須要得人》命題，袁宗道詩第一。"所言即此首。《長安客話》亦引該詩。引詩"變康莊"爲"襄康莊"。

案：郭正域亦有同題詩，見《黄離草》卷十二。

卷之三

今　　體

真定道中

馮高聊引睇，草色上征裾。垣斷暮山出，沙平江樹疎。清齋甘苜蓿，適意任蘧篨。問我年來興，東溪足釣魚。

【箋】

萬曆十七年己丑（一五八九）冊封楚府便道歸里途中所作。三十歲。宗道此次出使，一時賦贈者頗多。馮琦有《送袁玉磐冊封楚藩并懷乃弟倩修》三首，見《北海集》卷四。焦竑有《送袁太史冊封楚府便歸省覲》，見《澹園集》卷三十九。同時亦有《書袁太史卷》，爲其紹介李贄，并囑其“一往訊之”。同館周如砥亦有《送袁玉蟠冊封楚府便歸省覲》詩，見如砥《周太史文集》卷二。

憩有斐亭

空亭堪徙倚，一水帶疎林。亂石含芳草，危橋度遠岑。野垣還竹色，淇澳尚泉音。豈不懷君子，高蹤何處尋？

【箋】

萬曆十七年己丑（一五八九）冊封楚府便道歸里途中過淇縣所作。三十歲。

［有斐亭］在河南淇縣。見中道《珂雪齋集》卷十四《南歸日記》。

［淇澳］酈道元《水經注》云淇水亦名澳水。地有淇園，在淇縣西北三十五里。淇水之澳右多竹，衛人美武公之德，賦《淇澳》，即此。見《淇縣志》卷一。

歸　興

家傍青山曲，門當緑水斜。長巒通畎澮，古木間桑麻。吾欲學爲稼，將無遂及瓜。還因歸里日，預已惜離家。

【箋】

萬曆十七年己丑（一五八九）冊封楚府便道歸里途中所作。三十歲。

游百丈泉

青嶂岧嶢赴郢東，寒泉飛處鬱嵸巃。諸天晴灑千林雨，六月涼生萬壑風。小入傍崖驚浴鷺，斜穿曲澗掛飛虹。片時徙倚翻成惜，衹合移家老此中。

【箋】

萬曆十七年己丑（一五八九）冊封楚府便道歸里途中在衛輝所作。三十歲。

［百丈泉］又名百泉，在河南輝縣之蘇門山。中道《南歸日記》云："出邑（輝縣）西門，桃李芳菲，秀麥盈疇。五里許，至蘇門山下百泉。泉傍山根，若平湖。息於泉畔書院，有亭臺，竹篠叢生焉。已泛舟，水面可百餘畝，逐處皆泉。如玉串上濺，踴而徐逝；如急雨乍至，跳珠走沫；如天星倒垂，動搖可摘；如游魚吞浪，呷唼有聲；如瀹茶將熟，蟹眼亂沸。求其數，惟大梵天子知四天

雨點者，或了然耳，何止千百？”乃著名游覽勝地。

偕館中兄弟游東郊即事得東字

芳草平原極望空，一尊紺殿與君同。千畦醉踏松杉影，萬馬驕嘶苜蓿風。白日悲歌徒[1]似俠，青春説劍更誰雄。聚星應識高陽侶，咫尺關門紫氣東。

【箋】

萬曆十四年丙戌（一五八六）在北京作。二十七歲。

【校】

〔1〕原作“從”，據繼善堂家刻本改。

題朱兵部竹軒

憐君卜築處，修竹帶長巒。月落千林静，風生萬玉寒。韻清宜在耳，色秀悦堪餐。若遇徂徠侶，還將六逸看。

其　二

微尚依高節，何能失此君。秋濤生白日，烟幹入高雲。清冷弦中意，宫商坐外聞。會心寧在遠，咫尺絶塵氛。

【箋】

萬曆十四年丙戌（一五八六）在北京作。二十七歲。

［朱兵部］未詳。

題宮樹春雲卷

絳闕連宵迥，重樓拂曙通。山嵐茜翠外，花氣鬱紛中。鳴鳥驕芳樹，輕烟散景風。何須臨曲巘，幽意足簾櫳。

【箋】

萬曆十四年丙戌（一五八六）在北京作。二十七歲。

送吴體中歸皖城，體中與余有淨土之約，故詩中及之

都門與子別，攜手復何時？匹馬從茲去，雙魚慰所思。微風動寶樹，朗月映花池。此地終同往，何當怨遠離。

【箋】

萬曆十四年丙戌（一五八六）在北京作。二十七歲。

［吴體中］吴用先，字體中，號本如，桐城人。萬曆二十年進士，令臨川九年，改户部，旋改職方，典閩闈。歷儀曹，遷浙江右藩，擢都御史，撫蜀，與平播亂，尋因病乞休，予告家居八年。起少司空，改樞貳，總督薊遼。會閹禍起，致仕歸，卒。著有《周易筏語》《寒山房集》等。道光《桐城縣志》卷十二有傳。此次送别，當爲體中下第歸。

［淨土之約］案：體中亦好性命之學，後爲宗道葡萄社之社友。沈德符《萬曆野獲編》云："己亥、庚子間，楚中袁玉蟠太史同弟中郎、與皖上吴本如、蜀中黄慎軒，最後則浙中陶石簣起家繼至，相與聚談禪學，旬月必有會，高明士夫翕然從之。"

閑雲館

遠徑天疑隔，憑虛境自玄。西山出樹杪，南浦落尊前。高枕羲黄上，逃名綺皓先。憑闌一以眺，雲起澹晴川。

【箋】

萬曆十五年丁亥（一五八七）在北京作。二十八歲。

［閑雲館］大學士張位舊業。位字明成，號洪陽，新建人。隆慶二年進士。官至吏部尚書、武英殿大學士。位初入翰院，頗具時望。及入政府，擅權示威，素望漸失，直至坐事除名爲民。天啓中復官。謚文瑞。所著有《問奇集》《詞林典故》《警心類編》《周易參同契注解》《悟真篇注解》《老子注解》《閑雲館集鈔》《叢桂山房彙稿》等。《明史》卷二一九有傳。《國榷》卷七十三："（十四年六月辛巳）詹事府詹事兼翰林院侍讀學士張位爲禮部右侍郎，并兼官如故，仍日講教習庶吉士。"十五年五月己酉，日講官禮部右侍郎張位予告。一時朝中、館中紛然題詩贈别。馮琦、佘繼登、劉應秋、唐文獻、吴應賓、趙標、郭正域等皆有作。據佘繼登《淡然軒集》卷八之《張洪陽宗伯請告還，公有閑雲館，蓋舊業也》詩考知，宗道是詩亦當作於此年。

挽周老師九首

赤舄生前事，青編身後名。奠楹期已迫，曳履忽無聲。海宇摧隆棟，詞壇喪主盟。關情寧我輩，屑涕遍蒼生。

其　二

供奉廿年久，傳經更草麻。生平公望鬱，垂老主恩加。國自憐三鑑，人誰續五車。燕山今夜月，荒草咽清笳。

其　三

靈氣東南歇，平原風雨昏。朱弦沉寶匣，白日黯重閽。駑馬曾回眄，明珠豈報恩。山陽聞笛處，遙夜悵銷魂。

其　四

天意今難問，悠悠可更論。青蠅堪自點，北斗望踰尊。暮雨淒蒿里，秋濤吼墓門。吾家湘水曲，涕淚續《招魂》。

其　五

魑魅工射影，宇宙亦讎才。斗氣三江散，風悲[1]萬壑哀。寧能甘蠖屈，那肯受鷗猜。煜煜餘方寸，報恩心未灰。

其　六

藏舟還此日，鳴佩憶前辰。神理知難盡，音容恍可親。青旻看馭鶴，夜雨泣亡麟。我輩徒酸鼻，誰堪贖此身。

其　七

萬里南歸路，柔條一夕衰。陰風生宰樹，燐火照孤帷。不盡羊曇淚，無窮宋玉悲。所嗟梁木壞，何止哭吾私。

其　八

天賜滕公室，朝分少府錢。東芻俱上客，漬酒盡時賢。袞字千秋重，溫綸片碣懸。階庭雙玉樹，霄漢應蟬聯。

其　九

篋有進賢草，家無《封禪篇》。琴書㘭長物，歲月足丹鉛。不朽中郎筆，新題有道阡。如公堪目瞑，何必羨長年。

【箋】

萬曆十五年丁亥（一五八七）在北京作。二十八歲。

［周老師］周子義，字以方，號儆庵，無錫人。嘉靖四十四年進士。累官國子祭酒，訓士有方。歷吏部左侍郎，掌詹事府。研窮經術及濂、洛、關、閩之學。有《中書直閣記》《國朝故實》《交翠軒遺稿》等集。萬曆十四年十二月辛丑卒，年五十八。贈禮部尚書，謚文恪。萬曆十四年春會試，子義與大學士王錫爵同主禮闈，取中袁宗道等三百六十人。

【校】

〔1〕風悲，當作“悲風”。

送楊太史使淮便道省母

淮王邸第舊稱雄，玉節東來太史公。路入吴疆家尚遠，客游梁苑賦還工。雲開層嶺梅花碧，雨過千林荔子紅。此日張筵宜壽酒，彩衣象服映簾櫳。

【箋】

萬曆二十年壬辰（一五九二）在北京作。三十三歲。

［楊太史］楊道賓，字惟彦，號荆巖，晉江人。萬曆十四年進士，宗道同年。廷試第二，授編修，累遷國子祭酒，少詹事，禮部右侍郎，掌翰林院事。轉右侍郎，致掌部事。言者謂道賓温良端亮，十年講讀，五載秩宗，一時正人，倚以爲重。卒謚文恪。《明史》卷二一六有傳。

送周太史使魯便道壽伯母

玉節葳蕤出禁城，依依垂柳送君行。重裁東魯靈光賦，誰似西京子墨卿。採燭昔年傳蠟鳳，稱觴此日借金尊。謝家況復多才子，青草池塘舊有名。

【箋】

萬曆二十年壬辰（一五九二）在北京作。三十三歲。郭正域有《周太史冊魯藩便壽伯父伯母》詩，見《合并黄離草》卷十一，爲一時之作。

［周太史］周如砥，字季平，號礪齋，即墨人。萬曆十七年進士，選庶吉士，授檢討，遷左贊善，累官至國子祭酒。萬曆四十三年卒。如砥性耿介，居官清廉，自奉儉約。有《周太史文集》。《山東通志》有傳。

立春惟長舅、無學弟暨王、吴兩生同游野寺看梅三首

古寺逢人少，尋香一徑斜。低枝半隱樹，深谷易爲花。坐久歌頻換，尊空酒更賒。最憐僧愛客，隨意供新茶。

其　二

僧隱柴關裏，杯行竹徑中。草心尚隱緑，花蕋未舒紅。近水天難夜，高原晚易風。班荆聊共醉，車馬莫匆匆。

其　三

莫惜傾三雅，春來第一游。舅甥多雅謔，文酒是名流。客有王摩詰，人逢顧虎頭。東山初吐月，酣極轉清幽。

【箋】

萬曆二十一年癸巳（一五九三）在公安作。三十四歲。宗道與弟宏道於去秋俱得請，先後離京，至鄭州相及，一同返里。

［惟長舅］龔仲慶。見卷一《壽亭舅贈我宜興瓶茶具酒具，一時精美，喜而作歌》詩箋。時仲慶去官家居。

［無學弟］袁宏道。宏道少時曾字無學。

［王、吴兩生］未詳。

［野寺］二聖寺。在公安縣東北，始建於晉，所祀一爲青葉髻如來，一爲婁至德如來，故名二聖。又名興化寺、萬壽寺、光孝寺。見《公安縣志》。

是日登寺樓甚幽，諸公擬借爲社，遂各施買酒餘錢付僧葺窗檻，并志

無處堪逃俗，高樓遠市廛。香雲消永日，法雨近諸天。欲借繙經地，先分貰酒錢。沉酣那可極，長此共安禪。

【箋】

萬曆二十一年癸巳（一五九三）在公安作。三十四歲。

［諸公］指前詩所云惟長舅無學弟等人。

［社］南平社。指宗道兄弟與諸舅所結之社。公安舊稱南平，故謂。

立春後六日爲分歲會，後八日爲除夕

柏葉開新會，辛盤取次陳。今年春事早，杯酒日相親。冉冉如流歲，蕭蕭見在身。忍虚分歲約，同是失年人。

其　二

除夕他時節，椒觴此日開。三彭元不問，二仲喜能來。人惜年光逝，詩逢暮雨催。家園當勝日，幽興轉難裁。

【箋】

萬曆二十一年癸巳（一五九三）在公安作。三十四歲。

早春獨坐

朝來獨倚欄，尊酒若爲歡。春換江頭緑，年催鏡裏丹。迂疎生事簡，懶慢見人難。何計消閑晝，蒼筠好自看。

【箋】

萬曆二十一年癸巳（一五九三）在公安作。三十四歲。

幽　棲

高枕非逃世，幽棲自寡營。宦情方朔淡，家累向平輕。歲月憂何事，漁樵共此生。空亭對酒處，白雪滿江城。

其　二

豈是雲霄客，居然江海人。徑惟羊仲過，壁以馬卿貧。俯仰終何意，疎慵好乞身。已拚閑歲月，甘老故鄉尊。

【箋】

萬曆二十一年癸巳（一五九三）在公安作。三十四歲。

擕尊江上

郭外同君去，清尊對水涯。寒潮鳴草徑，積雪耀平沙。小艇乘流急，人家逐岸斜。流連歸路晚，高柳亂啼鵶。

其　二

一到江湖上，浮生事事輕。寒烟迷古渡，白浪抱荒城。兩岸花爭發，中流鳥不驚。扁舟如可問，一任五湖行。

【箋】

萬曆二十二年甲午（一五九四）在公安作。三十五歲。詩爲清明節作。同游者爲龔舅仲敏、仲慶、仲安與宏道三兄弟。宏道有《寒食飲二聖寺》詩，見《敝篋集》之二；宗道亦有《二聖寺游紀》一文記其游事，文見本集卷十四。

王憲皐督學滇中歸，阻風雪於公安，留觴二首

此日成僵臥，何期見子猷。牂牁萬里到，駟馬一尊留。小邑饒村釀，長江苦石尤。無嗟鄉路遠，五日到黄州。

其　二

最愛新年雪，能留竟日觴。文章化越雋，車馬度瀟湘。覽勝稱雞足，交游感雁行。更憐萊子意，把酒獨思鄉。

【箋】

萬曆二十二年甲午（一五九四）在公安作。三十五歲。

［王憲皐］王大謨，字惟允，號憲皐，廣濟人。萬曆八年進士。授太湖知縣，後薦爲刑部主事，遷員外郎，督學雲南，捐俸修五華書院，聚諸生講學。擢廣西左參議，致仕。有《名山閣集》《五華書院問答》等。《湖北通志》卷

一三七、《滇志》卷十有傳。大謨督學雲南，多建樹。明天啓《滇志》卷十《官師志第七》云：“（大謨）萬曆中任提學僉事，教在寬嚴之間，取人不求奇僻，而士之奇者咸在彀中。其操觚爲文，亦無意奇僻，而奇僻者退舍，蓋一段天才，自然迥絶。”

［萊子意］大謨亦篤孝，其後致仕，全因母老需終養。見《滇志》卷十。

南平社六人各一首

外大父方伯公

風神衹似壯齡時，鶴髮丹顏古接羅。此日南平白社長，當年中土紫薇司。燈前歷歷蠅頭字，篋裏翩翩近體詩。江月江花時共賞，非仙非隱使人疑。

【箋】

萬曆二十二年甲午（一五九四）在公安作。三十五歲。

［外大父］龔大器，字容卿，號春所，公安人，三袁外祖父。年四十餘始舉於鄉。嘉靖三十五年成進士。授刑部主事，嗣後歷任廣西、江西、浙江、南直隸等藩臬，升河南左布政使，致仕歸，年七十餘矣。能詩，常與諸子及外孫唱和，共推爲南平社長。年八十三，無疾而終。見中道《珂雪齋集》卷十六《龔春所公傳》及《公安縣志》卷六。

案：三袁之外家，不僅實啓其學，且在仕宦一途，亦多有提攜。宗道官京師翰院，大器曾作書禮部尚書馮琦以致意。馮氏曾作書奉答。書云：“門下令德名家，世表南紀，不佞典文武之闈而華宗入彀者三，惟楚有材，惟公家有楚材，是奕世通家也，尊教命敢不衹承？弟方乞思歸省，杜門謝客，無由面晤當事者，奈何？”見馮琦《北海集》卷二十八《答龔方伯》。馮琦典試湖廣時，龔仲慶、袁宗道、袁宏道皆爲其所拔者。“入彀者三”，即指此。

孝廉舅惟學

少年經術兼詞學，中歲空門又道家。服藥前身應許遜，博聞宿世定張華。懷中明月珠堪售，望裏神仙路不賒。祇恐鳳池須彩筆，難從勾漏問丹砂。

［惟學］龔仲敏，字惟學，號吉亭，別號夾山，公安人。龔大器次子。宗道舅父。萬曆元年舉於鄉，謁選得令嘉祥，以憂去，起補山西太原，遷嵐縣，卒於嵐。仲敏少有俊才，博極群書，爲文規秦藻漢，有聲於里中。又好仙道，好爲黄白之術。旁通天文地理醫卜百家之學。所著《嘉祥縣志》，爲李卓吾、焦弱侯等通人所賞。宗道曾爲該《志》作序，見本集卷十。仲敏生平，見中道《龔春所公傳》。

侍御舅惟長

懶慢人間惟叔夜，閑居膝下似安仁。雲霄調外沉冥客，花月尊前感慨身。圃學東陵瓜欲結，家通北渚蕙堪紉。長卿此日游將倦，醉月吟風幸托鄰。

［侍郎舅惟長］龔仲慶。見卷一《惟長舅贈我宜興瓶茶具酒具，一時精美，喜而作歌》詩箋。

中郎弟進士

前年羽獵獻《長楊》，歸去三湘問雁行。作賦麗如袁彥伯，通經精似蔡中郎。角巾領袖高陽侶，麈尾憑陵俠少場。夢草真堪對小謝，種花無那去河陽。

［中郎弟進士］袁宏道。萬曆二十年進士，時請告家居。

小修弟文學

卻憐射虎人難偶，衹覺雕蟲技益工。白日悲歌燕市築，青春失意楚人弓。隴西不愧稱金友，僕射從今避火攻。如此無官窮亦得，高名誰復杜欽同。

［小修弟文學］袁中道。時尚爲諸生。

偶　成

人間百事違，漸老復何依？濁酒塵緣熟，蒲團戒力微。雕蟲技總懶，辨馬學全非。更向人天乞，前身百衲衣。

【箋】

萬曆二十二年甲午（一五九四）在公安作。三十五歲。

有　感

謾將八苦向人論，造物聊蕭不敢言。窮鬼昌黎今到骨，痛兒卜夏乍收魂。梧棬豈識干時調，樗櫟難酬養士恩。檢點平生多可恨，排愁懺罪仗空門。

其　二

何緣貧病苦相侵，長日抛書臥竹林。遂有二毛愁攬鏡，衹因八口重抽簪。青山豈得兼朱綬，白髮由來雕素心。未有大丹添歲月，不如濁酒任浮沉。

【箋】

萬曆二十二年甲午（一五九四）在公安作。三十五歲。宗道二子曾（應泰)、登(應徽),於萬曆十九年相繼病歿於京師,見中道《曾、登二侄壙記》。故宗道詩中有“痛兒卜夏乍收魂”語。宗道連去二子,歸隱與向佛之心愈烈,然終因講官人少,過於操勞,病逝於京師,拋書臥竹,亦成虛畫。

卷之四

今　　體

山寺偶題

漢時城郭梁時寺，日炙風吹秋又春。六代風流烟暝暝，三分舊恨水潾潾。陰陽戲劇程生馬，爪齒虛浮泡似人。如此安禪亦剩事，衹宜高枕對嶙峋。

【箋】

萬曆二十二年甲午（一五九四）在公安作。三十五歲。

夜集大人宅偕中郎弟閱五弟時藝

良夜偕金友，高堂對玉觥。元方今老大，第五漸時名。蠟鳳當年戲，雕蟲此日聲。明經應似我，他事莫如兄。

【箋】

萬曆二十二年甲午（一五九四）在公安作。三十五歲。

［大人］袁士瑜，字七澤，號思溪，公安人，宗道父。生嘉靖二十二年，卒萬曆四十年，年七十。三袁家世代業農，至士瑜，方立志科第。士瑜年十五即冠童子試，後場屋屢躓，久不得售。轉而督諸子向學，三袁詩文中多有言及。

士瑜雖不以學名，亦著有《四書解義》行世。同治《公安縣志》卷五有傳。

［五弟］袁寧道，號澹浦，太學生，公安人。宗道異母弟。生萬曆丁丑，卒崇禎乙亥。見《袁氏族譜》卷一。

又贈毛丈

跳地元驚衆，操觚更得名。袁耽今不恨，謝尚未如卿。外屬稱昆季，中腸勝友生。郗郎時過爾，相見莫平平。

【箋】

萬曆二十二年甲午（一五九四）在公安作。三十五歲。

［毛丈］毛太初，公安人。宗道妹夫。中道《壽大姊五十序》云："予同母兄弟四人，其一爲姊。姊兄伯修而弟中郎及予。……姊夫毛太初，少失怙廢儒，課農桑治生"。太初名不詳。

苦雨時市酒者阻風未歸

風雨復風雨，蕭條衹暗窗。昏沉真似病，壘塊未能降。亦有到齊酒，其如隔楚江。出門覘雨色，簷滴正淙淙。

其　二

今春多驟雨，委巷絶經過。跬步若爲去，愁心當奈何。歲年防桂玉，卑濕畏江河。居食都無計，年來憂更多。

【箋】

萬曆二十二年甲午（一五九四）在公安作。三十五歲。

食魚笋

竹笋真如土，江魚不論錢。百年容我飽，萬事讓人先。交態歸方識，冰心老自堅。雨窗欹緑樹，宜醉更宜眠。

【箋】

萬曆二十二年甲午（一五九四）在公安作。三十五歲。

寄無念

飛錫今初返，經年半在吴。已無壽者相，不厭少年俱。歲月看山盡，雲霞見海隅。東南名下士，一一過逢無？

其　二

最苦天涯去，玄言稀賞音。相逢談果報，同事見悲心。枯峭人難合，清羸病易侵。空談有長者，相對好開襟。

【箋】

萬曆二十二年甲午（一五九四）在公安作。三十五歲。

［無念］名深有，麻城人。本熊氏子，少孤，披剃後遍游諸方。李贄居麻城，無念與之游，執弟子禮。焦竑、陶望齡、黄輝、宗道昆仲皆禮致焉。晚入黄柏山建道場。諸方謂黄柏門庭高峻，一時有“天童打、黄柏罵”之語。刻有《醒録》《黄柏復問》等。《麻城縣志》卷二十五有傳。案：無念曾數游白下、吴門，所晤與游者多名士。趙用賢即曾往訪。見其《題無念僧行卷序》。序云：“庚寅春仲，胡山人荆父過白下，荆父故善言名理，稱辯才無上，乃數推無念師，不事語言，直契宗旨。不佞因得一叩威儀。……念師因舉卓吾李先生《心經》《金剛》諸説見示，謂吾證道，自李先生始。”見《松石齋集》卷十一。

馬上起憶石浦山房

此時石浦月，應上遠帆樓。竹裏羅棋局，籬邊費酒籌。幽情落夢境，良夜踏荒丘。檢點秋來事，閑忙可自由。

【箋】

萬曆二十二年甲午（一五九四）在北行道中作。三十五歲。是年冬，宗道還朝。前此，宏道因謁選、中道入太學，已先期啓程赴京。

［石浦］河名。穿公安縣城而過，袁氏兄弟對岸而居。中道《游居杮録》卷八云："伯修第後，大人始營一宅於城中石浦河西岸。石浦河者，穿城一泓。……壬辰，中郎成進士，與伯修同請告歸。伯修市一居，與予一小宅鄰，住河西；中郎住河東；予外王父龔春所公及諸舅，俱居河東西，朝夕聚首，譚禪賦詩爲樂。"石浦山房，即宗道石浦河西之宅。

［遠帆樓］宗道父袁士瑜所建亭樓，在公安縣石浦河畔。樓爲萬曆壬辰中龍陽人以舟載而鬻者，士瑜得之而建於宅右。登樓遠眺，江水浩浩洶洶，片帆或緩或疾，爽心悦神，故名之曰"遠帆樓"。見中道《珂雪齋集》卷十二之《遠帆樓記》。

過淇縣，同年蔣令邀飲

看竹淇園好，況逢地主留。人今同蔣翊[1]，興欲勝王猷。玉釀青瓷甕，金盤紫石榴。寒風淒月夜，篝火話交游。

【箋】

萬曆二十二年甲午（一五九四）冬赴京北行道中在淇縣作。三十五歲。

［蔣令］蔣行義，長樂人。萬曆十四年進士，宗道同年。任淇縣令，立身端雅，行政寬和，勤恤民隱，更新庶務。拓太和泉爲池，以大水利，溉田百餘頃，民便之，升任後數載猶稱頌不置。順治《淇縣志》卷五有傳。

【校】

〔1〕蔣翊，當爲“蔣詡”。見《漢書·王貢兩龔鮑傳》。

初晴即事

晨風吹澹澹，簷日報新晴。盡啓花開户，全收雨後清。沉烟留棐几，竹色上楸枰。自識斜川意，虚名總不爭。

其　二

緑蘿兼翠篠，白袷稱烏巾。久濕愁浸骨，新晴喜見人。天高縱鳥翮，雲薄像魚鱗。微月穿簾幌，移樽就北鄰。

其　三

竹裹烏皮几，山中白板扉。家貧酒不乏，詩拙貌能肥。鳥怪人聲去，雲兼日氣飛。墻東那用避，名姓本知稀。

【箋】

萬曆二十二年甲午（一五九四）在公安作。三十五歲。

村　居

日日幽齋裏，殘書衹自攤。筋骸謝客便，鄉土定交難。濕釀苔衣厚，寒攻練袷單。悠悠堪自厭，花鳥歎春殘。

【箋】

萬曆二十二年甲午（一五九四）在公安作。三十五歲。

新春索居

春來任索居，青草上庭除。向日憑烏几，因風檢蠹書。獨行常隱竹，遠害欲同樗。無復看花興，空驚鬢髮疎。

【箋】

萬曆二十二年甲午（一五九四）在公安作。三十五歲。

齋中獨坐

經旬不出户，春草閉門深。豈少爲歡處，都無向日心。雲根披遠畫，竹韻譜新琴。縱處塵囂内，閑蹤未易尋。

【箋】

萬曆二十二年甲午（一五九四）在公安作。三十五歲。

雨　　中

散髮向南軒，蕭條晝掩門。病嫌風力勁，靜愛雨聲喧。饑鶴巡苔徑，稚麛抵竹藩。一尊空自遣，無可共清言。

【箋】

萬曆二十二年甲午（一五九四）在公安作。三十五歲。

幽　　棲

寂寞非逃世，幽棲自寡營。心閑家累少，才短宦情輕。荻笋荒池出，薑芽僻徑生。空亭宜對酒，白浪出高城。

【箋】

萬曆二十二年甲午（一五九四）在公安作。三十五歲。

游二聖禪寺

荒城殘寺也相宜，水滿池塘花繞籬。席地雙拑[1]兼斗酒，隨身一缽共軍持。黄衣零落前朝敕，青葉莓苔幼婦碑。十載高陽酣暢地，重來風景異當時。

【箋】

萬曆二十二年甲午（一五九四）在公安作。三十五歲。

【校】

〔1〕雙拑，應是雙柑。見馮贄《雲仙雜記》卷二。

晴晚編書

蓬茅聊葺宅，寂寞類枯禪。卻掃頭慵櫛，鈔書手自編。風收雲片薄，雨洗月痕鮮。静嘿憐童僕，燒燈夜未眠。

【箋】

萬曆二十二年甲午（一五九四）在公安作。三十五歲。

源禪游吴造沉香佛像及諸經，歸峨眉山

西去當三月，南詢是幾程？經將千卷去，像以衆香成。翻壁中流緊，摩天疊峭横。往來經險道，何止百餘城。

其　二

曾聞西蜀境，獨有大峨殊。雪色何年歲，佛光定有無。狖聲當夜激，鳥道折雲趨。遠覓心初歇，應明繫裹珠。

【箋】

萬曆二十二年甲午（一五九四）在公安作。三十五歲。

［源禪］清源禪師，峨眉山僧，字雪泉，陸氏子。七歲學經，誓願出家，投北禪寺坎峰榮祝髮，持金剛般若，至見諸相非相。即見如來，一時空蕩，覺習氣稍斷。伏牛高峰常至寺，源晨夕請益，遂蒙開示。天育亦許爲法器。遍參諸耆宿，指示不二。歸結觀音閣，晏坐其中，世壽六十餘而化。乾隆《華亭縣志》卷十四有傳。

陶石簣寄書

不見士行久，音容兩地疎。迢遙千里外，珍重八行書。評騭唯山鳥，升沉悟沼魚。袖書那忍置，一誦一躊躇。

【箋】

萬曆二十二年甲午（一五九四）在公安作。三十五歲。

［陶石簣］陶望齡，字周望，號石簣，會稽人。萬曆十七年進士，會試第一，廷試第三。初授翰林院編修，官終國子祭酒。有《歇庵集》。《明史》卷二一六有傳。望齡亦以講學名，其説詳黃宗羲《明儒學案》。其爲詩，以清新自持，汰王、李結習，爲陶爲柳，間爲長吉。見錢謙益《列朝詩集小傳》和黃汝亨《寓林集》。陳田《明詩紀事》評曰："公安楚咻始於伯修，黃平倩、陶周望與伯修同館，聲氣翕合。中郎稍晚出，推波助瀾，二人益降心從之。是時臺閣中惟于文定、馮文敏雅能自持，惟才稍不及黃、陶，世論惜之。"

結社二聖寺

浮世何多事，祇園早息機。定僧驚果落，沙鳥觸帆飛。香積初分飯，旃檀欲染衣。詩壇兼法社，此會百年稀。

【箋】

萬曆二十二年甲午（一五九四）在公安作。三十五歲。

［結社］此指結南平社。南平社乃袁氏昆仲與外大父及兩舅所結之文社，推龔大器爲社長。參宗道《南平社六人》各章及中道《龔春所公傳》。時宗道、宏道俱以請告家居，至年底方赴京。

讀小修南游稿志喜

怪爾新詩好，居然《下里》稀。眉端滄海色，江上白雲衣。鼓楫三湘去，攜圖五嶽歸。能令名利客，一倍宦情微。

其　二

亦有翻飛興，玆游未可攀。所談客裏路，是我夢中山。弱羽經年去，孤鱗萬里還。入春佳事少，見爾一開顔。

其　三

調雞從自得，相馬任群疑。頗似沉冥者，非徒游俠兒。槖裝無錫水，竿牘故人詩。吾家二三子，如君定白眉。

【箋】

萬曆二十二年甲午（一五九四）在公安作。三十五歲。

［南游稿］袁中道游吳越時所作詩文。萬曆二十一年夏，袁氏昆仲與友人同往麻城龍潭李贄處問學，後宗道、宏道先期回公安。中道則勾留於武昌。後

同友人王伊輔、丘長孺再至麻城訪李贄，九月末自麻城回武昌，十月初一，送友人王伊輔返荆州，再與丘長孺、僧無念等買舟東下，訪秣陵、金閶，由吴入越，留西湖月餘，歲暮染病始西還，至武昌度歲。二十二年春方回公安。參中道《珂雪齋集》南游諸詩文。潘之恒曾敘中道《南游稿》，其有云："袁小修南游發自郢，歷赤壁、青溪、白門，登金焦、虎丘，泛震澤具區錢塘，復税於郢。日之期由秋涉春，爲詩若干首，以逢予始，亦以予終焉。"并許其詩爲"子歌於郢中，國人駭而走者。"見《鸞嘯小品》卷五。

［橐裝句］中道此行，攜回無錫惠山及中泠泉水。宏道曾記其事，言中道載惠山、中泠泉水各二尊歸，以紅箋書泉名記之，經月餘抵家，箋字俱磨滅，不復辨水味。見《識張幼于惠泉詩後》。

偶　　成

細鳥語高枝，幽齋事事宜。香龕安佛像，貝典教妻兒。施食簷禽狎，玄譚階樹知。道緣應不淺，龐叟是吾師。

【箋】

萬曆二十二年甲午（一五九四）在公安作。三十五歲。

［龐叟］龐藴，字道玄，唐衡陽人。貞元間，嘗謁江西馬祖，洞達禪宗。元和中北游襄陽，因家焉。以舟盡載珍橐數萬，沉之湘流。臨終，刺史問疾。藴謂之曰："但願空諸所有，慎勿實諸所無，好住世間，皆如影響。"言訖而化。世稱"龐居士"。《景德傳燈録》卷八有傳。

桂閣黎收余二十年前題壁詩

是否燈前字，將無醉後書。蒼茫廿載外，潦倒數行餘。色古蒸鑪氣，文殘蛀壁魚。深慚支遁賞，珍重意難虚。

【箋】

萬曆二十二年甲午（一五九四）在公安作。三十五歲。二十三年前，即萬曆十三年。是年冬，宗道北上，以應明春會試。

偶　成

人烟江水上，江上日生波。街巷魚鰕滿，門庭鳥雀多。酒中傳佛意，筆底困詩魔。已自戢毛羽，何由畏網羅。

【箋】

萬曆二十二年甲午（一五九四）在公安作。三十五歲。

北　發

小草真何意，前途事事難。骨粗妨禮樂，性懶怯衣冠。遠志嚴親奪，新愁愛弟寬。驅馳堪自厭，辛苦爲微官。

【箋】

萬曆二十二年甲午（一五九四）在公安作。三十五歲。是年冬，宗道離公安返京，詩作於北發前夕。

［遠志句］嚴親即袁士瑜。士瑜因己場屋不得志，以諸生終老，故寄望於兒輩。三袁詩文中多所反映。宏道解吴令，畏父不敢歸家。中道亦曾言萬曆十一年，宗道乃因士瑜之迫赴試，至黄河遇大水而返。宗道《寄三弟》亦自謂“我甚欲歸田，但爲大人年未六十，歸計太早，恐親心不悦”云云。士瑜之嚴，可見一斑。

新野道中

過襄又百里，步步遠親闈。不諳塵沙趣，焉知仕路非。平原江樹斷，野店楚音稀。終作一丘土，何年此道歸。

【箋】

萬曆二十二年甲午（一五九四）冬，北行道中作。三十五歲。中道有《昆陽》《南陽道中》諸作可參。

保安驛道中

此鄉經大祲，此路復愁霖。怪雀啼村市，饑人竄莽林。暝烟連雨腳，雲氣起山心。薄暮昆陽道，行行憂滯淫。

【箋】

萬曆二十二年甲午（一五九四）冬，北行道中作。三十五歲。

過舊葉城有感，是時兩弟已行五六日矣，三弟留題荒亭

昔年飛舄處，此日倍酸辛。白骨三家市，青燐一水濱。異鄉均苦樂，兄弟各風塵。淒斷惠連句，荒亭墨瀋新。

其　二

佩犢風猶在，晝龍跡已陳。有情傷暴骨，無計起枯鱗。飽食慚官吏，停車問窶人。腐儒甘脫粟，不敢厭勞薪。

【箋】

萬曆二十二年甲午（一五九四）冬，北行道中作。三十五歲。據是詩，知宏道、中道已先期離公安北上。

［三弟留題］三弟即中道。其留題詩爲《河南道中題壁寄伯修兄》，見《珂雪齋集》卷二。

［惠連］謝惠連，南朝宋陽夏人。少即能詩文，爲族兄謝靈運所賞，時人與之並稱“大小謝”。《宋書》《南史》皆有傳。此借指中道。

宿古驛

兀兀泥途裏，饑羸不可支。燈前慰病婦，夢裏見亡兒。古驛啼新鬼，頹垣走怪鴟。細尋題壁處，或有惠連詩。

【箋】

萬曆二十二年甲午（一五九四）冬，北行道中作。三十五歲。

［亡兒］宗道子應泰、應徽，於萬曆十九年辛卯年内相繼病歿於京師。

登紫雲山，是葛仙煉丹處

昔歲曾游此，題詩墨尚新。藥爐[1]燒芋栗，丹井長荆蓁。雞犬馴游子，壺觴費道人。馳驅明日事，暫浣客裾塵。

【箋】

萬曆二十二年甲午（一五九四）冬，北行道中過襄城作。三十五歲。

［紫雲山］在襄城縣西南二十五里。南北兩山，左右拱抱，一泉涌出，由靈泉山西麓入汝水，爲襄中第一勝。見《嘉慶重修一統志》第二三〇一冊。其葛仙煉丹處，據《一統志》在仙翁山。志云：“仙翁山，在襄城縣西南十八里，迴出群峰，有葛仙翁觀丹井。”

【校】

〔1〕爐，原作壚。

飲禹州李氏園

古郡溪山郭，名園花竹樓。麝香眠野草，翡翠立晴洲。安得一生醉，那能十日留。公榮定誰似，是客可銷憂。

【箋】

萬曆二十二年甲午（一五九四）冬，北行道中過禹縣作。三十五歲。

［李氏園］在禹縣城北。爲侍郎李登雲别業。登雲字子漸，領嘉靖十三年鄉薦，聯捷進士。授大理寺評事，升通政司參政，擢工部右侍郎，歸田居八里營，卒贈工部尚書。登雲與乃兄乘雲、弟淩雲皆舉進士，人以比"河東三凰"。見民國《禹縣志》卷十九。

暮　雨

賣卻日高睡，來踏陌上塵。朔風梁苑草，古樹濁河濱。强作違心語，稀逢有韻人。山郵聽雨夜，夢裹滑車輪。

【箋】

萬曆二十二年甲午（一五九四）冬，北行道中作。三十五歲。

渡黄河

兩度歸江漢，重來度濁河。塵容三老諳，驛路二旬過。霜薄天初朗，風輕曉亦波。太行山色近，西望碧嵯峨。

【箋】

萬曆二十二年甲午（一五九四）冬，北行道中作。三十五歲。

［兩度句］宗道於萬曆十七年冊封楚府，渡黄河而南歸江漢；又於萬曆二十年請告歸里，至是時始返京，故詩云“兩度歸江漢”。

高村店大風，店有淇澳菉竹古跡

罡風獵獵下征鞍，十月嚴霜次[1]骨寒。噴石澌沙猶古水，流蒼滴翠是新竿。寒鴉野店楸林黑，凍馬荒亭莎葉乾。何似山齋閉關坐，《南華》攤向火爐看。

【箋】

萬曆二十二年甲午（一五九四）冬，北行道中過淇縣作。三十五歲。

［高村店］即淇園所在地。《古今圖書集成》卷四一三《衛輝府部彙考》七《古跡考》云：“淇園在淇縣西北河社。淇水之奥，園多古竹，衛人美武公之德，賦詩‘瞻彼淇奥，綠竹猗猗’即此。”

【校】

〔1〕次，當作“刺”。

早發臨洺行沙河道中憶兩弟

昏昏寒月夜方深，驅馬長亭復短亭。十里奔風吹積礫，千秋篝火亂殘星。鞭稍漠北烟沙黑，夢裏江南果樹青。驛路飄零那可問，挑燈何日對原鴒。

【箋】

萬曆二十二年甲午（一五九四）冬，北行道中作。三十五歲。

［兩弟］宏道、中道。是年冬先行北上。宏道爲謁選，中道入太學修業。

［臨洺］驛名。在永年縣西四十五里，舊設驛丞。見《嘉慶一統志》。

將抵都門

九年牛馬走，强半住江鄉。狂態歸仍作，學謙久漸忘。對人錯爾汝，迎客倒衣裳。衹合尋鷗伴，誰令入鷺行。

【箋】

萬曆二十二年甲午（一五九四）冬，北行道中作。三十五歲。

［九年句］宗道於萬曆十四年丙戌成進士，至今年甲午正九年。中有近五年光景里居，故詩有“强半住江鄉”之慨。

挽同年李檢討成甫四首

草草來還去，人間三十年。飛揚心慕俠，清峭骨如仙。對酒常扶病，逢人愛説禪。竹窗寒月夜，憶爾淚潺湲。

其　二

十載貧兼病，半生狂與癡。錢刀負市井，衣食困妻兒。每想燈前謔，猶存扇上詩。交情堪白首，緣薄負心期。

其　三

白骨歸新土，青山閉舊廬。苔緣題遍壁，蝨滿讀殘書。鳳老梧桐死，霜寒橘柞疎。佛天疇昔願，今日定何如？

其　四

泉路飄零久，人間惆悵深。有兒非滴骨，爲鬼不灰心。蟲鼠知誰勝，鵂鶹可寄音。無生君所學，忍苦莫悲吟。

【箋】

萬曆二十三年乙未（一五九五）在北京作，三十六歲。據《神宗實録》，是年以編修楊道賓、袁宗道、黄輝補充編修纂章奏官。

［李成甫］李啓美，字成甫，一字念方，又字應成，號充予，豐城人。萬曆十四年進士，宗道同年。通政司觀政改翰林院庶吉士，十九年授檢討。《豐城縣志》有傳。參《萬曆丙戌科同年進士總録》以及《明實録》。據宗道《祭李年伯》文"今方發軔扶桑"句，参馮琦《北海集》卷十九《祭李成甫太史》文，是成甫擬出使日本，而忽焉以逝。檢《明史紀事本末》卷六十二《援朝鮮》："（二十二年）十二月，封議定，命臨淮侯李宗城充正使，以都指揮楊方亨副之，同沈惟敬往日本。"宗道所言"方將發軔扶桑"，蓋指此。成甫生嘉靖甲子，至今年，實爲二十九歲。詩云"人間三十年"者，舉成數也。

又案：據《神宗實録》，十四年丙戌，選庶吉士二十二人。而王世貞《弇山堂别集》卷八十四《科試考四》，謂是科所選僅十八人。所列名單中無李啓美。又宗道本集卷六有《送李吉士南歸》詩，李吉士即李大武者，唐文獻亦有同題詩送大武（詳後），因知是科所選尚有李大武。王世貞《弇山堂别集》以及談遷《國榷》所載皆不確。當以《實録》爲是。

别陶編修石簣四首

日日青門裏，棕鞵任所之。焚香薰定性，晝影鍛新詩。世事抛唇角，禪功驗鬢絲。深憑法忍力，一破有情癡。

其　二

向說山陰路，千巖與萬湍。水中城堞見，山頂竈烟寒。杭酒來尖舫，湘蓴供水餐。知君遠女色，不上浣紗灘。

其　三

不分陶弘景，松風祇自聽。異鄉同改火，法侶悵晨星。賀沼蒲稍緑，吼山石孔青。良朋君豈戀，同調有原鴒。

其　四

門外正霜飛，何堪送所知。愁腸縈遠水，别面化枯枝。冷澹稀人識，清羸好自支。芥針能得幾，萬里去師資。

【箋】

萬曆二十三年乙未（一五九五）在北京作，三十六歲。

［陶石簣］陶望齡。見本卷《陶石簣寄書》箋。本年望齡以請告歸。道金閶時，曾與宏道晤會。見望齡《游洞庭山記》，《歇庵集》卷二。

［贺沼］即贺家池。唐贺知章放生池，在紹興府治東三十里。池周四十七里，南通鑒湖，北抵海塘，見《紹興府志》。

［吼山］即犬亭山。一名犬山，又名狗山。在會稽縣東南三十里。傳爲越王句踐畜犬獵南山白鹿處。見《紹興府志》。

卷之五

今　　體

飲楊刺史園二首

東城最僻處，刺史有新廬。近水[1]先生柳，門填長者車。菊香熏枕簟，酒氣濕圖書。肝膽燈前盡，都忘傾蓋初。

其　二

虛堂含夕照，綺席醉良朋。緑酒浮鸚鵡，黄花映毾㲪。書圖隨意展，真贋任人評。清夜論詩罷，深談契佛乘。

【箋】

萬曆二十六年戊戌（一五九八）在北京作，三十九歲。

［楊刺史園］未詳。或即楊侍御園。《日下舊聞考》引《燕都游覽志》云："楊園，在湜園稍南，楊侍御新創。"

【校】

〔1〕近水，當作"水近"。

送武陵胡元父令瑞昌

憐君爲政處，隔水廬山高。白鳥飛銜牘，青嵐遠映袍。花風香薄領，蔬圃課參曹。好學循良去，休嫌撫字勞。

【箋】

萬曆二十六年戊戌（一五九八）在北京作，三十九歲。

［胡元父］胡謂仁，字夢遽，號元父，武陵人。萬曆己卯舉人，淹博爲時所重。曾官瑞昌知縣。著有《嗜蹠集》《尺牘》《記略》等，見同治《武陵縣志》卷二十一。

案：《瑞昌縣志職官表》胡謂仁作武進人，拔貢，疑誤。

送郭少參希彦之蜀

欲重金鏖地，應資瑣闥聲。天連巴子國，江盡宕渠城。蠻府傳新檄，賓人候去旌。葛山遺跡在，知不愧勳名。

其　二

如何當此月，車馬踏巑岏。去楚尚千里，過秦應萬盤。深山如雪裏，古驛出雲端。三十金緋貴，休嗟蜀道難。

【箋】

萬曆二十六年戊戌（一五九八）在北京作，三十九歲。

［郭少參］郭士吉，字希彦，號清穹，南宫人。萬曆十四年進士，宗道同年。十七年選庶吉士，一時序記志銘多出其手。居館三年，改禮垣，歷工部、户部左右給事，出爲四川布政司參議，累升至宣府北道大參。謝病歸。民國《南宫縣志》卷十八有傳。

案：士吉字希彦，《萬曆丙戌進士同年總録》及《縣志》均作希參，未知孰是。或本作希參,《宗道集》因刻工致誤。

聞顔尚寶質卿稱病有感

燕市饒禪客，如君意最真。幽閑泉石趣，清瘦雪山身。一榻庭生蘚，雙趺席聚塵。偶稱摩詰病，爲度夜行人。

【箋】

萬曆二十六年戊戌（一五九八）在北京作，三十九歲。

［顔尚寶質卿］顔素，字質卿，號與樸，懷寧人。萬曆二年進士。授中書舍人，尋丁内艱，起補原官，不赴。結廬石門、豹嶺之間，窮究古今，尤邃於《易》，四方學者日衆，二十年不造郡邑之庭。再起南大理，歷尚寶，仕至應天府丞。卒於官，年六十五。質卿性耽簡寂，非性道之書不貯胸臆，尚寶司時，時與宗道、焦弱侯、周海門、潘雪松輩相切磋。爲學祖程、陸，易簡直裁，以見性爲宗。有《易研》及詩文數卷。學者私謚簡一先生。康熙《懷寧縣志》卷二十三有傳。

飲顔質卿齋頭限韻賦同潘去華

同調復同官，幽齋會二難。交情投芥合，禮法解衣寬。坐久爐將燼，言多杯屢寒。明窗披《易注》，直作《太玄》看。

其　二

震旦同參少，長安雅聚難。因君道眼别，令我酒懷寬。匡坐藤蒲静，幽談水月寒。好將瞿氏説，留付子庸看。

【箋】

萬曆二十六年戊戌（一五九八）在北京作，三十九歲。

［潘去華］潘士藻，字去華，號雪松，婺源人。萬曆十一年進士，授温州推官，擢御史，巡視北城，執法不狥，爲東廠太監張鯨所惡。會宫中火災修省，士藻建言得罪，謫廣東布政司照磨，尋擢南吏部主事，再遷尚寶卿。卒萬曆二十八年。《明史》卷二三四有傳。參中道《潘去華尚寶傳》。去華喜交友，皆一時名士，若焦竑、李贄輩，與三袁亦爲至交。

六月三十夜同蕭允升過黄思立齋頭

憐君卻掃久，爲我開清尊。一見生狂態，相酬多謔言。雨涼輕酒力，秋逼攬詩魂。尚有看蓮約，猶堪續舊論。

【箋】

萬曆二十六年戊戌（一五九八）在北京作，三十九歲。

［蕭允升］蕭雲舉，字允升，號玄圃，宣化人。萬曆十四年進士，宗道同年。選庶吉士，後官至吏部侍郎。《宣化縣志》有傳。允升亦爲宗道知交，同年同館，同習性命之學，友情頗篤。

［黄思立］黄大節。見卷一《暮春鄒生邀黄思立諸公游高梁橋即事》箋。乾隆《信豐縣志》卷十一亦有傳，可參。

同黄思立、趙貞甫集蕭允升齋中談禪甚快，各贈一詩

黄太常思立

念我同門友，爲郎家益貧。蕭疎愁世鞅，磊落笑時人。供茗瓷甌

潔，添香粉指勻。近通無淨理，一倍耐風塵。

【箋】

萬曆二十六年戊戌（一五九八）在北京作，三十九歲。

［黄太常思立］黄大節。見前箋。大節時爲太常博士。

蕭贊善允升

耽奇詞賦古，養拙友朋疎。每退金華直，常繙貝葉書。譚宗時契鳥，洗墨畏驚魚。更羡東門達，延陵故不如。

［蕭贊善允升］蕭雲舉。見前箋。時爲太子贊善。

趙御史貞甫

逸興文兼酒，玄談芥與針。蘭臺雖作客，蒲榻早休心。定裹騎驄馬，忙中訪竹林。知君無不可，那復計升沉。

［趙御史貞甫］趙標，字貞甫，一字準臺，解州人。萬曆十四年進士，宗道同年。選庶吉士，改御史，以言事出按畿南。選尚寶卿，典河南試，轉太常卿，改大理寺卿，册封益藩，歸卒，年四十五。有《趙翰林經濟全集》。民國《解縣志》有傳。

夏日小齋雜興

室小堪容膝，冥然斷百思。坐看簷日下，袒受竹風吹。苔色流書帙，花光侑酒巵。從來中散意，未許外人知。

其　　二

盡日掩荆扉，高槐蔽夕暉。剩餐菰米飯，寬着稻畦衣。密室香難燼，幽欄藥易肥。不知深谷裏，過盡幾芳菲。

其　　三

最憐山氣爽，徙榻傍窗紗。徑僻能全草，簾疎不障花。無痾常伏枕，小冗爲煎茶。堪笑東陵客，休官始種瓜。

其　　四

非傲亦非懶，幾月簡逢迎。笑語消三伏，升沉付五行。雨加蒼蘚色，濤瀉緑筠聲。無端傳巷語，清耳賴蟬鳴。

其　　五

空階經急雨，蕭爽夜無譁。折柬邀王子，餐錢與趙家。頹然對木石，率爾吐雲霞。酩酊不知出，高樓生月華。

其　　六

調古知音少，行孤起信微。清尊澆宿塊，黄葉答初機。事以忘懷簡，身因謝客肥。由來耽寂寞，不是貴知希。

【箋】

萬曆二十六年戊戌（一五九八）在北京作，三十九歲。

過修竹館贈朱汝修

名理兼文藻，君齊高士蹤。溫醇餘道氣，清瘦帶詩容。烏几竹光映，蝸墻蘚暈重。開尊坐秋雨，相對興偏濃。

【箋】

萬曆二十六年戊戌（一五九八）在北京作，三十九歲。

［朱汝修］朱宗吉，字汝修，臨淮人。太醫院御醫。有《朱宗吉詩集》八卷。見《千頃堂書目》卷二十六。

月夜登樓偶成

涼夜誰堪語，登樓憶所親。無機瓶共我，解事酒隨人。未老灰心客，初秋病肺身。山南田二頃，歸計未全貧。

其　二

可歎人間事，深杯且自斟。噉名多局面，謀國半嗔心。露下泫風葉，秋高冷夜砧。腐儒無處着，衹合住山林。

【箋】

萬曆二十六年戊戌（一五九八）在北京作，三十九歲。

月下蕭允升、顧開雍集小齋賦此

偶集翻成樂，幽花晚更妍。近窗雲片薄，過樹月光全。小築真同隱，清酣也近禪。莫愁沽酒盡，囊内有餐錢。

其　二

宇宙信空闊，方外多友生。世情到口厭，名障入心輕。月寫風枝影，人驚夜雀聲。射堂千畝雪，乘醉更同行。

【箋】

萬曆二十六年戊戌（一五九八）在北京作，三十九歲。

［顧開雍］顧天埈，字升伯，號開雍，又號湛庵，昆山人。萬曆二十年進士，一甲三名。授編修，考最，升修撰。累遷左春坊左諭德兼翰林院侍講。曾奉使朝鮮。後爲言者所攻，致仕歸，卒年六十七。有《顧太史集》。《昆新合志》卷二十五有傳。天埈時任編修，與宗道同館。

［小齋］白蘇齋。宗道書齋名。袁中道《白蘇齋記》云："伯修賦性整潔，所之必葺一室，掃地焚香宴坐；而所居之室，必以'白蘇'名。去年買一宅長安，階上竹柏森疎，香藤怪石，大有幽意。乃於抱甕亭後，潔治静室。室雖易，而其名不改。其尚友樂天、子瞻之意，固有不能一刻忘者。"宗道以"白蘇"名齋，於時頗有影響。吴中諸士曾相與被之聲歌、移之圖繪，爛然成帙，名《白蘇齋冊子》，江進之曾爲之作序，文見《雪濤閣集》卷八。王衡即有《題白蘇齋爲袁太史作》詩，稱頌宗道"學士澹蕩人，尚有心自傾。寤寐對兩公，萬慮真可輕"。詩見《王緱山先生集》卷四。王百穀亦有《袁伯修太史白蘇齋》詩，贊爲"香山赤壁千年事，賴爾風流稱昔賢"。見《南有堂詩集》卷七。

冬日齋中即事

小徑獨相徉，婆娑木數章。葉稀鄰屋見，根老假山蒼。酒濁賢人味，衣熏道士裝。看經心向倦，添火静薰香。

其　二

繩牀盡日憑，疊石對崚嶒。愁見叩門客，幽如退院僧。花藏尋伴鳥，風折罥衣藤。檢點人間事，疎慵總不能。

【箋】

萬曆二十六年戊戌（一五九八）在北京作，三十九歲。

同黄昭素、昭質及兩弟夜飲顧升伯齋中

狹室下簾暖，小窗愛月幽。沈香黏大白，詼語躍平頭。花鳥談吴事，山川敘蜀游。霜光猶可醉，道去即宜浮。

【箋】

萬曆二十六年戊戌（一五九八）在北京作，三十九歲。

［黄昭素、昭質］黄輝、黄煇。

［兩弟］袁宏道、袁中道。

［顧升伯］顧天埈。

案：此次夜集，宏道、中道各有詩記之。中道詩爲《同黄昭素、昭質及兩兄夜飲顧升伯齋》。宏道作《冬夜同黄平倩兄弟、董玄宰、家伯修小修集顧升伯齋中劇譚偶成》。宏道詩多一董玄宰，與宗道所記稍異。又案：董其昌，字玄宰，號思白。華亭人。萬曆十七年進士，改庶吉士，授編修，充皇長子講官。官至禮部尚書。善書畫，負重名，亦精於品題。其昌與宗道爲禪友，曾記其萬曆戊子冬，同宗道、唐文獻、瞿汝稷、吴用先、吴應賓、蕭雲舉等，同會於京師龍華寺，訪憨山大師，譚禪不甚相得。及甲午再會於都，復作禪悦之會，譚禪仍不相得云云，見董其昌《畫禪室隨筆》。

晨　　起

竹窗朝受日，棐几對維摩。怪石僵枯蘚，虬松茸老柯。毫冰膠硯薄，簷溜入瓶多。此地安禪好，無煩客侶過。

【箋】

萬曆二十六年戊戌（一五九八）在北京作，三十九歲。

閨人禪誦甚勤，喜贈二首

應是新年福力增，六時功課勝山僧。每持貝葉詢難字，時向蒲團學小乘。一縷天風吹梵唄，半輪閨月照香燈。卻慚龐叟心情懶，擁衲齁齁呼不膺。

其　二

高樓終日禮彌陀，天女生來厭綺羅。願以幻身酬半偈，羞將素額涴長蛾。繡旛針腳花還密，誦呪鄉音字欲訛。自是靈山佳姊妹，何緣結伴到娑婆。

【箋】

萬曆二十七年己亥（一五九九）在北京作，四十歲。

［閨人］宗道繼妻廖氏。廖氏少宗道七歲，年十八歸。隨宗道燕邸十二載，家居前後凡五載，稱未亡四載，卒萬曆甲辰八月，得年三十八歲。見宏道《敕封孺人廖氏墓志銘》,《瀟碧堂集》卷十五。

案：小修時入太學，有《春日坐伯修齋中聽室内禪誦精勤感賦》詩，見《珂雪齋集》卷三。可參。

讀李洞詩

才子如君劇苦寒，青衫垂老憶長安。奇愁醞釀千篇險，褊性支吾半世難。五字贈僧尤峭拔，孤魂吊月應辛酸。衹餘身後遺編在，世上誰人洗眼看。

【箋】

萬曆二十七年己亥（一五九九）在北京作，四十歲。

［李洞］李洞，字才江，唐京兆人。詩學賈島，時人多譏其僻澀，惟吴融稱之。《全唐詩》有其小傳。

春日閑居

人間何物度朝昏，懶性新來更厭喧。除卻跏趺惟飲酒，纔聞呵殿便關門。虚窗月上摹松影，塵榻僧來印衲痕。獨有盆梅嫌寂寞，故舒丹蕊照清樽。

其　二

不才敢擬子雲《玄》，索米金門又一年。風味漸隨雙鬢減，天真猶仗一樽全。破冰滴硯晨箋《易》，掃地安單夜坐禪。閑洗時瓶烹岕茗，故人新寄玉山泉。

其　三

人海何妨一粒藏，身閑稍覺晝壺長。厭將禮法繩腰骨，且看經鈔澆肺腸。晝裏身黏蒼壁色，夢中魂染白蓮香。春來最是城西好，擬共山僧坐緑楊。

【箋】

萬曆二十七年己亥（一五九九）在北京作，四十歲。

［箋易］觀宗道此詩，似有研《易》之作，今未見。三袁亦未在他處提及。

即　　事

小樓朱几供栴檀，夜引閨人懺法壇。淨似遠公尚剩髮，貧如陶令未休官。捨完兒女忙何事，典卻田園醉不難。檢點近來癡業少，不隨人舌浪悲歡。

【箋】

萬曆二十七年己亥（一五九九）在北京作，四十歲。

偶得放翁集，快讀數日，志喜，因效其語

模寫事情俱透脱，品題花鳥亦清奇。儘同元白諸人趣，絶是蘇黄一輩詩。老眼方饑逢上味，吟脾正渴遇仙醫。明窗手録將成帙，恰似貧兒暴富時。

【箋】

萬曆二十七年己亥（一五九九）在北京作，四十歲。

賦得殘月似新月

一鈎曾掛暮霞裏，半玦還懸曉霧中。醉起忽迷鐘早晚，山行誤認峰西東。從他烏曆支干換，且喜峨眉首尾同。安得人生也似月，蒼顔皓首又如童。

【箋】

萬曆二十七年己亥（一五九九）在北京作，四十歲。

黄主客邀送高户部，時開筵夷館

仙郎别署飲休辭，春冷何堪送所知。羸馬凍蹄蹂雪徑，饑鳥寒距蹴風枝。夷箋細字摹唐帖，胡髻尖氈綴漢絲。一曲龜兹君莫訝，也堪翻出渭城詩。

【箋】

萬曆二十七年己亥（一五九九）在北京作，四十歲。

［黄主客］黄大節。見卷一《夏日高户部循卿招飲大通橋，同黄太常思立、張國博叔闇、項參知庭堅及舍弟中郎》箋。主客，主客郎中，爲禮部主客吏司主官，掌以賓禮待四夷之朝貢。見《明史・職官志》。

雪後出長安門見西山甚近

雪後天街絶點塵，西山一秣〔1〕白於銀。雲邊蹬道層層出，馬首峰巒疊疊真。瑤島分明連絳闕，玉龍夭矯貼青旻。卻憐往歲曾游處，十里桃花覆角巾。

【箋】

萬曆二十七年己亥（一五九九）在北京作，四十歲。

［西山］在北京西郊，離城三十里，爲太行之首。亦名“小清涼”。《長安客話》卷三稱：“西山春夏之交，晴雲碧樹，花氣鳥聲；秋則亂葉飄丹，冬則積雪凝素，種種奇致，皆足賞心，而雪景尤勝。故京師八景，一曰‘西山霽雪’。”參吴幼元《宸垣識略》卷十五。

【校】

〔1〕秣，當爲“抹”。

花　　下

衰髮蕭蕭不滿梳，頭顱四十欲何如？風塵眯眼花醫治，名利關心酒破除。談畏友朋焚麈尾，病休人吏掩蝸廬。虞翻骨體終難媚，高枕從他笑拙疎。

【箋】

萬曆二十七年己亥（一五九九）在北京作，四十歲。

京察見部自嘲

擁腫類寒樗，何功濫石渠。編摩中聖誤，候謁坐禪疎。應客雜詼語，嗔奴索報書。似浮兼似淺，不黜待何如。

【箋】

萬曆二十七年己亥（一五九九）在北京作，四十歲。

［京察］明考核京官之制度。六年一察，擇於巳、亥年。四品以上者自陳，去留取旨。五品以下者，由吏部主持考核，其不稱職者降罰有差，分别予以退職、降調、閑住爲民等處罰。見《明史・職官志》。

初春和陸放翁韻

四十方强已厭官，催人頭白是長安。新詩繁蕪多隨意，夜讀昏花覺損肝。懶向時人爭巧拙，久游畏路耐咸酸。春來轉憶家園好，社鼓村醪日日歡。

其　　二

冷淡何須厭一官，烏紗叢裏好偷安。厭將資級汗牙頰，豈有風波入肺肝。客枕纔春夢已亂，病肱將雪骨先酸。愧無絲竹堪陶寫，未怕兒童覺損歡。

【箋】

萬曆二十七年己亥（一五九九）在北京作，四十歲。

案：陸游詩題爲《初春遣興》。宏道亦有和作，見其《瓶花齋集》之三。

即　　事

宦味侵衰詩味長，道緣漸熟俗緣輕。時從故紙覓高士，老結同參進麯生。輕滌硯塵留墨繡，緩添爐火聽瓶笙。熱官棄置酸寒福，貧士收來應不爭。

【箋】

萬曆二十七年己亥（一五九九）在北京作，四十歲。

雪晨入直

將曙氣陰陰，寒侵燭焰沉。雲濃禽路澀，雪厚象蹤深。足滑全依僕，衣單緊束衿。人間饒樂事，何業化書蟫。

【箋】

萬曆二十七年己亥（一五九九）在北京作，四十歲。

案：宗道於萬曆二十五年丁酉充東宫講官，是時東宫未立，講官久不得補，僅得三人。每鷄鳴而入，寒暑不輟，體經病後，遂不堪勞，明年庚子，即以憊卒。見《神宗實録》及中道《石浦先生傳》。

有感戲作

占畢半生舌本强，編摩十載硯心凹。賦歸誰假乘風翼，歎老難煎黏日膠。飽食大官真似鼠，厭逢俗客欲稱貓。移家澧水知何日，擬塞丸泥自結茆。

【箋】

萬曆二十七年己亥（一五九九）在北京作，四十歲。

［澧水］在湘西，地近公安，武陵桃源在焉。故宗道有結廬終老之意。

火神廟道士

事火道人事，翻來水上居。鶴窺烹石處，魚呷洗丹餘。世業五禽戲，家藏八疊書。南陵雖有命，噀酒自能除。

【箋】

萬曆二十七年己亥（一五九九）在北京作，四十歲。

［火神廟］在京師北城日中坊。即“火德真君廟”。唐貞觀中建，元至正六年修，萬曆三十三年改增碧瓦重閣。前殿曰“隆恩”，後閣曰“萬歲景靈閣”，左右“輔聖”“弼靈”等六殿，殿後水亭，望北湖。廟濱湖而建，意以水濟而勝厭也。見《帝京景物略》卷一。其引宗道是詩，詩題作《贈火神廟道士》。

送朱平涵太史冊封榮藩

暫抛銅馬向天涯，官柳千條拂使車。驛路開尊邀月石，仙源立馬問桃花。水平青草騷人宅，山繞朱門帝子家。客裏潘輿誰得似，泛鷁還採廖平砂。

【箋】

萬曆二十七年己亥（一五九九）在北京作，四十歲。

［朱平涵］朱國禎，一作國楨，字文寧，號平涵，烏程人。萬曆十七年進士。選庶吉士，授編修，任國子祭酒。天啓初拜禮部尚書，兼文淵閣大學士。魏忠賢竊政，國楨佐葉向高，多所調護。及向高、韓爌相繼罷去，國楨爲首輔，累加少保兼太子太保，爲逆黨李蕃所劾，引疾去，卒謚文肅。有《大政記》《湧幢小品》等，《明史》卷二四〇有傳。案：國楨號平涵，諸志均不載，據王錫爵、馮從吾、姚希孟、袁宗道諸人集中考出。

［冊封榮藩］榮莊王祐樞，憲宗十三子，封藩常德。翊鈞，萬曆二十三年嗣位。《明史》卷一一九有傳。

顧升伯太史奉命如梁賦此爲别

柳烟槐霧接河梁，樹杪分明見太行。月上山城征馬急，雨過汴水露荷香。贈行古帖來東邸，侑酒新詞出憲王。周府有《東書堂法帖》，又周憲王有自著樂府。此去洞庭秋正好，烟波聲裏説袁郎。

【箋】

萬曆二十七年己亥（一五九九）在北京作，四十歲。

［顧升伯］顧天埈。見卷五《月下蕭允升、顧開雍集小齋賦此》詩箋。顧氏此次出使爲冊封周藩。宏道有《顧升伯出使還吴》詩及《顧升伯太史别敘》文，中道有《别顧太史開雍，時冊封周藩取道回吴》詩，皆爲一時之作。

［憲王］朱有燉。有燉號誠齋，明第一代周王橚長子，洪熙初襲封周王，博學善書，尤工詞曲，著《誠齋樂府》若干種，音律諧美。又有《誠齋録》《新録牡丹百詠》等。正統四年卒，謚憲。《國朝獻徵録》卷一、《明史》卷一一六有傳。

送李湘洲太史齎詔之浙

險句臨巖得，禪心遇水閑。衹憑一紙詔，踏遍萬重山。林屋朝乘屐，松篁夜扣關。定從委宛去，載取異書還。

【箋】

萬曆二十七年己亥（一五九九）在北京作，四十歲。宏道有《送李湘洲之浙》詩，中道有《送李湘洲太史齎詔至吴越便道還家》詩，爲一時之作。

［李湘洲］李騰芳，字子實，一字長卿，號湘洲，湘潭人。萬曆二十年進士，宏道同年。選庶吉士。好學負才名。屢遷至左諭德。與昆山顧天埈善，時因有"顧黨""李黨"之目。天啓初拜禮部左侍郎。丁内艱，加禮部尚書以致仕。謚文莊。有《李文莊全集》。《明史》卷二一六有傳。

壽舒翁，大行父也

東魯真儒行，南華達士懷。無心甘抱甕，有手但持杯。杖濺龍潭瀑，衣黏靈洞苔。仙郎奉紫綍，新自日邊來。

【箋】

萬曆二十七年己亥（一五九九）在北京作，四十歲。

［大行］舒其志，字元渚，廣濟人。萬曆二十三年進士。授行人，擢四川督學道，遷江西按察使，尋改布政。《湖北通志》卷一三六有傳。

送夾山母舅之任太原

匹馬穿雲去，裝中半道書。官貧僮僕慣，縣僻送迎疎。掃葉炊紅稻，連泉供白魚。太原有白魚泉。登山公事了，何處顯村譖。

其　二

身爲石室主，閑與道人期。判訟虎知法，升堂猿報時。泉聲寒井邑，山翠染城池。應有西游草，懷甥得幾詩？

【箋】

萬曆二十七年己亥（一五九九）在北京作，四十歲。宏道有《送夾山舅令太原》、中道有《送三舅夾山之太原任》，乃一時之作。

［夾山舅］龔仲敏。見卷二《南平社六首》之《孝廉舅惟學》箋。仲敏於萬曆二十三年謁選任嘉祥令，至是期滿入京，改調太原。

送别謝在杭司理東昌

一笑平原去，高才聊寄棲。閑談皆有韻，得句半無題。近海觀雲黑，登樓看嶽低。應憐徵稅苦，寬大救三齊。

其　二

萬户蒼烟裏，孤城緑水隈。郡齋多近草，獄户長新苔。國變懷甎俗，人驚判劍才。公餘尋古跡，先上魯連臺。

【箋】

萬曆二十七年己亥（一五九九）在北京作，四十歲。

［謝在杭］謝肇淛，字在杭，長樂人。萬曆二十年進士。初授湖州推官，量移東昌。累遷工部郎中，視河張秋，作《北河記略》《河流原委》及《歷代沿河利病》，仕至廣西右布政使。肇淛爲閩詩健將，張獻翼《文起堂集》謂其“既美才情，尤深寄興”，王百穀《南有堂集》亦謂“在杭詩寄興微而綴詞雅，取調遠而命意新”，錢謙益《列朝詩集小傳》評其詩爲由王、李而入於百穀。此説深受《明三十家詩選》譏評，謂其詩“清圓俊朗，遠勝王百穀”云云，可參。所著有

《五雜組》《滇略》《小草齋集》等多種。《明史》卷二八六有傳。

案：中道有《長歌送司理謝在杭之東昌》詩，爲一時之作。

五日同鍾樊桐、黄慎軒、方子公及兩弟飲崇國寺僧房，得家字

老僧愛竹石，點綴似山家。密篠梳風冷，流觴逐水斜。談慵思薤葉，頰醉吐榴花。一縷林烟歇，闍黎供露芽。

【箋】

萬曆二十七年己亥（一五九九）在北京作，四十歲。

案：宏道有《崇國寺葡萄園集黄平倩、鍾君威、謝在杭、方子公、伯修、小修劇飲》，中道有《午日同鍾樊桐、黄慎軒、方子公、秦京、伯修、中郎崇國寺葡萄林分韻得掃字》詩，乃一時分韻之作。據宏道諸和詩，知以“花落家童未掃”爲韻，詩出王維《田園樂》之六。又案：宗道詩、中道詩作鍾樊桐，而宏道詩作鍾君威，恐繫宏道誤記。鍾起鳳，字君威，浙江人，以舉人任蘇州知州，見《蘇州志六職官表》。鍾鳴陛，字減亭，一字中散，號樊桐，丹陽人。萬曆二十年進士。授永城縣令，入爲户部主事。《丹陽縣志》卷十九有傳。

［黄慎軒］黄輝。

［方子公］方文僎，新安人，宏道門客。

壽鄭大司馬

青山歸去爲功成，笑看人間利與名。三徑新來稱小隱，一身舊日是長城。石分甲乙屯雲氣，竹長兒孫學鳳聲。智似子房身較健，不勞辟穀得長生。

【箋】

萬曆二十七年己亥（一五九九）在北京作，四十歲。

［鄭大司馬］鄭洛，字禹秀，安肅人。嘉靖三十五年進士。萬曆間以兵部左侍郎總督宣大山西軍務，款服俺答，威望大著，累加太子太保，召爲戎政尚書。洮河用兵，詔兼右都御史，經略山、陜、延、寧、宣、大軍務，言者劾其重利媚敵，謝病歸，卒謚襄敏。《明史》卷二二二有傳。

案：時洛已去官。

送王以明例貢歸小竹林

白襴着破换青衫，歸去山齋自在眠。醫俗止留千個竹，買閑先賣一區田。攜妻燒笋旋沽酒，避客澆花自引泉。怪得新詩奇僻甚，苦吟骨削類枯禪。

【箋】

萬曆二十七年己亥（一五九九）在北京作，四十歲。宏道有《贈王以明納貲歸小竹林》乃一時送别之作。

［王以明］王輅，字以明，公安人。高唐知州、黎平知府王格次子。兄爲承光字官谷者。十歲能屬文，甫二十，即知法要，頗契無生之旨，與李卓吾、陶石簣、宗道等俱爲性命交。爲宏道、中道舉業師。年四十，以貢授陜西鳳翔别駕，後棄官歸，以高逸自處。崇禎初遣子上萬言書，思宗頗嘉納之。有《法華若諸經解》《小竹林詩文集》若干卷。《荆州府志》《公安縣志》及《三楚文獻録》皆有傳。

［例貢］援例捐納入監。謝肇淛《五雜俎》十五曰：國朝設太學以待天下之英才，最重其選，銓選京職方且與進士等。乃後來貢舉之外，一切入貲爲之，謂之"援例"。其有子弟員，屬試不利於鄉，而援入成均者，猶可言也；民家白丁，目不識字，但有餘資，即厠衣冠之列，謂之"俊秀"。以明當屬"試不利於鄉"之"子弟員"者也。

［小竹林］在公安斗湖堤之平樂村，本通守王輅舊館。前臨油江，數十畝皆竹，亭入雲際，桂、桃、橘雜植其中，古梅婆娑。後售別姓，更兩易於袁中道。諸堂勝處，稍置亭榭，草草點綴，幽意倍生，易名曰“篔簹谷”。見康熙《公安縣志略》卷二。

偶　　題

看看衰症到頤腮，宿業泥人未擬回。醉裹童顏金炸色，愁來宦味蠟成灰。此心寧與形俱皺，得道何妨老見催。已約寅年歸淨社，蓋頭茅在夾山隈。

【箋】

［箋］萬曆二十七年己亥（一五九九）在北京作。四十歲。

同惟長舅讀唐詩有感

數卷陳言逐字新，眼前君是賞音人。家家櫝玉誰知贋，處處描龍總忌真。再捨肉鯨居易句，重捐金鑄浪仙身。一從馬糞《卮言》出，難洗詩林入骨塵。

【箋】

萬曆二十七年己亥（一五九九）在北京作。四十歲。

案：陳田《明詩紀事》評伯修詩云：“伯修深入禪理，興趣蕭遠，詩特寄耳。其《同人讀唐詩有感》云（略），意在翻王李窠臼。中郎、小修從而煽之，遂令天下靡然從風，亦伯修所不及料。”

［家家櫝玉］此爲宗道極不滿近時諸公模擬刻畫之贋品語，其《答陶石簣》云：“中郎極不滿近時諸公詩，亦自有見。三四年前，太函新刻至燕肆，幾成滯貨。弟嘗檢一部付賈人換書。賈人笑曰‘不辭領去，奈何無買主何！’可見模

擬文字，正如書畫贋本，決難行世。”可比參。

［巵言］《藝苑巵言》，王世貞論詩雜著。爲宗道所不滿。其《論文》云：“鳳洲《藝苑巵言》，不可具駁。其贈李序曰：‘六經因理藪已盡，不復措語矣。’滄溟强賴古人無理，而鳳洲則不許今人有理，何説乎？此一時遁辭，聊以解一二識者模擬之嘲，而不知其流毒後學，使人狂醉，至於今不可解喻也。”可作本詩之注腳。

看華嚴經

檢點頭顱秖自憐，雙輪相逼入頹齡。銷除蝸角千生業，憑仗龍宫半部經。簡事秖嫌多鬢髪，斷淫先擬絶葷腥。六時起坐疏鈔裏，剥啄由他不啓扃。

【箋】

萬曆二十七年己亥（一五九九）在北京作。四十歲。

有　　感

一自辭親返禁林，隨人啼笑到如今。三生白業施功淺，半世烏紗染俗深。往事休汙念佛口，新來初歇著書心。朝朝頂禮金容後，一榻跏趺對水沉。

【箋】

萬曆二十七年己亥（一五九九）在北京作。四十歲。

雪中共惟長舅氏飲酒

盆梅香裏倒清巵，閑聽群鳥噪凍枝。飽後茶勳真易策，雪中酒戒最難持。爐心香燼灰成穴，紙尾書慵筆任欹。共話當年騎竹事，如今雙鬢各垂絲。

【箋】

萬曆二十七年己亥（一五九九）在北京作。四十歲。

［惟長舅］龔仲慶。見卷一《壽亭舅贈我宜興瓶茶具酒具，一時精美，喜而作歌》箋。

送邵芝南太史冊封唐藩

暫輟編摩去，行行入豫疆。驅車游宛洛，立馬問韓梁。雨洗沙溪淨，風傳路草香。雲霞添旅橐，花鳥貯吟囊。白水秋澄徹，丹山夜鬱蒼。剪桐分帝子，酌醴醉仙郎。泛涓思文叔，登臺憶武鄉。民艱今可問，何似昔南陽。

【箋】

萬曆二十七年己亥（一五九九）在北京作。四十歲。

［邵芝南太史］邵景堯，字熙臣，一字芝南，象山人。少有才名，與楊宗址等結社賦詩，號“浙東十四子”，萬曆二十六年榜眼，授翰林院編修。後進太子洗馬，掌司經局。嘗典試南畿，振拔孤寒之士，後乞休鄉居，與同郡周應賓等締詩文交。曾修《萬曆象山縣志》十五卷。有《邵太史詩文集》。《象山縣志》有傳。

卷之六

絶　　句

鼓　　吹

兒童村巷競走，鼓吹驛路喧闐。何似池塘兩部，宮商漸近自然。

【箋】

萬曆十七年己丑（一五八九）出使楚藩道中作。三十歲。

翻前意

驛路紅塵鼓吹，池塘青草蛙聲。本來都無音響，雅俗欲向誰論。

【箋】

萬曆十七年己丑（一五八九）出使楚藩道中作。三十歲。

過黄粱夢三首

車帷且勿捲，吾愧見盧公。廣陌爭馳騁，安知非枕中。

其　二

枕中天地寬，夢裏年光速。屈指威音前，黄粱曾幾熟？

其　三

共道夢非真，誰知醒復僞。飛升羨吕公，亦是夢中事。

【箋】

萬曆十七年己丑（一五八九）出使楚藩過邯鄲作。三十歲。

［黄粱夢］在直隸邯鄲縣北三十里。一名吕祖祠，或稱盧生祠。傳爲吕祖洞賓遇盧生處。見《大清一統志》。

銅雀臺

網户珠簾經幾春，縷衣歌扇化爲塵。隨風惟有臺前柳，猶勝當年緩舞人。

【箋】

萬曆十七年己丑（一五八九）冊封楚府道中作。三十歲。

［銅雀臺］在河南臨漳縣西南鄴城内。《三國志・魏書・武帝紀》云：建安十五年，作銅雀臺，十八年，作金虎臺，其後又作冰井臺，相去各六十步，其上復道樓閣相通，中尖懸絶，名曰三臺。

行衛輝野村中即事

渚雁沙鷗嘍唼，蔬畦麥隴縱横。藤蘿也解人意，垂蔓爭罥前旌。

其　　二

茆屋犬臥人邊，麥隴鴉啼牛背。倘逢種柳先生，僕夫停車少待。

【箋】

萬曆十七年己丑（一五八九）冊封楚府道中過衛輝作。三十歲。

即　　事

寶鴨雙雙引使車，都梁旖旎散郊墟。腐儒低首還私憶，走馬紅塵三月初。

【箋】

萬曆十七年己丑（一五八九）冊封楚府道中作。三十歲。

過郾城讀公孫大孃弟子舞劍詩有感，弟子郾城人也

一落書生口，魂香不計年。鬚眉元別駕，翻托李孃傳。

【箋】

萬曆十七年己丑（一五八九）冊封楚府道中作。三十歲。

案：杜甫有《觀公孫大孃弟子舞劍器行》詩，宗道作舞劍，是以劍器渾脱之舞爲“劍舞”，誤。

［元別駕］元稹。此宗道自指。

發遂平

遂亭城外少風塵，夏雲千層山萬層。一片雲山不可辨，相錯還成綺縠紋。

【箋】
萬曆十七年己丑（一五八九）冊封楚府道中作。三十歲。

信陽道中即事

巉巖繞畛畦，小徑通車馬。即此是桃源，問津何爲者。

其　二

四顧忽無徑，僕夫何所往。俄聞車馬喧，疑在空中響。

其　三

山下無人蹤，山上無鳥語。惟餘一片雲，見我來游此。

其　四

雲中忽吠鳴，豈是劉安宅。近看爨烟青，人家枕山脊。

其　五

僕夫顧且驚，於菟啼林藪。乃是巉巖傍，流泉挾石吼。

其　六

橋上山崚崚，橋邊石齒齒。差暢游人懷，奈傷馭者趾。

【箋】

萬曆十七年己丑（一五八九）冊封楚府過信陽作。三十歲。

山中看雲

雪學嵯峨山，山似靃靡雲。雲山何以辨，雲白山色青。

【箋】

萬曆十七年己丑（一五八九）冊封楚府道中作。三十歲。

青石橋

青石橋邊水，時時生細波。涼風還暫至，金斗熨纖羅。

其　二

晁青點水心，雲白杜山口。借問山中人，還知此樂否。

【箋】

萬曆十七年己丑（一五八九）冊封楚府道中作。三十歲。

三日行山中，山盡有感

眼底青山愛頗真，何妨日日對嶙峋。今朝捲幔無山色，惆悵還如別故人。

【箋】

萬曆十七年己丑（一五八九）冊封楚府道中作。三十歲。

送李吉士予告南歸

青春乞得淨名身，彩鷁翛翛漾白蘋。此去吴江風日好，爐香經卷伴幽人。

【箋】

萬曆十七年己丑（一五八九）冊封楚府道中作。三十歲。

［李吉士］李大武，字仲吉，號晉陽，長洲人。萬曆十四年進士，宗道同年。吏部觀政改翰院庶吉士。見《萬曆丙戌科進士同年總録》。《長洲縣志》未立傳。唐文獻亦有《送李晉陽吉士請告歸吴門》詩，見《占星堂集》卷十四。

案：大武早逝，王衡《祭李仲吉文》云："天下皆夢，孰若兄短，垂露在手，留雲過眼，讀書十年，抱才八斗，所遇皆窮，十奇一偶。南通華籍，半載而死。染指大瘠，知味而已。" 見《王緱山先生集》卷二十。

送潘雪松柱史建言謫閩三首

偶緣諫獵動天閽，萬里南遷亦主恩，一壑豈能安薜荔，五雲長自憶蘭蓀。

其　二

片帆南下碧江湄，秋月蘆花綰别離。此去莫驚潘鬢改，止緣憂國半成絲。

其　三

竭來紫氣滿關門，柱史玄同道自尊。我欲冥心求勝義，臨行乞得五千言。

【箋】

萬曆十七年己丑（一五八九）在北京作。三十歲。

［潘雪松］潘士藻。見卷五《飲顔質卿齋頭限韻賦同潘去華二首》箋。士藻謫閩，因建言得罪。先是，士藻戊子爲御史，執法嚴厲，横閹戲良家婦女者，被士藻移司禮廢之，杖斃其一，東廠太監張鯨銜之。會火災修省，士藻上言曰："今天下之患，莫大於君臣之意不通，宜仿祖制及近時平臺暖閣召對故事，面議所當施罷，撤大工以俟豐歲，蠲織造燒造以昭儉德，免金花額外徵以佐軍食。且時召講讀諸臣，問以經史。對賢人君子之時多，自能以敬易肆，以義奪欲，修省之實，無過於此。"上怒，謫廣東布政司照磨。建言云云，即指此。見《明史》卷二百三十四。參《國榷》卷七十八。

飲小修所攜惠泉

昔逢惠山人，曾説惠山好。季子千里來，同飲惠山水。

其　二

竹裹自燒鐺，清烟澹林月。一飲洗煩囂，再飲沁毛髮。

其　三

瀉以青玉椀，泠泠色凝碧。憶得在山時，一泓抱白石。

其　四

可憐白髮人，朝朝望游子。今日忽歸來，飲水亦歡喜。

【箋】

萬曆二十二年甲午（一五九四）在公安作。三十五歲。小修所攜惠泉之事，參卷四《讀小修南游稿志喜》詩并箋。

黄粱夢戲題

電光現出青紫，蜃氣結成蓬瀛。宰官神仙俱幻，吕公豈勝盧生。

其　二

貧窮輒慕宦游，將相更希仙籍。賺人忘想無休，誰道枕堪窒欲。

【箋】

萬曆二十二年甲午（一五九四）冬北行道中作。三十五歲。

仙人洞

風牽弱水船，山阻漁郎棹。誰識仙人洞，乃在紅塵道。

其　二

塵中一百年，洞裏一彈指。先人瞬息間，見我九經此。

【箋】

萬曆二十二年甲午（一五九四）冬北行返京道中作。三十五歲。

［仙人洞］在京北昌平縣。蔣一葵《長安客話》卷四曰："洞在紅門内東山腰間，去碑樓三里，躡蹬而上，洞口僅容一人，僂而入，内若大廈，上有竅徑丈，日色下燭，石乳垂瑤，不可名狀。"

［九經此］宗道自萬曆庚辰赴京應試始，數次往返，或應試，或册封，或請告，正九次之數，故云。

萬猿書屋

高齋何所有，琴書伴幽榻。中有吾伊聲，聲與猿聲雜。

郭正域《花園》："江南二三月，大地皆陽春。萬花最深處，中有讀書人。"

【箋】

萬曆二十二年甲午（一五九四）——萬曆二十八年庚子（一六〇〇）作。三十五歲——四十一歲。

案：自《萬猿書屋》至《長春堤》詩，郭正域有同題之作，總其名曰"郭比部花園"，亦爲五絶，爲一時游賞之後作無疑。見《合并黄離草》卷十三。然郭比部爲誰，花園在何處以及詩作於何時，均待考。特附郭詩於諸詩之後，以待識者。

天均洞

洞裏無人蹤，洞外絶鳥語。獨有風濤聲，時出喬林裏。

郭正域《天均洞》："洞口少人行，冷然發孤想。清風松上來，此是天籟響。"

荷花池

緑水映紅蓮，蓮葉何田田。身在衆香國，沉醉復高眠。

郭正域《荷花池》："滿地種荷花，紅妝照緑水。白鷺不驚人，立在荷花裏。"

兩岸芙蓉

南垞與北垞，岸遠渺難即。此處好行舟，面面芙蓉色。

郭正域《芙蓉岸》："燕支明翠黛，兩岸是誰家。池水凝如鏡，采采芙蓉花。"

春色滿園

結伴來尋春，春蹤在何許。濃香雜豔容，已滿山園裏。

郭正域《春色園》："千花爭笑日，百卉斗鳴禽。陽春真可賀，莫惜千黄金。"

四面琅玕

白日起寒濤，長夏何森爽。中間安鹿牀，趺坐絶塵想。

郭正域《琅玕亭》："四面插籬落，個個是琅玕。風來萬玉鳴，雜佩聲珊珊。"

天香噴道

獨有金粟園，宜供金粟佛。瞥聞金粟香，擲去礙膺物。

郭正域《天香道》："滿路噴天香，獨步金粟嶺。試問中書君，何如月中景。"

蟠柏亭

亭前柏樹子，佛祖西來意。了知柏即亭，是名第一義。

郭正域《翠柏亭》："翠柏結爲亭，清蔭籠石兒。獨有歲寒人，兀坐餐柏子。"

桃花洞

君家漢水曲，相近武陵源。分得武陵花，春雨燃山園。

郭正域《桃花洞》："桃花紅似雨，莫是武陵家。洞中白鹿來，口中銜桃花。"

五老峰

崚嶒距虎豹，蒼翠積莓苔。疑是廬山石，風雨忽飛來。

郭正域《五老峰》："何處移來石，堆成五老峰。五老相對語，石丈今成翁。"

匯清亭

小築萬松下，兩耳飽潺湲。莫訝陶弘景，長年祗住山。

郭正域《匯清亭》："高高結亭子，榛榛來松風。小窗日正午，濤聲盈耳中。"

長春堤

偶踏長春堤，涼風吹解帶。班荆數過帆，沙鳥飛雲外。

郭正域《長春堤》："大堤幾百丈，春光聊騁望。老椿幾千年，春風滿堤上。"

六　　言

三市六街扮演，五湖四海稱揚。優孟抹朱面孔，偃師傅漆肝腸。

其　　二

贋鼎浪誇孔鑄，傴巫也學舜趨。土人休笑桃梗，鬱壘不異神荼。

其　　三

覓元無術肖鵠，夔也無心憐蚿。風砌對花軟飽，雨窗支枕熟眠。

其　　四

松烟偶作蛀痕，就裏誰分醜好。他手我眼何干，浪生歡喜煩惱。

【箋】

萬曆二十四年丙申（一五九六）在北京作。三十七歲。

案：陶望齡有《袁伯修見寄效梵志詩八章，擬作》，見《歇庵集》。因知此六言詩其題或應爲《效梵志詩》，且共有八首，今佚其四。

題唐元徵乃兄漁唱晚晴冊

數椽山水間，灘聲雜泉響。展簟時一眠，夢境亦蕭爽。

其　　二

澄江逗夕暉，白練化丹綺。風傳鼓枻歌，嫋嫋緑蔭裏。

其　　三

棐几何所有，詩卷三兩束。惟應欸乃聲，時與吾伊續。

其　　四

魚艇宿簷前，酒旗飄屋後。沽酒復買魚，對花傾幾斗。

【箋】

萬曆二十三年乙未（一五九五）——萬曆二十八年庚子（一六〇〇）在北京作。三十六歲——四十一歲。

［唐元徵］唐文獻，字元徵，號抑所，華亭人。萬曆十四年廷試第一，除修撰，歷詹事，拜禮部右侍郎，掌翰林院事。卒萬曆三十三年。文獻學術純粹，有經濟之略，執經儲邸，多啓沃功。徒以清正不阿，見疾首揆。厥施未窮，物論惜之。贈禮部尚書。天啓改元，諡文恪。有《占星堂集》。《明史》卷二一六、乾隆《華亭縣志》卷十二有傳。

見白鬚

海深難比愛河深，五欲騰波天也沉。休把霜毛輕鑷去，一回對鏡一休心。

【箋】

萬曆二十三年乙未（一五九五）——萬曆二十八年庚子（一六〇〇）在北京作。三十六歲——四十一歲。

死心和尚一朝棄諸生披剃，書此贈

欲識新長老，便是袁中夫。依然舊面孔，衹少幾莖鬚。

其　二

染藍爲壞色，裁巾作僧帽。我狂正未醒，汝魔初然覺。

其　三

豪性與顛毛，一斬一齊落。獨有愛山心，不受銅刀削。

其　四

袖中五色豪，落紙文光燁。夢裏莫還人，且留注貝葉。

其　五

選佛場大開，這回應得儁。寶華最高處，歷歷題名姓。

其　六

神清骨亦癯，雅稱手中錫。一笑入千山，藏身没蹤跡。

【箋】

萬曆二十七年己亥（一五九九）在北京作。宏道有《戲贈死心和尚，死心以秀才出家》，中道有《送死心入山》，爲一時之作。

［死心和尚］袁文煒，字中夫，諸生，黄岡人。後遭坎坷，削髮於京師崇國寺，漢陽蕭丁泰、王袗以爲禪侶。與公安袁氏作吴越游，歸愛大别山水，於藏經閣後築室一區，迎母以養。《湖北通志》卷一六九有傳。中夫曾拜李贄爲師，深受賞識，謂其聰明異甚，真是我輩中人，凡百可談，不但佛法一事而已。老來未肯死，或以此事故云云，見《續焚書》卷一《與焦弱侯》。

題雙寺畫竹

風竿不滿尺，已饒千丈勢。高僧禮誦餘，味此蕭蕭趣。

【箋】

萬曆二十七年己亥（一五九九）在北京作。四十歲。

案：京師有兩雙寺，一爲雙林，一爲雙塔。此當爲雙林寺，在阜城門外二里溝。見《帝京景物略》卷五。

卷之七

館閣文類

真正英雄從戰戰兢兢來

君子欲有全用於天下，則貴慎所養矣。用欲其恢弘，恢弘者，無所不可爲。養欲其收斂，收斂者，有所不輕爲。夫收斂者，所以爲恢弘；而有所不輕爲者，乃其無不可爲者也。是以齋戒凝神也，而後鐘鐻乃成；累丸三五也，而後承蜩若掇。怵爲戒，視爲止也，而目斯無全牛。望若木雞也，而異雞乃弗敢應而反走。彼夫精一技者，調一物者，且期於養，而後其用全，而況號稱真英雄者哉！《兵志》曰："守若處女，發若脱兔。"此言雖小，可以喻大也。

故夫號真英雄者，扃之至深，闢之至裕，鑰之至密，張之至弘。有侗乎若童稚之心，而後有龜蔡之神智；有怯乎畏四鄰之心，而後有貔虎之大勇。困衡胸中，口呿弗張，而後出其謀也若泉湧；躑躅數四，曳踵弗前，而後出其斷也若霆發。其心俯乎環堵之内也，而後其才軼乎宇宙之外；其心出乎輿臺之下也，而後其才駕乎等夷之上。此一人也，其始之戰戰兢兢，若斯無一能者，而識者已有以窺英雄之全用；其後之沛發，若斯其卓犖，若斯其奇偉，人始指之曰："真英雄！"而識者固不覘之於沛發之後，而覘之於平居戰兢之時矣。

蓋自古稱真正英雄者，放勳風動，則莫若堯、舜；明光勤政，則莫若姬公；而貫百王，拔類萃，則莫若孔子。乃其兢業以敕天命，吐握而憂淵冰，恂謹於鄉黨，踧踖於朝廷，抑何其戰戰兢兢也！彼漆園者流，逍遙徜徉，見以爲適；而竹林諸子，箕踞嘯傲於醉鄉，見以爲能解黏去縛。語之以聖賢之戰兢，若狙之縶於樊中，不勝其苦，而求逸去。而叩其中，遂乃空疎如穅瓢、石田之無當於用，安所稱真正英雄哉！何也？彼漆園、竹林輩，視天下無一之可爲，故究也無一之能爲。而聖賢者，視天下無一之可輕爲，故究也無一之不可爲。故朱氏曰："真正英雄，從戰戰兢兢中來。"豈弗信哉！

後之希英雄者宜何如？曰：無欲以澄之，慎獨以析之，則自無一時一事不出於戰兢，而其養深，其全用立顯，又何所愧夫世之稱真正英雄者乎！

【箋】

萬曆十四年丙戌（一五八六）——萬曆十六年戊子（一五八八）在北京作。二十七歲——二十九歲。時宗道爲翰林院庶吉士。

案：同館唐文獻有同題之作，題爲《真正英雄從戰戰兢兢來論》，見《占星堂集》卷二。文獻以廷試一甲一名授修撰。文爲當時館課。

刻文章辨體序

蓋古所稱經國大業，不朽盛事也者，其惟文章乎！故機洩於龜、馬，基造於《墳》《索》，此語文章之始也；摛藻則天壤爲光，抒情則丘陵生韻，此語文章之用也，而未及其體。今夫治室者，廟與寢異，寢與堂異；而廟寢堂之中，桷與榱異，節與梲異。彼各有體焉，梓人固不得匠意而運也。而矧夫所稱經國大業，不朽盛事也者乎！吾姑置庖犧以前弗論，論章章較著者，則莫如《詩》《書》。乃騷、賦、樂府、古歌行、近體之類，則源於《詩》；詔、檄、箋、疏，狀、志之類，則源於《書》。源於《詩》者，不得類《書》；源於《書》者，不得類《詩》。此猶廟之異寢，寢之異堂。其體相離，尚易辨也。至於騷、賦不得類樂府，歌行不得類近體，詔不得類檄，箋不得類疏，狀不得類志，此猶桷之異榱，棁之異節也。其體相離亦相近，不可不辨也。至若諸體之中，尊卑殊分，禧祲殊情，朝野殊態，遐邇殊用，疏數煩簡異宜，此猶榱、桷、節、棁之因時修、短、狹、廣也。其體最相近，最易失真，不可不辨也。

故夫不深惟其體，而以臆爲之，則《漁父》《卜居》之精遠，《阿房》《赤壁》之宏奇，見爲失騷賦體。"落霞孤鶩"之篇，見爲傷俳；"黄鶴""白雲"之句，見爲似古。而況夫他之樸樕者乎！今天下人握夜光，家抱連城，類憚於結撰，傳景轍鳴。自鑿一堂，猥云獨喻千古；全捨津筏，猥云憑陵百代。而古人體裁，一切弁髦，而不知破規非圓，削矩非方。即令沉思出寰宇之外，醞釀在象數之先，終屬師心，愈遠本色矣。則吴公《文章辨體》之刻也，烏可以已哉？抑不佞聞之，胡寬營新豐，至雞犬各識其家，而終非真新豐也。優人效孫叔敖，抵掌驚楚王，而終非真叔敖也。豈非抱形似而失真境，泥皮相而遺神情者乎！

兹集所編，言人人殊，莫不有古人不可堙滅之精神在，豈徒具體者。後之人有能紹明作者之意，修古人之體，而務自發其精神，勿離勿合，亦近亦遠，庶幾哉深於文體，而亦雅不悖輯者本旨，是在來者矣，是在來者矣！編起古歌謡至祭文凡五十卷，外集起連珠至辭曲共五卷。

【箋】

萬曆十四年丙戌（一五八六）——萬曆十六年戊子（一五八八）在北京作。二十七歲——二十九歲。據唐文獻《占星堂集》，題當作《擬刻文章辨體序》。文章批評"抱形似而失真境，泥皮相而遺神情"之作，已開公安反模擬、主真情之端。

性習解

夫譚性者，折衷於孔氏。其云"性相近，習相遠"，蓋千古性學券契哉！乃後世説者，不無異同。指性同者，則有子輿性善之説在；指性異者，則有荀卿惡、楊雄渾、告子湍水、佛氏作用之説在。而孔氏云“性相近也，習相遠也”，無乃處乎異而同、同而異之間，持兩端者乎！嗟夫，孟氏專言理以維世，楊、荀輩專言氣以惑世，而孔氏則理氣合一，一語而備性之全體矣。

今試觀嬰孺，其天性常未漓也，固有醒然而慧者，亦有懵然難解喻者；固有相嬉而讓者，亦有相聚而爭者；固有逆之而色弗忤，亦有觸之輒怒而啼者。乃其見親也，有不煦慰膝下者乎？見兄也，有不歡欣動色者乎？此一嬰孺也，有慧有懵，有順有爭，紛紛殊態，安可謂之同？乃又無不愛親，無不敬兄，安可謂之異？蓋其異者出於氣，而其同者出於理。合理氣之謂性，合同異之謂近，故繫近於性也。迨少長已，始染世味；染世味已，始分蹊徑。理制氣者，肩聖賢；氣滅理者，墮愚狂。漸摩使然，匪一朝夕，而性之相近如故也，故繫遠於習也。

今夫明珠之隱水底，水清者光立見；稍濁者其光隱見半[1]，澄之斯可見；而最濁者非澄之久，光將匿焉。故軒皇狥齊，堯欽明，舜濬哲，此水體之本清者也。湯日新，文緝熙，此水體稍濁而能澄之者也。太甲初服敗度，悔悟桐宫，卒紹先業，此水體本濁能久澄之者也。至於桀、紂暴，盜跖恣睢，此水體愈濁愈撓之者也。是性習之徵也。要之，水可分清濁，不可謂本無明珠；質可分昏明，不可謂本無義理。故孔子之論性，語氣不遺理，猶之語水不遺珠，所謂一語備性之全體者乎！雖然，夫子直舉全體也，而後世耳食者，藉其似焉以騰其性惡渾杞柳作用之説。性惡渾杞柳作用之説興，而後世之恣行胸臆者，又藉其似焉以便已，無忌憚之爲害將何極！孟子深憂之，故單取理義之性，而日號於人曰“性善，性善”。斯語也，陽似少悖夫相近之旨，而陰實翼其師説。故先儒曰“孟氏有功於聖門，不可勝言”，知言哉！後之譚性者，必合孔、孟之論，而後性學揭日月而行矣。

【箋】

萬曆十四年丙戌（一五八六）——萬曆十六年戊子（一五八八）在北京作。二十七歲——二十九歲。唐文獻《占星堂集》卷二有同題之作，皆爲庶吉士館課文字。

【校】

〔1〕半，一本作“能”。若此，當屬下句首。

刻文中子序

今之人方甘海錯也，而調粱肉進之，見謂泊然不嗛於口矣。然海錯卒不可實枵腹，不得不捨而之粱肉者何？其味無奇，而卒周於用也。蓋余始得六子書讀之，至《莊》《列》而神動心豔也。已讀《文中子》，泊乎其難入也。已數數尋繹焉，而始不忍去手，盡易《莊》《列》之好好之。倘所謂無奇而卒周於用，若粱肉者非耶？

嗟夫，嗟夫！自宣父微言，莫或抽緒。無論莊、列諸人，汪洋橫議，而白馬逞辯，雕龍振奇，湘累揚藻；代及陳、隋，詠花鳥，賡月露，生乎斯時，誰能不靡！而仲淹者，乃能抗手反經，正襟譚道，續詩書，正禮樂，修《元經》，讚《易》道，今觀《中説》所載講勸之言，出處之跡具在焉。其詞簡而悉，淵而通，微而明，曲而當。旁觀大義，潛宣教旨，娓娓乎洙泗口吻哉！所以湔挽頹習，衣被時賢，洗千古而空之，揭吾道以行天者，其以爲盡宋儒力乎，無亦仲淹氏爲之嚆矢矣。且也溫、魏、房、杜，用其土苴，磐石李祚，有如及仲淹身竟行十二策者。其所收太平效，何可勝道！余固曰其説無奇，而卒周於用也，非莊、列氏比也。

今海內學士好治子家言，方海錯乎莊、列輩，濡首其中，而薄洙泗正論爲無當，此風不熄，將爲晉朝揮麈諸人之濫觴，其蠹世道而蕩人心，寧有底極。故吾取諸子中若《文中子》之宗洙泗者，付剞劂氏，刻之以風天下。然吾非遂聖人之也，謂其亦可爲學聖者藉也。

【箋】

萬曆十四年丙戌（一五八六）——萬曆十六年戊子（一五八八）在北京作。二十七歲——二十九歲。唐文獻有同題文，作《擬刻文中子序》是也。見《占星堂集》卷三。爲一時館課。

擬翰林院學士題名記

明興二百餘禩來，其爲翰林學士者，若劉、宋諸公而下若干人，無論淑慝，皆不宜泯没無紀，爰題其姓氏於石，而某受簡記焉。某竊惟翰林非古所稱天禄、石渠之府，金馬著作之庭也耶？而其所設官最崇者，則莫若學士。天子有時坐細旃，則鏘鏘委佩其間，時效獻替啓沃心，至重也。自總攬制作，黼藻絲綸之外，一切簿書期會，弗得溷焉，至清也。右文之主，時溫語清問，體貌有加，即列曹寺卿弗敢望，至榮也。夫士伏處窮巷，以章句發家，至當國家重任，至清至榮，而今且勒之貞珉，是可以不朽矣。

然隆碣之間，姓氏臚列，崇者躋輔相，次亦卿清曹。則固有其德卓爾名世，若威鳳祥麟，世爭先覩其名爲快者矣。則又有膚功在世，衆指其名，加額稱頌，願家尸户祝之者矣。則又有雕蟲繡虎，爛若春華，後人誦其隻句，等於吉光片羽者矣。則又有美食安坐，糜太庾，立致公輔；行不唱内庭外衢，無纖效者矣。則又有張臆逞胸，聚賂集穢，齮齕賢豪，至今耳其姓氏，若狼鴟在園，思逐之者矣。夫德如麟鳳者最上，膚功在世者次之，雕蟲繡虎者又次之，美食安坐者爲下，張臆逞胸者抑最下矣。嗟夫，嗟夫！此名一刻也。最上者固益彰，而最下者亦愈顯矣。夫使最下之名益顯，何如伏處窮巷，尚足藏拙乎？是前所稱至重至清至榮乃至難稱，而所謂可託不朽者乃易以速之朽，可不懼哉！

今文運鬱郁，海内庥和，充詞臣者靡匪一時名公鉅儒，其所謂最下者必不肯爲，勿論矣。願益茂昭大德，宣鬯愷澤，仰荷倚毗，俯作楷範，以無忝太上之業。第令弗務宣嚴師濟，徒積時月爲勞績，則吾所稱品之下者。即不然，而日事夫提要鉤玄，揮毫哦誦，吐咳珠玉以自雄，則亦吾所稱品之又次者。其奈朝廷清華之選，而亦豈兹刻石題名意也耶！某頓首謹記。

【箋】

萬曆十四年丙戌（一五八六）——萬曆十六年戊子（一五八八）在北京作。二十七歲——二十九歲。唐文獻《占星堂集》卷二有同題之作。

忠清仁辯

或曰：夫子蓋未嘗難言仁哉。故於人之過也，而觀其仁；里俗之美也，而稱其仁。至任術挾數如管氏也者，而亟仁之。齊、楚兩大夫業已被之忠清之號，乃獨靳仁焉，何哉？曰：論説於一時者，其旨恕；定品於萬世者，其法嚴。恕語跡，嚴語心也。夫語極於心，則陰避而陽托者非仁。陰趨而陽托者非仁，即無所趨避，未忘無所趨避之名者，亦非仁。何也？有所爲也。故公旦稱德明保之忠，天下信其仁，非信其明保之跡也。伊尹千乘弗顧之清，天下信其仁，非信其弗顧之跡也。公旦、伊尹雖出於無所爲，故即居攝疑於非忠，五就疑於非清，而竟不害其仁。齊、楚二子，未必出於無所爲，是以其忠可仰，其清可述，非不足驚詡一世，而竟不敢信其仁。藉令信其跡，不必原其心，則漆身趙市者，仁乎？灌園於陵者，仁乎？甚而至於食桃、請殉、臥終南爲捷徑者，亦可匿其不肖之心，而溷於仁乎！聖人深慮之，故於齊、楚二子，但被之忠清之號，而靳以仁。夫固嚴之心，懼其弗真也。

或又曰：有如真忠、真清矣，可以爲仁乎哉？曰：不然。仁體無所不包，忠與清，仁中一事耳。今夫有木而華實枝葉附焉，指一葉而曰木在是也，可乎？有山而丹砂卉石生焉，指一石而曰山在是也，可乎？

故仁首萬善，總百行，其廣也天覆，其發也川流。無不忠而無忠名，無不清而無清名。區區忠清以擬仁，正如木之一葉，山之一石耳，胡能盡乎！不然，則聖門高弟，由可治賦，求可從政，赤可立朝，雍可南面，已既稱不容口，而至於仁，何以皆曰未可知耶？則齊、魯二子之止於忠清，忠清之不可盡仁，又何論也。未然後知聖人非特嚴於論心，抑亦精於論仁，是又朱子未發之意歟？

【箋】

萬曆十四年丙戌（一五八六）——萬曆十六年戊子（一五八八）在北京作。二十七歲——二十九歲。唐文獻《占星堂集》卷二有同題之作。

評春秋列國大夫優劣

夫論人於三代以降也則難哉！自壁書所紀外，載在國乘，其人豈無彪炳來玆，而芬潤齒頰者？然而盈尺之瑜，方寸之瑕，則全材難；初駕如組，再試多蹶，則末路難；長於室穴，短於衝城，則大用難；鸞鳳其外，蝮鷙其中，則純白難。

夫置雌黄於三代以降也則難哉！吾無暇更僕論，論較著者：若管氏之九合一匡，晏子之順命衡命，趙衰、狐偃從公子而伯西晉，先軫之克敵城濮，孟明之收功三敗，士燮之憂先内寧，趙武之不頓兵甲，絳也和戎，向也憂國，赦也謀楚，奚也顯秦。夫國家重善謀之臣，則安捨此數大夫也！季友勛勦於魯僖，甯武敉寧於衛成，華元折衝於宋桓。夫國家重勘亂之臣，則安捨此數大夫也！蹇叔止襲鄭之旅，子革陳《祈招》之詩，史魚尸諫以寤主，蓋皆有古弼違風焉。鮑叔舉仲，子皮舉僑，公叔舉僎，蓋皆有古薦賢風焉。若乃目夷以宋讓，子臧以曹讓，季札以吴讓，倘所謂輕國如屣者耶！蓋廉靜士也。孔父以宋督死，仇牧以南宫死，荀息以里克死，倘所謂甘鑊如飴者耶！蓋伏節士也。若乃下惠之治亂俱進，伯玉之捲舒緣時，士會無隱情於國中，又非世所稱真良士者哉！是數大夫者，固家榱棟朝家照映殺青。而深詰其生平，多瑜焉而不掩其瑕也，始駿焉而不勝其蹶也，才焉或窒於大用也，駁焉或戾於純白也。故置雌黃於三代以降難也！

然予竊謂較用於家國者先功勳，定品於一人者先操行。夫論功而有雄於尊天王，擯戎裔，不歃血而束諸侯於掌股之上者乎？論心而有純於不羞汙君，不怨遺佚，三公勿奪其介者乎？是以論功則宜首管氏，而狐、趙爲次，叔敖、百里奚輩又次之。論心則宜首展禽，而僑、瑗、札次之，士會、士燮等又次之。蓋總列國大夫，則予所揚扢者優。而就予所揚扢諸人，則管氏、展禽尤優，而器小貽譏，不恭興誚，則其他又可知矣。故求不窘於才，無詭於心，表裹兼醇，華實總粹，是在三代盛際乎，難論於春秋矣。余固曰：置雌黃於三代以降則難也。

【箋】

萬曆十四年丙戌（一五八六）——萬曆十六年戊子（一五八八）在北京作。二十七歲——二十九歲。

救荒奇策何如

日者天災頻仍，萬口嗷嗷，東南苦於天吴，西北困於旱魃。山、陝之間，食石以延須臾之命，何論懸罄哉！天子旰食，公卿拊髀，計可蘇元元者，不難胼手濡足圖之。而二三臺諫，皂囊屢上，即不能外蠲、賑二議者。以愚讀《周禮》荒政，可濟今緩急，莫如散利，莫如薄征。散利即今之賑，薄征即今之蠲。蠲、賑二議，即令管、晏持籌，賈、晁精算，計必出此矣。然而竟未能濟元元之急者何也？持其跡而拘攣弗變，獵其名而奉行尠實也。拘攣弗變，奉行尠實，即恩綸時下，日累載少府之金而馳之郊，何益乎？故愚竊計蠲之策一，善行其蠲之策三；賑之策一，善行其賑之策六。

今海内重菑，郡邑之稅應存留者，業已免征，而起運者尚未全豁也。枵腹孑遺，救死不暇，而胡力辦此？故起運之課宜省也。流聞州邑不肖之吏，黄封雖下，白紙猶催，畸羸之夫，腹無半菽，而手足猶縶於桁楊，藉當寧之曠恩，爲潤篋之便計，乃其姓名猶有不入撫巡之白簡者，何其貪而黠也！故苛征之察宜密也。民方草食不充，而大吏猶華軒盛騶，烜赫載道。軒輶之使，至餽遺充斥，供張豐腆，此非民膏，何以給之？故官守之自奉宜薄也。玆善行其蠲之三策矣。

以幽遐蔀屋，悉仰内帑，其勢易窮；而悉舉州邑之庫藏贖鍰，給州邑之窶者，鮮不濟矣。故從朝廷賑之則難，從州邑賑之則易也。一邑之中，一都之内，豈無豪貲財好施與者，故令上賑之則難，令下民自相賑則易也。里之厚貲者，所捐若而百，則賜棹楔旌之；若而千，則爵之；若而萬，則厚爵之。富民有不竭蹶以趨者乎？故强之使賑則難，勸之使賑則易也。幽遠山民，去城百里，晨起裹糧，蹩躃趨城，猾胥猶持其短長，非少賂之，弗得徑受賑，得不償失柰何。宜令耆民之廉平者，偕里之富好施者，臨其聚落招給焉，平有賞，私有罰，蔑不葴矣。故移民就食則難，移食就民則易也。或量里之廣狹，爲爨若干，令耆民及富民之平者，烹糜而日飼之，期於便近。民無薪水之煩，得飽食矣。故散粟給民尚難，爲糜以飼民尤易也。夫珠不可襦，玉不可食，有米粟乏絶之處，人至抱璧以殞者。故即得州邑及貲户之賑，而操金貿易，轉移尚艱。故使下民貨粟則難，官司爲轉貨而給之尤易也。凡此，皆善行其賑之策矣。語云：“中流失船，一壺千金。”小補罅隙之計，大都若此，豈能奇乎！

善哉乎，先儒言之也：“有治人，無治法。”今法非不犁然具，而州邑之吏，故紙尺一，以壅澨澤，何濟乎？故在天子清心節用，凡内府供應，一切仿諸祖制，毫無所增。上絶冗費，則公府有餘金而賑易；私家不必濫取，而蠲又易。撫巡諸臣又窺見意指，誰敢不堅《羔羊》之節，以玷官箴。一二奉行不謹之吏，且解組去，不爲蠧矣。不然，吾未知果有奇策之可以救民也！

【箋】

萬曆十四年丙戌（一五八六）——萬曆十六年戊子（一五八八）在北京作。二十七歲——二十九歲。唐文獻有同題之文，題作《擬救荒奇策何如對》，見《占星堂集》卷二。又據《國榷》卷七十四，十五年二月庚辰，工科給事中郭顯惠言救荒之策，酌起解、弛鹽禁、議罪贖，部覆如議。宗道文或作於是年。

士先器識而後文藝

夫士戒乎有意耀其才也，有運才之本存焉。有意耀其才，則無論其本撥而神洩於外，而其才亦齷齪趚趚，無纖毫之用於天下。夫惟杜機葆貞，凝定於淵默之中，即自弢其才，卒不得不顯。蓋其本立，其用自不可秘也。今夫花萼蕃鬱，人覩木之華，而樹木者固未嘗先溉其枝葉，而先溉其根；丹雘紺碧，人覩室之華，而治室者固未嘗先營其榱棟，而先營其基者，何也？所培在本也。良玉韞於石，不待剖而山自潤；明珠含於淵，不待摘而川自媚；莫邪藏於匣，不待操而精光自爍，人不可正睨者，何也？有本在焉，其用自不可秘也。

而輓代文士，未窺厥本，呶呶焉日私其土苴而詫於人。單辭偶合，輒氣志淩厲；片語會意，輒傲睨千古。謂左、屈以外，別無人品；詞章以外，別無學問。是故長卿摛藻於《上林》，而聆竊貲之行者汗頰矣。子雲苦心於《太玄》，而誦《美新》之辭者靦顏矣。正平弄筆於《鸚鵡》，而誦江夏之厄者捫舌矣。楊修鬬捷於色絲，而悲舐犢之語者驚魄矣。康樂吐奇於春草，而耳其逆叛之謀者穢譚矣。下逮盧、駱、王、楊，亦皆用以負俗而賈禍，此豈其才之不贍哉？本不立也。本不立者，何也？其器誠狹，其識誠卑也。故君子者，口不言文藝，而先植其本。凝神而斂志，回光而內鑑，鍔斂而藏聲。其器若萬斛之舟，無所不載也；若喬嶽之屹立，莫撼莫震也；若大海之吐納百川，弗涸弗盈也。其識若登泰巔而瞭遠，尺寸千里也；若鏡明水止，纖芥眉鬚，無留形也；若龜卜蓍筮，今古得失，凶吉修短，無遺策也。故方其韜光養嘿，退然不勝，如田畯野夫之胸無一能。而比其不得已而鳴，則矢口皆經濟，吐咳成謨謀；振球琅之音，炳龍虎之文；星日比光，天壤不朽。豈比夫操觚屬辭，矜駢麗而誇月露，擬之塗糈土羹，無裨緩急之用者哉！

蓋昔者咎、禹、尹、虺、召、畢之徒，皆備明聖顯懿之德，其器識深沉渾厚，莫可涯涘。而乃今讀其訓誥謨典詩歌，抑何爾雅閎偉哉！千古而下，端拜頌哦，不敢以文人目之，而亦爭推爲萬世文章之祖。則吾所謂其本立，其用自不可秘者也。譬之麟之仁，鳳之德，日爲陸離炳煥之文，是爲天下瑞。而長卿以下，有意耀其才者，何異山雞而鳳毛，犬羊而麟趾，人反異而逐之，而或以賈釁，烏覩其文乎！信乎器識、文藝，表裏相須，而器識猥薄者，即文藝并失之矣。雖然，器識先矣，而識尤要焉。蓋識不宏遠者，其器必且浮淺；而包羅一世之襟度，固賴有昭晰六合之識見也。大其識者宜何如？曰：豁之以致知，養之以無欲，其庶乎！此又足以補行儉未發之意也。

【箋】

萬曆十四年丙戌（一五八六）——萬曆十六年戊子（一五八八）在北京作。二十七歲——二十九歲。

卷之八

館閣文類

乞進講大學衍義疏

伏惟皇上效明聖緝熙之學，採老成芹曝之獻，數日以來，御經筵者一，御日講者二。披圖對史，左諏右詢，遠陋金華白虎之談，近跨邇英延議之論矣。臣數從豹尾中，仰窺聖衷惕厲，不勝忭踴，竊效塵露，少裨淵嶽焉。臣竊覩儒臣進講，曰經曰史，詎不稱古訓哉；然而經史以外，尚有足羽翼聖真，補苴鴻猷者。謹按《大學衍義》一書，先臣真德秀氏之所爲纂也。總先聖之規模，則先王之典謨，《思齊》之詩，《家人》之卦。該後賢之論議，則繼之思、孟、況、雄、仲舒、敦頤之説。衍格致，則明道術，辨人材，審治體，察民情。衍誠正，則崇敬畏，戒逸欲。衍修身，則謹言行，正威儀。衍齊家，則重妃匹，定國本，嚴内治，教戚屬。網羅先躅，捃摭舊聞。其廣則蟠天極地，其細則繭絲蝟毛。其分則洪河之散流，其合則户之有樞也而車有轂。萬禩之理，忽來玆之，龜鏡具是，斯已勤矣。

臣愚以爲儒臣進講經史而外，益以此書，必能仰資黼座，弘贊化理，啓沃灌溉，功匪尠鮮。臣復惟系大於學，哲后所務，非第如經生齪齪據梧，唔咿揚扢，以鬭博雅，資楮墨已也。其躬修貴約，其履蹈貴實，其諮詢貴虛，其問學貴恒。夫《衍義》所載，一言一藥，而稽之今日，於症最合者，則莫切乎重妃匹，令嫡媵有分；定國本，令覩聽無惑；嚴内治，令巨璫無竊柄。而圖兹三者，在皇上一念敬畏，自標直影隨，故曰躬修貴約也。夫格致誠正，初無奇豔，世主所闊視之者。借令陽浮慕於廣廷之上，而陰違戾於重帷之中，是戲塵飦、薦芻狗而耕石田也，安所用之矣！故曰履蹈貴實也。黼扆之上，人主高拱穆然，何論神明；而二三儒臣，跼蹐毋敢失尺寸，執牙籤屏息，得畢所肆於前，大善矣。臣獨計明主得少假借，娓娓下訊，云何格致，云何誠正，云何修身而齊家。二三儒臣各薦所見，其當上指與否，俱且和顔受之。有不析肝劙膽者，非夫也，故曰諮詢貴虚也。夫日新時保，《衍義》所稱引。臣竊見皇上昔在冲齡，講筵之御，燠寒不輟，而近歲傳免者屢矣。今雖鋭志講學，萬無復輟，而臣已閔然有鮮終之慮焉。《衍義》之所稱緝熙日新與戒逸欲者，可不日陳於耳以預防之乎？故曰問學貴恒也。且臣伏聞高皇帝投戈未幾，即取《衍義》書之廡壁。而世宗朝，亦嘗取《衍義》君臣講論，爲倡和詩。此豈飭弘文之偉儀，修太平之壯觀已哉！其躬修誠約，其踐履誠實，其諮詢誠虚，其問學誠恒也。此祖宗故實，非臣臆見。繩武光先，實在今日。伏望皇上下採蒭蕘，特命儒臣進講《大學衍義》，設誠力行臣所云四者，臣幸甚，天下幸甚。

【箋】

萬曆二十三年乙未（一五九五）在北京作。三十六歲。《國榷》卷七十七："（二十三年四月）庚戌，命儒臣講《大學衍義》。"

一貫忠恕説

昔者曾子取忠恕，明一貫，而紫陽氏以爲是借言之也，自紫陽氏有借言之説，而輓世俗儒愈起分別，而增葛藤。愚竊謂忠恕之外別無一忠恕，通天下之外別無貫。悟者見其一，而未悟者見其二焉爾。而今夫人不忠則僞，不恕則私。私僞柴其中，是不一也。於是與物爲搆，日以心鬭。隔形骸於一膜，起藩籬於我闥，相刃相劘以行，而天下遂於我涣然不相通，是不貫也。是不忠恕即不一，不一則不貫也。忠者無僞，恕者無私。無僞無私，則在我盡撤其障隘，以通於天下；天下亦洞洞屬屬，盡見我太虚同然，共得共適。而薄海含靈，盡歸我膜，歸我闥，而無纖毫之扞格而弗通。是忠恕即一，一則貫也，而奈何云借言之乎！

或曰一貫即忠恕，則一貫庸行爾。孔子胡不公語洙泗群弟子，而獨挈之以秘傳曾氏者何哉？則紫陽之云借言豈謬耶？曰：凡借言者，是本不可名，假托之以明若二物。然而道亘今古弗異，寧有二也。即無論孔氏，雖堯、舜以來所稱精一，寧外忠恕？特聖人安之，則名一貫；學者勉之，則名忠恕。故愚嘗竊論有聖人之忠恕，有學者之忠恕，吾亦欲無加諸人者，所謂聖人之忠恕非乎？而勿施於人，則學者之忠恕是矣。反身而誠者，所謂聖人之忠恕非乎？而强恕而行，則學者之忠恕是矣。立人達人者，所謂聖人之忠恕非乎？而能近取譬，則學者之忠恕是矣。老安少懷者，所謂聖人之忠恕非乎？而車裘共敝，善勞無伐，則學者之忠恕是矣。

善乎程伯子之訓忠恕曰："維天之命，於穆不已；乾道變化，各正性命。"又曰："此與違道不遠，異者動以天。"夫忠恕動以天，而同乎天，豈與一貫之理纖毫隔閡哉！故曰聖人安之則一貫，學人勉之則忠恕。曾子功力將純，故傳其安者；而弟子境界尚隔，故僅聞其勉者。異者造，不異者道。則紫陽之稱借言也，其毋乃太分别與？雖然，一者渾渾淪淪，不可得而名。曾氏恐學者難之而道迷，故直發之曰忠恕；紫陽恐學者易之而道亦迷，故又解之曰借言。而均一明道覺人之心，有所不得已者矣。吾又聞紫陽有晚年定論，深悔其傳注未當，有誤來學。玆解也，或猶未定之論，未可知也。

【箋】

萬曆二十五年丁酉（一五九七）在北京作。三十八歲。本年八月，宗道升右春坊右庶子，皇長子經筵講官。

案：宗道《李卓吾》曰："又諸兄曾論及一貫忠恕，生戲作時藝一篇，謹録一紙請正。二舍弟病瘧三月幾殆，今始愈，已改教矣。”所言“時藝”，即指是篇。宏道改教在二十五年冬，故知是篇作於本年。

防河議

今天下譚防河者，豈不稱甚辨哉！日者祥符、蘭陽間，河決百餘丈，湮城郭，毒人民，患非尠矣。然僅及沿河之人民，未至奔潰四出，爲根本害；而其沿堤之瑕者，補之令堅且厚，尚可支目前。而徐、邳以南，則爲害滋大矣。蓋害在河以南，爲四肢之病；在徐、邳，則瘻之附咽喉，失今不治，憂尚忍言乎！異日者，徐、邳之間，黄、淮合流，今黄强而淮弱，則不能合，和强則易決。高、寶之間決，而國家數百萬飛輓雲連，將何道以濟乎？則害在運道。淮不敵黄，將縮而旁潰，旁潰其及泗州乎，則害在陵寢。且黄繇清河凡四折而趣海，藉令一者不守，而淮安、高、寶、鹽、興之民，何恃弗爲魚乎，則害在人民。是河南諸處害僅人民，而徐、邳間則合害運道、陵寢而三也。

三二瞿瞿之臣，蒿目而畫者，不出疏、築二議。然理勢固不能出疏、築二議矣，是在當事者求其當實行之焉耳。往治河之臣，計謂堤深則能束水，水受則勢迅而沙淤隨下，是寓疏於築，不可謂非便計。今沙竟未能滌，而水日益高，將復議增堤。增之不已，將隆之於天也？無論糜内帑，即緩急奚益也。邇年議少異矣，是故議重開草灣，議開月河板閘，議落崔鎮等垻。夫開草灣僅能防西堤之冲，有如從清江決而入奈何？則重開草灣非計也。夫河堤不足賴矣，將月河足賴乎？則開月河非計也。今崔鎮、徐二垻流甚細，季太、三義久塞，今雖落之，豈能洩洪洞之流？則落崔鎮等垻亦非計也。然則遂無計乎？曰：酌之疏與築之間，求其當實行之焉耳。

夫河南之境，冰堅難測，而徐、淮地燠，解冰於季冬，測其淺深，而濬之及底焉。久之河益深，水益日卑，不憂潰矣。此疏之一策也。又自大河口别開一河，至瓦子灘以接草灣，出顏家河，庶幾正河不冲入清江閘乎，此又疏之一策也。夫安東至雲梯一帶，業已堤之，而郊陵至羊賽四十里，不可爲東堤乎，此築之一策也。凡此皆補苴殘漏之計矣。乃若功力甚鉅，可計萬全者，似莫若復故道。河自桃源三義鎮達葉家冲而合淮，實惟故道；而濟運一河，乃支河耳。今河流竟棄正河而據支河，有如復此，直接顏河，足可支數十年無恙。一勞久逸，暫費永寧，將在於此，是又善行其疏之上策，而築可無論已。語曰："非常之事，非常人之所能爲。"夫唐堯且咨嗟俾乂，而漢武沉璧馬宣房瓠子間，而爲詩以歎。今譚何容易哉！藉令今所陳復故道諸策，可實見之行，亦賴廟堂精擇純心任事者，全委付之。而破拘攣，寬文法，無愛帑藏，無惜高爵。戒十羊九牧之擾，排道旁作舍之謀。即地平天成，河瀆獻瑞，可望於今日，而何慮三患？不然，吾未知空譚之可以紓患否也！

【箋】

萬曆二十五丁酉（一五九七）在北京作。三十八歲。

擬遼東剿平東夷賜給總督薊遼都御史誥文

奉天承運皇帝制曰：朕惟擁旄作鎮，弘資帷幄之良；秉鉞專兵，式重干城之寄。矧薊、遼藩屏京國，而總督鎖鑰北門。屬羽檄之風馳，賴摹畫之天捲。言念非常之伐，宜膺不次之恩。爾總督薊、遼都御史某，文武兼資，忠良夙植。器足當盤錯，出以沉幾；志不避劻勷，應之閑暇。頃者海西之弗靖，實由那林之逆謀。雪王台之孫，報二奴之怨。鹵掠畜産，虔劉士民。結連淵藪，跳梁邊境。鼓螳臂以當轍，聚螢火以燔山。知鼠竊之無能爲，顧梟謀之安可赦。爾乃克攄神算，用振皇威。甲士電馳，戈鏃日耀。先聲播而天狼膽落，全軍臨而孽虜魂銷。獻斬馘者盈千，獲輜重者無算。烽燧撤警，賴以拯東鄙之危；師旅投戈，從兹釋北顧之慮。勳在廊廟，名震華夷。我武惟揚，朕心嘉悦，庸鑒勞績，爰賜寵綸。嗚呼！方叔宣猷，則周王攘外；營平展力，則漢主拓疆。嘉爾虜功，諒同先躅。爾尚恢張志意，益勵忠貞。舞兩階以格苗，朕不敢後干羽之化；出萬全而制敵，爾當克先桑土之謀。欽哉！

【箋】

萬曆十六年戊子（一五八八）在北京作。二十七歲。據《國榷》卷七十四："（神宗萬曆十六年三月）己丑，薊遼總督張國彦、總兵李成梁，發兵剿北關卜寨那林孛羅，二酋爲逞仰二奴子。初，兩酋圍歹商，我檄諭之，不聽，乃提數千騎，降夷二百人，東抵海州，夜至開原。……斬把當亥等五百五十四級，獲馬九十八匹，又植雲梯與中城等，上置砲，卜寨那林孛羅始懼乞命，與南關分敕入貢，成梁許之，乃旋師。"因知文作於是年。

毛穎、陳玄、石泓、楮素傳

毛穎，本中山後也，善昌黎，昌黎傳之詳。自唐遂由中山徙西吴。而其友陳玄、石泓、楮素者，相與同起處。陳玄者，秦五大夫裔，世居易水，後散處都會間，惟游歙者貴盛甲天下。自萬石君以躬行顯於漢，而子孫能世其業者，莫若石泓。徙清，徙絳，徙端溪，俱有名。而楮素者，一名知白，其業成於蔡黄門，楮先生其昆季也。

初，毛穎謂泓曰："若塊處跬步不移，毋乃好逸乎？"泓應曰："吾不能效若齪齪勞形也。"素亦謂玄曰："若黯黯自汙，非夫哉！"玄應曰："若皎皎者乃易汙。"蓋穎嗜動，而泓嗜静，楮白陳黑，故四人相調如此云。

一日，毛穎目三人："孰能知動不異静，静不異動，白不異黑，黑不異白者，吾與之友。"四人相視而笑，莫逆於心，於是始定交，相與出囊，求一試其長。而值劉、項逐鹿之時，劉馬上習不能用，項稍用亦不肯竟，去學劍。而四人者，遂擯於世。其後毛穎見班超，而超投之。楮素謁李意其，意其裂焉。石泓性重，陳玄嘿嘿，徒懷忿，俱不能爲二友爭。已而入坐左思藩溷，與左相對几十年。四人非不知藩溷之褻，而重左之博雅，不能捨去。左賦《三都》，膾炙今古，四人與有功焉。居無何，有客以其能薦於王羲之者；羲之亟招此四人，相得甚歡。王每謂人曰：“吾以毛君爲刀劍，以陳君爲鎧甲，以石君爲城池，以楮君爲陣，吾其遂爲天下勍乎！”羲之歿，傳諸子孫，子孫待四人敬不衰，至今稱臨池業，自烏衣一派外無兩者，本羲之暱此四人之力也。

自是四人名踰重，無論雅俗顯隱皆爭客之，而最後有藝圃主人者，尤極禮遇焉。凡主人有所任使，則玄與穎輒就泓謀定，然後告於楮素，使素傳布人間。語云“同功一體”，其此四人謂哉！然此四人者，自少迨今，精銷力竭，良苦矣；而感主人禮遇，相議所以報德者。於是泓語素曰：“吾聞主人方玄覽遐搜，爲不朽盛事，此豈我輩貞潔一身之時！”以問穎，穎曰：“顧[1]盡吾心乃已。”以問玄，玄曰：“亦不敢愛摩頂，虛主人任用。”卒相與畢力任事，終始無間云。後各有茅土封，世世勿絶。

太史公曰：夫士遇合固各有時哉！此四君者，當其遇劉、項時，齷齪弢囊中，以爲計畫無復之爾。及其遭時遇主，彈冠俱興，并有顯代，聲施到今，豈不偉哉！然令此四君懷忮并進，各不相能，功亦不就。乃能相挽相推，若左右手，以有成績。嗟乎，可謂善始令終，無負師濟之義者矣。

【箋】

萬曆十六年戊子（一五八八）在北京作。二十九歲。

【校】

〔1〕顧，繼善堂本作“願”。

刻玉海序

自唐、宋來，博雅君子，掇摭群言，勒成類書者，無慮數十種云。

徵事者採其繁，屬詞者擷其藻，功藝苑者鴻矣。不佞蒐獵其間，竊恨諸書所載，或誕焉而不及核，或蔓焉而不及詳，又或喋喋纖嗇焉而不及弘鉅也。其最核、最詳、最弘鉅者，宜莫如《玉海》一書。

夫孔不語怪，而他輯者多尚奇僻以駭俗，藉令肄此而能識畢方、辨癡龍，非經也。而《玉海》所紀，皆宇宙所必有，及世人所經見者。即譚天，譚律曆，譚祥瑞，易涉幽渺，大都羲和氏之合流，而屈軼、蓂莢之濫觴，無甚奇者，故《玉海》最核也。他輯多揭片語，採隻句，以資組織，助吟詠。而此書繇天地及經籍制度，探源遡流，櫛比鱗次，萬無漏一，故《玉海》最詳也。月露花鳥，何關朝政，他輯累累無非此者，所謂《卉譜》《蟫史》耳，淺矣。此書上逮帝學，下逮貨食，皇皇懿懿，夫孰非黼扆上務與密勿之宏議也耶？故《玉海》最宏且鉅也。而今世經生，學鮮本原，藉口孔氏多識鳥獸草木之語，齗齗焉取前所謂載花鳥紀奇衺者而綴拾之，以流連光景，謂足馳騁藝林矣，此其弁髦《玉海》也固宜。嗟夫，孔氏多識鳥獸草木，然其學之大者，不曰識大識小乎？識大識小，固所謂國家之典章制度也，則《玉海》其近之也已，烏可少也！

噫嘻，士貴通達世務，曉暢經濟。況業以經術起家，肩鴻負鉅，而或不閑於古昔典故之詳，沿革始末之異，以徵今代之所廢所興，以涖官而考政，於國家何賴焉。其或者以當寧慎默也則可，而有如一旦天子坐白虎觀，延諸臣細旃之前，上訊天文，下諏地理，中訪皇王霸之業，及歷朝制所起，異時所以善敗，而乃喑然無以應，曰："主，臣臣愚不及此。"此無論無以將順黼藻，光揚聖德，即職業之謂何矣！誠取《玉海》一書，時用披閱，豈徒廣異聞，侈腹笥，亦國體臣職之助也。是用刻之，以公諸藝苑。其所繇名《玉海》者，則前人序已詳之，玆不具論。論其所關之大，以爲入海採玉者勸爾。

【箋】

萬曆十七年己丑（一五八九）在北京作。三十歲。

案：據《抱經樓藏書志》卷四十五，萬曆十七年己丑，常熟趙用賢在南京補刻《玉海》二百卷，附《辭學指南》四卷。趙用賢《書玉海後》云："萬曆乙酉，金華瀔陽趙先生始議大加修刻，未幾，擢去。……丁亥秋，予亦謬得承之，……以戊子春仲，更爲繕刻，越明年己丑夏，凡得四千四百。"見用賢《松石齋集》卷十一。

皇祖成功文章頌有序

臣稽古帝王，巍乎成功，焕乎文章，惟放勳稱焉，百代罕儷矣。至乃跨躡百代，肩踵放勳，共敝天壤，照耀今古者，孰踰我皇祖哉！夫我神州之内，自相遞承，禮樂文物，未盡變易也。豈有天驕闌入中原，椎結其冠裳，汛掃其法制，如胡元也者。丁斯時也，材謝神武，則成功豈易；德尠聖哲，則文章奚遑。乃太祖皇帝，龍奮淮甸，禽薙醜虜，驅而置之大漠之外。自遼海以西，陰山以南，耳不聞夷韎之音，目不覩辮髮之俗。至夫馘漢擒吴，滅夏平梁，尤難殫紀。不越十禩，寰宇混一，可不謂雪百王之恥，除千古之兇者乎，功莫大矣！

已乃秦鹿既逐，湯綱尚疎，皇武又於是乎建睿謨，攄鴻算，以潤色之。罷中書省，戒擅也；撤母后席，杜漸也；官制律令，閑亂也；頒行集禮，範世也；樂章九奏，彰功也；祖訓大誥，貽則也。皇哉唐哉，斯又皇祖之文章，所以并煒星辰者也。夫威定秦、項，則馬上之習無文；治幾成、康，則臣虜之羞莫雪。文章成功，信難雙美。而我皇祖乃武乃文，亦經亦緯，豈惟漢、唐兩主端拜而讓，斯亦放勳以來所未覯也。臣也繪測天海，豈能彷佛高深；顧欽仰皇烈，亦安能已夫揄揚。臣謹拜手稽首而獻頌曰：

茫茫區宇，上黯下黷。扇飆四野，揚氛五嶽。天剖靈符，篤生高皇。蛇鳌示異，立筊呈祥。奮起東土，爰振士旅。猛將如羆，謀臣似雨。旌旄耀日，戈鋋干雲。爰摧勁諒，爰取僞誠。遂定南服，黄鉞北指。衝堅堅瑕，扞敵敵靡。傳檄王庭，孽胡褫魂。左賢鳥散，永靖邊塵。皇曰無荒，貞我王度。積慮委心，儲思垂務。玄覽書林，遙集文圃。金科玉條，昭示來許。爰定禮樂，以洽幽明。明堂雍臺，振鷺充廷。帝典已補，王綱已張。麟麟冊府，庸顯周行。卓哉神武，宇宙永垂。軒讓五嶽，禹遜神圭。懿哉聖文，日月并煌。秦規漢襲，等於螢光。武烈文謨，啓佑來兹。時賴文孫，覲之揚之。何以覲揚，惟敬惟一。天庥薦隆，萬祺無極。

【箋】

萬曆十七年己丑（一五八九）在北京作。三十歲。

玉壺冰賦

歲既暮，日方升，姑射主人覩玉壺冰焉，問於憑虛丈人曰："斯何物歟，若斯之清瑩也？方今客主無所攄情，子其抽秘思，騁妍辭，侔色揣稱，爲我賦之。"憑虛丈人逡巡而起，揚袂而稱曰："僕聞玉比德於君子，冰並潔於神人。《山海》備載夫龍首，《豳風》發詠於淩陰。璞或獻於楚山，井或鑿於淩雲。賜重宣室，直倍連城。或不礱而自朗，或屢琢而稱珍。玉號貞栗，冰亦堅瑩。離之則並美，合之則雙清。爾乃採玉於石，剡器成壺。以虛而受，用當其無。侔巧周瓚，埒奇夏瑚。於是嚴律閉，陰雲升，朔氣至，河海凝。大荒雪滿，沙塞鴻驚。天景初夕，玉壺始冰。質規規而外圓，色煇煇而内瑩。遠而望之，若太陽團圞升銀海；迫而察之，若沆瀣洸朗浮金莖。若夫朝開霽色，旭日曈曚，光射冰壺，如紫金之在鎔，煅煅爍爍，照暎房櫳。或望舒繼明，羲馭已没，光凝冰壺，若明鏡之出匣，晶晶熒熒，可鑒毛髮。若乃置於殿廡，列諸明堂，彩襲龍衮，色耀黼裳。琬琰陳兮韜輝，弘璧設兮掩光。其或清廟肅穆，圭俎靜閑，用昭潔祓，式供清燕。間觫觳之璀璨，添秬鬯之泔淡。又若依玉堂，近紫庭，軸帙生色，几席增明。飄兮清翰墨之思，翛然遠闤闠之塵。至若賓筵乍啓，酬獻初行。助綺筵兮靜嘉，祛錦席兮炎蒸。

何借龍皮之扇，不用冷蛇之縈。釋肺腑之塵鞅，愜賓友之歡情。信使夜光奪魄，明月懷慚；隋珠失照，趙璧讓研。刻畫非人工可及，塊奇似神工所完。故能令對之者慮暢，觀之者神清。何涼草之可擬，豈寒孤之能勝。雖形質不盈夫尺寸，照矚止及夫户廷。然已寬然具體乎閬苑，而仿佛乎蓬瀛。見者似已濯魄於瑤瓊，亦何必躡足於崚嶒也。”

稱引既已，復作而爲亂曰：“玉匪冰兮，空復守貞。冰匪玉兮，未離滓塵。冰假玉以爲用兮，玉含冰而轉清。直方任器，規圓協情。緣時呈象，含光肖形。溫如皎如，象君子之清貞。”姑射主人欣然促膝相屬曰：“善哉！子曙於冰壺之德矣乎！微子鴻辭，則冰自貞，孰章厥美矣。”於是命觴飭臘，敬薦上客，庸佩玉音，服之無斁。

【箋】

萬曆十七年己丑（一五八九）在北京作。三十歲。本年宗道以使事返里。

卷之九

序　　類

敘守考績序

蜀郡以文學顯，自文翁始，而盛於司馬長卿。文翁少好學，通《春秋》，爲蜀郡守，第僅能選郡縣小吏，受業博士，化蠶叢爲文雅之鄉耳。長卿爲中郎將，建節往使，便略定西夷，稍拓其詞賦之才而用之武矣。然今讀其《喻蜀》諸篇，抑何其峍嵺不實也。夫二子竟不能捨經生之筏，而見其奇；解詞賦之弢，而著折衝功也。豈才則晝之，華實相掩，文武不相用。譬則驅車於水，操舟於陸，能有濟乎？否耶。

八閩以文學稱於海内，而唐大夫用兹起家。邃經術而嫺於文章，幾與文翁、長卿雁行。今繇張富順原裕所言觀之，大夫豈稍稍著文學之用，如文翁、長卿也歟？公摩拊小民，如慈母之哺嬰孺。守皖時，以高第著聲，守敘亦然。往歲建越膩乃諸酋爲蜀梗，餽餉不乏，於時大夫功稱最。天子嘉其績，晉秩三品。今又以治功報最，將恩延上世矣。夫蕭酇侯非漢廷第一功哉，詰其繇，則轉漕關中，給食不乏而已，未嘗一日血戰矢石間，廣尺寸之土。而漢高一旦抑諸將，而踞何功其右。大夫雖守一方，要之其給食等。今而後朝廷所謂報大夫功，當不止晉秩加恩上世已也。

方今狂虜跳梁，仰屋宵旰。薦才之疏輒上輒報，而猶苦不給。金錢纍纍，載而之邊，而戰士之枕戈呻吟者，尚相藉也。則今朝廷用才，豈有急於轉餉者耶！不佞居嘗歎人中勞薪，亦至邊士極耳。刁斗鋒鏑之間，茹苦萬狀，而猶然不得致一飽，何以激戰士心也。故今日制虜之策，宜莫先於飽戰士；而飽戰士於今日，則尤難之難者。夫何故？東南之間，歲比不登，枵腹以供咽喉之急，當事者將益飛輓以飽邊士，則民病；損飛輓以便閭蔀，則士卒病。非有循良兼韜鈐如唐大夫者，安能兩利也。語曰："不習爲吏，視已成事。"餽饋要領，業試之巴蜀矣，夫豈其不宜於西北？且也唐大夫治郡甫期年，晉秩矣，廟堂之上不可謂不知大夫，亦惟是敘民之慈母，未忍一旦遽奪，當寧所以憐敘民者良厚。乃今當亟才之時，而又會大夫報政之日，敘民即何能久借大夫哉？計朝廷所謂用大夫者當益要，而大夫所以自效者必且超轉餉之功，不獨賢於文翁、長卿已矣。

【箋】

萬曆十七年己丑（一五八九）在北京作。三十歲。

［唐大夫］唐守欽，字宗堯，莆田人。嘉靖四十三年舉人，萬曆五年進士，歷任安慶知府、敘州知府等。見嘉慶《四川通志》卷一〇一《職官題名》，光緒《莆田縣志》卷十三《選舉》。

［往歲建越句］據《明史·神宗紀》，十六年五月，四川建昌番作亂，討平之。又據《國榷》卷七十四，萬曆十六年五月壬寅，川南征膩乃，拔寨十九，斬一千八百六十三級，俘七百五十六人，降二千二百餘人，擒渠帥，復侵地百四十里。

李母壽序

李先生之於不佞，忘年友也。先生將解組歸也，則不佞謂之曰："公青鬢長才，甫發軔乎治郡，而奈何遽戀猿鶴哉？"李先生曰："吾歸自爲吾母耳。"不佞又曰："夫郡齋不足舞斑斕耶，皖江豈無鯉耶，而何以歸爲？"曰："吾母每飯，輒念吾兄姊，何能爲我淹也。"吾又以大義勸李先生，大都謂致身之於竭力也等耳，奈何爲一節之士，而先生殊不顧。不佞度不能强，則竊計李先生行李，惟有琴鶴無恙，安能薪琴燔鶴，以飽太夫人。而李先生則益掀髯自得："吾有種秫田數頃，何慮甘膬。且吾歸而採白湖之毛，絶勝皖江鯉矣。"不佞益歎李先生賢哉！昔毛義動色於捧檄，先生快意於解組，雖進退不倫，其致一也。

不佞雅聞李太夫人素癯，而今者得起居狀於吾叔氏，貌加腴，而神愈增於昔，則李先生致之也。夫李先生所繇致母壽者何也？竭蹶聚甘膬，朝夕偕兄弟跪而觴膝下，太夫人何不樂也？故壽。寧遺二千石之榮，不以遠離庭闈苦太夫人，太夫人何不樂也？故壽。李先生郎爽鳩時，所活三木桁楊間人甚夥；而安慶之人餓骨立者相枕也，則李先生實肉之。彼匪木匪石，忍不爲太夫人額手向天乞年耶？則太夫人又宜壽。雖然，李先生未老遺世，稜稜有仙骨焉。子瞻所云"若不富貴，必當得道"者也。昔張魏公尚能助發其母夫人計氏徹證，而況乎具豪傑之資，修不朽之業，高臥泉石之間，可以坐進此道若李先生也者！吾固知太夫人者不必飧霞飲液，而自翛然出弢袠之外，直揖金母乎瑤池，偕樊、魏兩夫人拍肩而遨，羅酆而下不論也，斯又何論乎百年。此孟浪之言，俗士之所笑，而李先生之所獨契者。太夫人今且七袠，不佞遂取此言賀矣。

【箋】

萬曆十七年己丑（一五八九）在北京作。三十歲。

［李先生］李守約，號道宇，公安人。萬曆五年進士。授行人，累官刑部主事，安慶知府。生平一介不取，守皖尚清嚴。在刑曹，值江陵柄國，鄒元標遭廷杖，時畏江陵之怒，無敢近者，守約獨負之出邸。壬子秋，朝士欽其高節，以南通議起家，年已六十八。四十二年卒。同治《公安縣志》卷六有傳，參袁中道《游居柿録》卷之九。

［吾叔氏］雲澤或蘭澤。宗道同高祖叔父。松峰公子。雲澤名錦，蘭澤名不詳。業農，與宗道、宏道，叔猶兄弟。見中道《書雲澤先生遺事》。

鄒翁壽序

不佞童時，見翁於外大父所。翁蓋踰六袠矣，而秀眉丹顔，有孺子之色。又十年，不佞爲邑庠生，會舉鄉飲酒禮，不佞同三五青衿，歌《鹿苹》於堂下。於時裒然盛衣冠而坐者非翁耶？而何以秀眉丹顔，宛如不佞童時所見也，則業已心異之。而至於今，又十有五年，蓋不佞童時所見邑中景物多異矣，孩提者盛年矣，盛年者二毛矣，即不佞亦且從少得壯；而翁秀眉丹顔，顧不殊恒時。聞之翁孫伯賢者曰："大父不出户數年，而神烱然，而氣充然，而步履趫然，飲噉益雄也。"嘻，大異哉，八十翁何以能爾乎！或者意翁善服餌丹藥所致，而翁固未嘗交方外士，無所得飧露飲液術也。又或意翁有異骨，如所稱緑筋玄山者，而翁又不然，則竟何術致焉？求其所繇致此者而不得，則相與異之，且望之曰："翁且九袠，且百齡！"夫九袠、百齡，乃翁所饒，然而不足爲翁多也。翁蓋有真壽者存。

何爲真壽？非耄非耋，非期非頤，非松喬，非冥靈，嬰孺所具，白首或未知。今夫嬰孺髮鬒而膚澤，迨其老也，鬒者化素，澤者化瘁。而此嬰孺，能飲能噉，能動能止，能啼能笑，能默能語之知，自童至老，不變不移。鬒髮可素，此知不素。膚澤可瘁，此知不瘁。知此知之原者，可以一瞬天地，而蜉蝣乎今古，是之謂真壽。松喬昧之，故與殤等；冥靈昧之，故與槿等。乃翁卻掃趺坐久矣。卻掃久，必能息諸塵緣。息緣則靜，靜則虛，虛則通，通則智生，智生則能見無見之見，知無知之知。其知無涯，無涯之知是爲大年。九袠、百齡，一展臂頃，何足論也。抑不佞聞之：智弗具者，萬行奚源矣；行不備者，一智奚托矣。故單輪不運，孤掌不鳴，而獨翼不蜚。故行也者，載智而運，合智而鳴，副智而蜚者也。

自吾邑有翁，而窶人多以飽，寒者或以溫，行者不苦無梁，而賢人之祠不至滮漫，則公之行也。爲貴公子而有以自下，遺榮以安一壑之内，其所衣食不及中人，則公之行也。訓子若孫多長者之行，則皆公之行也。士行幾備矣，行備故意無閡。意無閡，故智速具。智速具，故知無涯。知無涯，故得大年。得大年，故得真壽。得真壽者，方且超於支干之初，方且游於無障礙之野，方且寢處於不雕之園。故可縮百年爲一時，可演一時爲百年，其使眉秀而丹顏者其餘也，故曰所以立命。而或者猶然索翁於形骸之中，弢衺之内，誇修齡於一瞚之間，不亦遠夫！於是邑長者聞不佞言而善之，曰："子之論在行色外，即吾儕將藉以求真壽焉。曷書以壽鄒翁，庶幾鄒翁益勉其所爲大年者。"

【箋】

萬曆十七年己丑（一五八九）在公安作。三十歲。

［鄒翁］鄒廷濟，號雲岑，公安人。嘉靖時户部尚書鄒文盛次子。以孫之有貴，贈太子太保，見《公安縣志》卷五《封贈》。案《志》以之有作五世孫，誤，詳宗道《衡陽鄒先生墓志銘》。

［伯賢］鄒伯賢，公安人。錦衣衛指揮僉事鄒之有叔伯兄弟行，宗道姻親，見宗道《祭鄒姻家汪孺人文》。宏道集中屢見之鄒伯學，或即其人。

江陵涂使君任黄岡序

不佞聞句章薦紳，津津乎談涂使君不置口。無何，補蘄陽。蘄陽者，楚嚴邑，不佞有先人之敝廬在，我諸父昆弟實稱編齒。不佞聞之而喜。無幾何，而以治行移江陵，不佞抑又喜。江陵距吾邑僅一舍，豈其無豈弟之餘以波及我？甫餘二祼，而侯又之齊安矣。侯且行，鄉里父老趾不及闤闠者，累累至衢塞相藉以行。耕者負耜，貿者弛擔，狂走無次，攀侯車而號："侯竟去我，侯何去我！"車爲枳不得發。而不佞於時以役竣歸，相值也。訊父老良苦："使君何以煦噢爾輩，令爾閔閔若子去父如此！"父老趨而前："使者胡不聞？日者女魃爲災，吾邑稱劇。然吾儕術食而不虞餒也，班荊休居而不虞勞。七尺之扉，晝扃而不虞追呼，夜啓而不虞盜。有子據梧唔咿，而不虞困。公門數武，邈若河山。

歲時伏臘，醉飽徵逐若稚子，寧憂饉也！吾儕即小人，亦安能飲水而忘源？蓋我使君之異政多矣。里有長河，副爲亟裁之矣。貿粟而食，畸人不操釜而飽矣。黠有刑矣，稅有期矣，胥類藺足而不能闞兩造之口矣。里猾瞷民橐若其囷廩，今視猶爍金矣。唯是江有水，畦有韭，以充使君庖，餘無庸矣。仁乎使君，今竟去我，我奈何不悲！”不佞聞其言而感焉。

夫龍門傳循吏，豈不稱公孫僑，乃其初尚來輿人之誦。至於文翁、次公輩，吏民愛敬，蓋待十餘禩後，至於長子孫乃可致也。而涂侯爲慈谿，其士民若嬰孺於慈母。未幾而蘄陽，又未幾而江陵，而戴之愈甚。乃今齊安鄰蘄，民信之矣，惠尤易洽者，是何其效之捷乎？豈古循良所難，而涂侯獨易也？或曰：“涂侯蓋講於性命之學者，若是則奚詫其易？”蓋昔者文翁、次公輩，其才智非不魁然，然本地未晰也。猾猾焉朝課而暮拊，操其粗而欲精入於人心，夫安得不難。侯精徹乎性命，而用其土苴及一邑，屈伸臂間，收循良之效，理有固然，奚詫其易矣。於是敝邑方侯暨諸公，屬不佞一言以贈侯行。不佞謹次前語以復。乃侯所繇移齊安，則他贈言備矣，不佞得略云。

【箋】

萬曆十八年庚寅（一五九〇）在公安作。三十一歲。去年宗道使楚，役竣歸里。

［涂使君］涂宗濬，字鏡源，南昌人。萬曆十一年進士。四爲縣令，并著賢聲。召拜御使，歷按廣西、河南、山西、順天等地，風裁凜然。遷大理寺丞。以知兵聞，總督宣、大、山西，屢立邊功，進兵部尚書，加太子太保。乙卯乞休歸，卒天啓元年，贈少傅，謚恭襄。《神宗實録》卷十四、康熙《江西通志》卷六十九有傳。宗濬有《榆塞稿》《北卤封貢始末》等，見《千頃堂書目》。

［句章］慈谿古稱。闞駰《十三州志》：“越王句踐之地，南至句余，其後并吴，因大城句余，章伯功以示子孫，故曰句章。”

［蘄陽］今蘄水縣。三袁遠祖袁本初，明初以廩貢任蘄水教諭，洪武末年方

移籍荆州公安縣。故宗道稱“有先人之敝廬在焉”。見《袁氏族譜》卷一并参袁中道《石浦先生傳》諸文。

葛醫序

僕年十餘歲時，善葛君。二十一二犯霜露，幾不起，服君藥得生，僕自是不能忘葛君。丙戌，攜之游都門。既讀書館中，日與葛君相對劇談，相樂也。計故人新彈冠，君豈詎生丘壑想耶？比歲暮，則竟思歸矣，曰：“吾泛乎不繫之舟，倏然而來耳。然每寒暑之夜，聞馬蹄颯沓。問之則紫襴客也。夫玄鬢易霜，歲月長駛，乃驅使泡沫之身於石火電光之頃者，安在樂也。且如僕生而習軒、岐之業，讀《玉機》之書，此自里中所覩，似未嘗不立效也。立效而人或吾功，或不吾功，四十年而僅不奪糈而已矣，則詎非命與？伯修君，吾夜夢吾匡山之廬，白石清泉，濺濺有聲，翠竹檀欒，醒然在目。吾能不思歸乎？婚嫁果畢，五嶽終游，君無留我燕市，當訪我羅浮耳。”予知其不可留也，曰：“吾家有車臺湖者，山水足以娱老。吾不日拂衣，當爲湖上草堂以居居士。入山雖清寂，恒苦衣食，於老人不宜，匡山、羅浮皆未可也。請思之！”

【箋】

萬曆十八年庚寅（一五九〇）在公安作。三十一歲。去年宗道以使事歸里，明年辛卯秋始返京。

［葛醫］葛醫，名不詳，豫章人。旅居公安。初教授童子，妻死爲道士。善醫，好酒，酒後喜以撲人於地爲樂。見中道《送葛道士序》，《珂雪齋集》卷九。

唐醫序

唐生入楚中，即止余里車臺湖上。湖上山水清絶，唐生結茅爲室，讀諸方書其中，故其醫獨精。吾族數百家聚村内，如唐生之南阮，則北阮已約轡其門，都不得他往矣。唐生爲人，短小精悍，髯如戟，雅善滑稽，而於理無不曉。談空，唐生則談空；談玄，唐生則談玄；談米鹽，唐生則談米鹽。人人爲唐生已暱。吾族諸伯叔兄弟多富人，好酣飲狂歌，呼五白，擲六赤，爲歡笑，非唐生則不暢。予自都門回，諸伯叔兄弟相聚爲樂，必邀唐生，每會即悵然不能捨去。諸伯叔兄弟道唐生活人事多奇，予爲驚喜。然唐生近有四方之志，欲遍游五嶽，明年復欲從我都門，甚善，甚善！四方之活於唐生者又當不可數，第令諸伯叔兄弟一歲不樂矣。唐生乞居士言，居士遂信手書之。

【箋】

萬曆十八年庚寅（一五九〇）在公安作。三十一歲。去年宗道以使事歸里，明年辛卯秋始返京。

［唐生］唐生，名不詳，江右人。以醫游止公安。常從中道及兩叔游。見中道《書唐醫冊》，《珂雪齋集》卷二十一。

顧使君考績序

不佞客歲使楚，過趙、衛之間，聞田間桔槔聲達旦，柯葉萎而田疇龜也，竊蒿目歎曰："吾郡得無類是乎！"蓋之楚，而景物差勝矣，之吾郡則愈勝。每見野老班荆而嬉，市人酒食相徵逐，童稚飽食行歌於途。荆扉夜啓，寂無犬聲。則疑吾郡未嘗受暵若水，而造物者獨私吾郡人。及歸訊邑父老，則造物者故未嘗獨私吾郡人也。歲比不雨，猶之乎他省，而水患猶甚。丁亥，江濤齧城舍如蛟室，則畎澮可知。夫陽侯女魃，一之爲甚，乃今并起而毒我民。我民之立當槁者惟百，而幸不就槁，且樂生如稔歲，伊誰爲之？夫造物之柄，人或移之，則觀察顧使君力也。自使君捐贖鍰，而窶人起。均門役，而廛市貼席臥。飭兵戎，而綠林遁跡，寧餓死而不敢攫金。修江堤，而沿水峨然山立；西蜀雪消，勢若建瓴，而不爲害。諸所興除甚夥，一一中民利病，民奈何不樂生？而區區水旱，安能爲災也？

不佞居嘗謂：恒時禾黍穰穰，一溫然長者兀坐而涖之，可立使民塗歌巷舞。若乃丁饉年，臨畸民，搰搰用力，尚慮不蔵，而乃安然甦蔬色之人，收稔歲之效，自匪溫良兼乎卓犖，鮮克辦矣。使君寬然君子，而行能超超，令邑倅郡，俱著異政，青天明月之謡，至今在人口頰。可謂華實并修，而誠與才兼資。吾郡化歉而豐，易瘁而菀，又何怪焉。我民方且飲德含潤，謂可長有使君，而使君已及報政之期矣。勞苦而功高，旦夕且膺顯擢，我民即欲不去膝下，烏可得已。或者當寧幸哀憐荆民，即不次之擢，猶仍楚甸，則我民之飲德含潤當未艾。今以後我士民日夜額手籲天曰："庶幾以公福荆人！"萬吻偕向，若蜩螗然。則尚冀萬一得所欲哉。於時郡大夫涂公而下，徵不佞一言賀公。不佞荆民也，敢單述荆民之情，以附竹馬兒歌謡之後。

【箋】

萬曆十八年庚寅（一五九〇）在公安作。三十一歲。

［客歲使楚］萬曆十七年己丑，宗道冊封楚府，請告歸。據《湖北通志》卷七十五《祥異》，萬曆十六年春，江陵、公安、枝江大旱，民採木皮以食，死者甚夥。十七年湖廣大旱，十八年大疫，十九年大水。宗道言陽侯、女魃，并起爲害，誠爲實録。

［顧使君］顧其志，字太冲，長洲人。隆慶五年進士。授長興，遷南昌府同知，晉工部員外郎，出爲荆南道副使，轉陝西參政，以平哱拜功進按察使。至兵部侍郎，總督三邊軍務。卒贈太子太保。有《籌陝存牘》。光緒《蘇州府志》卷八十七有傳。

［涂使君］涂嘉會，南昌人。萬曆八年進士，曾任荆州知府。見《荆州府志》卷三十一《官師》。

壽封公龍川郭公七袠序

不佞曩讀吴明卿先生所爲《郭太史兄弟連璧序》，而知太史有翁龍川公云。已聞里中一二薦紳稱龍川翁幾七十矣而健，鮐背而丹輔，玉光紫氣，隱隱眉宇間。時從社中浮白，滿引豪吟，即壯者色奪。陟絶巘，屏鳩杖不御，賈勇趫趫若飛，諸少年竭蹶弗及。是殆將百歲未央乎，不佞竊疑焉。疑翁殆稟緑筋、玄山諸殊相，非復凡骨。又翁居近鶴樓，多仙人，或得從赤斧、山圖輩，採扶桑椹、金華芝餌之，以卻老駐顔乎？然竟未曙公所繇老而彌健者。而頃之不佞用中秘後進，習次公太史明龍，每篝燈劇談，太史娓娓及翁事也。曰："予大人以經術發家，論杞，杞士洗然速肖。而會流賊薄城，令將遁匿。大人正色宣言：'大夫奈何愛頭顱，蹩躠鼠竄，令賊恣意魚肉我士民耶！'按劍誓衆，設方略城守。賊驚，鳥獸散。今杞士民猶加額贊'郭公甦我'。大人雖性冲夷乎，然不能蘧戚事長吏，以故令舒城，治行最灼，法當殊擢，而僅移刺趙。刺趙，又坐與長吏議獄，强項不屈，拂袖歸矣。歸而枕漢濱，築數椽，花竹環匝，接羅玄帢，盤薄其中，縱觀彭、聃、莊、曇氏言，不爲已有。時操長鑱，課釀秫，或買蜻蜓垂綸。倦則隱囊，匡坐調息，嗒然已耳。"

不佞乃正襟起曰："嗟乎，吾往疑翁所以老而彌健者，乃今得之！昔晉人戴束晢而歌曰：'我黍以育稷以生，何以酬之報長生！'翁起杞人骨而肉之，何論黍稷；而所涖士民去翁如失慈嫗，迨今有不同聲祝長生若蜩蟬者？且不見舟乎？可五石者而載十，則溢；可千石者而載十，其運若夏屋，其止若陵，更益之百，而蝕水僅咫也。不盡其用，乃有餘用。以翁瑰瑋才，而老刺史，比於用千未竟一。造物者叢百禧以益翁，蓋恢恢乎弗盈也。今復徐徐于于，娱心愷意，釋煩捐慮，而時蹁跹游神清虚，翁之壽也固宜。且不佞誦君文，吞峋嶁而絡洞庭，雷運飈馳，非久勤成一家言。君將採天地精英，取無涯之知結爲大年，以永翁齡也，是奚翅百年哉！"太史於是起謝曰："子稱引良辯，令我大人聞之，將輾然稱善，爲子進一觴乎！”居無何，都諫常君心吾來言：“郭君月之某日，實維七袠，徼子一言也以壽。”顧小子趑趄，何能秋毫重翁，無已，則向所稱引太史前者，或可述以觴翁也。遂紀焉。

【箋】

萬曆二十三年乙未（一五九五）在北京作，三十六歲。

［龍川郭公］郭懋，字子德，號龍川，江夏人。太史郭正域父。嘉靖己酉鄉舉，授杞縣教諭。會流寇薄城，令棄城走，懋毅然居守，民藉以安，代行杞事，後起補舒城令，遷趙州知府。同治《江夏縣志》卷六有傳。

［吴明卿］吴國倫，字明卿，號川樓，亦號南嶽山人，興國人。嘉靖二十九年進士，擢兵科給事中。因忤嚴嵩，謫南康推官，起建寧同知，累遷河南左參政，大計罷歸，卒年七十。國倫才氣橫放，好客輕財。工詩，與李攀龍、王世貞等稱後七子。有《甔甀洞稿》及《續稿》，《明史》卷二八七有傳。

［次公太史明龍］郭正域，字美命，號明龍，江夏人。懋次子。兄正位，國子監丞。萬曆十一年進士，選庶吉士，進編修，歷禮部右侍郎。正域生而卓犖，博通載籍，有經濟大略。任事任勇，不搖利害，人望歸之。萬曆四十年卒於家。光宗即位，追謚文毅。有《合并黄離草》《武昌皇明典禮志》等。《明史》卷二二六、《江夏縣志》卷六有傳。

［常君心吾］常居敬，字汝一，號心吾，江夏人。著籍武昌。萬曆二年進士。八年，由江西南昌府推官選刑科給事中，尋掌工科，以督理漕河功遷太僕少卿，官至浙江巡撫。《湖北通志》卷一三五有傳。案：《掖垣人鑑》卷十六作由推官選“刑科”，《省志》作“户科”，當以《人鑑》爲是。

易太孺人八十壽序

吾同郡宦游都門者僅數人，而廷尉易子易齒最長，其最少者爲不佞。然子易母孺人尚健飯，而其年已八十矣。藉令家孺人在者纔五十餘耳，不佞安得不羨子易！微獨不佞也，同郡諸君之母亦多不逮養者，而子易母逮養。諸君母即逮養，多不在官邸，而子易母獨在官邸，抑又難矣。於是同郡諸君子爭豔談之，且詫孺人所以致壽之多。或曰：適也。孺人春秋彌高，而意加適。適則神全，神全則榮衛安和，而血氣無結轖之患。或曰：吾聞老人多愁，而孺人轉適，何哉？曰：以子貴也。其居平丸熊裂織，不厭劬勞者，徒欲其子致通顯，以庶幾一旦恩綸之賁，今遂矣。譬樹果者享其實，摘噉之際，得無快乎？或曰：非然也，以子賢也。嚴次卿、潘孟陽諸公豈不通顯，而其貴衹足重母氏慮。至如楚萊子莞葭爲墻，蓬蒿爲室，賤矣；當其兒啼庭下時，其父母寧不舉觴相屬，輾然稱快。則適親之不在貴明甚。子易賢者，能罄心畢力以娱其母，居嘗市甘膬啗母，市鮮華衣衣母，其委曲娛親，不減楚萊子乎，而貴過之矣。

不佞聞而歎曰：斯言是也。雖然，未曙乎孺人之心也。子易蓋亟謂我言，初奉母入都門時，親知慮孺人春秋高，不宜遠涉。孺人笑曰："我豈遽衰哉！我聞廷尉天下平，我所以往，欲觀孺子所爲耳。"乃子易竟能長跽受教，慈祥哀矜，遑遑服念，爲囚求生，民以不寃。母奈何不安其食，美其服，適其適哉！蓋昔者雋不疑爲京兆尹，每行縣録囚還，其母輒問不疑有所平反活幾何人，即不疑多有所平反，母喜笑爲飲食，言語異他時。而鄭母崔坐閣内聽其子裁決，當理則悦，不可則引牀下責愧之。自古賢母知大義，能就其子名，大率如子易母矣。

子易今者又受命讞獄滇、黔矣。滇、黔之地遠，且雜夷。雜夷，則民多獣悍，易攖刑綱。而地遠，則寃抑之引領望伸者，不翅火中之思寒泉。子易奉宣上恩，所至多所平反，梏拲獲解，圜狴一清，如蠲羅釋綱，魚鳥泳飛。泉灑露滋，而枯槁鮮妍。其爲陰德，可勝道乎！昔之治獄多陰德者，其效至於興子孫。夫福及其所生，而福及其所自生，又何疑焉。是以刑得其平，號曰祥刑。《書》不云乎："式敬爾由獄，以長我王國。"故祥於國則長國，祥於家則長親。理有固然，其無足異。今子易能敬由獄，大之以培國家之元和，而其緒餘以壽母，即臣道、子道具是矣。

茲行也，適值孺人設帨之辰，子易於是披服仁慈以爲襴，霈潤宣澤以爲觴，以哀矜爲祈祝，以平反爲芝術。子易之壽親，不亦大乎！茲又不佞之所重羨子易者也。於是同郡諸君子猥有取不佞之言，遂書以賀孺人。孺人聞不佞祥刑之語，當又加適矣。

【箋】

萬曆二十三年乙未（一五九五）在北京作，三十六歲。

［易子易］未詳，或即易相時。《湖北通志》卷二一七《選舉》，隆慶四年庚午科有易相時者，江陵人。

卷之十

序　類

户部侍郎王見峰七袠序

見峰王公司理吾郡時，不佞生甫四齡耳。又十有六年，而不佞舉於鄉。猶憶歌《鹿》之次日，全藩士進大中丞戟門下，入而再拜，起侍兩楹。不佞從旁窺中丞公，風貌稜稜，顧盼雄毅，鬚鬢面澤，可三十許歲人。及出，而同郡二三子相告，此我輩兒時所見王司理者也。不佞驚詫，歲月久矣，而豐儀若此乎？蓋又十有六年，而不佞得晤公仲子太僕君，乃知公容鬢履舃，不異開府楚中時。夫自公司理以至於今，幾四十年，不佞於其間孩而丱，丱而弱冠，弱冠而壯齡，日化月遷，二毛且逼之矣。而公獨無改於疇昔，豈非異人乎！

太僕公又爲余言，公往夢一仙，羽衣而短，授公丹訣；旦日出訪友人，其壁懸軸大肖。而歸里之明年，命工鎔故開府時所有銅拳，鑄爲器。食頃，冶人失聲驚走，公就視，則二拳墮地，牝牡相合成山焉。有岫有巖，有洞有壑，有鸞鶴，壽星中踞，群真環列。循其巔，則金母坐而仙姬侍。後有洞，大士入定其中，所現仙靈，指趾肖生，雖雕鏤不能及。此尤絶幻怪不可解。或曰：王公本抱仙骨，故感異徵耳。余謂不然。《列仙傳》中旌陽最顯，當其擇日具壇，拜伏湛母，受丹訣時，宜有幽森奇秘之論。乃當時所爲殷勤付囑，不過娓娓闡明孝道已耳。及考旌陽、積功行，亦惟去貪除煩，勸率邑民，無絶詭者，則王公之所繇能駐丹顔，感異徵者，可推已。

初王公爲司理時，奉太淑人往。太淑人呼公前曰：“理官操三尺，關生命續斷，孺子戒之。”公跽受教。公每有所全活，則太淑人爲加餐，以故公精思爲囚求一生罅，至廢眠食，曰：“吾藉手平反，加膝下餐飯也。”無何，給事省中，太淑人時舉忠厚正直爲訓。公每起草，輒思及親語。後晉鴻臚，久不調；當晉開府，又數遜僚友。久之，乃出撫湖廣，入佐計部考績，公父母俱荷恩綸，乃慨然歎曰：“吾今庶幾能榮親矣。然久宦離膝下，安親謂何！”遂拂衣東歸，日侍太夫人。且聞公定省之暇，輒闔扉趺坐一小閣，閣僅容膝，而冬夏不易，豈其垂簾壁觀耶！其爲旌陽與否未可知，然觀公之孝行篤至，而又多世外之緣，吾疑其必有合也。公今年正七袠，而太僕君徵及蕪文侑觴，遂持此説爲公壽，蓋説壽固莫辯於仙矣。

【箋】

萬曆二十四年丙申（一五九六）在北京作。三十七歲。

［王見峰］王之垣，字爾式，號見峰，新城人。嘉靖四十一年進士，授荆州府推官，擢刑科給事中，累官户部左侍郎，督倉場。以疾致仕，卒萬曆三十二年甲辰，年七十八。有《歷仕録》，詳記其劾誅何心隱之事。《明史稿》附其子《王象乾傳》。

［司理吾郡］據《荆州府志》卷三十一，王之垣任荆州府推官，時在嘉靖四十二年。

［大中丞戟門］據《明督撫年表》，萬曆五年十二月庚子，順天府尹王之垣右副都御史巡撫湖廣。

通州刺史吴淮浦考績序

刺史於古爲諸侯，唐制不歷刺史，不得任侍郎列卿。至宋猶分命朝臣出典州郡，蓋其重也。今刺史名領數縣，然催科簿書，與縣令所治，固不甚異。其上爲郡太守，爲藩臬諸大夫，左維臂，右桎足，俛首跽拜之不暇，而刺史之體始輕。通雖稱州，然無藩臬諸大夫連制其上，而儼然稱上官者獨府耳，府又大京兆，號列卿，則刺史所應俯首跽拜之人蓋鮮矣。故他州之體輕，而通猶然重也。雖然，他州距都門遠者，無慮萬里，其操履辦治，或可飭可藏。而通去輦轂下，爲里僅四十，即畿輔州邑，無近於此者。衆目灼而曹耳聽，如百千燈重重照映，形貌色象，其將焉遁，是刺史之難，莫通難也。青門之輪蹄，發此而後散；四方之舟車，集此而後入。往來相錯如織矣。官斯地者，整騶於陸，又將戒徒於水；飭廚於東，又將授餐於西。即每飯意馳於郭外，而枕席之間，夢境猶雜乎手板耳。是刺史之勞，莫通勞也。

夫至難且勞，其勢宜不能精於民事。乃吴君顧獨精於民事，豈其才諝知慮，果有殊絶儔伍者乎？非也。人莫不有寸[1]諝，亦復不乏知慮，所用殊耳。不善用者，以其才諝專工送迎，以其知慮單防譏毁。故才諝與知慮不得不耗竭，耗竭則不得不略於民事。乃善用者不然，送迎有定體，毁譽有定數。約之於禮，委之於數。其心常暇，其神常適，則其才諝知慮，不得不有餘。有餘則雖欲不專用諸民事，胡可得哉！

今吴君處耳目森列之地，有毁譽足以耗知；當水陸畢會之鄉，有送迎足以耗才。而於民事甚辦，稽所興除，悉當利害；洪細畢舉，訟理政平。怡然若刺閑僻之州，而無纖微倥偬淩遽之態。倘不佞所謂善用其才諝知慮者耶！夫州邑莫重畿服，而通爲運道之咽喉，尤重之重者。程功騭勞，誰先通刺史哉！吴君第勉俟之。

【箋】

萬曆二十四年丙申（一五九六）在北京作。三十七歲。

［吴淮浦］吴來庭，字道源，號淮浦，無爲人。萬曆丙子舉人。二十一年任北通州知州。修學校，建書院，疏河渠，勸民開墾。擢刑部郎中，遷貴陽知府，安集苗民，爲政不阿權貴，升至銅仁兵備道。《盧州府志》卷三十三有傳。據光緒《順天府志》卷七十七，接任者爲高位。

【校】

〔1〕寸，當作“才”。繼善堂本正作“才”，是。

賀邑鄒太孺人節壽序

鄒自莊簡公出爲名臣，姓始大。公爲人寬厚深沉，無峭厲刻薄之氣，其子孫三傳益蕃，先輩規範，於今不廢。皆褒衣緩步，譚詩説禮，以邑他姓視之，真如烏衣巷之王、謝矣。而其流風餘教，又有不盡遵於男子，而實能行之於閨閣者，則公曾孫金吾君母太安人是也。太安人名家子，少爲大姓冢婦，上事尊章，謹司管籥。相夫子，佐焚膏。人家兄弟，多至十餘人易爭，妯娌爲尤；少不協，日軋軋如噪鴉。而太安人處以含默溫良，故終無間言。予季父孀氏，即太安人妹，亦淳篤，絶不省忌妬，其婉孌略同，大約性生也。金吾君早失怙，太安人守之，形影相吊。先世宦不富，又孫子衆多，析去，家益落。太安人辛苦持家政，教兒成立，爲邑諸生，冀得一第。不偶，遂以先蔭補黑衣之缺。然金吾慷慨率直，無愧名家子，皆太安人教。

太安人先居宦邸，年老厭京華，乃歸。金吾君亦歸，念母氏老，不欲出。太安人讓之曰：“爾世受朝廷恩澤，比羽林孤兒，不思盡力侍衛，積勤勞，取功名，以無隤家聲，而乃絮絮作小兒泣。且爾以我爲老耶？我燈下猶不廢績，行不杖，齒猶能碎爆豆。急治裝，毋我慮！”金吾君乃强出。今太安人年將八十矣，固善飯無恙也。而金吾君獨愀然曰：“一官如塵耳！即母不欲兒歸，那得久住？”於是暫擲簪冠，兼程取道，冀及稱觴之期。予乃謂太安人壽蓋未艾也，夫其淳德厚行，在己者豐，而壯而孀居，垂四十年，伶仃孤苦；子雖爲一官，居散地，清貧無厚禄以逮親，其得於天者大嗇。夫桃李雖榮，朝開暮落；松柏屯霜剥雪，久而青青。太安人經歷百苦，豐其德而嗇其報至此，造物者將終不報耶，豈以桃李之報報之耶！然則將何以報之哉？壽也，不百歲不止也。予故曰未艾也。

今予堂上有兩大家，自少至長，撫我育我，視生身不啻也。年皆七八十餘，即嚴親能致孝養，而予兄弟三人皆留京邸，不得日侍膝下。見金吾君之斑襴而南也，真若仙游矣！

【箋】

萬曆二十七年己亥（一五九九）在北京作。四十歲。

［莊簡公］鄒文盛，字時鳴，號黄山，公安人。弘治六年進士，初授吏科給事中，升保定知府，山東參政，雲南布政，都察院右副都御史，巡撫貴州，改南京都察院。升户部左右侍郎、南京户部尚書。嘉靖十六年卒，贈太子少保，謚莊簡。有《瑣闈奏議》《黄山詩稿》《默庵存稿》《香爐山事跡》等。長子廷澤，官至銅仁知府；次子廷濟，蔭錦衣百户。《明史》卷一九四、《公安縣志》卷六有傳。

［金吾君］鄒之有，號懷白，文盛曾孫，襲錦衣衛百户，升指揮僉事。卒於崇禎末。《公安縣志》卷六有傳。

［兩大家］宗道祖母詹氏和余氏。余氏卒萬曆二十八年仲冬，詹氏卒萬曆三十年十月，皆壽八十餘。兩姑氏爲袁氏勞薪，攻苦茹燥，不遺餘力。宏道令吴，詹氏病。七請乞歸，詳見宏道《去吴七牘》以及《余大家祔葬墓石記》和《詹大家壙記銘》。

送夾山母舅之任太原序

吾邑自洪、成以來，科第不乏。士大夫之有行業者，亦復不少，獨風雅一門，蓁蕪未闢。士自蒙學，以至白首，篋中惟蓄經書一部，烟薰《指南》《淺説》數帙而已。其能誦十科策幾段，及程墨後場幾篇，則已高視闊步，自誇曰奥博。而鄉里小兒憚之，亦不翅揚子雲。

余爲諸生，講業石浦，一耆宿來，見案頭攤《左傳》一册，驚問是何書，乃溷帖括中？一日，偶感興賦小詩題齋壁，塾師大罵："爾欲學成七洲耶？”吾邑獨此人能詩，人爭嫉之，因特舉爲誡。故通邑學者，號詩文爲“外作”，外之也者，惡其妨正業也。至於佛、老諸經，則共目爲妖書。而間有一二求通其説者，則詬之甚於盜賊。此等陋俗，蓋余廿年前所親見。而今里中三尺小子所哦者，非兩漢即六代。無論舉義，即尺蹏往來，具有古意。《道德》《南華》以及竺典，亦多涉獵。揮麈援毫，往往有致。衣冠文物，殆珷玞等於三吴矣。宗道兄弟三人，游於都門，得與海内士大夫往還，二三名流俱不以趚趚庸陋見棄，推而附之大雅之林。其友之相習者戲謂："南平一片黄茆白葦，何得出爾三人！"蓋謬疑開闢蓁蕪自我兄弟，而不知點化鎔鑄，皆舅氏惟學先生力也。

先生少從方伯公宦四方，獨取異書秘文以歸。歸偕駕部弟閉門讀誦。駕部公得雋後，先生誅茆城南，號曰陽春社。一時後進入社講業者如林，不肖兄弟亦其人也。自有此社，人始知程墨之外，大有書帙；科名之外，大有學問。而先生又能操品藻權，鼓舞諸士。諸士窮日夜力，玄搜博覽，以收名定價於先生。以故數年之間，雅道大振，家操靈蛇，人握夜光。尸而祝之，當首先生矣。顧宗道輩得先生不龜手之藥，先後見收，而先生不免於洴澼絖，則先生之遭也，遇不遇不足以概先生。

先生往年令嘉祥，嘉祥之不文，甚於吾邑。聞其邑士人，近日頗知讀古書，所爲舉義，漸有文采。其他陋俗，亦浸革易。然先生治此土，僅數月耳。賢人所至，俄傾成化，豈不異哉！今太原爲晉名封，《圖經》稱其士人窮理學，習辭章，先生治之，是爲以造父駕麒驥，風化易成，何止倍蓰於嘉祥。況石室、風谷，近在封内，實仙人之窟宅，區中之奥境。撫字之暇，攜其士人，攝屐登臨，論道講義；幽巖絶壁，墨瀋淋漓。自今以往，雅道西矣。

【箋】

萬曆二十七年己亥（一五九九）在北京作。四十歲。

案：三袁少失養，鞠於舅家。舅氏對公安三袁文學啓沃之功，此文可見大略。

［夾山舅］龔仲敏。見卷三《南平社六首》箋。案：仲敏二十三年任嘉祥令，至是改太原，尋改嵐，卒於任。

牟鎮撫序

予少時讀書石浦，與龔五舅、六舅讀書處鄰。牟子爲六舅内弟，偕焉。其墻可跳而越也，每暇必衷墻而語。時牟子年甚少，眉目疎秀，出其文字亦了了，意謂文事庶幾可成也。而牟子精悍，饒膂力，長槍短兵拳撲諸藝皆精。其好武也甚文，而其技亦工於文，意其以武成名不難。然牟子時方學舉子業，武非不屑也。

自後予由隱而仕，陸沉金門幾二十年。而牟子隨夾山三舅來京師，奔走沙塵中，幾不可復識。問之何業，則云："儒不成，去爲掾史。今來逐例轉考，企得一官耳。"噫！牟子少時義氣豪放，天下事雖不可知，何至并一青衿靳之，甚矣升沉之不可測也。因問之曰："若舊日所學舉子業能憶否？"曰："忘之矣。""若舊所習長槍短兵之技在否？"曰："是固在也。"予乃與夾山舅爲之計曰："夫掾史之途有限，未可以騁高足也。今天下多事，以子拳勇，何不藉明例，賣武功爵，積日累勞，可由小校以至大帥，其途無所限，又用子之所長，甚便。且長刀大劍，遠勝老頭巾手中毛錐子，況刀筆乎？'寧爲百夫長，勝作一書生'非虚語也。"

牟子聞而沉吟，積日乃决。遂棄去掾史，援例爲衛鎮撫，事畢且歸矣。予復招而語之曰："夫成天下事，以志耳。昔馬伏波見飛鳶跕跕墮水中，便不能忘少游鄉里善人之言，而況孱弱者乎？天下之畏事而憚去鄉井者，毋如楚，而荆之人爲尤。公安去郡不遠，予做秀才時，見同事至荆赴考者，入與妻訣，泣涕交流。每一省試，如使絶域，出門即病。亦不須藥，入門即愈。人人皆然，不獨書生。故荆之人雖有絶技，終老田間。何則？兒女情多，風雲氣少故也。今吾子既有志於立功名矣，當急以剛刀割去兒女情態，暇則讀古兵法，習所熟流〔1〕技藝，乘時赴會，如鷙鳥之發，百步不留行。或武科，或戎行，必期於成，則天下事有可望耳。若直欲守墳墓，騎款段，使鄉里稱爲善人，如馬少游之言，甚不可也。牟子勉之！”

【箋】

萬曆二十七年己亥（一五九九）在北京作。四十歲。中道有《贈别牟鎮撫南歸》詩，乃一時之作。

［牟鎮撫］名融，公安人。宗道六舅之内弟。少習文不成，棄而就武。餘不能詳。

【校】

〔1〕據繼善堂本，“流”乃衍文。

壽徐母沈夫人五袠序

國朝相業，精明寬大，推華亭徐文貞公。其子孫數傳益繁，鳴珂之聲相屬也，而又皆賢，不隤其家聲。所謂“太山之壤，實生松柏”，信矣。乃其流風遺教，浸於一門。雖内而緑窗青閨之彦，其壼德婦行，亦多可述者，何獨男子？若文貞公子奉常仰齋公之貳，今臺中司檢賓夫之母沈夫人，其一也。夫人名家子，歸奉常公時，嫡已故，攝行室事。是時文貞公方秉樞筦，而奉常爲尚寶，父子皆官京師，家務紛龐。夫人辛苦持家政，上事尊章，下相夫子，咸得其歡心。奉常公應簡命，修萬壽宫，卯入酉出，勞甚。而夫人調飲食，飭服御以伺之，故得無苦。偶天寒冰結，絶水，工匠不得食，夫人言於奉常公曰：“何不即以雪置灰燼中化水乎？”如言果辦，其多智皆此類也。

夫人明慧而婉順，絶不省妬忌。奉常公姬侍繁多，夫人獨持以退讓。即奉常公亦曰：“沈氏其有厚享乎？”已而連生二子，長賓夫。賓夫生而育於姬之無子者，姬待之稍嚴，夫人顧獨喜曰：“藉以教吾兒也。”賓夫既長，所交游多名士，每至輒治酒食爲歡。嘗謂賓夫曰：“吾與兒約，兒若攜狎客游冶兒來者，吾門立楗。若文士來，吾典簪珥無所惜。吾欲兒以素絲近朱藍耳。”賓夫謹奉教。賓夫少穎異，既内佩慈訓，益勤學問，發爲聲歌，殊有韻致。以不能束手爲經生言，故有志未酬，而就先蔭。久之謁選，當得奉常簿，世其父兄官。而憶母氏言，退處不競之地，故僅得臺檢。

賓夫居京師，多長者游，予以文酒之會，見賓夫於黄太史所。見其溫文退讓，不類貴介公子，又出其詩示予，甚訝之。久而知其爲母夫人之教也，則相與稱説夫人賢，其庶幾孟、陶之間。又數月，而值夫人五十之辰，賓夫乃請予曰：“吾無所以榮吾母者，則惟明公一言，藉以佐觴。”予稔知其賢，不復辭，乃謂賓夫曰：“無論夫人賢宜壽、靜宜壽、仁慈宜壽，即所以教賓夫者至矣，而不食其報，豈理也哉！今賓夫之筮仕方始，而夫人之望百歲僅半，猶行千里者之步武也。自是賓夫日貴，夫人之壽日臻。當崇隆之地，輝耀先世，而獻期頤之觴，其不卜可知乎！若是則賓夫之貴，與夫人之壽，皆未艾也。”予之言不止此也，聊書其大都以爲前茅。

【箋】

萬曆二十七年己亥（一五九九）在北京作。四十歲。

［徐文貞公］徐階，字子升，號少湖，一號存齋，華亭人。嘉靖二年進士。歷禮部尚書，武英殿大學士。時嚴嵩爲首輔，深嫉之。階外事嵩甚謹，内深自結於帝，卒逐嵩，盡反其行事，屏絶蒼苴，裨政多所匡救。後爲高拱所扼，致仕歸。年八十一卒。謚文貞。有《世經堂集》《少湖文集》。《明史》卷二一三有傳。子三，長墦、次琨、季瑛。墦字魯卿，爲諸生，以蔭授右府都事，改尚寶丞。會建萬壽宫，兼工部營膳司主事。擢太常卿，進通議大夫。墦子元春，字正夫，萬曆元年進士，累官太常卿。嘉慶《松江府志》卷五十四有傳。又據《弇州山人續稿》卷一三八《徐文貞行狀》，謂其有孫男十九人。墦出者有元春、元普、元暘、元昭、元暉、元曦、元曄、元曜、元旼。字賓夫者，第不知其中

誰氏。

［黄太史］黄輝。

賀陽曲金令君父母榮封序

區中之福，曰壽，曰貴，曰有後，然世未有兼得之者也。故鶴髮鮐背者，多帶索茹草之流；紆金曳紫者，多摧蘭折玉之歎。至於軒冕耄耋，貴且壽矣，不必有子，有子不必賢。蓋福爲行果，行爲福因。行有偏完，故福有勝劣。若封公金翁之福，則幾完矣。翁早擅文藻，屢試高等，餼廩東序，垂及貢期，一旦翻然曰："吾父子修經生業，兒幸獲雋，焚膏之勞，亦既酬矣。奈何念一老博士，自苦帖括間乎！"遂謝青衿，娑婆里閭。每風晨月夕，徜徉泉石，一觴一詠，有古逸士之致。室有賢媛，相莊白首，雖孟、梁之媲德，陶、瞿之偕隱，無以踰焉。有子霜鐔君，奮身甲第，筮仕花縣。初宰太原，治行卓犖。臺使以地不滿才，奏移汾陽。太原士民，如饑失乳，闔邑兒啼，詣闕乞留，仍治舊邑。至己亥春，聲稱益赫，竟調陽曲。陽曲，晉大邑也，附省郭，繁劇萬狀。而霜鐔君投錯益銛，在冗彌閑。神明侔於浚儀，禮讓等於雍丘。以是尸祝盈邑，歌謡沸巷。屢薦登剡，遂膺恩綍，封翁如子官，母爲孺人。翁以賢子貴，伉儷偕壽，其於區中之福，亦幾完矣。

或曰："金翁之福，蓋偶值耳。如風墮花，錦茵泥塗，豈有因乎？"余曰："非也。"或曰："金翁能嗇養，是以壽；能義方，是以貴耳。"余又曰："非也。"或曰："金翁及孺人天性慈悲，食常蔬素，即爲祭養，勢須肉食。然晨鳬夜鯉，亦第取備屠門而已。有生以來，未嘗身踐血氣之類，其壽且貴，或因此乎？"余乃歎曰："金翁之福，端由此矣。"蓋余每讀竺書，所説禁戒甚多，獨首殺業。故世有持不殺戒者，壽其身，昌其嗣。若表隨景，必符之理也。

今夫胎、卵、濕、化，等一軀命。人實胎族之一，而日驅此四族者於刀砧湯火中，以甘其口。蓋一歲之間，怨懟何止千萬，其身之福，安得不就銷損乎？持戒殺者，一生所活，當盈百千萬億，不可稱量。寧有百千萬億不可稱量種種生命，銜德感恩，而不能資一身之福者？故于英以養鯉得仙，劉守以放魚延算。餒一雀而累世三公，濟群蟻而立取上第。由此推之，活尺鱗，全寸羽，俱得勝報，無唐捐者。況於終身持不殺戒，所受福報豈有量哉！金翁伉儷偕壽，復以子貴，又何疑也。余又聞霜鐔君爲宰，視四封人等一子想，笞樸輕刑，未嘗妄施。全活饑寠，不可勝紀。施於有政，大都封公不殺之教也。夫翁第能活物，而霜鐔移以活民。公仁行於一家，而霜鐔行之乎一邑。霜鐔自兹以往，位益通顯，所以濟民利生者，當益廣。由兹觀之，金氏之福，蓋未艾也。余舅夾山先生，及某君某君，霜鐔君父母之偕壽而膺封也，索不佞語爲賀。舅氏有命，不佞何敢稱不文，遂推金翁所由致福者以復。

【箋】

萬曆二十七年己亥（一五九九）在北京作。四十歲。太原令金勵改陽曲，繼任者爲宗道母舅龔仲敏，此文即應仲敏所請。

［金令君］金勵，字霜鐔，西華人。嘉靖進士，令仁明，能悉民隱。在太原任上，興水利，且加意學校，躬校閲，賑貧乏，吏民稱之，尋調汾陽，父老爭走部乞留，已復調陽曲，民攀車涕泣，累日不得發。見道光《太原縣志》卷六《職官》。

案：道光《陽曲縣志》卷四《職官》謂金勵之任，在萬曆二十九年，證以宗道此文，《志》誤，“九”當爲“七”。又，周如砥《周太史文集》卷八《制章》有《山西太原府陽曲知縣金勵》制文，稱其“温文雅度，愷悌真心，官至天庭，洊更奥址，慮周政澳，器利刃餘”云云，可參。

嘉祥縣志序

蓋文學政事之分途久矣，雖以洙泗之鄉，素王之門，各有偏至，不能兼擅。無論政事，即文學一徑，復分兩歧，有紀事之文，有譚理之文。左氏傳聖經主事，曾氏傳聖經主理。彼二君子，豈務各開户牖，無亦理事大有徑庭，勢不得互顯於一書耶！雖然，令曾氏奮筆而傳《春秋》，我知其無難辦；而以一貫之秘竅，正心誠意之奥指，授簡左氏，責其傳釋，將無斂指謝未遑乎？

我舅氏惟學先生，當束髮時，則操觚談文章，咄咄驚人。棄脂遺馥，薰潤後進，後進藉以成名者甚衆，不肖其一也。庚辰，不肖從舅氏計偕，始集儀部門。門外書賈，列肆爭售，舅氏獨取大儒語録，及一二竺典歸。不肖傍觀匿笑，此何異熱月販絮。既落第偕歸，宿旅舍，舅忽向我歎榮名之浮虛，身命之脆促。不肖蹶然起，喚奈何："名虚身脆，我何歸乎？"舅亟取前所市書示我："若無憂，第諦觀此，七尺百年，不能限也。"不佞廿載醢雞，知瓶甌外别有天地，自兹日始。鑽磨至今，十又七年，始從覆中聳身而出，見日月光。其鈍也如此。而舅氏則汗契曾氏之唯久矣。

嘉祥固曾氏父母邦也，舅氏用曾氏學，治曾氏鄉，期年而大治。訟庭寂然，下簾焚香。赫蹏滿案，捉筆疾書。吏胥旁睨，不知其所爲。匝月聚所書，爛然成帙，則邑志也。不佞始得展讀，心開目朗，已讀《儒林傳》益妙。讀至論曾學處，愈驚歎不已。何也？天壤之間，惟有此一種學問，而《春秋》以來，亦惟有此一線學脉也。生乎千古之後，遡論千古至微之脉，心眼稍有凝翳，豈敢輕置一字。而舅氏極論縱談，不翅千言，似數家藏，無事卜度。即兩賢精神生動，此義深眇，何論邑乘。雖披尋左氏，少此微言也。蓋我舅氏得心宗於曾氏，故鳴琴而治曾氏之鄉，操觚而辨曾氏之學，無非此物。安見文學之異政事，紀事之異談學乎？昔西狩獲麟，實惟此地，故邑名嘉祥，昭其瑞也。今此地有此奇書，留天地間，斯真聖世之瑞，麟何足言。不肖宗道，備史局員，無案牘簿書之勞，所職僅史事耳。今與修正史，才短思澀，操筆仰屋，不知所爲。舅氏於堆案中，小用史法於邑乘，而關係重鉅如此，使我讀之，愧汗及踵矣。

【箋】

萬曆二十四年丙申（一五九六）在北京作。三十七歲。

［龔惟學］龔仲敏。宗道舅父。時任嘉祥令。所作《嘉祥縣志》，稱詳贍典則，爲李卓吾、焦弱侯等通人所賞，見中道《龔春所公傳》。

北游稿小序

或曰：丘長孺游閑公子也。或曰：長孺非游閑公子，其胸中磊塊甚，姑托游閑以耗磨之。余謂前論得丘肉，後論得丘骨矣，尚未及彼焦腑也。蓋此人焦腑包絡甚密，非飲上池水不可見。不可見，則長孺止一游閑公子，何磊塊之有？若余則見長孺之骨矣，又見長孺之焦腑，又見長孺之真於長孺焦腑之外。夫長孺焦腑之外，度長孺且不自知，而其交游又安從知之。以長孺所不自知，及交游無所從知者，而余獨悉知之而深言之，則聞者不以爲妄，必以爲誇，不如姑論其詩。其詩非漢魏人詩，非六朝人詩，亦非唐初、盛、中、晚人詩，而丘長孺氏之詩也，非丘長孺之詩，丘長孺也。雖然，以此論長孺詩，以此詩論長孺，俱在焦腑之内，猶長孺所能自知者。蓋詩固不盡長孺，長孺所能自知，亦不盡長孺也。

今日晨起櫛罷，長孺《北游稿》寄至，余讀一過，爲寫此數行。硯凍人懶，不知便可稱《北游稿序》否，又不知便可當復丘長孺否。縱欲作書，亦不過“何時更北游”五字而已。萬曆丙申冬日。

此書原係信意信手寫出，極欠齊整，而淑正新安詹濂字卻謄得如此齊齊整整，遂不成模樣矣。家三弟在家讀書作文，學作忠厚人，亦快事也。浼不作書，又作此數行，可笑，可笑！宗道頓首。

【箋】

萬曆二十四年丙申（一五九六）冬在北京作。三十七歲。

［丘長孺］丘坦。見卷二《夏日黃平倩邀飲崇國寺葡萄林，同江進之、丘

長孺、方子公及兩弟，分韻得閣字》箋。丘坦本年北游歸至金陵，往吴訪宏道，并以詩寄宗道請序。宗道言長孺詩非漢魏六朝人詩，亦非唐初盛中晚人詩，而長孺氏之詩也，與宏道此時在吴之詩論同一聲氣。

卷之十一

志狀祭文類

金太宜人墓銘

不佞夏遇舍人張可宗於真定驛舍，把臂相勞苦。余謂可宗曰：“聞足下在選列矣，胡歸？”可宗瞿然起曰：“而不聞余堂上有白髮人耶？”語未既，輒解轡欲行。余視其僕馬有勞色，慰之曰：“溽暑中不虞病乎，即歸何亟也？”可宗曰：“吾母日夜倚閭以睇游子，吾夢時時繞錦江也，而暇病之虞！”不佞竊歎：孝哉！爲親忘榮，兼忘勞矣。乃别去，纔數月，而可宗以書來曰：“我母長逝矣！孤不難疾驅不顧少兒暍死者，徒欲一及拜庭闈，而今如是矣，天乎悲哉！則惟子憐而爲吾母銘。”夫太宜人於不佞猶子也，何敢不銘！

太宜人姓金氏，刺史懷麓公之配，而僉憲正道、舍人正學、庠生正論母也。其先從上海徙綿，三世而有參政公爵，爵生大司馬獻，獻生太史皐。太史則太宜人父也。當太常公與太史同館時，業相約爲姻矣。及太常公殁，乃通妁歸焉。而是時家計蕭疎甚，攻苦淡，事姑以孝聞。而鹿峰公用是得畢經生業，列名賢書。乙丑謁選，倅承天，太宜人從。臺使者才公，以公轉輸秣陵倉曹，亟稱公功。而無何，江陵沙洋決，公日宿畚鍤間。長堤峨然，迄今郡人饗其利。其所以一意專智，一切治辦，無剌剌顧婢子問食指之憂，以能有華問，秋毫皆太宜人力也。未幾，兩子并舉於鄉。明年，伯子登進士，而鹿峰公亦擢刺普安。太宜人曰：

“策名報主，幸有兩兒，公髮種種，且休矣！”鹿峰公喜曰：“是吾志也。”遂拂衣歸。迨鹿峰公没，而宜人用伯子大理滿考封，翟冠象服，子孫羅拜，里姻豔焉。而太宜人顧蹙蹙不自安也，泣語子曰：“身乃何幸，揚帔曳裙，然汝父何在也？”諸子皆泣。伯子兵憲閩、越，太宜人皆就養。無何歸，而聞兵憲訃，慟甚傷目，然猶不廢和熊之訓。可宗竟以丙戌登進士，官中書舍人，太宜人之教也。明年，可宗使秦歸省，太宜人益健飯，促可宗早還朝。可宗不敢違，竟以心動請告歸。歸至淇，而太宜人訃至矣。

太宜人恭能仰侍，敏能内襄，慈用下撫，鄉國之中推爲女士。雖家世累貴，而自奉甚薄，生平無豔服。諸孫有小過，輒加訶責。至聞族人鄰嫗窶不能活者，不難寒突以濟也。晚年，得淨土書讀之，遂皈心蓮域，禮頌不輟。一夕，忽戒諸孫曰：“爾叔父致身離親，分也，夫復何恨！爾輩好讀祖父書，余即死，瞑目矣。”言訖，呼侍女焚香，端坐而逝。數日後，一孫夢太宜人語曰：“適從西方路來。”異哉，豈其生安養邪！嗟嗟！夫世之日對嚴相，耳聞法語者豈少也，而太宜人一聞之下，渴愛流而竭情塵，淨域往生，知非夢語。斯所謂捐區中之常緣，游物外之曠觀者矣。

銘曰：裂織示訓，婦德未稱。捐金流譽，母儀尠聞。太宜人不兩有令名耶？晚修白業，安渡迷津。蓋馮夫人之倫也。淑範洵敦，智軿長憑。色身斯藏，神理匪沉。嗟嗟乎，太宜人！

【箋】

萬曆十七年己丑（一五八九）在北京作。三十歲。本年宗道以册楚藩出使。

［張可宗］張正學，字可宗，號懷鹿，潼川人。萬曆十四年進士，宗道同年。以中書舍人選吏科給事中。因三殿火災修省，上書言輔臣之非，謫貴州宣慰司經歷，卒。曾祖伯璣，教諭，贈兵科右給事中。祖中羽，禮科都給事中，贈太常寺少卿。父肅，號鹿峰，知州，贈奉直大夫。兄正道，初授豐城令，移

東明，歷升福建僉事，值武林兵變，調鎮台州，因思母寢疾，卒於官署。《萬曆丙戌科進士同年總録》參《四川通志》卷九本傳。

案：金太宜人，宗道銘文作正學母，而黄輝《明賜進士徵士郎貴州宣慰司經歷司經歷前吏科中懷鹿張公墓志銘》則以金太宜人爲正學大母。其文有云：可宗生能言，則敏特善記，三歲知屬文，洊曉聲律，甚新麗，時號奇童。大母金夫人愛其英發與伯等，寧撫之曰：“兩人綽有祖風，皆聞孫也，吾門其大乎？”然《萬曆丙戌科進士同年總録》亦謂“母金氏，封太宜人”，故當以宗道所記爲是。或其大母亦金姓乎？黄文見《黄太史文集》（不分卷）。

孝廉張廉源墓志銘

先生諱雋，字仲士，號廉源，故少保淨峰公之仲子也。先生生廉之官邸，故自號廉源。少穎甚，喜讀書，日程數千言，少保公常憐而節之不得。少保公嘗夢登臺，後有尾者娟甚，喜曰：“後世其有繼予武者，其在仲氏乎！”所之官與偕，奥博已如宿學，隨叩即應。少保望重游廣，訊答四至，先生代發其函，侍史腕脫。少保喜曰：“是兒佚我。”少保卒於軍，先生毀甚，痛念家聲隆重，惟薪之不克荷是懼。忍哀下帷，矢志益篤。家故藏書，擬於嗣謚。又少保軍中校録萬卷，復自四方購求，奇文異典，一時并集。先生敏於應世叔，專於高鳳，以故前代故事，今朝典章，畫地成圖，指諸掌上。濬發爲文，泉深波湧，河海滂湃，不同溪澗細流。嗟乎！今世富貴家兒，席其世業，綈錦木偶，不知書是何物。平時高履華軒，鮮衣怒蹄，非不美好；及至語事張口，對策倩人，如坐雲霧，有識含羞，之推所歎，千古丘貉。如先生身爲貴介，恬若寒素，精勤之苦，窶人不受，卒以成立，無隕家聲，可爲賢矣。且先生少從少保，其於用世深謀，應卒秘計，見之熟，策之審，亦欲有所建樹，非直爲鉛槧文人已也。

乙卯，補諸生。辛酉，用少保平定黑苗功，任子入太學。祭酒陳文端公覽而奇其文，試輒首，遂舉順天。董試爲林文恪公。文恪素知少保，又奇先生才，大喜曰："是足爲貴介子吐氣也。"是時先生高才奇氣，唾取一第，而久之不第，則益發憤下帷。長吉心嘔，子雲腸見，陰陽間之，羸疾復作。值季弟隕，悼念人琴，神慘意傷，漸至骨立，遂以不禄。嗟乎！使天假先生以年，即時不我與，未能勒功油素，亦將網羅舊聞，有所論著。何公子之書未成，而子淵之命隨隕。天乎，揀俊人而收之，可傷也！先生性篤孝，出自母莊，而事嫡母吴如生。奉兄姊，撫弱弟，情意肫至。性故儉素，脱粟袴布不厭。慷慨好施，貸屢焚券。居鄉不通州縣一字。爲人豐稜嚴整，而中懷樂易。且夫高才者，行或不飭，而先生又長者。不惟無貴介氣，且無文人氣，故可貴也。余聞淨峰公風節矯矯，爲人嚴取捨，修行誼，先生蓋家學云。

先生没時，年纔三十二。配洪孺人，爲洪侍御庭桂女。子一，即禮卿，爲予乙未分校禮闈所得士，讀其文淵博深至，信乎有源，所謂是父是子。然先生不能身自得之，而僅得之於不可知之孤。天乎，可歎也！禮卿將以某月某日奉先生大事，持狀來請余志之。余素知禮卿，焉敢辭，乃爲銘。

銘曰：祖及孫，貴且賢。公居中，獨無年。人界缺，天忌全。嗇中間，豐後前。生有涯，知則延。百千禩，傳孝廉。

【箋】

萬曆二十四年丙申（一五九六）二十八年庚子（一六〇〇）在北京作。三十七歲——四十一歲。

案：本文謂宗道萬曆二十三年乙未分校禮闈，諸《志》失載，可據補。

［少保淨峰公］張岳，字維喬，號淨峰，惠安人。正德十二年進士，授行人，邸寓僧舍，與陳琛、林希元閉户讀書，出則徒步市中，時稱泉州三狂。累遷副都御史，總督兩廣，討平封川、柳州賊；又平貴苗，吴黑苗，仕至右都御史。卒嘉靖三十一年，年六十一。贈太子少保，謚襄惠。《明史》卷二〇〇有傳。

［陳文端公］陳以勤，字逸甫，號松谷，一號青居山人，南充人。嘉靖二十年進士，選庶吉士，授檢討，升洗馬，隆慶朝爲禮部尚書、武英殿大學士。後

力求去，年七十六卒，贈太子太保，謚文端。有《青居山房稿》。《明史》卷一九三有傳。

［林文恪公］林燫，字貞恒，號對山，閩縣人。嘉靖二十六年進士，選庶吉士，授檢討，充景恭王講讀官，官至南京禮部尚書。致仕卒，年五十七。贈太子少保，謚文恪，有《學士集》。《明史》卷一六三有傳。

巡撫福建右副都御史傅野司公墓志銘

余七八齡時，讀書村塾，每聞里叟與塾師閑談及司進士。時傅野公初成進士，甫踰二十，妙齡高第，故里閈爭豔談之。丁亥，公出山，補驗封郎，而余是時爲庶吉士，始得見公。修幹長髯，溫然長者。今纔十餘年，而其子太學君校持狀來索銘。嗟夫！余少聞公名，壯覿公面，日月幾何，已爲陳跡。年光石火，良可歎也。狀公者爲里人莊得全太史，其言無虛美，遂損益其語志之。

公姓張氏，始從養父司月泉公姓，諱汝霖。後復其本姓，改諱汝濟，字澤民，傅野其別號也。世爲山東汶上人，自五世祖浩禮賈開河里。浩禮生勝，勝生珊，珊生林，林生公，爲仲子。林性軒豁，好結客，而吾郡司月泉公鎧部運開河，與游甚歡。時月泉公年四十矣，尚無子，而公甫四歲無母，遂請於公父，攜歸子之，公以是爲吾郡人。公豐神美秀，性甚慧穎。年十一，輒工經藝。十七，補郡諸生。丁卯，領鄉薦。明年成進士，年纔二十有一耳。而涉世通練，同於黄髮。臨川故號衝疲，公筮仕此地，游刃恢然。侔浚儀之神明，等雍丘之禮讓。提獎衿裾，摩撫饑窶。蓁畝盡闢，蠹藪一清。釐賦法創新，四境疑駭。不數月間，人情帖然，莫敢譁者，遂首薦剡。庚午，覲畢還里，遭羅孺人憂。公時已膺内召矣。迨服闋，齡尚未滿三旬，其治行卓犖，雅稱瑣闥霜臺之選，而年不及格，部議將以銓郎優之。於時執政者爲江陵張公，托言避同里嫌，尼焉，僅授兵部武選主事。

大司馬譚公深才公，特倣刑曹例，設本科，以公總閱四司章疏。無何，楚缺銓郎，譚公力薦公於冢宰。執政持前説甚堅，公仍守兵署，因乞差還里。未幾，遂調考功。公雖杜足權貴之門，絶意華要之地，而清通雅望，題才所急，藻鏡之寄，安所避之。己卯，調文選。未浹旬，公再以月泉公憂去。壬午，補稽勳員外。癸未，晉驗封郎中。甲申春，予告休沐。丁亥，復補驗封，尋進考功。戊子，調文選郎中，掌選事。公才既警敏，性復祗慎，疏忠拔滯，汰冗懲貪。苞苴之徑遠絶，請謁之罅不啓。又能察器鑒品，隨方度地，大小遠近，銓敘惟宜。除目一下，選人歡然相賀。己丑，晉太常少卿，尋進右通政。庚寅，晉光禄卿。公條陳積弊十餘事，俱荷俞旨。六月，晉太常卿，疏請册立東宫者再。辛卯六月，晉都察院右副都御史，巡撫福建。於時閩海息警久矣，而公初至，倭報驟傳。公於是增舟師，練士卒，備戎械，簡將才，又稽寺租，清商税，裁軍門供應，及一切餉遺無名之費，諸所節嗇，盡充兵儲。以是賦無少增，而兵餉用饒。兵曹題允抽沿海兵船，集天津防禦。公念由閩海航天津，相距萬里有餘，萬一不測，是以有用之舟填鯨穴，而以將士之命委魚腹也，豈不惜哉。請以舟值匠作往便，疏入獲允，閩中將士，如獲更生。公自念食禄多年，值此疆埸多故之時，正人臣殫慮竭蹶圖報日也。方將發舒，大竟其用，而言者且急持之矣，遂力辦[1]求去，得旨回籍聽用。公笑曰："吾於江陵公蹤跡始末甚明，言者豈惟不能誣我，且功德我。我日者拮据兵事，食不下咽，今翩翩歸矣。吾萬竹山房，蒼翠騰崚，高者捎雲，下者拂牖，寒濤清耳，濃蔭覆席。得老是中，豈不萬倍中丞樂乎！"聞者皆稱公達。公既歸里，杜門息交，適意林水，寄興毫素。以薜蘿爲衽席，指鷗鷺爲友朋。升沉苦樂，視如昨夢矣。藉令假之年，當極雲林之樂，而罹疢未幾，倏焉長逝，傷哉，傷哉！易簀之日，公絶無他語，惟取筆書十許言，有"開府非卑，五十非夭"之句，可謂達生觀幻，翛然去來者矣。

公長郢中，受月泉養育恩深。雖痛念汶上，不忍言及。迨身漸貴顯，得徼恩封月泉公爲主事，贈母羅爲宜人，益務色養。及月泉公殁，公再入爲司封，乃歎曰："吾生也二天，吾幸致孝養育我者，而竟不及生我者，天乎，夫何使我至此極哉！”仆地長號不能起。乃緣予告，東訪開河，僅得一叔氏宗魯，把臂欷歔，爲留匝月。起己丑，遷太常，始奏復本姓，更今名云。屬纊之際，猶娓娓以劬勞未報爲言。公大怖臨身，不忘孺慕，有足悲者。公生平守道直躬，中外洞然無町畦。居閑以圖史自娱，其道古今得失，若觀掌紋。對客揮麈，聽者忘倦。所遺有《天官郎草》《鎮閩疏抄》《北游》等稿。

袁宗道曰：公爲太常時，常與同里一禪衲談。衲一日過予曰：“張君甚重君，稱君氣韻清遠，言必名理，無一語及塵事。”余愧不敢當。又憶同郡公會，公謂予曰：“今日之集，聊當法會，煩君説法，開我蓬心。”愧余當時酬答疎莽，不能秋毫有所助發，而公皈向般若，訊及少者，懃至若斯，可謂賢矣。無何，公建旄八閩，余亦歸臥田間，雙魚絶斷，不知公學問究竟何若。然聞其歸里之日，無少侘傺，似非知道者不能。於公不惟同里，兼有道契，銘曷可已。

銘曰：公生於汶，長於荆。宦起於臨，終於閩。其外警敏，其衷真醇。生歷華要，没享榮名。鬱鬱長阜，水清竹幽。昔所釣游，公魄來休，樂哉兹丘！

【箋】

萬曆二十六年戊戌（一五九八）——二十八年庚子（一六〇〇）在北京作。三十九歲——四十一歲。

［傅野司公］司汝霖，本姓張，後復姓，改名汝濟，字澤民，號傅野，江陵人。見卷一《題司選君寒玉軒卷》箋。《湖北通志》之《選舉》誤爲二人，可據改。

［莊得全太史］莊天合，字得全，又作德全，號冲虚，長沙人，萬曆十七年進士。改庶吉士，授編修，爲東宫官，受知於光宗。累進至少詹事。《湖南通志》卷一六六有傳。

［司月泉］司鏜，字振之，號月泉，江陵人。性任俠，好讀書，嗜詩苦吟。《湖北詩徵傳略》卷三十一有傳。

［江陵張公］張居正，字叔大，江陵人，嘉靖二十六年進士。隆慶六年至萬曆十年爲内閣首輔，於政卓有建樹，十年六月卒。十一年神宗詔籍其家，狀甚慘。見《明史》卷二一三《張居正傳》及卷二十《神宗紀》。

［大司馬譚公］譚綸，字子理，號二華，宜黄人。嘉靖二十三年進士。以右僉都御史剿倭於閩，後以兵部右侍郎撫兩廣，尋總督薊遼。升兵部尚書，年五十八卒。與戚繼光齊名，人稱“戚譚”。有《譚襄敏奏議》，《明史》卷二二二有傳。

［方將發舒］據《國榷》卷七十六，神宗萬曆二十年十二月己丑，“巡撫福建右僉都御史張汝濟罷。湖廣道侍御史吴弘濟論其附故相張居正也”。

［萬竹山房］當作“萬玉山房”。汝濟江陵舊業。朝臣多有題詠。馮琦《北海集》卷四《題萬玉山房五首》、于慎行《谷城山館集》卷三《題張中丞傳野萬玉山房卷》、王世貞《弇州山人續稿》卷六十五《萬玉山房記》等可參。世貞《記》曰：“司先生顔其讀書之舍曰‘萬玉山房’，而屬世貞爲之記。”云云。

【校】

〔1〕辨，疑作“辯”。

明吏部尚書汪公墓志銘

萬曆十五年十二月中，太宰汪公即世。公之孫官生孟吉，以陳君博士爲狀，來乞志銘。夫太宰公者，即宗道燥髮時所稔聞少泉先生者也。宗道即不斐，願託筆札，徼嚮往焉。按狀：公諱宗伊，字於衡，别號少泉。先世居婺源，六世祖清甫徙崇陽。三傳生贈資政公藻，藻生四子，長通政使宗元，次尚寶卿宗凱，次孝廉宗召，又次爲公。公少出繼其叔中丞公嗣。中丞守福郡也，則攜公與俱，時甫十三齡耳，而操觚爲文，奇甚。中丞公才之。後歸就試，舉省試第一人。戊戌成進士，乞歸養。庚子謁選，令浮梁。浮梁民患苦水，水卒至，若螘集抔土，得不溺死爲幸。然饑甚矣，遂起爲盜。吏急捕，將傅法。公泫然曰：“傷哉！盜死法也，吾民至冒死法以冀緩旦夕之死也，傷哉！”悉縱勿問，而獨條禁常例等五事，奏記當路。已復分里甲，定傜役。當路令榜之縣廨，爲絜令。自是浮梁不苦横征，卒大饒，即嚮之所縱更爲嘉師矣。會報最，將内召，而奔中丞公訃歸。服闋，擢文選主事，避兄太僕，改武選，歷員外郎、郎中。

時分宜父子擅權，爲國巨蠹。同部焦山楊公，抗疏發其奸，被逮，公不勝憤懣，思投紱去。而焦山疏内稱分宜孫鵠冒軍功。同舍郎有邀公爲分宜飾者，公正色曰：“嗟呼！焦山乃真丈夫，不怖萬死，拔如山之奸。我輩亦復具鬚眉，稱男子，奈何更爲奸用！且鵠乳臭子，冒軍功，曾不可欺三尺嬰孺，我寧死不能爲若飾也。”卒執論不屈，而分宜父子銜公次骨矣，遂謀罷公。公罷而喜甚曰：“是吾志也。”即日挾蒼頭歸。朝夕奉觴壽太夫人，暇則據梧繙書。凡家居十七年，而神王色潤，無所侘傺。蓋至莊皇三年，始起拜南京銓部郎。

時公隱約久，海内望若威鳳，得爭先覩爲快。而公亦感上恩，意氣發舒，思所繇報塞者。故自南銓徙卿尚寶，及太常、光禄，悉舉其職。尋晉應天府尹，所轄縣八，賦役低昂滑胥手，寠反倍富者。公悉釐而籍記之，來者不能以意挹損，南中民卒賴焉，爭肖像祀公。已晉大理寺卿，所理失入甚多，迨今稱廷尉寬平不苛者，率首公。已佐户部，未幾晉南京右都御史。自簡騶從，裁煩費，倡庶僚。所上封事，無慮數十，大都石畫中機宜，當上意。上傾注公甚，晉公户部尚書，總督倉場。倉場，利孔也，而主者率蘧廬其官，而脂澤其家，乃弊竇百出，如鼠穴矣。公咄嗟間，爬搔殆盡，即胥隸無所庸奸。居無何，上疏乞骸骨。上温諭止之。凡三疏，辭益懇，上留彌堅。公感泣起，益竭力任事。歷三年，侍經筵，侍耕籍，屢賜白金文綺。庚辰，改公南銓。公中道屢疏：“臣不幸有狗馬勞，陛下幸哀憐，放臣還首丘，死且不朽。”天子重違雅志，予暫歸調攝。而公自堅臥山中，不問外事矣。獨時時手一帙唔伊，著經書義疏，訓其孫若侄。居嘗下榻兀坐，不以赫蹏入公府。然干旄及門，公亦娓娓指陳邑利病甚悉。自奉幾類寒士，有問者，輒曰：

“有旨哉，惟儉助廉一語，吾終身所墨守也。”歸休八載，兩臺屢疏薦公。天不慭遺，公逝矣。公生某，卒某云云。

史宗道曰：予覩世抗直士多矣，顧多負氣乏長者譽云。當公侮權相時，人共指曰：“此强項郎，不可近。”然莊皇朝，大臣稱寬平不苛，輒首公者，何也？夫公則何可涯涘耶？且也中世仕者，蹩蹩畏途，誰虞漏盡。公里居之年，半乎立朝，未衰乞身，以令名終焉。鴻飛冥冥，不罹於羅，公之謂哉！博士又亟爲余言：公山中多所論著，爲詩清遠，有靖節、香山之致。夫公修太上，亦不遺立言之業，夫公則何可涯涘耶！是宜銘。

銘曰：鬱鬱江漢，孕兹哲人。聲足暢實，質有其文。筮仕嚴邑，清甽滰泂。鳥窮而攫，公則鸞鳳。容城危言，命薄朝露。誰能不波，公則砥柱。拂袖歸田，標持崚崚。士林仰止，公則泰、衡。遭時彈冠，鏗鍧建豎。流潤九埏，公則霖雨。乃賦《遂初》，歸櫝其光。堅貞無瑕，公則琳琅。崇年厭世，乘彼卿雲。夷猶帝鄉，公則列星。玄宫楚楚，羊山之陽。仙蜕永藏，奕世其昌。

【箋】

萬曆十六年戊子（一五八八）在北京作。二十九歲。

［汪公］汪宗伊，字子衡，號少泉，崇陽人。嘉靖十七年進士。除浮梁知縣，遷武選司郎中，忤嚴嵩自免歸，起應天府尹，萬曆時累官户部尚書，改南吏部致仕。十五年卒，謚恭惠。有《南京吏部志》。《明史》卷一九八有傳。

［宗元］汪宗元，字子允，號春谷，崇陽人，宗伊兄。嘉靖八年進士，授行人，歷南京太僕卿，累遷副都御史，總理河道，仕終通政使。年六十八卒。有《南京太常寺志》《春谷集》。《國朝獻徵録》卷六十七有傳。

［分宜父子］嚴嵩，嚴世蕃。嵩字惟中，號介溪，分宜人。弘治十八年進士。世宗時累官太子太師，居首輔，恃寵攬權，食賂賄，任僉邪，斥時賢。子世蕃，爲太常寺卿，父子濟惡。遍引私人居要地。後爲御史鄒應龍所劾，令致仕歸，下世蕃獄，籍其家。嵩老病，寄食墓舍以死，年八十六。有《鈐山堂

集》。《明史》卷三〇八有傳。

［焦山楊公］楊繼盛，字仲芳，號焦山，亦作椒山，容城人。嘉靖二十六年進士。歷南兵部員外郎，遷刑部員外郎。以劾嵩十大罪五奸而下獄，杖之百，創甚。繫獄三年，竟棄西市，年四十。臨刑賦詩，天下傳誦。穆宗立，追謚忠愍，有《楊忠愍集》。《明史》卷二〇九有傳。

衡陽鄒先生墓志銘

萬曆己丑仲春，鄒伯子以書抵不佞曰："天乎，先君子不幸即世矣！敢以先君子不朽之計累足下。"不佞聯姻伯子，休戚共之。手伯子書未既，而簌簌泣數行下也，即安能以不斐辭？先生爲宋侍郎志完之裔，中葉避地來公安。至祖户部尚書莊簡公始盛。莊簡公子雲岑公生先生。莊簡公懸車，而亟含飴之樂也，居常露禱曰："吾聞活千人者，子孫當封。吾清平之役，全活倍是，庶幾徼福於天，獲哲孫乎！"而未幾生先生，懸弧實浴佛日。莊簡公因憶寶志所謂石麒麟者，小字曰麟。先生生平口不談禪悅，而慈悲靜攝，有合乎瞿曇氏之旨，豈其宿根也耶？

先生少爲文，琅琅驚流輩。學使者才先生，亟廩上庠。廩上庠久，獨行好修，擇地而蹈，諸博士共推爲良師，不敢稱雁行。先生事封公謹甚，每封公從外歸，雖丙夜必伺於門，手啓鍵，迎封公曰："兒在斯，兒在斯。"已隨封公入，拱立户外，奉教至累數十刻。無論寒暑，不少移倚。先生性雖輕貲財，然無所妄費，謹儲焉，以伺封公之詘也而出之。封公以食指漸夥，勢難聚處，命就石浦舍，晨昏定省，風雨不輟。聞給授貲産，即泫然有異時之感。庚辰，公以封公滿七袠，攜季子之沙市，市衣物爲壽。舟返，舵薄沙而覆，溺者十六七，危矣。先生端坐俟命，會有救者，斧舟底以出，父子僕從俱無恙，人咸歎異，爲之語曰："誰謂天不仁，曷視鄒公履死而生！"昆季性行不一，隨所宜規誨之，嘗曰："古人恥獨爲君子，況骨肉間耶！"降顔色相款洽，以微詞誘掖之。郭東西有兩小墅，暇日詠嘯其間，環墅之民，薰德善良者甚夥。東墅地宜菽，畝收租甚薄，曰："吾姑留餘以遺後人耳。"訓諸子以行誼爲先。不佞甚習伯子，竊服其雄文藻，而廪廪德讓，不作詞人仰天眼，大都先生之教云。某日將會葬葉子，宿於山莊，方以二絶簡李某附《和張東海九日喜雨韻》并《夜坐述懷》二律，已乃正席，手一編，倏然而逝，人疑先生坐脱云。

不佞居去先生僅數武，先生以伯子故，而忘年交不佞。不佞每語人，先生非今代人也，藉令起制科，立朝必有所就。夫縣官彌天設網，豈不祈得賢乎？而至令鄒先生老牖下，此英雄所爲短氣於賢科也。雖然，孝友兄弟，是亦爲政，厥有明訓矣。爲德於家，作憲里閈，嗟先生又何嘗不罄其用也！生卒云云，是宜銘。

銘曰：爲公宜期頤，而胡促齡兮？爲公宜軒冕，胡竟老青衿兮？含貞葆慈，神理無盡兮。黜羨遺華，以不辱爲榮兮。有山翼然，松柏騰峻兮。惟公與夫人，永弢厥貞兮。

【箋】

萬曆十七年己丑（一五八九）在北京作。三十歲。

贈太湖知縣王公墓志銘

公名照，字廷明，廣濟人也。少爲學，後棄而耕，耕暇益唔咿不輟，尤喜讀《周易》、子、史及當代掌故律曆，垂老猶據梧手抄諸書盈簏。每中夏跣足坐楓林，手一帙縱觀，遇會意輒起舞。望見者詫曰："夫夫豈其醉耶！"而困廪之羨，益市古經籍，兼助弟楮墨費。居恒語弟曰："一丘一壑之樂，兄已寓之，弟不得復爾，其勉爲名儒哉！"弟卒爲邑青衿，舄奕雁行云。公潛居久，意不自得。一日，謂所知曰："丈夫有足，不遍五嶽，而效蓐婦彳亍爨突下，勿論子平、少文沾沾笑人，即桑弧謂何！"遂至燕市，方謀登太行，躡嵩、華，而適遘危疾，夢神人者美髯絳袍，前呼公："若後當有顯者，若遠游奚爲，其速歸！"

公覺而驚歎："此殆漢壽亭侯教我也，吾不復遠游矣。"遂亟治裝歸。

公歸，而好施予益甚，族姻多倈以舉火。先塋悉碑而置田，令子孫輪户修伏臘。偶先世有鬻產於鄰者，并丘墓失之。歲久，翁仲没草莽，不可辨，公一日過其地，心動，薙草而視殘碑，果先隴也。人以爲誠孝感云。公誨諸子甚嚴，一日，撫二子背："吾先世清白吏，所遺汝輩者惟忠與孝，汝慎勿忘先人哉！"已又曰："神言固不誣，汝兩人當有成，顧吾不及覯矣。"是時公尚健飯，而爲此言，家人頗異之。未幾溘然游，異哉！得年僅六十有四云。公性沉重，寡言笑。修軀通臂，面若凝墨。目精炯炯，吐聲若鐘。里人望而畏，至避匿去。有爲不法者，密相誡曰："慎勿爲黑面公所知！"其見憚里中如此。公次子大謨令太湖，今爲比部郎，與予同舉於鄉。

史宗道曰：不佞觀公博極群籍，蓋居然儒者也，而竟白首田間。或者憾公身有乎儒之實，而不著儒之效。夫有其實矣，即不著其效可也。雖然，比部之裒然舉，次第躋通顯，以致天子恩綸，賁於松楸者，誰力也？庸可謂非儒效乎！不佞聞公居里閈，里中橫者悉咋指避去，而窶人依之若嬰兒之需乳。乃比部治太湖，吏畏民懷，何其肖公也！夫公小用之一家，而比部君大用於一邑，比部君之效，公之效也。則謂公盡著儒者之效可矣。

銘曰：謂公不衿紳兮，而竹素之業邃於申轅。謂公不期頤兮，而無涯之知永於彭籛。留餘於後，錫羨於天。以爲不信，視厥象賢。鬱鬱新阡，膴膴九原。於斯歸全，於斯萬年。

【箋】

萬曆十七年己丑（一五八九）在北京作。三十歲。

［王公］王照，字廷明，大謨父。大謨見卷三《王憲皐督學滇中歸，阻風雪公安》箋。

卷之十二

志狀類

封知縣劉公墓志銘

不佞同年劉君時濟，用直言左遷，業已踰歲。方意賜環之期非遠，而時濟必且旦夕還朝。書至則封公以仲春違養矣，傷哉！封公諱宗伋，字子中，別號北岡先生，新城岱上里人，家世力田，以孝友聞。至其父鉞，忼慨有豪士風，而其配王，又善綜壼政，貲業遂大振。子三，長即封公。公少習經藝，藻采煒然，命不配才，屢試遭躓，遂屏擲帖括，改學弢鈐，輒精其業。及步、騎兩試，矢無虛發，觀者竊歎，謂當擅場。比入闈條對，發紓胸臆，無避忌，遂棄弗收。公才過李、蔡，志業不遂，撫膺傺侘，自傷數奇而已。久之，聞房山中有異人焉，亟往諮詢，得煉養之真訣，乃棲息上方，尚羊名刹。蒲榻茗椀，寂焉跏趺。九還將滿，三山非遙。同憶疇昔，仕宦之念，都如昨夢矣。

是時伯子時濟已游膠序，先後柄文者咸加激賞，試即高等。公竊喜曰："吾敝屣功名，獨餘報國一念尚未灰冷，幸哉有兒，足酬我志。"乃斥貲治裝，遣子負笈，求師都門。一時相與揚搉者，多藝林名匠。無何時濟用恩選入貢，丙子列鄉書，丙戌成進士。筮仕安陽，聲稱炳赫，裒然薦剡。公信且疑。一日，潛行鄴封，遍詢田畯，盡得其治狀，乃色喜不自禁。因馳至署，勞時濟曰："而翁初不欲見若，今聞所聞而來，即去若矣。其慎乃末路，以終令問。"時濟長跽受教。適徵派歲額，盡蠲豪貴之濫免者，以甦民困。因質之公，公曰："吏職在安人，何憚强禦，蠲之便。"三載考最，上封公如子官，贈公配王氏爲孺人。壬辰，時濟以行卓犖，召拜兵科給事。未幾，丁内艱。乙未，起補吏垣署篆，守正危言，不避權要，封章屢上，骨鯁之聲，震動一時。竟用抗疏彈劾，貶級外遷。人問封公老矣，當不忍見其子遠竄。及時濟過里，謁公，公輾然笑[1]曰："汝以直諫謫，我得稱直臣父。孺子榮我，不既多乎！"大都時濟出爲循吏，入爲直臣，雖其自樹，亦稟公教焉。公爲人剛直，中心愷悌，挫折强横，提掖柔良。不難倒篋，以周閭里。病者賴以起，貧者賴以婚葬。王孺人先公卒，奉尊章孝，處妯娌和。家固豐饒，而操作勤甚，常手挈兩饔水，立辦數十人餐，而夕製一襜褕。偶行失足，竟至不救。於時時濟年甫十二耳。公生云云。

宗道曰：嗟夫！今古賢父能成子名者固多，然揆諸恒情，厥初延塾師，市經籍，切切督子，大都爲取科第計耳，及其子一入仕版，惟恐其慷慨激烈，賈尤失官。故常人之情，與其家有斷脛剖心之貞臣，寧有諱樹數馬之醇士也。而封公所見獨異。居常用節烈訓子，老而覯其子左遷，乃不以憂而以賀，此豈復常情可測耶！蓋封公少治方内學，故深曙人臣之大義。晚又精方外學，故能一顯晦，齊升沉，實由道力，非意氣湊泊也。公善行甚多，此其最關世教者，故不佞特揭論之，而又爲之銘。

銘曰：不得於儒，去而韜鈐。不得於武，去而神仙。三變入道，蓬萊圓嶠。下視簪組，不滿一笑。酬恩寸心，付之嗣人。夕郎矯矯，名重披鱗。泉紫山碧，環松繞柏。神返洞天，蜕藏斯宅。

【箋】

萬曆二十七年己亥（一五九九）在北京作。四十歲。

［劉時濟］劉爲楫。見卷一《送劉都諫謫遼陽》詩箋。案：爲楫之父名，民國《霸縣新志》稱其名曰"自道"。其卷五下《封典》云：劉自道，以子爲楫官階，封兵科給事中，配范氏，封孺人。是父名、母姓皆異，理當以宗道文爲是。

然《萬曆丙戌科進士同年總録》所列，又與《縣志》同，待考。

【校】

〔1〕輾：應是“驏”之誤。

陳處士墓表

蓋良鄉有隱君子陳壽堂公，其子二，曰獻文、獻策。獻文者，爲博士弟子有聲，竟弗第，爲太學生云。予以計偕過良鄉，館長公家，稔知其質行長者，而慷慨好義。不佞官詞林，則長公跽請曰：“公太史也，表幽闡微，夫非公職哉！維時先父母偕隱山中，義甚高，小子度無能顯先人，獨計得公一言，没者且不朽。”蓋一歲中請者屢焉，予度不可辭，乃告之曰：“子亦見夫繪者之貌人乎？豐幹玉立，風標秀舉，頎然美也。然而不肖其人，觀者爭嗤其弗工矣。子毋亦令我免夫觀者之嗤焉，斯可矣。”長公曰：“唯唯。”遂退而述其兩尊人之行，僅百言，無溢美，無失辭。甚矣君之善用孝，而諒我深也。

其言曰：先大人事大父母甚恭，苟可以致尊人歡，竭蹶以趨之，不憚劬。而友愛甚篤，兄弟相與嬉游，至老絶無勃谿。且急人之急，甚於己。里中骨有暴者，餐弗給者，壯弗克室者，亟揮橐中裝助之，曾無吝色。性喜登臨，每遇佳山水，流連竟日不忍去。山中名刹，圮者起之，漶漫者新之，不可勝紀。其慷慨好施，殆天性云。而母孺人拮据力作，以佐先君子。以故先君子雖散財若土芥，然得不乏。蓋兩尊人殁，而里閈哭奠者踵相接，曰：“天乎，奈何奪善人若斯之亟乎哉！”嗚乎，此可以觀吾兩尊人矣。

史宗道聞而歎曰：嗟乎！昔子輿嘗取陽貨氏之論矣。然子長氏不云“人富而仁義附”乎？此兩論者若淄、澠，固皆有合耳。以不佞觀壽堂公，多貲而好施，可不謂仁義士焉？庶幾不悖夫子長氏之論矣。予故表之曰：此惟陳隱君及劉孺人之墓。

【箋】

萬曆十七年己丑（一五八九）在北京作。三十歲。

［陳壽堂］壽堂名敖。長子獻文，號呂泉，太學生，良鄉人。謁選得司城，除南城兵馬副指揮，後升至陝西布政司某職。宗道、宏道往來皆住其家，見宏道《明司城陳君墓石志銘》。

迪功郎南安少尹方先生行狀

凡昌熾之門，其始必有篤行君子，泯泯默默，不顯其聲名，以深其根，故其發必大。蓋凡行德不隱，則取名多。取名多，則受忌造物。受忌造物，則其身之福且日就銷殞，矧曰後嗣。故鷺必云陰，同耳鳴焉，不取其名，福無所虧，不溢於後，將安洩乎？

袁生曰：余覩方君思濟大父東谷先生事，甚異焉。輕貲財如塵礫，急仁義若衣食，自少至老，惟知施恩，不計其怨。人之怨有加，而先生之施無倦。即往籍所載長者奇行，恐無能勝之者，然而世未有稱說先生者也。蓋先輩質行不近名如此，觀於先生之有後，可以勸矣。先生諱夢暘，字子旦，别號東谷。其先有德益公者，遷桐，五傳而至伯通公法，起家鄉舉。法生贈御史懋，懋五子，季瓘亦舉於鄉，生圭。圭隱東陽村，用力田家，累千金。生二子：長太學野航公絅[1]，次孝廉海航公絇。野航公配高，已又娶於鄒。鄒妊，野航公夢日入室，於是先生生，故名夢暘。先生廣眉、豐額、美髯，目光射人。少年即豪邁，日誦千言。十歲善屬文，能作大書，書輒工。出試，邑令奇之，置巨扁命之書。令歎曰：“孺子腕不勝錐，而能擅敬脫之技，何奇也！”十六補郡學弟子。郡守吴君，西吴名士，大加賞識，曰：“若能爲賈生耶，吾不難作吴公矣。”未幾，入成均，與同里吴别駕承恩、阮中丞鄂友善。阮故貧，婦卒於里，先生盡損賻金爲贈；罄則又市己所乘騾，抱其子自崙歸乳，助其再聘。阮爲感泣。野航公既老，多病，委家政先生。野航公卒，先生哀毁，殆不欲生。先生家世豐財，自叔海航公無子，卒時與妻劉曰："吾侄兒夢暘賢，汝必子之。"劉如言，而旁觀之豪耽耽，即持刃劫先生曰："不千金，立刃汝！"先生即奉千金，不校也。而豪不厭，百計搆劉，訟於官。先生曰："身孰與貨重，吾權之久矣。且一縷一銖，皆先人貽，與其濟他魚肉，孰與奉吾叔母。"取所遺七十二契，割三十六契畀之，餘皆半。産取瘠，室取湫，僮僕取老，而全盛之貲減過半矣。野航公之卒也，出息於里可千金，先生召責者火其券，曰："此吾先人志也。"自是先生蕭然自食其力，不復問子母矣。

先生家以素封名。一日，大盜至，首斮數僮，盡發所藏，去則縱火，烈焰竟日不息。先生以族豪，報收租之役於官，不及難，仰天歎曰："甚哉，財之爲大盜積也！吾瀕死於貲者再，今而後庶其免夫！"縣捕令亡主識所亡，先生不問也。時吴别駕寓書曰："子以賄聞，孽貲也，賄去而賀可知也。今且懼子以高明聞，令鬼之夙瞰之也。"先生心善其言，置之座右。先生既遭盜驚，遂奉二母邑居。居常約於自奉，至奉二母，則無所惜。尤曲順高母意。母子畜其侄，侄倬，屢私畀金，先生都不問。倬後以計取先生貲，亦卒如言償之，至質田無所惜。終倬世爲兄弟好不絶。鄒母家金陵，母兄賈嶺南，坐法當死。先生馳之金陵，百計脱之，更贍其家，攜其孫子視之。嘗語子孫："若等不忘吾母，當謹遇此人也。"其養母志多此類。叔母劉，繼他子夢賢。不數年，所析盡廢。先生素敬事劉，雖别居，時時過省，情意肫至。劉更感泣。會劉老且貧，先生供具甚厚。劉卒，哭之痛，不啻所自出。時夢賢女甥有廬州逮，先生往營救得脱。夢賢僕馬過鄰人，馬驚出豕，僕墜傷，先生道遇起之。夢賢謬謂先生傷其僕，裂眥怒駡。先生但償豕，瘳其僮歸之，亦不辨。初劉内難時，先生之金陵旅，豪令二刺客匿喬里刺先生，謀泄，先生遂從間道歸。歸絶不以語人。踰三十年，攜孫思濟應舉，舟過其地，乃蘇蘇隕涕曰："此吾萬死一生處也。"悉語思濟狀，思濟亦泣。嗟乎！世路羊腸，德施讎反，屢銜屈而不辨，至於欲殺其身，而終不忍言。先生所遇之禍固奇，所植之德亦奇矣。婿吴自峒弱冠登進士，歷通政，計二十年，貴矣。先生遇之如微時，亦終不以相屬。劉司理坤四十無子，坤自分不復子。先生捐金爲聘一姬，期年而得男。

先生少懲多藏之禍，不更藏録餘財，嘗語子孫："吾幾爲先世數鐶身世莫保，忍復篋禍扃怨，殃及若等！"自家難後，家無贏金，隨有隨散。里姻有緩急，如取其寓物。鄰豪某，計先生宅遭毁後，田契已灰燼，侵地數十丈。先生貽書曰："尺土皆隸皇家籍，古來割據幾何年。"其人愧服而止。有欲以賤直先生田者，先生即如其意取直。其人復詭言田瘠，先生復如其意還直。鄰人毆一僕死，先生不問。鄰自訟，法當抵，先生復爲解釋。嘗渡江，同舟賈以失金爭。先生笑曰："金在我。"解橐償之，及舟泊，始得匿者，乃相與歎服而去。祖塋之麓，有田數十畝，久屬他姓。先生乃捐金贖爲祭田。族凡千指，祭則會，會則置酒張樂，酬酢盡歡。於是族人愈知有禮讓也。

先生以銓久，意不欲仕。丁卯，訪楚人張君燧。燧遺以帶，且曰"可以自效者，何必科第？"先生乃謁選，得閩南安丞。南安，泉支邑，族祖少卿公舊部。先生感念先澤，欲輝前躅，極意撫字。時邑遭燹，多逋民，恒出俸代輸督稅。嘉禾例有餽遺，不受，税之羨，一切不入私橐。歲市家粟給宦邸，爲少卿公修甘雨碑於洛陽橋。先生以名家子隱於小吏，當事者知其修飾名行，不以他丞視之，先後獎勞不置。而先生夷然不屑，歎曰："垂老參佐，頭顱可知；心如嚼蠟，身等勞薪。亦復何趨，戀此一官。故園松柏待人，吾其歸矣。"歸即杜門，不預縉紳事。陶公藍輿，司空鳩杖，日與鄰翁社老量晴較雨，探節數時而已。丙子，思濟舉於鄉。先生曰："有孫如此，吾復何憂。"自兩母繼没，先生哀毁踰年，不減孺慕。邑令陳公於階素重許可，獨敬禮先生，凡賓於鄉者三。

然先生晚年，不樂市廛，每行清泉白石間，輒徘徊不忍捨去。嘗慕禽、向高蹤，牛首、三茅、燕子、岱宗、黄鶴、滕王樓閣諸勝跡，無不至者。晚年偶念西湖之勝，忽泛舟東下，三竺、六橋之間，杖履悉遍。文酒淋漓，所至倒屣。先生襟懷豪爽，飲可三五斗許，顔若渥丹，豐神愈整。不喜苛禮，與人游，不置輕重於懷抱。鄉儺里社，追逐宴會，無不極歡。雖性絶臧否，而里人服其公直，有所爭訴，寧取平於先生。庚辰，攜思濟業南雍，率諸里姻，置酒高會，曰："吾老矣，恐此會不可再也！"將歸，灑淚而别。辛巳春，大饑，先生遍施里中，舊時奔走斯役亦有所給，若訣别狀。仲夏遂病。先生素無病，偶病疽，即令治後事，曰："吾濱死者數，今幸終正寢，於吾足矣。"遂逝。卒之日，親戚友朋，皆相聚悲泣。遂以本年附葬先塋，尚期改卜。葬之日，從棺號者數百人，生卒云云。

嗟夫！恒情受薄忤，面焉若焚；疑微貲，心焉若割。故貝典所載，布施、忍辱二門，行者甚難。一門深入，可以證聖，至於覆蔭後裔，又其餘也。東谷先生生平所受横逆，蓋人情所謂腐心塞咽不能堪者，而甘之若飴。家累千金，日啓篋以待族里之取。庶幾乎深入施、忍二門者焉。有孫爲名御史，洊歷崇顯，爰及曾玄，蘭玉相映。此里人所豔説，而余則謂此特先生報緣之餘耳。若先生真歸之後，所自證自受，不知殊勝當何如也。余聞先生奇行，且仰且愧，不揣固陋，狀之以俟鴻筆君子。

【箋】

萬曆十七年己丑（一五八九）在北京作。三十歲。

［方君思濟］方大美，字思濟，一字子黄，號冲含，桐城人。萬曆十四年進士，宗道同年。授常德推官，擢御史，巡按江西，抗税璫，飭吏治，轉河南，擢太僕寺卿，以憂歸，卒於家，年六十二。曾祖綱。祖夢暘，監生，縣丞。父學尹，庠生。道光《續修桐城縣志》參《萬曆丙戌科進士同年總録》。

［郡守吴君］吴麟，字允祥，孝豐人。嘉靖丙戌進士，授監察御史，左遷泰州判官，歷南兵部員外郎中，擢知安慶府，有才識，勤政事，升山東按察副使。康熙《安慶府志》卷十二有傳。

［吴别駕承恩］吴承恩，字本賜，桐城人。嘉靖間選貢，爲河陰令，率民築堤植柳，以防河水，且充饑食。升南别駕，吏民號泣遮道。道光《續修桐城縣

志》卷十二有傳。

［阮中丞鄂］阮鄂，字應薦，桐城人。嘉靖甲辰進士。授刑部主事，決寃獄有聲，授監察御史，以才謫提督學校，巡按直隸，升浙江提學副使，轉廣西右參政，未任。擢右副都御史，巡按閩越。隆慶元年卒。道光《續修桐城縣志》卷十二有傳。

［劉司理坤］劉坤，號澤華，懷寧人。嘉靖己酉舉人。任荆州府司理。凜凜風裁，楚中有“温御史”之號。後以忤時相解組，居百子山雲峰別業，飲酒賦詩終焉。康熙《安慶府志》卷十五有傳。

【校】

〔1〕絅，原作絅。

外大母趙太夫人行狀

傷哉，天乎，天乎！何乃遽以吾外大母逝耶！悲哉！不肖宗道，稚年喪母，外大母每見不肖，輒淚涔涔下，且泣且拊曰：“兒饑否？將無寒乎？”輒取衣食衣食之。故不肖即煢然弱子乎，無殊乎在母膝下也。今壯矣，而外大母何在耶？悲哉，悲哉！因痛吾大母，并痛吾母。楸柏雖拱，宛然新没，腹爲裂而淚盡血矣。不肖孟夏入都門，與駕部舅相見。舅把臂勞苦，歡甚，訊外大母安否，曰安。愈益歡。自是每晤，輒歡譚竟夕，寧知有此也！月隔而幽明頓異，夕隔而悲歡倏變。生人之趣，何無常乃爾！悲哉，悲哉！舅氏既徒步奔歸，以書來曰，以予骨肉，且習太夫人行矣，其爲太夫人狀。嗟夫！微舅言，忍不狀吾外大母，然奈嗚咽不成語何也！

太夫人姓趙氏，其先江陵人，景泰間徙公安，遂占籍。四傳爲處士文深，贈中憲東谷公與處士同里閈，雅相歡也，因悉太夫人勤慎狀，曰：“是真我家婦。”遂命方伯公委禽焉。笄四年而歸。贈中憲公性嗜飲，日偕諸酒人游，顧以生計蕭疎，不無阻酣暢也。自有婦卜太夫人，而甘滑盈几，取辦咄嗟。諸故酒人驚相語："前從夫夫飲，且少鮭菜耳，今何突致此衎衎者？"遍視其囷篋而索然若故，然後乃知太夫人嗇腹龜手適舅姑，心力竭矣。無何，姑錢恭人嬰疾且亟，則盡斥鞶珥授方伯公，俾迎醫，醫無問遐近。夜則露香搏頰乞代。恭人不食，外大母亦絶嗽。大母勞之曰："新婦即自苦，忍不爲吾子若孫强一匕？"恭人不起，而太夫人哀可知也。即逮今五十餘年，而語及輒涕。居嘗語子："吾今裕，故能施耳，不若先姑貧而好施也。若所以有兹日，微先姑之德不及此，子孫無忘先姑哉！"

乙卯，方伯公領鄉書。丙辰，成進士。己未，官比部郎。太夫人相從京師，爲置側室高，禮訓慈育，閫内穆如。居四年，不置一鮮麗服。外大父秩滿，封安人。癸亥，中憲公殁，太夫人佐方伯公襄事如禮。丙寅，方伯公僉憲江西，時長憲者喜敲撲，公庭號楚聲不絶。太夫人聞之，戚然曰："彼盛怒易解耳，而生命難續，且若之何以人灼骨之痛，博己一快也？"方伯公爲之改容曰："請佩此言當韋。"是時鴻臚及孝廉駕部公并爲諸生，學稍怠，輒督責之曰："汝輩若是而望踵父躅耶！夫豈有不麃蓘而饗飱者！"稍精進，輒沾沾喜，亟爲酒脯佐勞。未幾，高亦舉子，太夫人子之不啻出也。庚午，方伯公意不忍捨去，太夫人從傍促曰："君忘平生語耶，奈何當盤錯而不力？夫酬主恩，策勳名，在此行也。吾爲君養母，幸無深念。"公乃行。已而捷聞，穆皇帝嘉邊臣勞，晉秩賜金。今上改元，亦以邊臣故，例得疏恩，於是晉封恭人云。丙子，方伯公備兵溫、處，太夫人亦從。於時礦寇猖獗，衆議調遣大創之。太夫人聞，謂方伯公曰："賊與兵等人耳，曷先聲散之？無勞兵，無濫殺，兩利也。"卒如其言。戊寅，方伯公以大參備兵通、泰，尋由河工超遷河南右轄。未幾，轉左。日夜期會簿書間，力漸耗。太夫人時時風方伯公："且休矣！即不能爇琴燔鶴以飽，夫豈其無雙田之毛、東[1]湖之水？"方伯公曰："所謂拂衣者難妻孥也，汝若是又奚難！"而癸未需次調補，竟請告歸，從太夫人意也。既歸之又明年，是爲乙酉，御史公以建言謫。太夫人聞報至而色喜，家人罕測其意。居嘗語諸子曰："自吾爲子家婦，即鮮見冠而紳。及今科第蟬聯，則祖父之餘也。子若孫毋盡其餘，庶幾長有兹日。"又曰："爾父累俸，稍拓田廬，然不盡與爾曹，而推以贍族，亦惟是念祖父之餘，不可專食也。爾當識此意附譜後，絶孫曾他腸，令吾族人得世世食此土，不亦美乎！"其平居語識大義類若此。不肖宗道去年役竣歸里，朝夕往省太夫人，且時勸修白業。太夫人素奉圓通大士，聞是益虔，寒暑不輟念佛。今年辛卯壽八十，筋力不減壯盛時。雖抱微恙，無所苦。比駕部公滿考，太夫人得從方伯公爵晉封夫人。綸綍且至，病漸差，櫛沐如常者浹旬。忽一日，中宵病痰壅，瞑目西向，毫無戀戀兒女意，手足不亂，忻然而逝。嗚呼哀哉！生卒云云。

宗道自兒時見太夫人紉衣糲食，及至有完不更也。而性固好施，里嫗窶者至，若取其寓物然。太夫人姊奉之，無論德色矣，可謂有丈夫風。貴爲夫人，且享崇年，多令子孫，造物固不妄祐人也。晚事淨業，倏然去世，豈直敦區中理，且兼世外趨焉，又寧獨笄黛難之哉！不肖宗道，甥也，義不敢飾吾外大母之行，然亦不敢隱也。惟慨惠之銘，以肉百年骨，則家舅氏厚幸，宗道厚幸。

【箋】

萬曆十九年辛卯（一五九一）在北京作。三十二歲。本年夏秋，宗道入京銷假。

［東谷公］龔如鑾，號東谷，公安人。以子大器貴，贈布政。見《公安縣志》卷五《封贈》。

［方伯公］龔大器，宗道外祖父。仕至河南布政使。生平詳袁中道《龔春所公傳》。

【校】

〔1〕東，疑作車。公安有車臺湖。

卷之十三

祭文類

祭鄒姻家汪孺人文

不佞聞孺人之訃，實中夜也。披衣而坐，隕淚達旦，至於沾衣，蓋悲甚矣。夫不佞匪直爲姻故悲，蓋感念今昔，不得已已耳。不佞猶記總角時，與吾伯賢同筆硯，甚契也。夜半促膝深語，則相與盟曰：“異時所不爲姻媾者，猶如此燈！”久之，不佞舉一子，而孺人適妊，不佞惟恐其不女，惟伯賢意亦然。已而果女，則交相媚也，曰：“天乎，固惟人是聽哉！”遂爲婚。蓋訂盟於齠齒，而竟獲修諾於成人，奇矣。以是伯賢於不佞姻媾也，實石交也。而孺人於先妻亦時時遣婢相問訊，少病、少惱耶則喜，不則更相憂。蓋雖姻媾也，亦猶乎石交也。無何，先妻溘先朝露，小兒無母，賢女無姑。賢女無姑，尚幸有母，乃今何如也？悲哉，悲哉！追憶十數年事，恍隔昨暮。莊生之戚，遂俱罹之，同林宿鳥，及晨而散。泡沫風燈，轉益自憐矣。悲哉，悲哉！所幸令郎君朗秀，而吾兒亦知爲文，庶幾不作癡憨面孔，此皆足以瞑孺人目於九原者。孺人幸毋自悲，尚其監之。尚饗！

【箋】

萬曆十七年己丑（一五八九）——十九年辛卯（一五九一）在公安作。三十歲——三十二歲。時宗道長子應泰尚未病殁。

［鄒姻家］鄒伯賢。見前《衡陽鄒先生墓志銘》箋。

［莊生之戚］指喪妻。宗道元配曹氏卒於萬曆十一年癸未。見中道《石浦先生傳》。

祭外大母趙夫人文

嗟嗟，外大母遂長逝耶！外大母鶴髮豐頤，行步若壯齡，眠食皆無恙也。當百歲而竟止於斯耶？悲哉，悲哉！前月拜辭外大母牀下，雖抱微痾，而眼耳神明如故，且促甥亟行，無久戀庭闈也。孰知榻前刺刺數語，遂成永訣乎？悲哉，悲哉！憶甥十五失母，外大母見甥輒涔涔淚下，問兒饑否，拊背曰："將無寒耶？"輒取衣食之。一日，將取寒具，瞰甥，而甥適去，念之不置，至丙夜不垂睫云。夫女之愛子，誰能不愛，即未有若余外大母之甚者，而今何在也？哀哉，哀哉！歸神之夕，兒孫滿前，當無所恨，所不能去心者，獨兩舅氏及不肖甥。甥此夕偕八舅氏宿磁州公署，劇談甚歡，而遽意有此剜心之戚也！甥乃不如一田舍兒，白首無生離之苦耳，悲哉，悲哉！凡此皆甥所謂自悲者。若外大母，則何所歉也，安庸悲，安庸悲！人生多不逮下壽，而今八十矣。壽未必偕，而今鳩杖相向坐長春堂者，二十年於兹矣。多無子，即有未必遂，即遂未必賢。而今有子遂且賢矣。此之爲福，豈惟吾邑難之，又安庸悲矣。且也外大母生平慈悲，具足十善。晚年清修淨業，晨昏禮頌，非生兜率，定往安養。是不第具區中之緣，且兼世外之福，真可含笑九原，又安庸悲矣。甥戀一官，不能哭拜靈次，一吐慘愴。然外大母業已蟬蜕形骸，一瞚萬里，甥即在數千里外，當悉知悉見，無所閡也。尚饗！

【箋】

萬曆十九年辛卯（一五九一）在磁州作。三十二歲。

［八舅］龔仲安，字惟靜，號靜亭，公安人。三袁謂之八舅。與三袁年相

若，曰舅甥，實若兄弟。時與宗道偕北上。萬曆十三年乙酉，龔仲慶曾以御史貶磁州。詳中道《靜亭龔公墓志銘》及《游居柿録》卷之四。

祭鄒金吾妻

曰：嗚呼哀哉！維我孺人，高門孕秀，世德傳馨。外映慧質，内朗蘭襟。鹿車既駕，雁觴早霑。敬其夫子，夙夜罔愆。茹淡忍苦，屏絶濃豔。持厥家政，惟勤惟儉。澼洸手龜，牙籌心算。家食千指，不勞而辦。若夫賦性孑柔，溫和恬雅。叱咤之聲，不及犬馬。至於夫婿賢豪，微鬚白皙。漢代金吾，長安俠客。門多好事，室有佳賓。爾乃歌鐘暮起，則腼臑雜陳；霜烏夜啼，則匕箸遞新。斯所謂酒食是議，中饋惟勤者矣。如何此人，曾不百歲，而竟爾奄化。天乎，其有數耶！夫蒲也，柳也，秋而零也，輕且盈也。若孺人者，淑而厚，婉而真。松乎，柏乎，秋冬青青，而胡爲雪霰之易侵，枝葉之易傾如此哉！嗚呼悲矣！夜臺泉路，宛其歸矣。惟予小婦，孺人親屬。念兹兼葭，早承教育。絡秀副周，柔順知禮，非孺人訓，胡以有此。則余於孺人之卒也，亦安得恝然而已。尚饗！

【箋】

萬曆二十年壬辰（一五九二）在北京作。三十三歲。

［鄒金吾］鄒之有。見卷一《暮春鄒生邀黄思立諸公游高梁橋即事》箋。

祭盛老師文

嗟嗟！某等不復登我師之堂，望我師之光儀，聆我師之善誘矣。傷哉乎！憶丙戌之春，某等初謁，我師出而相與。竊歎我師容觀豐偉，韶宇恬睟，貴壽徵也。有如老師骨相，而不台鼎，不期頤，則唐舉、憬藏輩之術，皆虚謬耳。久昕夕臯比，熟察我師行履，貞誠而愷悌，凝靜而冲挹，則又相與亟歎我師仁者。昔我尼父，固嘗繫壽於仁矣；則我師之合有崇年，又不獨徵之於骨相。方日夜望我師膺大拜，據鼎鉉，握大斗，調四時。黄髪論道，龐眉輔政。而詎意其止於斯乎！傷哉，傷哉！哀訊初聞，五内俱裂。然且疑且信，以爲傳者誤耳。及二三交知，悉知悉聞，始相與大駭，以爲信然。猶冀庶幾萬有一誤，以强抑摧裂之心。而無何長公至矣，向二三兄弟擗踴哀號，而後信我師之果逝也。傷哉，傷哉！夫唐舉輩之術不必驗，固無足論，而我尼父仁壽之語，亦有時不合乎？不然也，朝聞夕死，夫非尼父之語乎哉？蓋仁者未有不壽，而壽不在不死。死非壽，而可以死，則真壽也。若我師則壽矣。我師之死，無不可矣。聞我師之没也以胃傷，蓋得之苫塊之間，内鬱沉痛，外斷葷血云。人誰不死，而師死孝矣。

我師生平，行慊影，寢慊衾，當官慊官，居室慊室，而有時搦管爲文，則濂、洛之吻，而兩司馬之藻。是知我師德言不朽，朽者形耳。又長公向我言：師之將逝也，譚笑自若，從容下牀，西向端坐，無一語剌剌兒女，翛然而化，有玉筋之異焉。夫人恐怖臨身，此爲何時，而我師乘理而往，若辭傳舍。非夫洞源識本，勘盡虚幻，安能揮手坐脱，毫無闋戀，且有異徵，若具戒老衲耶？聞道而死，此又最驗。嗟夫，嗟夫！我師方超然受世外之福，而我輩以世福之所恨者悲之，不亦愚乎？况以世福概師，師亦無可憾者。生爲少宰，日侍講幄，没受恩恤，隆厚稠疊，斯亦人臣之至榮已。令子朗襟遠識，學博而文甚工，今且次第脱穎起。未竟之志，未就之業，令子在矣。嗟夫，嗟夫！神理不昧，則我師本無憾；而世福已具，則我師又有不必憾者。某等之悲，不過感門屏之私恩，悼從游之無時耳，我師則奚用悲乎？山川修阻，烟水蒼茫，遙望闕門，伏地嗚咽。尚饗！

【箋】

萬曆二十三年乙未（一五九五）在北京作。三十六歲。《神宗實録》："（二十三年十月）甲寅，原任日講官吏部右侍郎兼翰林院侍讀學士盛訥卒。"

［盛老師］盛訥，字敏叔，潼關衛人。隆慶五年進士。選庶吉士。充會試同考，隨充會試武舉主考。由洗馬遷庶子，歷祭酒、詹事，禮部右侍郎，以母憂歸，尋卒。謚文定。《明史》卷二四三有傳。丙戌會試，訥爲書一房主考，宗道出其門也。

［長公］盛以弘，字子寬，訥子。萬曆二十六年進士，選庶吉士。累宦禮部尚書。性至孝，取與不苟。有《紫氣亭集》。《明史》卷二四三有傳。時以弘尚未及第。

祭蕭孺人

嗟夫，嗟夫，孺人遂已耶！人生誰得不死？死耳，奈何夭死，客死，復如是焉死乎！維彼蒲柳，望秋先零。嫂則淑而厚，醇而貞，其松柏乎！而霜霰未及，枝葉俄摧，篤材之論，其謂之何！西粵去此，山阻水縈，幾萬里矣。飄飄丹旐，淒淒素輀，浮洛涉江，泛吴泝越，更寒燠而後丘首，苦矣！我輩每過允升門，輒回眄扉端，意有弧矢在焉。或晤允升，則捋其鬚調之："我輩業醵金候大嚼，何濡遲乃爾！"此謔在耳，而吉祥之倪，倏化荼毒，何爲者也！嗟夫，嗟夫，嫂奈何夭死，客死，又如是焉死也！我二三兄弟每詣允升，允升輒留，不咄嗟間，腼臛雜陳，匕箸遞新，我輩且噉且誇嫂才。今已矣。勿復言之矣。此其小者也。允升旦入直良勞，而顔愈澤，鬒愈鬒，皆嫂毖壼事，飭家政使然。嫂今死，是令允升瘁澤白鬒也。又其稚子斬焉苴如苫塊之間，愛女拊心泣血閨閤之内。冷冷煢煢，如行陰雪，回顧失影；如鳩墮巢，彷徨靡泊。此時此情，聞者酸楚。嫂何能目瞑，而允升何能不心摧乎！我輩將爲莊生語以釋允升，此允升所稔聞。言之者無情，而聽之者爲贅，言何益乎！尚饗！

【箋】

萬曆二十五年丁酉（一五九七）在北京作。三十八歲。

［蕭孺人］蕭雲舉妻，鄧姓。雲舉字允升，號玄圃，宣化人。萬曆十四年進士，宗道同年。選庶吉士。累遷禮部右侍郎，掌翰林院事，教習庶吉士。至庚子會試，晉太子太保，禮部尚書。平生以氣節文章著，卒贈太子太傅，謚文端，有《青羅集》。民國《邕寧縣志》之《人物志》有傳。

祭李年伯文

嗚呼！公有不當死者二，有未可死者四，乃竟逝耶！公天植孝友，慷慨行義，造物者宜祐其德，而錫之羡，此不當死者一。公髮鬢幹偉，赳赳雄飲啗，手談達旦，無垂睫也，度駐世當百歲未艾，此不當死者二。聞公高堂有垂白兩尊人在焉，公逝矣，不虞斑襴黯無色耶？此未可死者一也。聞公負倜儻才，日夜思表見於世，居嘗奮曰："丈夫姓名縱不能以施燕然片石，然安可不掛《循吏傳》耶？"斯其志豈以一參軍老焉者，此未可死者二也。不佞意公才高，即束於格，不盡效，顧伯子成甫顯矣，乃不能少須臾以遲恩綸之薦賁乎？此未可死三也。南望洪都，維公菟裘，公年僅望五十，獨不可徐之故丘以老，而遂儵焉返真於逆旅乎？此未可死者四也。嗟哉，嗟哉！天乎，何遽以公逝也！然吾聞公雅放於酒，蓋庶幾古之達者。達者泡影萬期，壽殤夭籛，則公五十，何必短於百年，年亦何必永於五十也耶？又達者蘧廬光陰，過客浮生，則何必薊門之爲逆旅，亦何必菟裘之非逆旅也耶？而公何憾也！且公有伯兄，懸車私第，以豐尊人養。有仲兄，翱翔青瑣，以適遵人意。度公所期自致於親者，若是焉足矣，而公何憾也！伯子成甫，與不佞游且二載，不佞深知其器識淵朗，而豔節義。今方發軔扶桑，究其所未足矣，而公又何憾也！我輩誼厠通家，雖知公一無所憾，亦安能不嗷嗷焉爲公泣數行下。然公方且遨游清都，尚羊廣莫，毋乃謂我輩不達也耶？聊拜靈輀，獻公一觴而已。尚饗！

【箋】

萬曆十六年戊子（一五八八）在北京作。二十九歲。

［李年伯］李啓美父。名廷章，豐城人。國子生。廷章父瓚，嘉靖二十八年舉人。選寶應知縣，致仕，飭封兵部郎中。誥封中憲大夫，三封大中大夫。廷章伯兄廷觀，嘉靖進士，南兵部職方主事，歷郎中，温州知府，福建都轉運使。仲兄廷謨，字明皐，萬曆進士。授成都推官，行取户科給事中，後轉河南副使，湖廣副使。觀有《四部稿》，謨有《白雲窗草》《惜陰評篆》《賜經堂詩稿》等。祖孫三代傳俱見同治《豐城縣志》卷十三。

祭兵部尚書張公文

穆叔有言："太上立德，其次立功，其次立言。"茲三不朽，兼至爲難。兼至矣，善始令終難。乃公敭歷中外，屢樹異伐。浙之役，戍卒游徼，先後大訌，而公出奇運機，咄嗟安堵。移鎮宣、薊，斬馘萬計。自昔立功，鮮有踰公者也。緩帶之暇，倚馬含毫，文薄先秦，詩超大曆，與濟南諸公，鞭弭中原，旗鼓相當。自昔立言，恐亦鮮有踰公者也。且不以功高而有傲色，不以文人而挾習氣，煦煦自下，喜慍莫測。以方古之立德者，夫何愧焉。公蓋兼三不朽哉！戊亥之間，屢申賀監之請。歸老菟裘，玄帢麈尾，笑傲自得。俄厭囂塵，游乎八極，公又庶幾善始令終矣。嗟夫，嗟夫！公之籌策，業已效於疆圉；而公之文采，業已表於詞林。今斂其渾淪之識，還於本宅；而留其未盡之膏，遺於後昆。固可以含嘻於九京，而夷猶於太清也哉！某等悼鄉邦之隕喬嶽，慨朝寧之摧幹楨，憂邊境之失保障，惜詞壇之喪主盟。雖知公之歿一無所憾，而終不能忘情，亦復雪涕而浪浪沾襟。敬獻生芻，告公之靈，公其俯鑒。尚饗！

【箋】

萬曆十六年戊子（一五八八）在北京作。二十九歲。

［張公］張佳胤，字肖甫，號崌崍山人，銅梁人。嘉靖二十九年進士，初授滑縣知縣，三歷曹郎，歷官至應天巡撫，召入爲兵部右侍郎，因平馬文英、劉廷用等亂，加右都御史，晉戎政尚書，總督薊、遼、保定軍務，卒贈少保，天啓初謚襄憲。有《崌崍山房集》。《明史》卷二二二有傳。

祭龔鴻臚吉亭母舅文

嗟夫！吾舅去世已四月餘，友人王君堯至，甥等乃始知之。嗚呼痛哉！夫不肖兄弟，數日前附書諸舅，猶詢以出世之法，及移家澧城之旦且晚歸里團聚之樂。而詎知作書之時，翁已冥然爲泉下人，嗚呼痛哉！當不肖兄弟哭吾母時，宗道年十五，二弟纔七歲，三弟五歲。每見吾外大父母及吾舅，即相對欷歔，愀然不出一語。衫濁則浣之，面垢則靧之，髮長則鬋之。拾其蟣虱，省其痌癢。童而進以文，長而抑以禮。凡所以教植衛護者，無所不至。幸而不肖兄弟，漸次成立。外大父母及吾舅私相喜慰，而余兄弟亦謂吾母雖不逮養，膝前之歡尚在外氏，黄壚之恨萬一其釋。不意六七年間，一哭吾外大母，再哭吾外大父，再哭吾兩妗，今未幾又哭吾舅。一門之內，縗絰頻易，素車屢駕。滴淚爲川，酸嘘成風。甥獨何心，能不含荼哉！

嗟呼！庚寅之冬，猶記與翁同參鴨子公案，燒燈至子夜。窗風淅淅，足寒如鐵，面貌苦冷，若槁木之枝。茶三四易然後啜，詰朝未日出，履聲已在堂外。眼毛虬結，淚垢滿面，終亦不顧。公之苦參如此，此其相聚爲何等景象！雖萍聚之人，猶當腸痛，甥何忍言之，而又何忍思之耶！近年以來，不肖兄弟於此道稍知慚愧，方欲抽身與翁細商之；而翁涅槃之期至矣，是不肖甥之無緣甚也。天宫佛土，四維上下，相待何處？願翁先度吾母。尚饗！

【箋】

萬曆二十八年庚子（一六〇〇）在北京作。四十一歲。

［龔鴻臚吉亭］，龔仲敏，去年任太原縣，尋改嵐，卒於今年，年五十六。

［庚寅之冬］萬曆十七年己丑，宗道因使楚請告返里，居至十九年辛卯夏秋。其間與諸舅及諸弟究性命之學。宗道作《海蠡篇》，宏道作《金屑篇》。參鴨子公案，即指此。

祭王老師母文

天生元老，保乂王國。輔以賢媛，宜家作則。順合坤儀，柔崇地德。既閑組繡，亦涉經籍。惟我夫子，純孝天植。母也相之，克共婦職。浣澣躬親，甘脆手飭。聚順承歡，殫瘁心力。我師登朝，羔縫素絲。母也相之，處約居卑。雖有六珈，不忘縞綦。雖有五鼎，不厭黍藜。洎陟中台，勳名卓犖。母也相之，兼規執矱。大計密謀，時資商確。中饋之儀，陰調鼎軸。不踰閨閫，功在帷幄。哲人勇退，夢牽林泉。母也相之，促裝言旋。如賓如友，徜徉丘園。鴻室慚恭，萊妻遜賢。誕毓仙貞，爲世祥瑞。妙體烈行，冥通玄契。亦有令子，凝然遠器。胸中奥博，毫端鉅麗。懿哉夫人，世運攸繫。仰裹俯育，至道完備。仙宗儒宗，治世出世。彤管流輝，闈德壺誼。生非偶然，没必有歸。珠宫瓊島，鸞驂鶴飛。風實爲糧，霞氣成衣。示有去來，原無生死。下土欷歔，乃妄情耳。獨念生等，陶鑄師門，久侍函丈。休同愉快，戚共惆悵。未能免俗，能無淒愴。陳辭薦酒，涕泗浪浪。尚饗！

【箋】

萬曆二十年壬辰（一五九二）在北京作。三十三歲。

［王老師］王錫爵。見卷一《白燕篇爲元馭閣老賦》箋。

祭鄒南皋母夫人文

嗟夫，嗟夫！今天下以氣節顯著，兒童走卒無不聞其名而壯之者，惟江右鄒南皋公，而不知太夫人固有以成之也。當萬曆初，南皋公甫登第，覩時事，不勝憤懣。抗疏危言，奮不顧身，以忤柄人。杖於廷，幾死復甦，血肉狼籍。當是時，路人聞者，莫不酸鼻飲泣。而太夫人獨私喜，以爲人臣之義，固當如是。其萬死投荒，室家離散，寢食瘴嵐，備諸苦毒。太夫人雖心痛之，然終無幾微怨憾見於顔色。嗟嗟！世之爲父母者，初時課兒讀書，所望止於取科第，爲顯官。一入仕途，輒教以隱忍緘默，惟恐其少激昂，爲官累。偶遭禍患，張皇錯愕，怨言滿室。乃太夫人所見迥别，惟欲其子爲世忠臣，捨身報國。誰謂閨閣中無大丈夫乎！

南皋公數論事，乍升乍沉，幾二十年。太夫人飽藜藿如肥甘，以此于于色養，都忘志宦，得一意鑽研性命之學，徹洙、泗之源，洞陽明之髓。餐蔬飲水，有以自樂。至今年始膺新命，海内士大夫皆額手相告，謂皇上聖明，不終擯直臣。而南皋公且旦夕受劇任，登要秩，獲究行其所學。跂足翹首，惟恐其晚。而報太夫人逝矣，傷哉！雖然，死生亦偶然耳。太夫人成就哲嗣，爲真豪傑，爲真聖賢。是母是子，揭汗青間，千載猶香。死而不亡曰壽，真所謂大年矣。而或者猶以未獲生沾朝典爲恨。夫今古婦人女子，享榮貴，受崇封者如沙，多生死無聞，與草木同朽。惟范滂、蘇軾之母，耿耿數語，至今并耀日月。然則太孺人固不恃生封爲榮名，而南皋公亦可無悵悵苫次爲矣。尚饗！

【箋】

萬曆二十三年乙未（一五九五）——二十八年庚子在北京作。三十六歲——四十一歲。

［鄒南皋］鄒元標，字爾瞻，號南皋，吉水人。九歲通五經，舉萬曆五年進士。累官至刑部右侍郎。元標立朝，以方嚴見憚，晚趨純粹，不復形崖岸，務爲和易。年七十四卒。謚忠介。有《願學集》。《明史》卷二四三以及《明儒學案》卷二十三有傳。

案：元標有《謝袁玉蟠太史》文，即爲此祭文答謝之作，見《願學集》卷二。又有《祭袁玉蟠宫允》文，見《願學集》卷七。

祭太常少卿趙連城文

嗟夫，嗟夫！造物所施於下土者，獨有災、福二端。莫福於華膴，莫災於死亡。二者相反，譬則寒暑晝夜。既福矣，則不宜降之災；既災矣，則又不宜畀之福。即福而災，災而之福，亦當如暑謝寒代，晝往夜來。不宜一日之間，而災福互加，使人錯愕而惶惑。今君旦膺清卿之擢，暮作泉臺之人。蓋一日之間，其身乍榮而乍枯，其命方通而方塞，其家倏喜而倏悲，其客忽賀而忽弔。君之禄命，亦何其奇，而造物之侮君謔言，抑無乃太劇矣乎！

且君存心仁厚，持身謙抑，居官寬大。不惟宜貴且宜壽，不惟宜壽且宜有後。而君春秋既促，嗣胤復艱。既興仲祖之歎，復抱仲宣之悲。揆諸造物報施之道，亦大爽戾矣。此在行道，猶爲君痛，而況同籍兄弟，忻戚關情，覩者荼苦，能無淒惻。獨幸君長者，胸中純白，惻怛之意，達於面目。正鬼神所贊，司命所厚。易簀之後，超苦途，入樂趣，蓋萬萬無可疑者。此身後受享，正不在區區世福下也。莊生不云乎："生非汝有，是天地之委和；孫子非汝有，是天地之委蜕。"夫計修短於委和，校有無於委蜕，豈君之意，亦豈吾儕之所望於君者哉！尚饗！

【箋】

萬曆二十三年乙未（一五九五）——二十八年庚子（一六〇〇）在北京作。三十六歲——四十一歲。

［趙連城］趙完璧，字念儆，號連城，陝州人。萬曆十四年進士，宗道同年。刑部觀政改獻縣知縣。後改太常寺少卿。見《萬曆丙戌科進士同年總録》。

祭李年伯母文

吁嗟孺人，閨房秀彦。淑質外映，慧性内鑑。操綆行汲，目無邪盼。了不聞聲，衆餐精辦。自爲門户，托身華族。篤相夫子，敬恭整肅。南北宦游，莞鑰是屬。大布代綺，菅蒯爲肉。勤贊壼閨，慈撫婢僕。靡有間言，一門邕穆。篤生令子，桂芬蘭芳。心含文錦，口吐白凰。豈能自成，實惟義方。豈獨外訓，母教諄詳。鳩車之年，提訓已多。手不停書，口不絶哦。才名勃起，遂登巍科。筮仕花封，恪守慈戒。冰玉比清，鸞鳳敷愛。既晉清曹，官箴愈勵。清望蔚然，實成母志。鼎養方隆，耄期未至，如何淑媛，曾不百歲。嗚呼哀哉！電光石火，忽焉徂謝。禪智墓田，寂寂長夜。高軒已虚，靈車先駕。莫追閨訓，誰嗣母德。托在同籍，能無淒惻。獨念人生歸盡，修短一丘。夫貴子賢，没有餘休。以此告靈，靈其歆不！尚饗！

【箋】

萬曆二十三年乙未（一五九五）——二十八年庚子（一六〇〇）在北京作。三十六歲四十一歲。

［李年伯母］宗道同年之母。案：宗道是科李姓者甚多，第不知爲誰。

祭王老年伯文

嗚呼！孰有少而穎異，好學不倦，至於忘雨穿石如翁者耶！孰有分符郡邑，慈惠愷悌，多所全活，葦杖不足爲仁，而懸魚不足比操如翁者耶！孰有歸卧林間，無淡然營，以老自佚，稱碩德隱行之鄉先生如翁者耶！以翁之文行，而仕止别駕，其於報施之理，亦若有所未盡，固不能無疑於造物。然惟其有所塞於前，而始有所大發舒於後。而獨不見夫如鳳如麟，如琳如琅之子，森森然列於庭堦乎？不獨有子也而貴，甲第蟬聯，簪笏遞起，大奇也。不獨貴也而賢，皆能砥節礪行，飭躬殖學，用世出世，深源得秘，此又奇之奇也。公所留有餘不盡者，其震耀如此，蓋至是而始知造物之果有目也。所微不滿者，公之令子且將相繼爲賢公卿，名宰執，功名震乎當時，利澤周乎天下，天不以百歲益公，而詎奪之去，令不得目覩其盛，爲可恨耳。然如翁者，其生平之立心制行，足以升濟神明，方麾斥八極，神游天地之間，而又安問夫人間世哉！某等當得奉教於令子，而季子則之進同籍，官同署，相愛真同兄弟，其知翁也獨深，其與翁相關也亦甚至。雖翁去來自如，而我輩私情則不能不泫然而淚下。千里一函，聊申猶子一念。尚饗！

【箋】

萬曆二十三年乙未（一五九五）——二十八年庚子（一六〇〇）在北京作。三十六歲——四十一歲。

［王老年伯］王圖父，名邦憲。圖字則之，號衷白，一號明石，耀州人。萬曆十四年進士，宗道同年。選庶吉士，授檢討。以右中允掌南京翰林院事。召充東宮講官，累遷至吏部右侍郎，掌翰林院。有入閣望，爲人所忌，予告歸。天啓中爲禮部尚書，七年卒。謚文肅。《明史》卷二一六有傳。

祭葉太師母文

曰：稽諸女史，徵於母儀，有如翟母之於方進，高母之於謙之。皆能釋形骸之異，等因母之慈。鏗鍧彤管，型範青閨。若太師母之於夫子，皆允矣嗣其音徽。我夫子所以砥節飭行，握瑜懷奇，文章譽夫龍虎，啓沃埒夫鹽梅，清通著於銓衡，而寅直假乎神祇者，則誰與拓其孩提之聰，道其神發之知，亦惟是母氏裂絨和丸之訓，琢磨其玉質，而斧藻其英姿。

小子日侍皋比，側景步趨。見夫子每飯，未嘗不在會稽東向而睇吾親在斯。是雖夫子之孝，純於陟屺；而益足明母氏之恩，深於倚閭矣。方裁袞繡以爲襴，泛秬鬯而盈卮。萃九垓之太和，延慈母於期頤。而詎意其止於斯，寧不悲夫！乃今乃後，夫子且據上台，列鼎司，握大斗，調四時。千秋億載，功姬、召者，并頌慈母之教不衰。是將結無涯之知爲大年，化六袠之齡爲萬期，而抑又何悲！小子遽承哀訊，迸涕交輝，曰：成我者夫子，成夫子者慈母，而今何之也？敬陳絮酒，以哭吾私。尚饗！

【箋】

萬曆二十三年乙未（一五九五）——二十八年庚子（一六〇〇）在北京作。三十六歲——四十一歲。

［葉太師母］或即葉向高母。向高字進卿，號臺山，福清人。萬曆十一年進士，選庶吉士。累官至吏部尚書兼建極殿大學士，入爲閣相。數陳時政得失，不用，遂乞歸。光宗立，特詔召還。未幾，熹宗立，復賜敕趣之。屢辭，不得命。天啓十月還，復爲首輔。天啓間，魏忠賢擅政，欲興大獄，憚向高，不敢逞，善類賴以保全。後見事不可爲，乃求去。卒年六十九，謚文忠。有《蒼霞草》。《明史》卷二四〇有傳。

祭原任中堂高老先生夫人文

嗚呼！粵稽女圖，爰徵彤史，母儀婦德，恂難兼美。疇如夫人，天目毓靈，扈以菌桂，紉以蘭蘅。疇如夫人，作儷良弼，蘋藻孔閑，俎豆惟苾。疇如夫人，在貴能降，衣無重錦，飾靡明璫[1]。疇如夫人，在佚能勤，早夜操作，神瘁手皸。疇如夫人，在約能予，左粥右纊，以甦貧窶。文瑞[2]之學，博極縹囊，惟是夫人，裂織以襄。文瑞之業，鏗鍧寰宇，惟是夫人，拮據以輔。文瑞之没，實先夫人。義方無替，世澤能繩。矯矯令子，爲郎薇省。翟茀維新，鳳綸重炳。期樂且壽，如陵與岡。胡天不弔，遂隕婺光。幰帳若遺，桮棬尚澤。階濕夜露，庭陰曉魄。嗚呼哀哉，夫人已矣！生具壼德，没垂芳名。丹詔有赫，黃壤如生。某等誼均歡戚，聞訃慘愴。爰薦絮酒，有涕沾裳。翩翩雲車，鏘鏘璆佩。

來格以歆，音容如在。尚饗！

【箋】

萬曆二十三年乙未（一五九五）——二十八年庚子（一六〇〇）在北京作。三十六歲——四十一歲。

［高老先生夫人］高儀妻，鍾姓，封夫人。儀字子象，號南宇，錢塘人。嘉靖二十年進士，選庶吉士。以《文淵閣賦》見賞，有聲館閣。累遷至禮部尚書。穆宗即位，諸大典禮，皆儀酌定。遇事秉禮循法，居職甚稱。隆慶六年四月詔兼文淵閣大學士入閣辦事。年五十六卒。諡文端。有《高文端奏議》《遺稿》。《明史》卷一九三、《國朝獻徵録》卷十七有傳。

［矯矯令子］儀子循學，時官中書舍人。

【校】

〔1〕鐺，當作“璫”。

〔2〕文瑞，當作“文端”。

祭劉封公文

翁之少也，發聲藝苑，雖吞鴦吐鳳之才，不足以擬其文詞。僉以爲一日千里焉，而青雲之莫追。蓋不獨文足以芥視一第，而内行醇謹，愷悌溫良，造物者亦必不忍負之，而令其陸沉於時。然用世之志，雖不能酬之於身，而篤生令子，當英妙之年，即通籍於金閨。翁於是日厭塵緣，棲心烟霞，棄青衫而服芰荷之衣。數十年之内，花之晨，月之夕，抱子弄孫，其行徐徐，其樂于于。或攜紅藤，或命青雀，登山椒而泛水湄。迨其暮年，觀道習靜，恬淡無爲，且依稀乎上行先生，閱道居士之行，持厭五濁，而皈蓮池。鬒髮赬顔，行步若飛。雖至凍梨，而形容不衰。胡不百歲，即西去而不復歸。雖化粗爲細，逍遙淨域，而概以人世聚散離合之情，則不能不泫然而淒其。獨以翁生平之所欲發抒而未酬者，有哲嗣以成之。人生未必有子，有子而貴，固以奇；而貴而且賢，鬱爲碩卿名臣，則尤奇之奇。屢受貤封，洊登峻秩，人世之榮華，固已全盛而無虧。況存而承歡，病而嘗藥，當易簀而令子不離左右，可免終天之悲。且衡野公不日大拜，天下之受其陶鑄者，皆歸功於所自出，孰不曰翁之所貽。益以見天佑善人，而始終之無所私矣。生之戚戚，私情耳，蓋不免於怛化，而翁豈以爲宜。尚饗！

【箋】

萬曆二十三年乙未（一五九五）——二十八年庚子（一六〇〇）在北京作。三十六歲——四十一歲。《國榷》卷七十六："二十二年正月戊戌，少詹事劉楚先爲南京禮部右侍郎。"

［劉封公］劉楚先父。楚先字子良，一字衡野，江陵人。隆慶五年進士。授檢討，累官禮部左侍郎。因七疏請皇長子冠期，忤旨罷歸。鄉居十六載。起吏部侍郎，遷禮部尚書。天啓中卒，年八十四，謚文恪。《湖北通志》卷一三五有傳。

卷之十四

記　　類

游西山一

行昌平道中，風起塵飛，諸峰盡失。午後風定，依沙河岸而西，褰帷一望，蔥菁刺眼，心脾頓爽。漸近金山，石巉巖西趨，勢若奔馬。俄儀部王君、俞君繼至。俞君見余喜甚，遂同至臥佛寺。寺宇不甚宏，兩殿各臥一佛，長可丈餘。其一滲金甚精。門西有石磐，方廣數丈，高亦稱是，無纖毫刓缺。上創觀音堂，前餘石丈許，周以欄楯。諸公趺坐檻前，忽聞足底作吒吒聲，又類爆豆。予細尋之，乃石磐下有小竇出泉，淙淙琤琤，下擊石底。遂命童子取泉，啜一盞而行。

游西山二

自觀音堂下，穿疎木中，數度石澗，趾漸高。茆屋石垣，蕭然村巷。巷盡，見朱門碧澗，是爲碧雲澗，深丈餘，作琴瑟響。堂殿依山，從夷入危，歷數百級，乃登佛殿。然苦宮室蔽虧，不堪遠矚。登中貴墳垣，乃及山腰。從上望都城，睥睨可數。復下觀卓錫泉，泉瀉小石澗，東西流注方池。後有亭，旁有洞，池前爲柏垣，垣外竹可一畝，炎日颯颯生寒。泉伏流其間，至香積廚，以手掬飲，清冷徹肌。殿前瓷石爲池，金鯽萬頭，翕忽水面，投以胡餅，唼喱有聲。

夜與俞汝成諸公飲法堂右軒，劇談至丙夜。汝成與余分榻而臥，訊余近日所得。余曰："貿貿如昨，第稍覺昨非耳。"又問："元神與思慮神，是一是二？"余曰："元神、思慮神總是影子。元神屬靜，思慮屬動，既落動靜二相，便是陰界根塵中物。故玄門所寶爲極則，正禪家所謂重厚昏沉也。"汝成頷之。

游西山三

宿碧雲之次日，櫛罷即繞山麓南行。垣內尖塔如筆，無慮數十。塔色正白，與山隈青靄相間，旭光薄之，晶明可愛。南望朱碧參差，隱起山腰，如堆粉障。道者曰："此香山寺也。"寺南一山，松蘿竹柏，交羅密蔭，獨異他山。行度橋下，魚朱、黑二種，若游空中。觀已，拾級而上，級十倍碧雲。佛殿甚閎壯，大抵西山蘭若，碧雲、香山相昆季。碧雲鮮，香山古；碧雲精麗，香山魁恢。余笑語同游："若得碧雲爲臥室，香山爲酒樓，豈羡化樂天宮哉！"殿檻外兩山環擁，遠望一亭踞山半。余色動，遂拉俞君、李君、王君，穿磴道可二里，始至亭。亭曰"流憩"，下視寺垣，如墮深壑。余仰視山巔，尚插雲霄。

少憩，予賈勇復登，俞君從。石屑確確拒足，十步一息。有眠牛正黑色，余取松根叩之，鏗然鳴吼。又數里，達絶頂，俯視垣外，人尺許，馬如羊，左右諸山俱若屏息環衛者。山外北向，層層峰巒，奮迅而出。西望杳杳，有水如白玉玦，疑是桑乾河。俞君謂此游奇甚，恨不能作蘇門嘯，令萬巖答響耳。忽山下砲聲振林谷，如迅雷。余大笑，此孫登嘯聲也。坐食頃，俞君思得酒佐倦。余曰："此中飛鳥不到，酒安得至？"語未竟，一長鬚攀蘿疾登，捷若猿猱，手挈一壺。問之，懼不答，第芒芒左右視。蓋游客從者，失道至此。俞君戲語之："我乃飛仙，可取酒供養我！"其人計不能脫，以壺跽獻，遂取壺蓋，遞飲數巡。探鴟夷之腹，無餘瀝矣。下，飲來青軒。軒前兩腋，皆疊嶂環列，對面寬平如砥，芙蓉十里，秔稻千頃，皆在目中。

游西山四

玉泉山距都門可三十里許，出香山寺數里，至山麓，罅泉流彙於澗，湛湛淡人心胸。至華嚴寺，寺左有洞曰翠華，有石牀可憩息，題詠甚多，莓漬不可讀。又有石洞在山腰，若鼠穴，道甚險。一樵兒指曰："此洞有八百歲老僧。"從者棄行李，爭往觀，呵之不能止。及返，余問："果有老僧否？"曰："僧有之，然年止四五十。"乃知樵兒妄語耳。寺北石壁甚巉，泉噴出其下，作裂帛聲，故名裂帛泉。有亭可望西湖，故名望湖。

游西山五

余與伯典觀裂帛泉畢，將行。余指東一山問寺僧，答云甕山。余誤記石經洞在此，偕伯典探焉。度橋而南，人家傍山，小具池亭。桔槔鋤犁，咸置垣下。西湖當前，水田棊布，酷似江南風景。既至山下，僅一敗寺，破屋頹垣，扁曰圓靜。一僧作禮甚恭。予問："石經無恙否？"僧茫然不能對。乃共伯典闢寺後扉，躡山巔。頑石縱橫，無復所謂石經者。僧舍中殘石斷碣，悉經爬搜。有一石類磬，疑洞中物，相與嗟歎，久之始歸。暇日，偶檢《游名山記》，石經藏小西天，非甕山也，不覺失笑。

【箋】

萬曆二十五年丁酉（一五九七）在北京作。三十八歲。本年宗道之女死於難產，故與同館諸友好出游以遣悲懷。西山，亦名小清凉。山叢林雜寺，青白相間，乃京師著名游覽勝地。見《長安客話》卷三。

［儀部王君、俞君］王君，王圖。時官儀曹，見卷十三《祭王老年伯》箋。俞君：俞憲，字汝成，號岳率，無錫人。嘉靖十七年進士。歷官山東按察使，有文學，曾輯有《盛明百家詩》。見《皇甫司勳集》卷三十五。

［臥佛寺］在香山碧雲泉東。《帝京景物略》云："寺唐名兜率，後名昭孝，名洪慶，今曰永安。以後殿香木佛，又後銅佛，俱臥，遂目臥佛云。"

［觀音堂］在臥佛寺西。"有石盤，方廣數丈，高可三丈，甃石磴以上，堂外周以欄楯。石盤下有小竇出泉，淙淙琤琤，聽之泠然。"見吳長元《宸垣識略》卷十五。

［卓錫泉］《長安客話》卷三云："入碧雲寺，歷數百級，乃登佛殿。殿前瓷石爲池，深丈許，水蓄池極妙。引自寺後石罅，罅嵌以石獸，泉從獸吻汩汩噴薄入小渠，人以卓錫名之，泉味絶佳。"

［碧雲］碧雲寺。庵於元耶阿利古，寺於正德十一年，内監於經拓之，故土人亦曰"於公寺"。《長安客話》云其"壯麗雖遜萬壽，而金碧鮮妍，宛一天界。大抵西山蘭若，碧雲、香山相伯仲"。

［香山］香山寺。在碧雲南約二里許。又名永安、甘露，其制一如碧雲，而饒古色。最勝者爲來青軒，神宗手書其額。見《天府廣記》卷三十五。

［來青軒］在香山寺佛殿東。軒五楹，欄楯外垣以磚瓦，下臨絶壑，玉泉諸峰按伏其前。見《長安客話》卷三。

［伯典］全天敘，字幼度，又字伯典，號玄洲，鄞縣人。萬曆十四年進士，宗道同年。選庶吉士，授編修，終侍讀學士。天啓初追贈禮部右侍郎。有《錢庵焚餘集》，見《千頃堂書目》卷二十五。

戒壇山一

戒壇山，西山幽邃處。入山二十餘里，始見山門。有高閣，可望百里。渾河一帶，晶晶檻楯間。閣後有軒，庋巖上。出軒右行數百步，乃達戒壇。壇在殿内，甃石爲之，壇周迴皆列戒神。閣前古松四株，翠枝穿結，覆蓋一院。月寫虬影，幾無隙地。最可喜者，松枝粗於屋柱，去地丈許。游人持杯行行其上，如履平道。時王則之、黄昭素、顧升伯、丘長孺諸公，俱坐松丫中看月。從下觀者，聞咳笑聲，皆疑鸛鶴之宿樹杪矣。

戒壇山二

戒壇山以洞勝，龐涓洞尤爲諸洞第一。予既登山頂，峰如聚壤，水如曳綃。顧見右腋峰腰間，朱檻掩映，度有異景。遂棄諸公，横度數十間，至一徑，迷不得前。適一僧曳杖徐行，予大呼不應，以手招之，乃就予。予問："師何處人？"微笑不答，蓋聾僧也。予指檻所，僧遂前導。轉山麓可里許，始達洞門。訊他僧，始知爲龐涓洞。予入洞禮佛畢。偃仰石榻上，腳力稍復。乃命小僧持燭前引，洞中嚴淨寬敞，兩壁石乳滴瀝成物狀，如繪畫者，不可勝計。一井絶深，投以瓦礫，宛轉錚錚，食頃方歇。僧云："此井通渾河，往有人縛一犬置井中驗之，果從渾河出。"予再探諸洞，俱弇淺。遂返方丈，侈談所見驕諸公。王則之强言不須游。余笑曰："至戒壇不見龐涓洞，與坐宣武街宅中何别？"洞中多鵝管石，可入藥，予以語昭素，昭素始大悔不游。

【箋】

萬曆二十五年丁酉（一五九七）在北京作。三十八歲。

［戒壇山］在京城西。因山有戒壇而名。《帝京景物略》卷七云："殿中壇焉，白石臺三級也。周列戒神數百，神高三尺者二十四，冑弁戎服，或器械具；高以尺者甚衆，妖鬼男女遝焉，其部也。"

［王則之］王圖。

［黄昭素］黄輝。

［顧升伯］顧天埈。

［丘長孺］丘坦。箋俱前見。

上方山一

自烏山口起，兩畔亂峰束澗，游人如行衖中。中有村落，麥田林屋，絡絡不絶，饁婦牧子，隔籬窺詫，村犬迎人。至接待庵，兩壁突起黏天，中間一罅。初疑此罅乃狖穴蛇徑，或別有道達巔，不知身當從此度也。前引僧入罅，乃爭趨就之，至此游人如行匣中矣。三步一回，五步一折，仰視白日，跳而東西，踵屢高屢低，方歎峰之奇，而他峰又復躍出。屢跲屢歇，抵歡喜臺，返觀此身，有如蟹螯郛索潭底，自汲井中，以身爲甕，雖復騰縱，不能出欄。其峰巒變幻，有若敵樓者，睥睨欄楯俱備。又有若白蓮花，花下承以黄趺，余不能悉記也。

上方山二

自歡喜臺拾級而升，凡九折，盡三百餘級，始登毗盧頂。頂上爲寺一百二十，丹碧錯落，嵌入巖際。庵寺皆精絶，蒔花種竹，如江南人家别墅。時牡丹正開，院院紅馥，沾薰游裾。寺僧爭設供，山肴野菜，新摘便煮，芳香脆美。獨不解飲茶，點黄芩芽代，氣韻亦佳。夜宿喜庵方丈，共榻者王則之、黄昭素也。昭素鼻息如雷，予一夜不得眠。

上方山三

毗盧頂之右，有陡泉、望海峰。左有大小摘星峰。大摘星峰極高，一老僧説峰後有雲水洞，甚奇邃。余遂脱巾褫衣，導諸公行。諸公兩手扶杖，短衣楚楚，相顧失笑。至山腰少憩，則所謂一百二十寺者，一一可指數。予已上摘星嶺，仰視峰頂，陡絶摩天，回顧不見諸公，獨憩峭壁下。一物攀蘿疾走，捷若猿猱，至則面目黧黑，瘦削如鬼，予不覺心動，毛髮悚竪。訊之僧也，語不甚了了，但指其住處。予尾之行，入小洞中，石牀冰冷，趺坐少頃。僧供黄芽湯，予啜罷，留錢而去，亦不解揖送。

諸公登嶺，皆稱倦矣，呼酒各滿引。黄昭素題名石壁。蛇行食頃，凡四五升降，乃達洞門，入洞數丈，有一穴甚狹，若甕口。同游雖至羸者，亦須頭腰貼地，乃得入穴。至此始篝火，一望無際，方縱腳行數十步，又忽閉塞。度此則堆瓊積玉，蕩搖心魂，不復似人間矣。有黄龍、白龍懸壁上，又有大龍池，龍盤踞池畔，爪牙露張。臥佛、石獅、石燭，皆逼真。石鐘鼓樓，層疊虛豁，宛然飛閣。僧取石左右擊撞，或類鐘聲，或類鼓聲。突然起立者，名曰須彌。燭之不見頂。又有小雪山、大雪山，寒乳飛灑，四時若雪。其他形似之屬，不可盡記。大抵皆石乳滴瀝數千年，積累所成。僮僕至此，皆惶惑大叫。予恐驚起龍神，亟呵止不得，則令誦佛號。篝火垂盡，惆悵而返。將出洞，命僕敲取石一片，正可作硯山。每出示客，客莫不驚歎爲過昆山靈壁也。

上方山四

從雲水洞歸，諸公共偃臥一榻上。食頃，予曰："陡泉甚近，曷往觀？" 皆曰："佳。" 遂相挈循澗行。食頃至。石壁躍起百餘丈，壁淡黄色，平坦滑澤，間以五彩。壁上有石，若冠若柱，熟視似欲下墮，使人頭眩。壁腰有一處，巉巉攢結，成小普陀，宜供大士其中。泉在壁下，泓渟清徹。寺僧云："往有用此水熟腥物者，泉輒伏。至誠懺謝，復湧出如常，故相傳稱聖泉。" 余攜有天池茶，命僧汲泉烹點，各盡一甌。布氈磐石，轟飲至夜而歸。

【箋】

萬曆二十五年丁酉（一五九七）在北京作。三十八歲。

［上方山］又名大房山，在房山縣。見《大清一統志》。

［王則之］王圖。

［黄昭素］黄輝。

［雲水洞］在上方山。《帝京景物略》卷八云："登大小摘星嶺，西望胡良、拒馬大小河，如練、如帶、如游絲，在拄杖下，顛則落河中耳。而隔山不知其幾十里。望且行，緣嶺四五降升，達雲水洞口。"

小西天一

自盧溝橋折而西，眼中乍離車鐸煤塵，路上馬蘭作花，碧紫滿谷。如脱籠鳥日在絛繩，忽覩平原草樹，若歸故巢矣。夜宿野寺，壞殿頽牀，獨畫壁稍可觀。早起行七八十里，高嶂拒馬首，破壁而升。至壁上，則群峰盡出，對面兩尖峰拔地起，若雙乳。其中一山雄峙，所謂小西天也。度此，路稍坦。馬行山麓，上廣下削，若走屋廊間。時天已暮，雷聲隱隱出山腰，相顧憂雨至。亟走，始得達東峪寺。寺門白楊成林，風吹慘淒，夜不能寐。攜諸公飲寺門右隙地，地光淨似人家打麥場。余出一令，每人説一鬼一虎，須一二年間新事，不得引古書中所載，不能者罰巨觥。一客談虎，旋撰説不成章，滿座皆絶倒。

小西天二

是日天氣清朗，路無纖塵。過澗半里許，捨騎扶杖。甫升巔，忽墜井，凡三四，乃得高曠處休焉。俯視王、黄諸公，乘馬過澗，若嬰兒騎羊，不覺失笑。從行兩童，竊放爆竹，爆聲爲四面群峰鬩遏，迴旋食頃方歇。至此始循石壁，行甃石上。壁陡起百餘丈，縫間松柏叢生，若翠屏。諸公各踞路傍一石浪謔。遙見平臺復廊，朱欄碧楯，出於山腰，如在天上。莫不踴躍，再陟再休，凡數折，始到所見欄楯處。欄内屋爲石經堂，堂供石佛，四壁皆嵌石刻佛經，字跡疑出元人。石經洞凡七處，堂左二，堂右三，堂下二，皆下楗固，人不得入。惟近窗經，歷歷可讀，字有遒古者，亦有姿媚者。此隋靜琬禪師護法深心，諸碑序其顛末甚詳。自宋迄元，皆有石刻添入。乃今二百餘年來，無有一人插寸石隻字其間者。佛法凋零，殊可悲歎。更百餘年，安知靈藏法寶，不爲豪家墓碣乎？余欲與同游諸公，各斥月俸，增刻數片，爲後來倡。但游屣匆忙，不能知洞中所缺何經，俟異日檢閲目録，了此一段因緣。

洞上爲五臺，相距雖不甚遠，然臺具一體，拔地特起，不相黏連。

北臺甚高，如蓮花在水中央。東臺亦奇，臺上各有白石小浮圖，乃唐金仙主所建。又有巨石號曝經臺，五臺之外，環以巨嶂，其石紋或類雨點，或類捲雲，具畫家種種皴法，令低回難别。古碑甚多，人倦不能讀。予猶記少時，同兩弟讀書杜氏莊，偶檢《游名山記》，至石經洞，相與駭歎，此靈境奇跡，何時得一瞻禮。今偶以編摩隟晷，裹糧浪游，此洞忽落我杖屨下。回想二十年前語，不覺忻喜過望，獨恨兩弟不在側耳。丁酉四月初一日記。

【箋】

萬曆二十五年丁酉（一五九七）在北京作。三十八歲。

［小西天］即石經山。在房山縣西南四十里。“藏石經者，千年矣，始曰石經山，至今也，亦曰小西天。”見《帝京景物略》卷之八。

［王黄諸公］指同游王圖、黄輝諸友人。

［杜氏莊］即杜園，在公安。爲袁氏兄弟少時讀書處。見袁中道《杜園紀》,《珂雪齋集》卷十二。

游九龍池

庚寅清明，余與全伯典陪祀畢，循山趾而西，度危橋，其下水涓涓。疎林内，朱門隱隱，訊山中人，云此九龍池，縱可五丈，衡倍之。池上石壁躍起百餘丈，衡理稜層遒緊。余笑指曰：“此余鄉吴供奉所作斧劈皴屏障也。”仰觀山腰，黑石多類棋枰。余躡石罅，約步百餘，坐一枰上，尚餘半席地，大呼伯典共坐。伯典不應。余攀藤聳身欲更上，顧其巔削立無安足處，惆悵而返。就伯典飲池邊，三爵後游興復發。伯典挽余裾，余不聽，循垣疾走，忽得一徑，徑止受一足，猶皮踵空中，呼童後掖。傴行數百步，稍平輒休。久之，始達山巔，尺寸之間，攢萃百里。有柏數十株，青蔥似新沐，採啖之，甘異他柏。此中甚險，不知何人手植。山深日暮，怪鳥啁啾，予心悸而下。

【箋】

萬曆二十五年丁酉（一五九七）在北京作。三十八歲。

案：萬曆十八年庚寅，宗道使楚予告里居，不當有陪祀事，此處或爲誤記。

［全伯典］全天敘。見本卷《游西山》箋。

顯靈宫西閣

都門有二高閣，曰毗盧，曰顯靈西閣。毗盧在城外，止宜晝游。看月則莫便於顯靈。八月十四日，余同王則之、陶周望諸公，遲月於此。天漸暝，俱倚朱欄東望。俄吐一星火，忽滿半規。有頃黄金盤躍起，可數尺許，似破地而出，紅氣豔豔射殿角。俯瞰市井間，正黯黯也。是日周望極談西湖山水之佳麗，花事之繁華。痛飲極歡而罷。

【箋】

萬曆二十六年戊戌（一五九八）在北京作。三十九歲。

［顯靈宫］在北京城西，祀王靈官。《長安客話》卷二云："永樂間有周思得者，以王元帥之法顯於京師。元帥世稱靈官，天將二十六員居第一位。其神最靈，逆知禍福。文皇數遣人試之，靡爽毫髪。至於祛邪孽，除災厲，隨禱輒應。乃命祀神於宫城西。"

［王則之、陶周望］王圖、陶望齡。

案：望齡二十三年予告，至是返京師。去年宏道游越，與之會月餘。

顯靈宫柏

顯靈宫多古柏，東閣二柏尤奇。幹葉上拂雲霄，下掃階砌。游人手約垂枝，乃得人觀。每與游客列坐其中，如坐疎幕内。雖當炎夏，了無暑氣。日光不穿，影繁色淡，有類月夜。自余與汪靜峰、無念和尚游此，始與此樹相識，今八九年矣。每夏秋之交，必偕友人游數次。余嘗謂戒壇老松、城外柰子花、顯靈柏，可稱卉木中三絶。又兩真官舊爲師弟，今兩祠相對，故生此二柏隔之。道士云。

【箋】

萬曆二十六年戊戌（一五九八）在北京作。三十九歲。

［顯靈宫柏］《帝京景物略》卷四云："西殿二柏有異，枝去幹委地，其擘若手，枝幹膚連處，望止絲髮，視他柏無恙，交枝結葉乃倍焉。觀者手約枝葉，乃得入，覩日所穿射，深深澹澹，如夜月紛紛。都人云：'王帥，蓋薩君弟子，乃像對相望也。'"

［汪靜峰］汪可受，字以虚，號靜峰，黄梅人。萬曆八年進士。授金華知縣，有政聲，遷吉安知府。尋督學山西，升布政使，舉廉吏第一，累擢兵部侍郎，總督薊遼，以疾卒。《湖北通志》卷一三六有傳。

［無念］僧深有。見卷四《寄無念》箋。

三聖庵紀游

德勝門内東偏，有公田若干頃，中貴治之，引水爲池以灌。沿池數里，緑楊鬖鬖，一望無際。池邊一庵，曰三聖，面市背田。門前古木四章，身如青銅，亭亭直上，蒼翠可愛。殿堂不甚崇，然極雅麗。丘長孺云："此庵體製及像設俱不俗，酷似江南佛刹。"庵西隙地，方廣如庵，豆棚瓜架，楚楚整潔。東行數武，有臺高可二丈，臺上有亭一。登此臺，則畦隴之參差，林水之掩映，佛宇之稠密，城樓之雄麗，攢簇目前。庵主秦人，王則之同里也，治齋簌亭上，邀則之及予輩。適几上有《圓覺經》，乃取首章相商證，庵主從旁挽奪話柄，剌剌不休。予語之曰："此經開卷，便説：'妄認四大爲自身相，六塵緣影爲自心相'，師止有一心一舌頭，已被佛打得粉碎，更將何物講經？"僧不能答，乃不敢復言。諸公是日快談至暮，彼發一疑，此送一難，不能悉記矣。

【箋】

萬曆二十六年戊戌（一五九八）在北京作。三十九歲。

［三聖庵］在德勝門東。《帝京景物略》卷一云："德勝門東，水田數百畝，溝洫澮川上，堤柳行植，與畦中秧稻，分露同烟。……三聖庵，背水田庵焉，門前古木四，爲近水也，柯如青銅亭亭。"

極樂寺紀游

高梁橋水，從西山深澗中來，道此入玉河。白練千疋，微風行水上，若羅紋紙。堤在水中，兩波相夾，緑楊四行，樹古葉繁，一樹之蔭，可覆數席，垂線長丈餘。岸北佛廬道院甚衆，朱門紺殿亘數十里，對面遠樹，高下攢簇，間以水田，西山如螺髻，出於林水之間。極樂寺去橋可三里，路徑亦佳。馬行緑陰中，若張蓋。殿前剔牙松數株，松身鮮翠嫩黄，班剥若大魚鱗，大可七八圍許。暇日曾與黄思立諸公游此。予弟中郎云："此地小似錢塘蘇堤。"思立亦以爲然。予因歎西湖勝境，入夢已久，何日掛進賢冠，作六橋下客子，了此山水一段情障乎？是日分韻，各賦一詩而别。

【箋】

萬曆二十六年戊戌（一五九八）在北京作。三十九歲。

［極樂寺］在阜城門外，去高梁橋三里。成化中建。門外有二柳，高拂天，長條踠地，可掃馬蹄。寺有牡丹園，春日游騎恒滿。老柏四株，兩人抱之不能合，中有松，亦佳。見《宸垣識略》卷十四。

［黄思立］黄大節，宗道同年。見卷一《暮春鄒生邀黄思立諸公游高梁橋即事》箋。

［余因歎句］據宗道此處所言，足跡似未涉江浙吴越。案：陶望齡《歇庵

集·寄焦弱侯》曰："無念上人去年歲暮時，同袁玉蟠兄弟雲游西湖上，既發，方寄數字與弟，竟失一會，至今悢悢"云云，玉蟠當爲中郎之誤。又案：鄭威《董其昌年譜》云："（其昌十六年戊子冬）同唐元徵，袁伯修，瞿洞觀，吴觀我，吴本如、蕭玄圃上松江龍華寺，問憨山己禪師戒慎恐懼。"此龍華寺非在松江者，實爲京師之龍華寺。《帝京景物略》卷一龍華寺云："成化三年，錦衣衛指揮僉事萬貴，自創寺成，疏請寺額於朝，憲宗賜額曰龍華寺，部覆報可。……萬曆之初中，遍融大師自蜀，達觀大師自吴，憨山大師自金陵，月川大師自五臺，雲棲大師自武林，錫先後止焉。"可證鄭譜誤。

三忠祠紀游

出崇文門二里許，爲大同橋。水從玉河中出，橋下水飛珠濺玉，若松梢夜聲。林間桔槔相續，大類山莊。二三園亭，依澗臨水，小刀從几案間過，稍北爲鹿園，方廣十餘里，地平如掌，古樹偃仰，與高塚相錯。每客至，則驟馬驚鹿以爲戲。數武即朝日壇，壇外古松萬株，森沉蔽日，都人所謂黑松林者也。韋莊在橋上，南北相去四五里。門外路徑甚佳，清流一線，緑樹如城。遠望林木陰翳，不知幾百重。垣内寺館俱新整，而臨流一亭，尤爲游屨所湊，蓋喜其疎野空曠耳。又有柰子樹亦相近，虬屈離奇，蔭如數楹夏屋。三夏葉密時，列坐其下，微雨烈日，俱不到袂。余同友人送客三忠祠，友人俱心閑喜游，兼以日長無事，故得遍跡。然皆寓目而去，未暇周覽。聊志其略，以俟異日乘暇再游。戊戌四月十四日記。

【箋】

萬曆二十六年戊戌（一五九八）在北京作。三十九歲。

［三忠祠］在崇文門三里。祠祀諸葛亮、岳飛和文天祥。見《帝京景物略》卷二。

［大同橋］即［大通橋］。

［韋莊］即韋公寺，寺在左安門外二里，武宗朝常侍韋霦建。樹周匝層列，可千萬數。寺以海棠、蘋婆和柰子花聞名，與天壇拗榆錢，顯靈折枝柏，報國寺矮松，臥佛寺古婆羅稱京師七奇樹。見《帝京景物略》卷三。

錦石灘以下敘里中舊游

余家江上，江心湧出一洲，長可五七里，滿洲皆五色石子。或潔白如玉，或紅黄透明如瑪瑙。如今時所重六合石子，千錢一枚者，不可勝計。余屢同友人泛舟登焉。淨練外繞，花繡内攢。列坐其上，似在瑤島中。余嘗拾取數枚歸，一類雀卵，中分玄、黄二色。一類圭，正青色，紅紋數道，如秋天晚霞。又一枚，黑地布金彩，大約如小李將軍山水人物。東坡《怪石供》所述，殊覺平常。藏篋中數日，不知何人取去，亦易得不重之耳。

一日，偕諸舅及兩弟游洲中，忽小艇飛來，一老翁向予戟手。至則外大父方伯公也，登洲大笑："若等謾我取樂！"次日，送《游錦石洲》詩一首，用蠅頭字跋詩尾曰："老懷衰颯，不知所云，若爲我塗抹，雖一字不留亦可。"嗟夫，此番歸去，欲再覩色笑，不可得矣！

【箋】

萬曆二十一年癸巳（一五九三）在公安作。三十四歲。

［錦石灘］在公安縣大江中。亦稱彩石洲。見《公安縣志》。

［一日句］袁中道《珂雪齋集》卷十六《龔春所公傳》曰："一日，孝廉、御史偕予兄及諸甥游石洲，以公老，難於往來，弗約。已至洲，方共飲酒，拾石子。俄見雪浪中，有小舠迅疾而下，中有一老翁，踞胡牀，指麾江山，旁若無人。互相猜疑，逼視之，則公也。舟已近，公於舟中大呼曰：'何爲遂棄老子耶？'登洲，即於洲上舞拳數道，以示勇。諸人皆大笑極歡，至夜深，乃歸。"與宗道同記一事。

［余嘗拾取句］中道《東游記》："伯修拾得數枚，一類雀卵，中分玄、黄

二色。一類圭，正青色，紅紋數道如秋天晚霞。又一枚，黑地有金彩，有山水人物。伯修初甚寶惜，後意闌，以賚予。南北旅游，齋頭清供散佚，今遂不知所在”云云，與宗道所言稍異。

岳陽紀行

從石首至岳陽，水如明鏡，山似青螺，篷窗下飽看不足。最奇者墨山，僅三十里，舟行二日，凡二百餘里，猶盤旋山下。日朝出於斯，夜没於斯，旭光落照，皆共一處。蓋江水縈迴墨山中，故帆檣繞其腹背，雖行甚駛，衹覺濡遲耳。過岳陽，欲游洞庭，爲大風所尼。季弟小修秀才，爲《詛柳秀才》文，多謔語。薄暮，風極大，撼波若雷，近岸水皆揉爲白沫，舟幾覆，季弟曰：“豈柳秀才報復耶？”余笑曰：“同袍相調，常事耳。”因大笑。明日風始定。

【箋】

萬曆二十一年癸巳（一五九三）往麻城訪李贄途中過岳陽作。三十四歲。

［詛柳秀才文］柳秀才，柳毅，唐李朝威傳奇《柳毅傳》中人物，曾於洞庭遇龍女。中道此文全集中不載，已佚。

嘉魚紀游

舟泊嘉魚縣，訪李給事景魯。景魯廷杖歸，踰三年矣。一見，喜劇欲狂，握余手曰：“兄真信人，不渝宿約！”登樓，痛飲至丙夜。時劉、哱初平，倭報甚警，景魯慷慨談兵，因訊近日人才。余曰：“人才吾不能知，第有一切喻：仙鶴能爲臺榭點綴光景，然決不能耕田負重；貓能護衣篋，鷹隼能致野味，然不能禁其食腥噉羶。通此，則滿世界皆人才矣。”景魯亟賞之。明日，游近城諸山，山石枯梗，山樹森勁。水直行山下，無纖毫紆屈，大約俱類景魯之爲人。留二宿，始别。

【箋】

萬曆二十一年癸巳（一五九三）問學麻城過嘉魚作。三十四歲。

［李給事景魯］李沂，字景魯，號太清，嘉魚人。萬曆十四年進士，宗道同年。刑部觀政，改庶吉士。十六年十月，改吏科給事中。甫一月，因上書劾東廠太監張鯨不法，獨未獲罪，非法之平。上怒，杖六十，削籍家居以卒。《明史》卷二三四有傳。

［時劉、哱初平］劉、哱：劉東暘、哱承恩，萬曆二十年二月於寧夏作亂，殺巡撫黨馨等，御史梅國楨、提督李如松等督兵剿之，至十月始平。詳《明史紀事本末》卷六三。又據《明史神宗紀》，二十年五月，倭犯朝鮮，陷王京，朝鮮王李昖奔義州求救。

大别山

江、漢會合處，大别山隆然若巨鼇浮水上，晴川閣踞其首，方亭踞其背。遐矚遠瞻，閣不如亭。予攀蘿坐亭上，則兩腋下晶晶萬頃。舟檣順逆，皆掛風帆，如蛺蝶成隊，上下飛舞。遠眺，則白浪百里，皆在目中。浸遠漸細，咫尺會城，千門萬户，魚鱗參差，蜂窠層累。余住山中，飽看二日。朝則炊烟，暮則返照，濃淡掩映，備諸變態。獨訊鸚鵡洲，不知所在。余因歎禰衡掉腐儒三寸舌，輕捋虎鬚，其死於鍛錫翁手，固無足怪。所可恨者，阿瞞蓋世奸雄，謀士如雨，猛將如雲，而孔北海以一褊急書生薦，何説乎？卒使之發顛狂，喪身失命，豈惟不識曹，亦不識衡矣。

【箋】

萬曆二十一年癸巳（一五九三）麻城問學道中過漢陽作。三十四歲。

［大别山］大别山，又名魯山，在漢陽縣東，其山南枕長江，北帶漢水。山有大别寺。見《大清一統志》。

龍　湖

龍湖一云龍潭，去麻城三十里。萬山瀑流，雷奔而下，與溪中石骨相觸。水力不勝石，激而爲潭。潭深十餘丈，望之深青，如有龍眠。而土之附石者，因而夤緣得存，突兀一拳，中央峙立。青樹紅閣，隱見其上，亦奇觀也。潭右爲李宏甫精舍，佛殿始落成，倚山臨水，每一縱目，則光、黄諸山，森然屏列，不知幾萬重。余本問法而來，初非有意山水，且謂麻城僻邑，當與孱陵、石首伯仲，不意其泉石幽奇至此也，故識。癸巳五月五日記。

【箋】

萬曆二十一年癸巳（一五九三）在麻城作。三十四歲。

［李宏甫精舍］李贄，號卓吾，又號宏甫，晉江人。曾爲姚安知府，五十四歲棄官，專意講學著述。五十五歲到黄安依耿定理，後因與定理兄定向見解有異，走麻城投周思久，依龍潭芝佛院僧無念以居。其精舍即謂此。見中道《李温陵傳》，參李贄《焚書》。

江上游紀

蜀江數千里，奔瀉至吾邑，洶湧溯湃，如決囊而東，平沙一望，浩白黏雲。明月之夕，翻金鼓玉，淩爍目睛。估客舟檣，畏水險急，不敢泊此。貿易既絶，民居亦少。以其近城，而又去居人遠，故邑之士大夫得以游而樂焉。長堤以内，是爲艾家堰。堰背城面市，左江右湖，烟水交羅，地更閴寂。中有亭，趾方廣數丈，余與諸公看月江上，閑步至此。惟學舅歎曰："嗟呼！此故鴻臚何君空明亭也。何君在時，狎客滿座，絲肉喧闐。不二十餘年，而其歌臺舞榭，卑者蕩爲流水，高者續爲長堤。又況敬容之殘客與！"惟學舅習鴻臚，用是感歎實深。

然余邑爲江水齧，變遷日甚，每一出游，則江上屋廬故態，十易其四五。猶記少時，隨大人往儒學，便道謁二聖寺及武侯祠，出城尚七八里。今江流割城而行，往日游觀之地，皆爲蛟龍窟宅。更歷十餘年，寧復知有孱陵城者乎？嗟夫！知今日之陵，必他日之谷。即知今日之身，他日之塵與土也。世之忙忙爲千歲之憂者，見此遷換之城郭，與夫代謝之流水，憂得無少瘳與？癸巳十一月二日記。

【箋】

萬曆二十一年癸巳（一五九三）在公安作。三十四歲。

［何君空明亭］何珊，號梅莊，公安人。弘治癸丑進士，時年十九。由郎署升四川敘瀘道，又升廣東左布政，甫四十，致政歸，以詩酒著書自娛。同治《公安縣志》卷六有傳。空明亭，何珊水亭，在縣城西隅。見康熙《公安縣志略》卷一。

［惟學舅］龔仲敏。

［孱陵城］在公安城西二十里，爲孫夫人所築。北二十五里，為吕蒙城。西北二里許，有劉備營。備領荊州牧，屯營於此，即今之油河口也。見雷思霈《荊州方輿書》卷二。

二聖寺游紀

甲午清明，諸舅率余兄弟出東門踏青。行二里許，至二聖寺息焉。寺僧具茶果，仍出余少時題壁詩。每[1]漬蟲蛀，似觀古人墨跡，不復知爲少時筆也。寺有闢支佛牙，方長寸許，凹凸處如古篆。又有宋黄衣使者勑，絹墨若新。僧爲言往有趙松雪《羅漢卷》，已入故相家。今存其贋者。其松雪金書《蓮華經》固在，然筆法微弱，且無款識，恐亦贋本。覽畢出禪房，倚門外叢樹中，問僧二聖因緣。

一老僧答曰："二聖事載《芬陀利經》中，其顯異則始於唐。此中老宿相傳，唐某年，邑令與沿江居民，一夕同夢神人來告：'明日當候我江干。'次早，官民相驚候江上，有沉香二根逆水而上，相率牽挽，纔至岸，忽行者自西來云：‘此木奇甚，然非我等莫能雕飾。’乃令官民移至安遠寺殿中，闔扉七日，烟霧迷空，朝昏莫辨。七日以後，忽露光明，啓扉視之，則二像宛然夾佛而立，大約如世所塑金剛，威猛異常。而杭州有商人某者，舟出揚子，二童子求附舟，至暮，謂商曰：‘今夕當爲汝牽舟，但莫相窺，行即速也。’至夜，舟行若飛，耳邊惟聞風濤聲。商穴篷窺之，惟見二金剛挾舟而翔。懼甚，不敢復窺。比曉，舟已達寺傍，問之爲南郡公安，蓋一夜行三千餘里矣。商大驚，起視寺中佛邊所立二像，即昨日挾舟人也。商愈駭，方欲瞻禮，亦立化像前。衆僧聞之，競來瞻禮。商腮頰忽長，眼突出顙，儼若龍形。食頃復活，告衆僧曰：‘吾二聖護法龍也。二聖一爲青葉髻如來，一爲盧至德如來，皆過去恒沙劫前寶藏佛授記五百童子之二。歷百年後，吾肉身當有難，然不敢加害。更三百年，香像肉身，方歸劫火。’言已復瞑，衆僧爲漆其軀，祀二聖傍，即勑所謂黄衣使者也。黄巢之亂，賊見像，抽矢欲射，像忽汗出若雨。盜大懼，引兵去，一邑獲全。至宋某年，寺果火，年月一如所記。”

余因歎佛法在周末時，《芬陀經》之人在六朝時，而青葉、盧至之跡顯於唐者，與經所説若合符券。嘻，何其奇也！同游俱攜有酒肴，布席門外樹下，各賦一詩而歸。歸憶此古佛獨顯異於吾邑，而他處招提，即未見有供二聖像者，亦法苑中一僻事也。遂篝燈記之，使居士觀此。知佛法廣大，不可思議。

【箋】

萬曆二十二年甲年（一五九四）清明在公安作。三十四歲。

［二聖寺］在公安。見卷四《游二聖禪寺》箋。宏道有《寒食飲二聖寺》詩，爲一時之作。

【校】

〔1〕每，當作“霉”。

卷之十五

箋牘類

答梅開府先生

馬頭數語，略識英雄皮毛。寧夏之功，始見英雄面目。去年見龍湖，談及足下，始得英雄神髓。英雄之難識如此。不肖近攜兩弟都門，時時劇談，間有一二語可聽者，恨不得請正足下耳。

又

三弟，愚兄弟中白眉也，阿兄頗心遜而私賞之。然自謂是瘡痂之好，豈期足下亦偏嗜乎？劉晉川開口見舌，意見亦少，然不肖所取，正以其無意見耳。世之一生談禪，意見熾然者不少，如晉川之脱灑亦自可喜也。知足下眼空世人，然朋友實難，何可備責。愚兄弟寒燈劇談，概多孟浪之語，語繁非筆楮能盡，無由請正大方。千里同心，鑒之聲外，當不俟耳聞矣。

【箋】

萬曆二十二年甲午（一五九四）冬在北京作。三十五歲。

［梅開府］梅國楨，字客生，一作克生，麻城人。萬曆十一年進士。授固安知縣，擢御史，監寧夏軍。以平哱承恩功，擢太僕寺少卿，進右僉都御史，

巡大同。後至兵部右侍郎，總督宣、大、山西軍務。有《西征集》。《明史》卷二二八有傳。

［寧夏之功］指梅國楨監軍平哱承恩事。見《明史紀事本末》卷六十三《平哱拜》，時國楨任浙江道御史。

［去年見龍湖］指萬曆二十一年癸巳夏三袁訪李贄事。

［劉晉川］劉東星，字子明，號晉川，沁水人。隆慶二年進士，選庶吉士，授兵科給事中，累官吏部右侍郎，以父老請侍養歸。起工部左侍郎兼右僉都御史，總理河漕，以功進工部尚書兼右副都御史。卒年六十四，謚莊靖。《明史》卷二二三有傳。東星與李贄善，曾迎養沁上，向李贄習《易》。

［三弟］袁中道。國楨因得李贄推許，且讀中道《南游稿》，甚激賞，遂於萬曆二十二年數函召請中道入其幕中，見中道《塞游記》。

答編修吴尚之

來劄云："年來實見全體顯現，而根塵偶處，遂爲物轉。"不知足下自早起至晚，是根偶塵耶，塵偶根耶？根塵偶時，根名物耶，塵名物耶？爲物轉時，塵轉根耶，根轉塵耶？此全體受根塵轉耶，不受根塵轉耶？若受根塵轉者，不名全體；若名全體，亦決不受根塵轉矣。足下"遂爲物轉"一語，成虛設矣。願足下明以教我。

近來學道者，多半是虛脾，大率欲人説他志韻高遠，有道氣，便作官而已。獨足下眼睛如此，其於作官一念，想已灰冷，如今真參實證，續佛慧命者，非足下其誰？弟塵緣不斷，好名好官，都是眼明作祟。然則足下兩眼，是足下功德天助道品也。一笑。

【箋】

萬曆二十二年甲午（一五九四）在北京作。三十五歲。

［吴尚之］吴應賓。見卷一《送吴尚之太史謁告歸桐城》箋。尚之十六年授編修，時以予告歸桐城。

龔壽亭母舅

三年之間，時時聚首暢飲，極盡山林之樂。將爲此趣可要之白首，而微尚不堅，匆匆就道。寒月長途，嚴霜催我鬢，朔風鑽我骨，亦復何興，而蹩躠不休。遂使雲心齋前，蒼筠無色，薜荔笑而猿鶴怨。蓋未抵濁河，而意已中悔矣。且年來放浪詩酒社中，腰骨漸粗，意態近傲。昔年學得些兒罄折，盡情抛向無事甲裏，依然石浦河袁生矣。前偶有詩曰："狂態歸仍作，學謙久漸忘。"蓋情語也。千萬莫輕易出山，囑囑！

【箋】

萬曆二十三年乙未（一五九五）在北京作。三十六歲。去年冬，宗道返京銷假。信中所言"匆匆就道"事，即指此。

［壽亭舅］龔仲慶。見卷一《壽亭舅贈我宜興瓶茶具酒具，一時精美，喜而作歌》箋。

答汪提學靜峰

趙侍御來，得手教，相與撫掌大笑。再三把玩，心癢難禁，即日作一答書。而憲臺森沉，無敢將去者。今復得手教，名言滿紙，益修密行，不被人覷破，尤是妙語，正與弟前答書相合。但兄説得渾涵，而弟發洩大盡，即此便是弟不能密行處也。此個密密關竅，惟兄能知之，亦惟兄能行之。弟則行解絶不相應，三復手教，徒增愧歎。所云"昏昏度日"四字，正爲弟設。兄宦業犖犖，品望日重，惺惺不足以盡之，況昏昏乎！艮背舊侶，獨一蕭玄圃、王衷白，歲月幾何，良朋難得。茫茫宇宙，尋素心友易，尋怕死友難。即如玄圃、衷白二兄，性命見解，較艮背時固大進；而生死恐怖，較艮背時則漸退矣。大抵二兄與弟，俱逃不出"昏昏度日"四字。兄惺惺者，幸先度我。

猶憶客歲，諸兄夜集，談及去我相之難。弟應之曰；“諸兄終日波波爲人，把我撇在一邊，安得談無！”弟願世人且有我相。譬如世人重金銀者，十襲深扃，惟盜是虞。何也？有金銀相也。世人若有我相，亦必急急忙忙尋一片安頓處，肯任阿旁獄卒負之而趨哉？若真欲參禪，此時單單衹有一個疑，如一人與萬人敵相似。至於要修密行，兄意不過欲遮護得十分完好，此於作官及應酬世人甚妥，打發生死，尚覺未穩。如何，如何？弟此論甚迂，聊補大教之所不及。風便更望教之。

【箋】

萬曆二十三年乙未（一五九五）在北京作。三十六歲。

［汪提學］汪可受。見卷十四《題顯靈宫柏》箋。

［趙侍御］趙標。見卷五《趙侍御貞甫》箋。

［蕭玄圃］蕭雲舉。見卷十三《祭蕭孺人》箋。

［王衷白］王圖。見卷十三《祭王老年伯文》箋。

啓王荆石座主時方家居

恭惟老師閣下，道協黄中，學深玄奥。承天而爲一柱，佐地以育百昌。九夷八蠻，咸訊寇公之舉動；兒童走卒，皆知司馬之勳名。至於進退之間，尤處禮義之正。初則安車屢駕，尚躊躇而未前；既而温綸載頒，始幡然而就道。東山再起，謝公果慰夫蒼生；震器既安，留侯遂托於黄石。成而不宰，去之弗居。歸山而道彌尊，晦跡而望愈重。惟烏衣之舊第，即緑野之尊堂。托勝情於雲霞，寄遠襟於魚鳥。斯可謂功成身退，奉行天道者矣。

宗道謭劣之才，猥下之品。昔奏薄技，遂荷甄收。拾之藥籠，近於函丈。身豈北野之馬，哀其長鳴；人非南山之銅，施以鎔鑄。此之爲德，銘刻爲輕。特以陰陽爲患，霜露徂侵。因柳肘之忽生，守蓬户而未出。是以老師還朝之日，曾不得與望塵之衆，肅迓台旌。及歸里之時，又不得從祖帳之末，遥睇仙舫。歲月冉冉，心旆遙遙。去年迫於父命，復就微官。李御無從，馬帳迥隔。過平津之館，猶想光儀；望吴會之雲，徒深仰止。斯宗道所爲日夜懷歉，夢想爲勞者也。緬思老師毗世之業已畢，出世之道雙修。直窺洙泗、伊洛之源，參以青牛黄面之説。久詣寶所，已得玄珠。如宗道者，跧伏數年，學無寸益。亦欲稍窺性命之理，少副賞鑒之精。而弱植鈍根，欲從未由，老師亦憐而教之耶？方有入場之役，匆匆具啓附候，臨楮曷任，悚仄之至！

【箋】

萬曆二十三年乙未（一五九五）在北京作。三十六歲。

［王荆石］王錫爵。見卷一《白燕篇爲元馭閣老賦》箋。《國榷》卷七十六："（二十二年五月）庚子，大學士王錫爵八疏乞休，許之，進吏部尚書、建極殿大學士。"

［去年迫於父命］指宗道二十二年甲午冬離公安再赴京就官，其前於公安家居。故前此錫爵致仕時，宗道不得從祖帳之末也。

梅開府寄黄鼠

生平嘗恨未得飽噉此味，乃大中丞令兩力舁至，滿案盈俎，皆是物也。書生一生未曾得此雄噉也，第損郇廚太甚耳。

【箋】

萬曆二十三年乙未（一五九五）在北京作。三十六歲。

［梅開府］梅國楨。見前箋。

劉都諫

二三兄弟，十載之中，把臂分袂，蓋無定矣。然諸丈道路修阻，會晤維艱，固無足異者。獨仁兄所居，去都門甚邇，而不得一遂良晤，跬步之間，有若天涯，倍令人相思如渴耳。昨夜開佳醸，烹魚調蔬，既醉且飽，恍如曩昔過從高齋大嚼時情景。獨恨無主人相對舉觴，醉飽之餘，懷思彌深，奈何，奈何！仁兄宴坐擁琴書，吟嘯自適，懷抱甚暢。顧奇偉高名，世人所急，東山雖樂，恐不能長留謝安石也。

【箋】

萬曆二十三年乙未（一五九五）在北京作。三十六歲。

［劉都諫］劉爲楫。見卷一《送劉都諫謫遼陽》箋。

梅開府

忽接手教，展誦不能去手。門下功蓋天下，而文章亦妙天下。詞客文人，欲爲詩歌稱功頌業而不可得，即搜腸竭吻，曾不滿大中丞一笑。今不佞幸藉筆札之役，少寄贊歎，深愧樸樕，不能藻潤天言，以當台意。而門下顧先之以華牘，重之以厚貺，是詞客文人所不能得，而一椎魯少文之夫，乃緣蒙之，能無靦顔也！

【箋】

萬曆二十三年乙未（一五九五）在北京作。三十六歲。

［梅開府］梅國楨。

陳學博

士固有文不工而不見收者，亦有文工而偶見詘者。今足下之文佳甚，而不佞亦頗免拙目之誚，於二者何居，而致足下困冷氊乎！豈不佞過耶，抑足下之數耶？出闈後，得覩芝宇，愈令人悵惘不可言。或者造物之奇，不欲處足下卑第耶？不佞所望於足下者蓋甚遠，幸勉旃自愛。

【箋】

萬曆二十三年乙未（一五九五）在北京作。三十六歲。是年宗道曾分校禮闈。見《孝廉張廉源墓志銘》文。

［陳學博］未詳。詳文意，當爲此次宗道分校而未中試者。

湯義仍

一別遽隔歲矣。王子聲音耗，足下亦聞之耶？此君神强骨勁，雙眸清炯，有壽者相。弟即聞，亦未忍信。倘傳者非謬，則造物亦太不憐才矣，何論世人。足下久淹墨綬，又奚懌也。以弟觀足下，如《世説》所刊文學、豪爽、言語，蓋總具之。所取亦已太過，宦路升沉，自不必論。不然，是世間真有揚州鶴也。

【箋】

萬曆二十四年丙申（一五九六）在北京作。三十七歲。

［湯義仍］湯顯祖，字義仍，號海若，臨川人。萬曆十一年進士。任南京太常博士，遷南禮部祠祭司主事。因議執政，貶徐聞典史，後量移遂昌知縣。投劾歸。《明史》卷二三〇有傳。顯祖二十三年上計時，得與公安游處。顯祖乃戲曲名家，尤以“臨川四夢”馳名。其詩文主張，與公安相近。

［王子聲］王一鳴，字伯固，一字子聲，號石廩，黄岡人。萬曆十四年進士，宗道同年。授太湖知縣，二十三年北京上計，改臨漳，二十四年卒於任。有《朱陵洞稿》。《列朝詩集小傳・丁集下》有傳。

案：顯祖本年有《寄袁石浦太史》函，見《湯顯祖集》卷四十五，宗道此篇乃爲復函。

黄司業毅庵

不聆仁兄笑語垂一年，花下清尊，燈前雅謔，俱爲夢中事矣。仁兄坐臯比，海内青衿圍繞，叉手諦聽，鳴道覺人，建樹甚偉。而弟也碌碌如昨，略無短長之效，言之汗頰。手教遠及，兼之新刻，甚感高雅。展讀新課，不能去手。既羡海内奇士之衆，又羡法眼賞鑒之精。仁兄造士之功，此其一斑矣。

又

橋門士皆海内名賢，莫不長跪聽命。足下至貴倨也，而几席之間，左攬右眺，無非名山。仕宦之樂，與棲隱之趣，一日而有之，安在世間無揚州鶴也。弟入春來，拮據嫁奩，冗瑣可厭，窮與忙會，貧與病兼。今尚平之累幸粗畢，從此五嶽之游，不作障難矣。明年有坐小舠，杖枯藤，泊燕子磯下者，吾兄試屏八騶訪之，則手教所約，一觴一詠，同此攬結，不旦夕可踐耶！

【箋】

萬曆二十四年丙申（一五九六）在北京作。三十七歲。

［黄司業毅庵］黄汝良，字明起，號毅庵，晉江人。萬曆十四年進士，宗道同年。歷南北國子司業。擢東宫日講官，累官禮部尚書致仕。有《河干集》《冰署筆談》《樂律志》等。《泉州志》卷十有傳。

答陳徽州正甫

同里同籍復同臭味者，兄及汪静峰、不佞弟耳。藉令兩兄并賤兄弟三人者，得朝夕聚首，縱口劇談，豈非人間第一樂事。然此所謂法喜禪悦之樂，非人間樂。豈惟人間，即欲界諸天，亦不得望此樂，以故不得不爲造物之所妬，而萍分蓬散，悵然各歎一天矣。

二家弟往有書來云，自到吴中，久不見偉人，得晤陳丈，是日復知有朋友之樂。三弟亦以白岳良晤誇我。當此之時，若令袁長公得與，不知又添幾種雅談，幾番雅事矣。潘雪松亟稱仁兄治行，道人作用，固應如此。

來諭又云，時取《圓覺》諸經尋繹。既作循良，又圖作佛，此龔、黄諸君子所未夢見也。近同參諸兄，看《圓覺》白文，欲弟强釋數語，不得已隨看臆識，今抄首章請正。昔人錯一轉語，罰作野狐，弟不知當作何等。極佳墨寄一二塊寫經，不爲貪也。

【箋】

萬曆二十四年丙申（一五九六）在北京作。三十七歲。

［陳徽州正甫］陳所學，字正甫，一字志寰，景陵人。萬曆十一年進士。授刑部主事，改工部。典試雲南，遷徽州知府，再遷督學山西，能得士。歷福建、浙江左右布政，山西巡撫，召爲禮部尚書。《湖北通志》卷一三七有傳。

李卓吾

忽得法語，助我精進不淺，又得讀近詩，至“白盡餘生髮，單存不老心。遠夢悲風送，秋懷落木吟”，使我婆娑起舞，泣數行下。近作妙至此乎！豈惟學道不可無年。沁水父子日與翁相聚，想得大饒益。焦漪園常相會，但未得商量此事。陶石簣爲人絶不俗，且趨向此事，極是真切，惜此時歸里，我輩失一益友耳。王衷白是一本色學道人。此外又有蕭玄圃、黄慎軒、顧開雍諸公，皆可謂素心友。因手教訊及，故云。又諸兄曾論及一貫忠恕，生戲作時藝一篇，謹録一紙請正。二舍弟病瘧三月幾殆，今始愈，已改教矣。

【箋】

萬曆二十五年丁酉（一五九七）在北京作。三十八歲。

［李卓吾］李贄。時正寓沁水劉東星處。

［得讀近詩］指李贄《秋懷》詩。全詩爲："白盡餘生髮，單存不老心。棲棲非學楚，切切爲交深。遠夢悲風送，秋懷落木吟。古來聰聽者，或别有知音。"見《焚書》卷六。

［沁水父子］劉東星父子。東星子名用相，字肖川。李贄之沁水，東星正家居丁憂。東星曾爲贄刻《道古録》。有《書道古録首》，云："比者讀禮山中，草上餘息，懼有顛墜，特遣兒相就龍湖問業。先生欣然，不遠千餘里，與兒偕來，從此山中歷秋至春，夜夜相對。猶子用健，復夜夜入室質問《學》《庸》大義。"其問學記録即爲《道古録》。

［焦漪園］焦竑。竑字弱侯，號澹園，又號漪園，江寧人。萬曆十七年殿試第一，授修撰。二十五年主順天鄉試被劾，謫福寧州同知。大計鐫秩，遂不出。竑博極群書，善爲古文，卓然名家，有《澹園集》《續集》。其講學以陽明學派羅汝芳爲宗，好譚性理，喜禪學，與李贄知交，互爲推重。《明史》卷二八八有傳。

［陶石簣］陶望齡。

［王衷白］王圖。

［蕭玄圃］蕭雲舉。

［黄慎軒］黄輝。

［顧開雍］顧天埈。

［手教］李贄與宗道書。案：《李氏文集》中共有與袁石浦書二函。然皆未言訊及衷白諸人之事，本函當已佚。

又

前得沁水書，即日作數字奉報，不知沁水人能乘便寄到雲中不？《孫武子注》，今日過一友人齋中始得見之，匆匆僅讀得首一序。此等真文字，惟蘇長公有幾篇相近，餘亦未足方也。方同諸兄游上方歸，纔釋馬箠，小休榻上，忽見案頭有翁書，展讀一過，快不可言。又得讀《與焦弱侯書》，又得讀《四海》《八物》，目力倦而神不肯休。今日又得讀《孫武子敘》，真可謂暴富乞兒也。

近日閑中，隨筆記所見所説，將百余段，不能悉寫請教，聊抄數章，博一笑。二弟當在八九月間謁選。三弟在家，閉關作時義，前有書來，自云決中。然未知命數合中否？不佞讀他人文字覺懣懣，讀翁片言隻語，輒精神百倍。豈因宿世耳根慣熟乎？雲中信使不斷，幸以近日偶筆頻寄，不佞如白家老婢，能讀亦能解也。笑笑。

【箋】

萬曆二十五年丁酉（一五九七）在北京作。三十八歲。是年，李贄離沁水往大同，寓梅國楨處。著《孫子參同》十三篇，訂《藏書》之《世紀》八卷，《列傳》六十卷。見《焚書》卷二之《與焦弱侯》。

［游上方句］宗道因女產後死，本年初往游京郊，見卷十四諸記。

［案頭有翁書］即《寄袁石浦》，見《續焚書》卷一。

［與焦弱侯書］見《焚書》卷二。

［四海八物］李贄所著雜感。見《焚書》卷四。

［孫武子敘］即《孫子參同》。

［二弟］袁宏道。本年冬，補順天府學教授。

又

病瀉甚久，裁候甚疎，心則朝夕左右耳。晦昧爲空，爲字從來未有如此解者，未有如此直截透徹者。爲之一字，正是今古學道人銅枷鐵鎖，一切聲聞緣覺，妄爲修證。古德訶其重厚昏沉，此是通身晦昧，坐在爲字中者。即如入地菩薩見性，尚隔羅縠，是亦未能脱盡晦昧。蓋一分見處，便是他一分爲處。一分爲處，便是他一分晦昧處也。所以《楞嚴經》末段，由盡色陰方盡受陰，由盡受陰方盡想陰，由盡想陰方盡行陰。千般嶇崎，正墮在識陰黑暗區宇裏，千爲萬爲，博得晦昧，則亦何益之有哉！顧安得翁廣長舌頭，圓通手腕，將此全經注釋一遍乎？第恐後溫陵注行，前溫陵注無處發賣耳。一笑，一笑。

雖然，晦昧爲空，此是古人禪病，非今人禪病也。以不肖所見，今世學人，其上者堆積一肚佛法，包裹沉重，還嫌禪學疎淺，鑽研故紙不休。此等人正是爲有，何曾爲空乎？又有一種口裏説我學禪學道，其實昏昏兀兀，接客之暇，籌計家私；飽飯之後，算量資俸。三乘十二分教，一字不看；一千七百則公案，一語未聞。若此種人，晦昧則盡晦昧矣，但是晦昧爲有，不是晦昧爲空耳。茫茫宇宙，覓一晦昧爲空者，且不易得，而況絶學無爲者哉！

今歲天氣不甚熱，雲中地高氣爽，清涼當更倍此，院署敞豁，想見居士擲拂，中丞緩帶，高談之狀，甚愉快也。家弟新刻，亦復翩翩自喜。前於一友人齋頭見之，待渠寄到時，當寄覽也。

【箋】

萬曆二十五年（一五九七）夏在北京作。三十八歲。是年李贄仍寓雲中梅國楨署。

［家弟新刻］家弟指宏道，新刻即《廣陵集》。是年刻於吴中。

梅開府

以門下之功，以門下之才若望，而欲高蹈人外，萬無得遂之理。今世界如一大舶在驚濤中，祇靠數輩老長年，有不得出者，又有欲歸者，其奈蒼生溺何？處處好從赤松游，不必棄侯印歸山中也。適有喪女之變，匆匆附此，言不暢心，惟蘄照亮。

【箋】

萬曆二十五年丁酉（一五九七）在北京作。三十八歲。

［梅開府］梅國楨。

［喪女之變］指宗道女因難產而死，見本卷《陶編修石簣》。

馮侍郎琢庵

甚哉閣下篤孝之感也！既以精誠感主上，荷封綸之錫；又以精誠感司命，延屬纊之音。甚哉閣下篤孝之感也！展對教言，慘愴忉怛，所不忍讀。顧太翁立德樹功，已足不朽，生榮没哀，亦可無憾。而未了之志，不竟之業，則屬之閣下。倘閣下以沉痛致摧瘠過甚，非所以安太翁於冥冥也。爲太翁，爲吾道，爲蒼生，抑哀自愛，甚幸！

【箋】

萬曆二十五年丁酉（一五九七）在北京作。三十八歲。

［馮侍郎琢庵］馮琦，字用韞，號琢庵，卓庵，又作琢吾，臨朐人。萬曆五年進士，選庶吉士，授編修。自少詹事遷禮部右侍郎，改吏部。後仕至禮部尚書。《明史》卷二一六有傳。馮琦數主湖廣鄉試，宗道、宏道及其舅龔仲慶，俱出其門下。

［太翁］馮子履。琦父。字禮甫，號仰芹。隆慶二年進士。授固安令，仕至河南參政，卒於本年。見于慎行《谷城山館文集》卷二十一《馮公墓志銘》。

陶編修石簣

得兄與黄慎軒書，知近日杖屨在天台、雁蕩間，同游者爲我家中郎，所游幾峰，何峰最高，何洞最奇，相對作何語，會何異人，幸一一寫示。小女以産後病死，思欲出游，遣此苦懷。棺斂畢，即同王衷白、黄慎軒游小西天，游上方寺。小西天石經洞，近窗者可讀，此自是震旦山巖第一勝跡。有雷音洞，中四柱俱生成，稍加刻畫，爲千佛像，四壁皆刻經。其巔有五臺，北臺最高，如蓮花在水中央。東臺亦奇。五臺相近，一日可遍，同游者以爲希有矣。及游上方，則小西天尋常培塿耳，相去不止蓬楹之辨也。大約此山從烏山口起，兩山夾道，澗水中流，茅屋麥隴，俱在澗邊。惜天旱澗涸，愈進愈狹，愈狹愈奇。至接待庵，則山勢黏天，僅通一線，人從線中進，三步一回，五步一折。仰視白日，跳而東西。返觀此身，有如蟹螯郭索潭底，不見岸端。如此幾里，然後登山頂，據危石，數諸招提，得一百餘處。右有陡泉，石壁光滑，五色雜錯，躍起二百丈。上有石冠、石柱，欲墮不墮，仰視足酸不禁。又有望海諸峰，左有大摘星峰、小摘星峰，此皆護山峰也。遠者包絡數層，不能悉記。由大摘星峰蛇行，倏高倏低。越數嶺，乃達一洞，名雲水洞。甫入數丈，昏黑不可辨，一門如甕口，即同游瘦小者，亦頭腰貼地乃得過，況不佞之龐然者哉！既入此口，篝火一望，高廣俱不可窮際矣。方縱腳行數十步，又忽閉塞，斂臂拳曲而度，異狀奇形，不可悉數。有潭，有黄龍、白龍懸壁上。又有大龍池，有龍盤池畔。又有臥佛，頭甚似佛。石獅子、石蠟燭、石鐘鼓，叩之真鐘鼓也。又有玲瓏塔、梵山、須彌山，此山絶高，不見其末。又有石獅子洞、鐵壁、銀山、雪山、石羅漢、石旛，其色皆正白，或如蜜脾，或如蜂窩，甚高廣，驚心駭目。同游客有熟東南名勝者，亦歎詫稱奇。惜游此者少，游洞者尤少，以故無名於世。即我輩亦但知有小西天，不知有上方山也。

游眺甫畢，入門偃臥，少休腳力。而盛族太學君來索書，蓬首信筆，作此奉報。心所欲言，時迫不能縷縷。弟畏熱畏勞，殊無主試興，倘中堂見許，八月間出入盤山一段因緣，游畢當再報也。足下選勝於南，我輩探奇於北，固知世間大有閑人。一笑，一笑。二弟不知尚同游否？索書人甚急，不暇作家書，倘相聚以此示之，見弟近況耳。

又

吴、越間名山勝水，禪侣詩朋，芳園精舍，新茗佳泉，被兄數月占盡，真不虚此一歸。而弟也躑躅一室之内，婆娑數樹之間，得意無處可説。雖居闒世，似處絶崖斷壑，耳目所遇，翻助愁歎。乃知世外朋儔，甚於衣食，斷斷不可一刻不會也。

岑寂中讀家弟諸刻，如籠鵪鴿，忽聞林間鳴喚之音，恨不即掣絛裂鎖，與之偕飛。家弟書云："石簣無日不禪，間一詩；弟無日不詩，間一禪。"禪即不論，詩可録數篇教我。杖屨所至，應有紀述，并乞録寄。燕中求友，亦甚艱難。近又尋得一人，曰顔與樸，相遇無幾，又别去矣。此君氣和骨硬，心腸潔淨，眼界亦寬。第學問稍有異同處，家弟亟口贊歎。令弟今秋倘得儁，偕計入都，可得晤談矣。

社友頗參黄楊木禪，非是不聰明，不精神，可惜發賣向詩文草聖中去。一時雨散，關山萬里，從此耳根恐遂不聞性命二字。熟處愈熟，生處愈生，亦可慮也。謝宛委從塞上來，劇談二日，稍破寂寞。惜便别去，拙詩數首請正，聊見近況。

【箋】

萬曆二十五年丁酉（一五九七）在北京作。三十八歲。

［陶石簣］陶望齡。時望齡仍予告家居。宏道去官游越，與之遍訪越中諸勝。

［主試］本年秋鄉試，宗道未知主何處，又集中無游盤山之作，當是中堂之未見許也。

［王衷白］王圖。

［黄慎軒］黄輝。

［家弟諸刻］指宏道《錦帆集》，是年由江盈科刻於吴門。

［家弟書］指宏道本年自杭州所寄書。書曰："近來詩學大進，詩集大饒，詩腸大寬，詩眼大闊。世人以詩爲詩，未免爲詩苦。弟以《打草竿》《劈破玉》爲詩，故足樂也。石簣間一爲詩，弟無日不詩。石簣無日不禪，弟間一禪，此是異同處。"見宏道《解脱集》卷之四。宗道所言即此。

［顔與樸］顔素，字質卿，號與樸。見卷五《聞顔尚寶質卿稱病有感》箋。

［令弟］陶奭齡，字公望，一字君奭，號石梁，會稽人。望齡弟。萬曆三十一年舉人。與兄望齡皆以講學名。《會稽縣志》卷十七有傳。時尚爲諸生。

［謝宛委］未詳。此信陶石簣有答書。其《與袁石浦》云："謝生歸已迫歲暮，所资手訊百有二十日而始見，歡喜何可言？"見《歇庵集》卷十一。其《志喜》詩，即《得袁石浦書并枉新什志喜十四韻》，見《歇庵集》卷二。

卷之十六

箋牘類

董章丘

家弟叨附籍末，則不佞於門下兄弟也。得借筆札之役，少敦世講之誼，甚幸，甚幸！顧門下吏林卓魯，亦文苑班馬，即所惠新刻邑乘，兼總三長，網羅百氏。弟也展讀數過，不過仰驚海若，俯慚小巫，曾未握管，而氣已先索矣。非不竭腸臆以終重委，而弱筆所限，語不暢心。每一念及，汗流達踵，復何敢當華翰之懃至，佳貺之豐腆哉！拜領程儀，少副盛雅，至筐篚重禮，例不敢當，謹附使璧上。不恭之𠎝，伏覬涵亮。

【箋】

萬曆二十五年丁酉（一五九七）在北京作。三十八歲。

［董章丘］董復亨，字太初，元城人。少喜讀書，爲文冠一時。萬曆五年成進士，居正柄國，請告歸。二十一年，任章丘令，輯《章丘縣志》。後擢兵部郎，調吏部，有清通簡要之譽。典楚試，録楊漣、鍾惺，皆爲名臣。未幾，遂乞休。著《繁露園集》行世。《畿輔通志》《山東通志》《元城縣志》皆有傳。觀信，似爲復亨有求敘評文字於宗道。

某邑令

論貴治人情，有如人言。不佞始爲公懼，繼爲公喜。懼者，懼衆情之難防，衆口之難調也。雖然，處此地者，能使難防之情不足防，則過此無難防者。玉得礱愈瑩，金得煅愈精。數載苦心，一生得力，此又不佞之所爲公喜也。足下賦性爽朗真誠，開口見心，行事復開豁無瑣局態，此不佞所素服。以此治邑，决能使士民無疑，歡然信懷，真無庸過慮過防。過防則翻多事。故忘機可狎鷗，而况人乎？見足下滿紙肝鬲，故不佞亦搜露心膽，想能諒我也。

【箋】

萬曆二十五年丁酉（一五九七）在北京作。三十八歲。

大人書

孫女亡時，情極難堪。三日後即同諸兄游城外諸山，胸中鬱畜，得山色朋談，漸消煞去，此亦矯情養生之法也。此時中堂已準辭試差，復有良友相過，談學賦詩，情懷愈覺暢快。大人幸勿慮我。聞三舅亦罹此苦。舅舉子屢矣，倏忽俱成春夢，恩纏愛絏，何日是了。宿世寃業，乘便出現，倏見倏没，令其割刺萬般，以酬前債。酬則從他酬，苦則不可被他苦。三舅相見時，望取此紙出觀。旋渦底佛勸落水羅漢，亦可笑也。

二哥有書來，正同陶石簣游齊雲山，自云過真州度夏。新刻大有意，但舉世皆爲格套所拘，而一人極力擺脱，能免末俗之譏乎？大抵世間文字，有喜則有嗔，有極喜則有極嗔，此自然之理也。

男近日移居王衷白新房，其房有高樓可眺，幽齋可憩。所苦者，一年之後便當别卜。此時欲買一宅，而囊無剩錢，又恥向人開口，恐終當作人家店户耳。水到渠成，兹不足慮。男賦性爽直，骨體不媚，以此寡過，亦以此招憎。兼之屢遭兒女之變，杜門時多，交游益寡，酬應彌疎。此皆宦途之所不宜，而男犯之。至於恩纏愛紲，雖能强解，而左哭右啼，魂驚神傷，爲養生累，良不可言。以此作官一念，真同嚼蠟。徒以二哥既已解令，就一片冷氈；而兒復尋泉石冷淡之趣，非大人所以教子之意，祇得勉强斷捱。至於人之嗔喜，官之利鈍，頭上天公自有安排，男終不能作倚門行徑也。生事應須南畝田，世情付與東流水，是男意中事矣。

【箋】

萬曆二十五年丁酉（一五九七）在北京作。三十八歲。

［大人］袁士瑜，字七澤，號思溪，公安人。宗道、宏道、中道父。諸生。卒年七十。著有《四書解義》。《公安縣志》卷五有傳。

［孫女］宗道女。本年死於難產。見本卷《陶編修石簣》。

［三舅］宗道母舅，名不詳，號遜亭。本年亦喪子，見本卷《母舅遜亭先生》。據《萬曆八年進士登科録》之龔仲慶條，其履歷中有兄仲穩、仲策、仲純，監生；仲元、仲敏，貢生；弟仲舉，仲恩，仲棟、仲安，仲參。號遜亭者，第不知爲誰。

［二哥］宏道。去年解吴令，今年游越中諸勝。見宏道《解脱集》諸詩文。

［新刻］宏道《錦帆集》，是年刻於吴門。

案：宗道此信，乃是對宏道《敘小修詩》“獨抒性靈，不拘格套”之最好闡發。人皆解“不拘格套”爲破文章之束縛，觀宗道此語，實有更深一層意義，即破思想束縛之格套也。治公安者，於此不可不察。

答江長洲緑蘿

家弟既有《錦帆集》矣，門下可無《茂苑集》乎？集果行，不佞當僭跋數語，庶幾賤姓名托佳編不朽，意在附驥，不恥爲蠅也。家弟尚未抵家，不知萍蹤近在何處。音耗不通，業已半載。徵仲真跡難得，其仿山谷老人者尤難得。明窗棐几，沐手展玩，神采奕奕，射暎一室。塵土胃腸，爲之一浣。十年夢想虎丘茶，如想高人韻士。千里寄至，發瓿喜躍，恰如故人萬里歸來，對飲之語，不足方弟之愉快也。

弟僅有一女，適人匝歲，死於産病，情殊難堪。所幸當事見憐，聽辭試差。婆娑一室，良朋時來，一觴一詠，消結滌鬱。恩纏愛繩，日就輕微。卜夏之病，庶其免矣。知門下念我，故縷及近懷。

【箋】

萬曆二十五年丁酉（一五九七）在北京作。三十八歲。

［江長洲］江盈科。見卷二《夏日黃平倩邀飲崇國寺葡萄林，同江進之、丘長孺，方子公及兩弟，分韻得閣字》箋。時盈科仍在長洲任上，明年上計，改刑部主事。

［錦帆集］宏道令吴時之作品集。江進之、錢希言等爲序，是年由袁無涯刻於吴門。

［茂苑集］茂苑即長洲古稱，進之令長洲，故宗道如此説。案：進之有集名《雪濤閣集》，萬曆二十八年刻於北京。無宗道序。蓋此時宗道病重或已逝矣。

［徵仲］文徵明。徵明初名璧，以字行，更字徵仲，别號衡山，長洲人。學文於吴寬、學書於李應楨，學畫於沈周。正德末以歲貢生詣都，授翰林院待詔。世宗立，侍經筵，致仕歸，年九十卒。私謚貞獻先生。徵明詩文書畫皆工，尤以畫勝。有《莆田集》。《明史》卷二八七有傳。

［聽辭試差］即上牘宗道向中堂辭主試事。觀此，已獲準。

黃慎軒

過從之興，都爲愛懶畏暑奪之，可笑，可笑！足下去志遂決耶？果爾，蓬蒿之徑，羊求俱遠；花晨月夕，踽蹤奚適哉！言之悶悶。十七夕，月尚佳，當煮茗以遲從者。游郭莊，對芙蓉，聽二高士塵談，大是快事，然須廿日以外可耳。顧生如此骨相，如此危症，恐多凶少吉，奈何，奈何！

【箋】

萬曆二十五年丁酉（一五九七）在北京作。三十八歲。

［黄慎軒］黄輝。見卷五《同昭素昭質及兩弟夜飲顧升伯齋中》箋。

［顧生］未詳。

梅開府

李孟白來，得常聚談甚快。凡人聰明者，多欠真實。此兄既聰明，又真實，大是難得。所云講師何人乎？既是講師，説得天花没膝，恐亦與本分事不相干涉也。

【箋】

萬曆二十五年丁酉（一五九七）在北京作。三十八歲。

［梅開府］梅國楨。見卷十五《梅開府先生》箋。

［李孟白］李長庚，字酉卿，號孟白，亦作夢白，麻城人。萬曆二十三年進士。授户部主事，歷江西左右布政使。擢爲户部侍郎，出督遼餉。崇禎間歷官工部尚書、吏部尚書，以忤溫體仁斥爲民，十七年卒。《明史》卷二五六有傳。

母舅遜亭先生

家僮來，知我舅尊又遭卜夏之變，苦哉，毒哉！甥止有一女耳，且極慧，父母視之，何翅掌珠。而今一旦委諸塵土矣，傷哉！甥一生遭際，與吾母舅無不似者。似舅即賢甥，亦何必如此似耶？

【箋】

萬曆二十五年丁酉（一五九七）在北京作。三十八歲。

［遜亭］宗道母舅。見本卷《大人書》箋。

母舅壽亭先生

沙津徐人來，又得舅尊手教，披讀一過，使我心飛雲在亭中。第昨郡城人云，吾邑水患極毒，破堤衝城。果爾，則雲在亭前紅花翠竹，恐不能無恙。而詩朋酒儕，不免暫廢嘯吟，當奈之何！家中久無一音，日日如猜謎，蓋可慮者甚大，不止屋廬田舍而已。然諦思浦中居人，如舅尊列位及家大人，福德福相，皆萬萬可以無恐。且破堤冲城，非食頃便爾，當有洶湧先聲。而浦中居人，皆屢慣經者，豈有安坐待没之理，則亦不足慮矣。遷縣一事，真是切要。然已付之不談，非是畏邑中多口，蓋知事大難成耳。

近事大可憂，每入直，進左掖門，直望見後山，殊不成景象。幸聖意稍轉，起用行取，次第舉行，從此轉災爲泰，安知非祝融之相也。甥以文字薄技，典在筆札，雖切杞憂，亦何能爲？“肉食者鄙，未能遠謀”，每讀此句，未嘗不汗下。甥情性粗直，骨體不媚，且轉喉觸諱，甚不諧於友朋。兼之屢遭骨肉之變，魂銷神傷，仕宦一念，豈翅嚼蠟。待一二年後，即圖歸計，續昔年看月登高之歡。第恐此時，舅尊又辭猿鶴出北山矣。

【箋】

萬曆二十五年丁酉（一五九七）在北京作。三十八歲。

［壽亭先生］龔仲敏，字惟長，號壽亭，宗道母舅。時家居，築杜機園，優游林下。

［近事大可憂］是年朝中多事。倭寇朝鮮，李昖乞援；三殿火災；甘肅、京師多處地震等等。見《明實録》本年所載。

薛大參青雷

館中兄弟，漸至晨星。蕭玄圃又攜年嫂、年侄旅櫬西歸矣。幸劉濟滄、趙準臺二兄，一時同補，聚首長安，差慰岑寂。弟罪業深重，波及骨肉，兒女喪盡，孑然一身。近遭之毒，倍於玄圃。仕宦一念，真同嚼蠟。不久當歸田，作治下老編氓也。

【箋】

萬曆二十五年丁酉（一五九七）在北京作。三十八歲。

［薛大參青雷］薛三才，字仲孺，號青雷，定海人。萬曆十四年進士，宗道同年，選庶吉士，改兵科給事中，遷禮科。累官宣府巡撫，薊、遼、保定總督，召爲兵部尚書。卒謚恭敏，有《恭敏集》。

［蕭玄圃］蕭雲舉。

［劉濟滄］劉爲楫。

［趙準臺］趙標。

答蕭贊善玄圃

篝燈讀兄書，愛我，憶我，更私箴我，乃知世外交游，鍾情更甚。豈比塵市朋伴，朝而握手，暮即掉臂者哉！兄歸山中，焚香啜茗，寄意琴書，取樂魚鳥，真不減飛天仙人。惟願文酒之暇，無忘卻菩提本願，時取大慧、中峰二禪師語録置案頭，朝夕相對。弟今法侶益稀，荆扉日掩。白蘇齋前，草深一丈。亦惟恃此二老友晤語室内。法喜禪悦之樂，弟與兄默默消受，雖關山萬里，亦不異刻刻對面也。

【箋】

萬曆二十五年丁酉（一五九七）在北京作。三十八歲。

［蕭玄圃］蕭雲舉，字允升，號玄圃，宣化人。宗道同年，時官太子贊善。

本年攜妻櫬返廣西。

答王衷白太史

吾二人心神契合，起念共知，出語同賞，有如形影，跬步同之。古人所稱膠漆，方吾二人，尚未親切也。吾兄行矣，與蕭玄圃、趙準臺、黄慎軒諸公相往還，尚有老成典刑之意。乃今諸兄先後分飛，弟雖居城市，何異孤島。十數日中，與顧、黄諸公一晤談外，其餘率皆杜門下楗，閉眼跏趺日也。前兩得兄書，及和詞等箑，朗誦一過，兩腋翩翩，真如籠鳥覩秋隼破雲而飛。

一月前，聞泰山迸裂里許，正愁兄游屐相值。不意窮幽極勝，跋扈飛揚，向我賣弄如此。雖然，楚中名山甚多，弟明歲且歸，左挈中郎，右挈小修，狂談浪謔，比吾兄此樂當百倍，彼時兄當更羨我也。弟戴星幾一月矣，數時又有未了制辭須要完結，朝而戴星，夜而篝燈，伏枕安眠，僅得二更。此時方匆匆撰寫，無半刻暇，而溫君下顧，云有便郵。信腕信筆，竟不知作何語，兄以意會之可也。又二舍弟新刻甚可觀，今奉寄一部，知兄讀此，又添數日喜歡也。

【箋】

萬曆二十五年丁酉（一五九七）在北京作。三十八歲。

［王衷白］王圖。見卷十二《祭王老年伯文》箋。

［蕭玄圃］蕭雲舉。

［趙準臺］趙標。

［黄慎軒］黄輝。

［二舍弟新刻］指宏道《錦帆集》。本年刻於吴門。

徐惟得

不肖生平，傾向大雅，幸生同時同里，又在仕籍，而宦跡乃若相避者，何鄙人緣薄甚也！然得手教，展讀數過，瞑想眉宇，若熟晤然。豈前生菩提因中，曾結伴共游耶？人外之契，不介而親，豈必把臂，乃稱金蘭哉！不佞疎野之性，丘壑之骨，戒力不堅，輕擲瓢衲，走城市間。如籠鳥檻猿，未嘗一刻忘故林。而冲漠館十佳絶，愈攪我鄉思。何時得結廬傍玄亭，使後世與王無功、仲長子光二友并觀乎？

【箋】

萬曆二十五年丁酉（一五九七）在北京作。三十八歲。

［徐惟得］徐成位，字惟得，號中園，景陵人。隆慶戊辰進士。初令舒城，累官至雲南巡撫，未之任而卒。有《冲漠館集》。見《湖北詩徵傳略》卷二十八。

王衷白

董津來，又得手教，且喜兄白日能作寐語，真比往日王衷白不同。往日是無病的王衷白，近是有病的王衷白。乘此知痛知癢時節，恰好用針，可惜西京無此等好醫人也。笑笑。明年春杪，兄幸早發，弟謹煮雨前茶於小竹林候兄也。令郎近日文字想奇進，與阿翁談禪否？聞兄有游太山記，幸寫一本寄我。

【箋】

萬曆二十五年丁酉（一五九七）在北京作。三十八歲。

李宏甫

不肖自入道以來，即省官職大小，兒孫有無，都是頭上天公掌管，原不費人纖毫氣力。所以四五年來，頗是心閑。然既愛閑散，亦復不能受苦擔勞。學道浮泛，亦本於此。今秋乃稍自奮迅，期將自今三十六年以後歲月，供養諸佛。決不以一知半解自安。或仗長者開示，有水到渠成之日，亦未可知，蓋不肖根鈍力弱，百不如人，持此一念，堅實長遠之心，庶幾將勤補拙。眼見同衙門同年同時皈依佛乘者，已被無常擒卻一二人。此時雖欲不發願努力，亦不由我也。

不肖疎慵，交游極少，獨坐兀兀，又苦懶倦。尋得三四朋友，同辦此事，數日輒會，會時亦不説禪説道，惟以生死事大，無常迅速，自警警人。警省一番，精進一番，此近日功課也。會中諸友，有資性聰慧者，亦有發心真實者，大抵不能相兼。會稽陶石簣極可人，恨其人體羸多病，不能受苦；今又歸家，離群索居，不知此後精進，常得如往時否？

翁明年正七十，學道諸友，共舉一帛爲賀。蓋翁年歲愈久，造詣轉玄，此可賀者一。多在世一日，則多爲世作一日津梁，此可賀二。翁幸一笑而納之，勿孤諸公供養之心可也。

【箋】

萬曆二十五年丁酉（一五九七）在北京作。三十八歲。是年李贄仍寓雲中梅國楨署。

［陶石簣］陶望齡。時已予告南歸。陶亦服膺李贄之學。贄逝後，有《祭李卓吾先生》文，見《歇庵集》卷四。

答陶石簣

弟今春移居焦漪園房子，庭上花正開。忽二舍弟至，遂坐花下劇談至三更，强半是説陶石簣同游西湖事。此時月照李花，清瘦冷淡，恰似對石簣面孔也。賢伯仲閉門參禪，精進勇猛，令我愧歎。不知此時參得如何？“三界惟心，萬法惟識”一語，似無可疑者。便令解不得，亦無損；縱使解得，中甚用也。吾輩學道，雖未必大悟，至於向肉團心上卜度穿鑿，求分毫明白，決不作此蟲豸伎倆。兄但於東山水上，行麻三斤，乾屎橛裹穿破。此等語言，是甚麽鶻臭布衫，破驢脊背？古人云“千疑萬疑，衹是一疑”；又云“制心一處，無事不辦”。弟近來亦止向無字上做工夫，些小光景，見解都不認着，衹以悟爲则。亦決不敢嫌此事淡濇，更去尋枝葉也。兄以爲何如？

【箋】

萬曆二十六年戊戌（一五九八）在北京作。三十九歲。是年陶望齡假滿返京，補翰院職。

［焦漪園］焦竑。

［二舍弟］袁宏道。本年春，由江南抵京補順天府學教授。

答同社

從古大聖人，一生僅辨得一個恕字。何也？人情固不甚相遠也。故衆人所有者，亦聖人所不能無；衆人所無者，亦聖人所必不能有。惟聖人能與天下同其有，故不惡人之有；惟聖人能與天下同其無，故不責人之無。與天下同其有無，故心地平。不以所有所無者責天下，故一切皆平。故一恕而天下平矣。若夫賢知則不然。衆人之所有者，己決欲其無；衆人之所無者，己決欲其有。襲取而不知其非有也，久假而不知其未必無也。不知其非有，必欲强天下以皆有；不知其未必無，必欲强天下以皆無。胸中不勝其崚嶒，待人不勝其谿刻，則自身求一日一時之安樂且不可得，而況能安人哉！曾子曰：“夫子之道，忠恕而已矣。”非借説也。觀其所作《大學》一書，至論平天下之道，衹一絜矩盡之。矩者心也，絜者推此心也，恕也。夫孔子七十歲始能不踰矩，是孔子垂老始能恕也。兄獨奈何輕言恕哉？

又

來教云：“乾坤是一大戲場，奈何齪齪爲，縶人於苛禮。”此論甚高。不佞竊謂禮者，世界所賴安立，何可易談。且就兄所稱戲劇喻之：扮生者自宜和雅，外自宜老成，官淨自宜雄壯整肅，丑末自宜跳蹥恢諕。此戲之禮，不可假借。藉令一場之中，皆傅墨施粉，踉蹌而叫笑，不令觀者厭嘔乎？然使作戲者真認己爲某官某夫人，而忘卻本來姓氏，則亦愚騃之甚矣。

【箋】

萬曆二十六年戊戌（一五九八）在北京作。三十九歲。

［同社］社即葡萄社。中道《石浦先生傳》云：“戊戌再入燕。……乃於城西崇國寺蒲桃林結社論學。往來者爲潘尚寶士藻、劉尚寶日升、黄太史輝、陶太史望齡、顧太史天埈、李太史騰芳、吴儀部用先、蘇中舍惟霖諸公。”

答友人

涉世如局戲，有出手便錯者，有半局而蹶者。有局將終，勢將贏，而一着便差，前功俱廢者。又有終局不錯一着，獲全勝者。大都要勝之心一般，所爭者，算有長短，知有巧拙耳。總之，皆局中人内事也。世間自有棋枰未展，白黑未分，要緊一着子。此一着子勘得明白，好勝與不好勝，總非分外。

【箋】

萬曆二十六年戊戌（一五九八）在北京作。三十九歲。

答駱儀部

公骨剛志强，有擔荷此事之器；官閑事簡，有究竟此事之晷。真参真悟，是在兹日。不佞畏怖生死，發心參學，今又十年，老冉冉至矣。自救不暇，何能益公？大都此事不從自己聰明得，況從他人言語得乎？不佞雖欲益公，亦萬萬不能矣。

【箋】

萬曆二十六年戊戌（一五九八）在北京作。三十九歲。

［駱儀部］未詳。

答友人

空不可遇，爲此語良是。然謂爲空害空，覺太過慮矣。《心經》不云乎："是諸法空相，不增不減。"夫爲空而有益於空，固不得謂之真空矣。使爲空而有損於空，亦安得謂之真空乎？譬如癡人居大舟中，苦舟不行，向倉中極力推挽，舟固不因之行，然亦豈因之不行哉？鄙見如此，惟兄更教之。

【箋】

萬曆二十六年戊戌（一五九八）在北京作。三十九歲。

答劉光州

公性識慧朗，既可悟入；氣韻沉涵，又堪保任。即今車馬棼喧，正陶心煅性之地，自度度人，適維此日。三復來札，已見一斑。政事有源，即學問有用。珍重，珍重！

【箋】

萬曆二十六年戊戌（一五九八）在北京作。三十九歲。

［劉光州］劉一焜，字宣仲，南昌人。萬曆二十三年進士。二十四年至二十九年任光州知州。《光州志》卷六有傳。

答友人

學未至圓通，合己見則是，違己見則非。如以南方之舟，笑北方之車；以鶴脛之長，憎鳧脛之短也。夫不責己之有見，而責人之異見，豈不悖哉！

【箋】

萬曆二十六年戊戌（一五九八）在北京作。三十九歲。

答趙侍御貞甫

閱正楮中語，都是詢作直指事，此非腐儒所能知，故不敢裁答，非爲懶也。

【箋】

萬曆二十六年戊戌（一五九八）在北京作。三十九歲。

［趙貞甫］趙標。見卷五《趙御史貞甫》箋。

答友人

“本來具足，個個圓成”等語，是瀉情垢之巴豆，斷意根之利刀。今人卻認作補中益氣湯，引一輩盲流，日日咀嚼。又引孔子“吾無隱乎”，“可離非道”證明，如此證明，亦頗分曉。但祇未知於是非利害關過得否耳？奉勸吾兄不如且撥置此事，作些有用生涯。到處努眼張牙，浩浩談説，博得學道之名，招得泥犁之實，則何益矣。

【箋】

萬曆二十六年戊戌（一五九八）在北京作。三十九歲。

簡友人

今日雨後坐軒前，忽見桃樹下菌子如手大，因歎濕熱變化之速。五穀蔬果，非煖非雨，則不發生，不獨一菌感濕熱生也。至於人身，從煖觸有，因精液成，亦濕熱所化耳。本無倏有，與菌奚異？夫以忽然濕熱所化之軀，遇忽然濕熱所化之物，彼此俱命，彼此俱性。安在我有情，彼無情也！舉似足下，以爲何如？

【箋】

萬曆二十六年戊戌（一五九八）在北京作。三十九歲。

龔吉亭先生

聞妗將化，預知時日，至期趺坐，誦佛號。食頃，謂左右曰："佛至矣！"合掌而逝。異哉，精進之效乃如此！此時祇宜撫掌助歡，不宜更出一滴淚也。念佛憶佛，必定見佛，此便是現成榜樣，勉旃！龐老勿落婆後可也。甥初承兇信，不勝悲痛；繼得此消息，不覺悲痛化爲歡喜。故今附數字，稱賀不稱唁。素帛二端，寄上。

【箋】

萬曆二十六年戊戌（一五九八）在北京作。三十九歲。

［龔吉亭］龔仲敏。見卷三《孝廉舅惟學》箋。

答姚侍御

《開採圖説》，一語一淚，一字一血，方之鄭俠，尤爲痛切明著矣。夫中州天下要地，於人則咽喉脾胃也，地瘠而貧，且不時有旱澇河湟之患。今以易病之脾胃，而烏喙砒酖之毒藥，日攻克其中。萬一如大疏所云："禍患生於腹心，干戈起於堂奥"，將何術救之乎？如此苦心，如此危論，尚不能感動宸衷，回天之策不幾窮耶！

【箋】

萬曆二十六年戊戌（一五九八）在北京作。三十九歲。

［姚侍御］姚思仁，字善長，號羅浮，秀水人。萬曆十一年進士。授行人，遷江西道御史，出按河南。上疏言採礦之弊，力陳八可慮，不報。乃作《開礦圖説》以極言其害，神宗覽之，怒，然亦不深罪也。歷應天府尹，遷左通政，後升至工部尚書。加太子太保。有《菉竹堂遺稿》。《松江府志》卷一五八有傳。據《明實録》："二十六年四月丁卯，巡按河南御史姚思仁上《開採圖説》。"故知宗道是書，作於此年。

答楊員外肖墨

韓昌黎《桂林》詩云："水作青羅帶，山如碧玉簪。"每讀此詩，未嘗不神馳龍洞仙巖之間。先生利刃銛鋒，匣之不試，杖履徜羊，堪以自老；何必一領紫襴，白盡髭眉，乃爲快哉！先生遠性玄識，諒不以彼易此也。扇頭小詩，聊博一笑。

【箋】

萬曆二十六年戊戌（一五九八）在北京作。三十九歲。

［楊員外肖墨］未詳，詳文意，當爲桂林人。

寄三弟

女竟不禄，可傷悼甚！居官數年，喪卻兩子一女。一身蕭然，此懷何堪？猶憶往年夏中，每夜坐大槐樹下，池上星河，晶晶池底，聽兩兒屬對，應答如響，以爲笑樂。至今思之，便是一夢。爾時麥粥，亦何可厭也。功德天，黑暗女，步步相隨，將奈之何！然我之爲功德天者無幾，而爲黑暗女則甚酷矣。自弟出京後，此女能通竺典，誦《金剛經》，時有問答，皆出意外，我謬比之靈照，不意其遂至夭折！

昔白樂天無子，止有一女金蟾，慧甚，後復不育，竟以無子。吾此苦真同樂天。然樂天是世間第一有福人，吾那得比之。樂天趣高才大，文價遠至雞林；吾才思蹇澀，無所成名，一不同也。樂天罷守，即有粟千斛，有太湖石、華亭鶴、折腰菱等物；吾官十年，債負山積，室如懸磬，二不同也。樂天所居履道里宅，據東都之勝，花鳥魚池，仿佛蓬、瀛；吾家石浦之陽，濱於大江，即此鳩巢蝸廬，旦暮作鮫人窟，安望花草池臺之樂，三不同也。樂天有妓樊素、小蠻，能舞《霓裳》；吾輩兢兢守官，那及此事，且吾鄉固陋，真所謂"經歲不聞音樂聲"者，四不同也。樂天官至三品，不爲不貴；吾賦性骯髒，轉喉觸諱，早晚且歸，終當老一校書郎，五不同也。樂天有元、劉互相酬唱，晚年與牛奇章諸公共爲賞適；想故鄉一片地，惟有杜門下棲而已，六不同也。樂天素健，年至八十，得風痺疾復愈，尚能留樊素及駝馬；吾少年病後，骨體脆薄，多肉少筋，非壽者相，七不同也。吾與樂天不同者如此，惟無子一事，則酷似之耳。獨樂天學禪，吾亦學禪。樂天太好快活，晚年歲月，多付之詩文歌舞中，此事恐未得七穿八穴；吾以冷澹無所事，衹得苦參，將來或不作生彌勒院中行徑，差强之耳。若果於此一大事了卻，糞草堆頭拾得無價寶，世間苦樂，何足道哉！

吾比來亦切此事，但參話頭工夫，難得純一。又念世間浮解，恐無益於將來，更作小小功德。所分大官餐錢，即買魚鰕鼈蟮，放入金水池中。每入門，内侍都不問，但云此袁家放生人也。黄慎軒、蕭玄圃諸公，亦相仿效。每月朔望，放生不可勝紀。吾非欲作此有爲功德也，自念以口腹傷殘物命，欲用此少贖罪愆。且令好生一念，常時萌動，將來或至憫念有情，不復食噉。然比來晨鳬夜鯉，多取備屠門，至鸞刀則久已戒之矣。聞大人日殺牲供具，弟能默默引之不殺何如？此即非常功德也。邸中惟我一人食肉，眷屬俱長素念佛，精勤之甚。晨昏梵唄，宛同蘭若，吾意甚樂之。每與若嫂及兩姬言："爾輩不必憂無子，吾朝暮且解官，長安村中舊舍，便可作一庵，偕汝輩六時行道其中，他年同生青蓮池中，永爲法眷。此爲嗣續，豈不更大？即我百年之後，汝輩便作淨尼，有田可供伊蒲，又有人護持，以此卒餘生，有何不可？昔王珣、王維，俱舍宅爲寺。趙中令無子，兩女俱爲浮屠。范龍圖女孫，爲妙總大士。若能若是，又何羨乎封登一品，兒孫滿前？"汝嫂亦欣然頷之。然我亦是實語如語，非專爲引誘兒女輩也。

我甚欲歸田，但爲大人年未六十，歸計太早，恐親心不悦。且補春宫講讀未久，亦欲少有所需。屈指算之，決不出三年。沙市太遠不可住，城中已殘廢，惟長安村中舊居真可棲隱。且所以難鄉居者爲盜耳，我貧如此，即開門延之，尚恐其厭薄不來，何足憂慮。我意欲將荷葉山荷葉堰，俱作短墻圍之，從烏柏樹中開門，以小舟往來其中，純種白蓮。山内松栗十圍處，作一佛堂，萬松嶺上作一大士閣。記往時每夕陽行此處，則平湖萬頃，晶晶晃耀，如爛銀海，且可以東望黄山，極爲勝處。可令阿書，將我田租預市木植，杉木便好，不必楠柏木也。但聞其中樹木，頗遭斫伐，又鄰家多取以代薪，甚爲慮之。此處以林樹爲命，寧乞吾頂上毛，莫伐吾樹也。頭上霜毛，除之何害，惟此樹係吾晚年生計，已勑阿書守護。弟幸溫語懇諸人，爲此樹乞命，諸人未必不聽。我又勑阿書種樹，山中可多種松，塘上可多種桃柳，桃柳易成。以待弟入村，可自閲視，其行位亦自有方略，太整即俗，弟自能辨，不須囑也。已向董思白、黄慎軒諸公乞堂額庵名矣。

又中郎有書來，云已解官。初謂其不耐煩苦，不知其一病六月，幾不起也。前訊之吴中人云："此令近年來未有，惟飲吴中一口水耳。"

又聞其發摘如神，衙門宿蠹，爲之一清。其人非習爲諛者，且衆口一詞。方爲之喜，而乃病耶？豈劇縣多事，爲民勞心，至於病耶？亦其心和而骨傲，不堪折腰之苦，遂發病耶？既病矣，自宜解官，豈容以七尺殉一官也。其去以養詹姑爲辭，聞吴民千百人皆聚神廟中，願各捐十年之壽，延詹姑一日，以留仁父母。醮事懺儀，所在佛宫道院，無不然者。吾聞之，又爲之喜。功名升沉何足論，若真能有益於百姓，即是大功德，大行願也。然中郎年少，豈容歸隱？將來到京，補一廣文，積三四年，可至部屬。其清望甚重，與他量移者異。弟可將此意達之大人，莫令其憂也。

雲中老子念吾弟甚，每書來未常不及弟。卓吾亦有書來，訊弟動定。又邑中人云：弟日來常攜酒人數十輩，大醉江上，所到市肆鼎沸。以弟之才，久不得意，其磊塊不平之氣，固宜有此。然吾弟終必達，尚當静養以待時，不可便謂一發不中，遂息機也。信陵知終不可用，故以酒色送其餘年。陳思王絶自試之路，始作平樂之游耳。弟事業無涯，其路未塞。爲朱紫陽亦大破碎，即陳同甫亦太粗豪。陳同甫度橋，馬次且，即下馬拔劍斬其首，辛稼軒見而奇之。奇則奇矣，馬有何知，而遂殘其命。此視王藍田之蹂雞子，更甚矣。少年遭禍，晚得一第，數月遂至不享，此亦可以戒矣。然吾弟愷悌仁厚，寧復有此。聞邑中少年多惡習，不可不誘引之也。昨又聞吾弟作敦仁會，率諸友講學，甚善，甚善！場事將近，且作時義。吾歸隱之志已切，得弟中雋，即拂衣之行決矣。聞侄子甚清令，白家阿龜當從汝乞之。

前兩三月游上方諸山，往與弟坐杜莊竹園，閲《名山記》，有所謂石經洞者，悉得於杖履之下。弟今秋來，當一一舉似，且同弟覓再游也。所寄大人書甚略，大人如不厭煩，弟可將此書從頭讀一遍，即可以悉吾近況，與後日行徑也。紙盡不更作，有便勤寄八行，望之！

又

中郎昔忙今閑，我昔閑今忙。人生苦樂乘除，大抵如此。十年作太倉雀鼠，今得報效，少懺素餐罪過，不敢厭勞怨苦也。但年近四十，日起先雞，玄鬢化白，面紋漸多，異日相對，竟是一龍鍾老翁矣。韓退之云："居閑食不足，從官力難任。兩事皆害性，一生長苦心。"去住之難，從古歎之，可奈之何！

【箋】

萬曆二十五年丁酉（一五九七）在北京作。三十八歲。

［三弟］袁中道。本年春在家修業。秋應試不第，遂往真州依宏道。

［董思白］董其昌，字玄宰，號思白，華亭人，萬曆十七年進士。選庶吉士，授編修，充皇長子講官，仕至南京禮部尚書。《明史》卷二八八有傳。其昌善畫，負重名，亦擅書。

［雲中老子］梅國楨，時任大同巡撫。

［卓吾］李贄，時在大同依梅國楨。

［侄子］袁祈年。本中道子，後以嗣宗道。

答陶石簣

《覽鏡》諸作，絶似元、白。《五泄》六詠，非坡老不能爲也。懷弟諸篇俱佳，七言尤勝，"總爲兒女謀身易，示有威儀與俗同"，新鮮矯警，又爲諸句領袖。即日書作簡板。讀令弟妙什，便可想見第五風神，弟雖不敢望石簣，然令弟則酷類我家小修。意欲屬和，少酬高雅，然君家兄弟，精鋭如林，所謂不戰而氣亦索矣。

入冬以來，支離枯槁，如魚去水。幸天憐我寂寞，中郎恰補得京兆授，屈指定有幾年相聚。齋頭相對，商榷學問，旁及詩文，東語西話，無所不可。山寺射堂，信步游覽，無所不宜。足下聞此，得無復動北來興耶？中郎極不滿近時諸公詩，亦自有見。三四年前，太函新刻至燕肆，幾成滯貨。弟嘗檢一部付賈人換書。賈人笑曰："不辭領去，奈無買主何！"可見模擬文字，正如書畫贋本，決難行世，正不待中郎之喃喃也。弇州才卻大，第不奈頭領牽掣，不容不入他行市；然自家本色，時時露出，畢竟不是歷下一流人。聞其晚年撰造，頗不爲諸詞客所賞。詞客不賞，安知不是我輩所深賞者乎！前范凝宇有抄本，弟借來看，乃知此老晚年全效坡公，然亦終不似也。坡公自黄州以後，文機一變，天趣横生。此豈應酬心腸，格套口角，所能仿佛之乎？我朝文如荆川、遵巖兩公，亦有幾篇看得者。比見歸震川集，亦可觀。若得盡借諸公全集，共吾丈精揀一帙，開後來詩文正眼，亦快事也。

中郎見弟近作，謬相稱許，强以災梨。兄《五泄》諸作殊佳。《别家詩》九章果是八月寄至，謝公歸時，匆匆作書，偶忘及之。諸篇俱力敵《五泄》，三言稍未稱。中郎又云僧湛然戒力見地，俱可與君家兄弟熟。二兄不出籬落，得此善友，何得更歎離索乎！老卓住城外數月，喜與一二朦瞳人談兵談經濟，不知是格外機用耶，是老來眼昏耶？兄如相見，當能識之。

【箋】

萬曆二十五年丁酉（一五九七）在北京作。三十八歲。

［陶石簣］陶望齡。時予告家居。

［懷弟諸篇］望齡有《懷袁伯修先生近體四章》及《寄懷袁伯修》詩，分見《歇庵集》卷一、卷二。

［令弟］陶奭齡。時尚爲諸生。

［太函］汪道昆，字伯玉，號太函。亦號南明，歙縣人。嘉靖二十六年進士。仕至兵部左侍郎。後七子之一，與王世貞齊名。天下稱"兩司馬"。《明史》卷二八七有傳。

［弇州］王世貞，字元美，號鳳洲，又號弇州山人，太倉人。嘉靖二十六年進士，累宦至南京刑部尚書。《明史》卷二八七有傳。世貞好古文辭，始與李攀

龍狎主文盟，後獨主壇坫者二十年。其持論“文必秦漢，詩必盛唐”，而藻飾太過，晚年漸造平淡。世貞著述頗豐，有《弇山堂别集》《嘉靖以來内閣首輔傳》《弇州山人四部稿》《續稿》等集行世。宗道於元美，批評中有推許，不同於宏道之直指爲鈍賊也。

[歷下] 李攀龍，字于鱗，號滄溟，歷城人。嘉靖二十三年進士。歷陝西提學副使，累遷至河南按察使。《明史》卷二八七有傳。攀龍幼即嗜古文辭，詩以聲調勝。毁之者斥爲模擬剽竊，好之者推爲一代宗匠。曾與王世貞共主文壇，爲後七子領袖。有《滄溟集》。

[荆川] 唐順之，字應德，武進人。嘉靖八年會試第一。累官右僉都御史、鳳陽總督，《明史》卷二〇五有傳。順之爲明中葉文學大家。古文汪洋迂折，晚年因講學，文風稍變易。著有《荆川集》。學者稱荆川先生。

[遵巖] 王慎中，字道思，號南江，更號遵巖，晉江人。嘉靖五年進士。初授户部主事，官終河南參政，以忤夏言落職。慎中因壯年廢棄，益肆力於古文辭，卓然成家，與唐順之齊名，天下稱“王唐”。有《遵巖集》。《明史》卷二八七有傳。

[歸震川] 歸有光，字熙甫，號震川，昆山人。九歲能屬文，弱冠盡通五經三史，嘉靖間舉鄉試，八上春官，不第。徙嘉定，讀書論道，人稱震川先生。四十四年始成進士，官至南太僕寺丞。有光爲古文，原本經術，好太史公書，得其神理。復好唐宋古文，攝其神韻，爲有明一代大家。有《震川集》。《明史》卷二八七有傳。

[五泄諸作] 望齡與宏道萬曆丁酉三月游洞庭諸作，見《歇庵集》卷二。

[謝公] 或即謝宛委。見卷十五《陶編修石簣》。

[三言] 望齡擬宏道之詩，題爲《又戲效來篇九言》。《三言》，見《歇庵集》卷二。

[老卓住城外] 老卓爲李贄。本年秋，李贄到北京，寓西山極樂寺。有《九日至極樂寺聞袁中郎且至因喜而賦》詩，見《焚書》卷六。明年三月，宏道之京，李贄已被焦竑迎往南京，故二人未得相見。

答陳提學

五馬未幾，遂躍驄而臨晉諸生，一奇也。出自特簡，二奇也。所補即汪兄之缺，三奇也。但方氏舊墨，化爲烏有先生，奈何！督學品格，第一要闢異端，《大慧語録》姑收之篋中。何如？

【箋】

萬曆二十六年戊戌（一五九八）在北京作。三十九歲。

［陳提學］陳所學。見卷十五《答陳徽州正甫》箋。所學本年任山西提學副使。書中“汪兄”即汪可受。本年由山西提學副使升布政使，繼任者即陳所學。

卷之十七

説書類

三教聖人，門庭各異，本領是同。所謂學禪而後知儒，非虛語也。先輩謂儒門澹泊，收拾不住，皆歸釋氏。故今之高明有志向者，腐朽吾魯、鄒之書，而以諸宗語録爲珍奇，率終身濡首其中，而不知返。不知彼之所有，森然具吾牘中，特吾儒渾含不洩盡耳，真所謂淡而不厭者也。閑來與諸弟及數友講論，稍稍借禪以詮儒，始欣然捨竺典，而尋求本業之妙義。予謂之曰："此我所行同事攝也。"既知此理之同，則其毫髮之異，久之自明矣。若夫拾其涕唾以入帖括，則甚不可，宜急戒之。勿以性命進取，溷爲一塗可也。

讀大學八篇

明德，考亭釋爲虛靈不昧，甚妙。即伯安先生所拈良知者是矣。德即是明，不可以明，更求於明，擬欲明他，是鏡欲自照，而眼欲自見也，胡可得哉！然何以曰"明明德"也？蓋不欲人直下識取云爾，故後面釋曰"皆自明"也。第玩"自"字便見，不落情量，全體顯現，非假一毫功力也。

夫善何以曰至也？住於惡固非善，住於善亦非至善。善惡兩邊俱不依是何境，所謂至善也。但起心動念，便不是止。起心動念，不屬善邊，便屬惡邊，便不是至善。息機忘見，便是止於至善也。又須知天下皆息機忘見者，盡天下無一人起心動念者，所恨不知耳。故下文遂有知止之説，知字最吃緊。大人明明德於天下，下手工夫，衹在格物以致知。故一知止，自臻誠正及治平之效，而大人之能事畢矣。知止便是格物致知，定靜安便是誠意，正心修身而能慮，便是齊治平云。

心猶水也，意猶冰也。水體常流，而一結爲冰，則失其常流之性矣。心體本正，而一發爲意，則失其本正之體矣。然全冰是水，不捨冰而覓水。全意是心，豈斷意以正心。故欲復水體，惟在融其冰；欲復心體，惟在誠其意。意誠則雖曰已發，不離未發；雖第二機，即第一機也。今夫驟見孺子而怵惕，驟聞嘑蹴而不受，此不涉安排，不立能所，所謂誠也。不涉安排，不立能所，則不妨發見，而未嘗有所遷，不妨變化，而未嘗有所動。不動不遷，所謂正也。後釋引“好好色，惡惡臭”爲喻，夫不涉安排能所者，信莫有過於此二者矣。即在凡愚，可以自省。

正心固先誠意，然稍擬誠意，便涉安排立能所，早已徹底不誠了也。當知吾人各具有良知，虚靈寂照，亘古亘今，包羅宇宙，要在當人設方便致之。若還致得自然，神感神應，安排不待遣而自遣，能所不待亡而自亡矣。蓋此知本誠，不必别用功求誠也。故曰：“欲誠其意者，先致其知。”後面釋誠意曰：“君子必慎其獨。”此也獨字最奥，如《中庸》所謂“不覩不聞”“無聲無臭”“天命之性”“未發之中”等是也。正是良知，又謂明德，非格物之君子，安能識渠面孔乎哉！

良知二字，伯安自謂從萬死得來，而或者謂其借路葱嶺。夫謂其借路，固非識伯安者。然理一而已，見到徹處，固未嘗有異也。余觀《宗鏡》所引圭峰語，謂達磨指示慧可壁觀之後，復問渠：“莫成斷滅否？”答：“雖絶諸念，亦不斷滅。”問：“以何徵驗？”答：“了了常知，言不可及。”師即印曰：“即此是自性清淨心，更勿疑也。”若所答不契，即但遮諸非，更令觀察，畢竟不與他先言知字。直待他自悟，方驗真實，是親證其體，然後印之，令絶餘疑。故曰默傳心印。所言默者，唯默知字非，總不言傳。至荷澤時，他宗競起，欲求默契，不遇機緣。恐宗旨遂滅，遂言“知之一字，衆妙之門”。伯安所揭良知，正所謂“了了常知”之知，“真心自體”之知，非屬能知所知也。或曰：伯安以知善知惡爲良知，將無與真心自體之知異乎？余曰：知善知惡，彼爲中下根人權説耳。王汝中所悟無善無惡之知，則伯安本意也。汝中發伯安之奥也，其猶荷澤發達磨之秘乎！

情念不孤起，必緣物而起，故名情念爲物也。初入道人，如何用功，須是窮自己情念起處。窮之又窮，至於窮不得處，自然靈知顯現，迥然朗然，貫通今古，包羅宇宙，則知致矣。故曰致知在格物，此是初學下手吃緊工夫，千聖入門之的訣也。

昔張子韶至徑山，與馮給事諸公議格物。妙喜曰：“公祗知有格物，而不知有物格。”子韶茫然，妙喜大笑。子韶曰：“師能開諭乎？”妙喜曰：“不見小説載唐人有從安禄山者，其人先爲閬守，有畫像在焉。明皇幸蜀見之，怒令侍臣以劍擊其首。時閬守居陝西，首忽墮地。”子韶聞之，遂大悟，題不動軒壁曰：“子韶格物，妙喜物格，欲識一貫，兩個五百。”余去年默坐正心軒下，偶一同參舉此，余豁然有省。時有友問余，此義如何。余曰：“犀因玩月紋生角，象被雷驚花入牙。”友人不契，將知妙喜所示，子韶所悟，所謂金剛圈，粟棘蓬。即辨如莊叟，難究微言；博似張華，豈窮玄趣。而奈何欲置孤燈於太陽之下，摇輕箑於飄風之間者乎，多見其不知量已。此正格物要指。前所解者，聊爲初學方便耳。

有所恐懼，等是執有，心不在焉是落空。要之，有所不在，俱是迷妄耳。此廣大心，寧謂之有，謂之無乎？妄謂之有者，如目翳而爲空有真花；妄謂之無者，如病狂而爲己頭忽失。翳消花滅，花元非有，不可言滅。狂歇頭在，頭元非失，不可言在。消歇存乎一念，寧假功力，那涉途程。乃知此心虚明，離有無相，有無見，立處正地而若邪，有無見消，非昔邪而今正，所謂轉名不轉體也。故以無正爲真正心，無修爲真修身。

【箋】

［伯安先生］王守仁。守仁字伯安，余姚人。弘治十二年進士。累擢右僉都御史，平宸濠之亂，封新建伯，總督兩廣。卒謚文成。守仁之學以良知爲主，謂格物致知，當自求諸心，不當緣諸物，故於宋儒特重陸九淵，世稱姚江學派。嘗築室陽明洞中，故學者稱"陽明先生"。有《王文成公全書》。《明史》卷一九五有傳。其學詳見《明儒學案》卷十。

［王汝中］王畿，字汝中，號龍谿，山陰人。受業王守仁之門。舉嘉靖十一年進士，歷官南京武選郎中。夏言斥爲僞學，謝病歸。益務講學，學者稱"龍谿先生"。有《龍谿語録》《龍谿全集》及《大象義述》等。《明史》卷二八三有傳。

讀論語四十五篇

凡作意用工夫時，真妄交争，理欲相乘，有照管有克治，有打點有考究等，俱费力生硬，不相諳習，厭苦不暇，何悦之有？時習者，十二時中語默動靜，相安相忘，不知不覺，妥妥帖帖，即此是悦。此個境界，非實用功力，那得到此，到此則無功力矣，故老子曰"絶學無憂"，考亭謂"子路好勇"，蓋有强其所不知以爲知，亦未必然。第觀其問事鬼神，問死，則是欲强知其不可知者。故孔子誨之曰："知之爲知之，不知爲不知，是知也。"蓋理有可知者，亦有即知是病者。何則？吾人良知，本無不知；不可以知更求於知。譬如握手作拳，則名爲拳，不名爲手。將知求知，則名爲妄，不名爲知。故手不作拳，固居然手矣；知不自知，固居然知矣。人知知之，知而不知，不知之知也。昔人"知之一字，衆妙之門"，而又有謂"知之一字，衆禍之門"者，通此二説，始得夫子論知之義。

天地在虚空中，人在天地中，而虚空入在道中。虚空之在道中，若一泡之在大海耳，則天地與人又可知矣。然人又能包羅虚空，而位育天地。此非人之能，乃道者能耳。故夫不明大道，縱極人之識量，建掀揭之業於天地間，特一泡出生之微塵小泡耳。故孔子曰："管仲之器小哉！"藉令管仲能從源頭上清徹一番，即無九合一匡之績，其器何嘗不大？孟子曰："中天下而立，定四海之民，君子樂之，所性不存焉。"昔人又謂堯、舜事業，如一點浮雲過太虚。由斯以譚，雖唐、虞定民之極功，毫不足爲堯、舜性天之加損也，而況么麽伯業者乎！

此性亘古亘今，不動不變，本自無生，又寧有死。生死有無，係乎一念迷悟間耳。譬如夢人，遍歷種種城邑，其身安眠牀第，實無此事。睡足覺來，決不自念我今此身先去今來。聞道之人亦然，決不自念我今此心先迷今悟。迷破情破，況復肯留生死餘惑耶！故孔子曰："朝聞道，夕死可矣。"夫聖人者，豈不知本無生死，隨順迷人情見，權説爲死耳。又豈不知古今始終不移，當念展縮在我，延促俱妄；亦隨順迷人情見，權説爲朝夕耳。老子曰："死而不亡者壽。"夫既曰不亡矣，又何言死也耶？頗有合於吾夫子夕死之意。

仁義禮智，性之德也。聖門單提一字，即全該性體。如復禮之禮，不違仁之仁，義之與比之義是矣。夫何以曰義之與比耶？無適無莫，就是他比義處。非於無適莫外，又尋一個義去比也。蓋此性體虛而靈，寂而照，於中覓善惡是非，可否得失，同異諸相，本不可得。世人起心動念，取捨情生，分别意立，與此性體相違遠矣。聖人雖熾然取捨，而實無取捨；熾然分别，而實無分别。亦無無分别之見，是以繁興大用，都合當體，故曰義之與比。比字最親，然説出便疎。纔説合，便離了也。乃謝氏謂聖人有道以主之，若有能主之道，所主之心，去義千里萬里矣。

已涉唇吻，即落第二頭；況云一貫，猶存一也，豈是聲前一路。惟孔子實不於一中蹲坐，而曾子亦不向一處垛根。得之聲前，契之言外，不落陰界。故孔子將千斤擔子付他，他便能荷得，一氣直走一千里耳。是以古人詩曰；"彩雲影裏仙人現，手把紅羅扇遮面。急須着眼看仙人，莫認仙人手中扇。"今之依語生解者，所謂認扇者也。

明眼人撮金成土、撮土成金，拈來便用，豈存勝劣。故知曾子所指之忠恕，較孔子所拈之一貫，一合相不可得。但曾子撩起便行，諸弟子未免貪粟失糧耳。

怒與過，皆情念之所必有者。情念結而爲人矣，安能免怒與過。第常人縱情念而不知有真，學者又欲滅情念以存真。任之者妄，而欲滅之者亦妄也。顔子克己復禮者，故不動己，而全轉爲禮。未嘗遣怒，而怒時未嘗離常止之體。常止，故曰不遷。未嘗袪過，而過處未嘗違常一之體。常一，故曰不二。此千古之學髓，而洙、泗之心印，非諸賢之所可幾者。孔子安得不三致歎於斯人。

程子言："三月，天道小變之節。"言其久也。又曰；"過此則聖人矣。"將謂顔子過此又違仁了。夫舉世固未有一人違仁者，縱顛倒之極，而仁固居然在。譬如迷人，認東方爲西方，而方實未嘗轉也。是以此仁也，迷之若違，悟者不違。顔子悟之，而三月不違矣，豈有復迷之理哉！如礦既成金，不重爲礦。悟而復迷，是金復爲礦也，吾不信也。孔子蓋謂天道業已小變，而回之仁不變，直美其無違仁時耳。其餘則乍明乍暗，所以曰"日月至"。

莊子曰："堯之治天下也，使天下欣欣焉。人樂其性，是不恬也。桀之治天下也，使天下瘁瘁焉。人苦其性，是不愉也。"人不堪其憂，固不愉也。顔子之樂，得無不恬乎？蓋因人之憂，乃見顔子之樂，顔子實不自知樂也。譬如因攖病之苦，乃覺强健之安，而强健者不自知安。緣長途之苦，乃羡居家之逸，而居家者不自知逸。其不自知安逸也者，乃其所謂真安且逸者乎？若彼人常常檢點曰："我安且逸"。若是，則心不閑曠甚矣。故無樂之樂，是謂真樂。

或問：七情人所必有，顔子豈得無憂時耶？曰：顔子之憂亦樂也，怒亦樂也，哀亦樂也。迷人結冰成水，即樂成憂。達者了冰是水，即憂成樂。憂樂之機，係一念迷悟間耳。

人之生也直，此直字與質直、好直等直字稍異，即性體也。性體無善惡，無向背，無取捨，離彼離此，而卓爾獨存；非中非邊，而巍然孤立。故曰：直如千仞峭壁，非心意識之所能攀躋者。瞥生情念，便紆曲了也。情念既生，而欲祛除之，亦紆曲了也。擬趨向他，便紆曲了也。擬不趨向他，亦紆曲了也。紆曲便是罔矣，罔之易蹈如此哉！然直何以曰生理也？蓋有鏡然後現影像，有直性然後出生形骸情識。無鏡，安得有像乎？無直安得有生乎？

夫知好樂，吾且弗論。所謂之者何物耶？讀至此者，安得直恁鹵莽而已。

中人以上，可以語上也；中人以上[1]，不可以語上也。然則聖人豈揀中人以上者而密室傳授乎哉？非也。坦途非限夫行者，行者自差；日光非薄夫矇人，矇人自障。聖人無時無處不昭揭以示人，人之聞者，其心所得各異耳。

【校】

〔1〕上，當作“下”。

“甚矣吾衰也，久矣吾不復夢見周公。”張子韶詩曰；“向也於公隔一重，尋思常在夢魂中。如今已是心相識，你自西行我自東。”此妙語契聖人神髓矣。子韶與杲公游，透悟禪宗，其發明吾孔子奥言甚多，不能悉記耳。張商英曰：“吾學佛，然後知儒。”余於子韶亦云。

孔子發憤忘食，樂以忘憂。非憤而後樂，樂而復憤也。蓋孔子纔十五歲，便知天壤間止有此一事，奈何未得入手。半生勤苦，雖定力所持到不惑田地，然尚未知本命元辰下落，安得不拼命向前。故十五以後，五十以前，蓋其發憤忘食之日也。至於知命以往，耳順從心，頭頭是矩，此中纖毫不掛，心境蕩然，其樂可知矣，更有何事發憤乎哉？若如注所云，以是二者俛焉，日有孳孳。則是孔子一生累憤累樂，而道可以零碎學，零碎得矣，有是理哉？此考亭補格物，所以見疑於後學也。

“吾無行而不與二三子者，是丘也。”此語是孔門塗毒鼓，讀者且莫草草。且如何是孔子行處？着衣吃飯是孔子行處，早起夜眠是孔子行處，默坐談論是孔子行處。這俱是孔子行處，有何奇特。若云有奇特處，一切人豈不解着衣吃飯，早起夜眠，嘿坐談論也？若云無奇特處，孔子又何必與二三子，二三子又何必孔子與也。且如何是孔子與處，不可止説動静語默無非道。又如何是二三子見孔子與處，不可止説一言一動，無不存心省察，若如此注解去，於吾夫子微言，又何交涉。在當人自會，難以言詮也。

民决不可使知之耶？是聖凡有二性也。民可使知，而聖人不使之[1]耶？是聖人私也。不見古人道：具足聖人法，凡夫不知；具足凡夫法，聖人不會。且道凡夫不知與聖人不會，是同是别？

【校】

〔1〕之，疑作知。

利者，聖人不肯言；命與仁，聖人不能言。豈故罕言哉？人言佛老極談性命，然柱下纔開口，衹道得個“道可道，非常道”，是柱下竟未嘗道也。迦文自云：“始從鹿野苑，終至跋提河，於其二中間，未嘗説一字。”是迦文竟未嘗説也。雖有五千言，一大藏教，俱是第二門頭説話，何嘗言命與仁哉！吾夫子隨機指示，如《論語》所紀，非無論仁處，要皆示月之指，是指非月也。其最親者則莫若“予欲無言”一語，學者試觀此言，果言仁乎，言命乎？

《南華經》曰：“天之蒼蒼，其正色耶，其遠而無所至極耶？”蓋世未有見真天者，見其狀若蒼蒼耳；世亦未有見真堯者，見其功業文章巍然焕然耳。故曰：“惟天爲大，惟堯則之。”唐堯一片本地風光，豈惟世人莫能見，即聖如孔子亦不能見。豈惟夫子不能見，堯亦復不能自見也。不見之見，是謂真見。得此真見者，山河大地，墻壁瓦礫，皆是見堯也。故曰：見堯於羹牆。

子絶四，毋意，毋必，毋固，毋我。吾輩依放作工夫者多矣。譬如靈龜曳尾，拂跡成痕，轉添意必，重增固我耳。殊不知過去之心已往，見在之心不住，未來之心未來。本無意必，本無固我，人人日用，可以反觀。然則此四者，不特聖人無之，即凡民亦未嘗有耳。聖人悟之，故有若無；愚人迷之，故無而爲有。蓋聖凡之辨微矣。吾有知乎哉？無知也。聖人之無知，夫豈謙言者。一塵翳天，一芥覆地，虛明之中，豈容一毫妄知也耶！孔子蓋真無知耳，惟全體無成全體有，小扣小應，大扣大應。譬如風不自觸，故遇物而於喁不斷；鐘不自鳴，故隨扣而清韻常生。聖人若自知，焉能扣兩端而竭耶？《易》曰："寂然不動，感而遂通天下之故。"即此之謂也。

方寸裏一副能思量解會的力量，所謂才也，直使得人七顛八倒，彌高彌堅，在前在後，眼見虛花。孔子没奈何，難以本分教他，且教去博文約禮，漸漸消煞他才力。果然苦極憊極，欲休不得，湊泊到針劄不入處，一副力量都消磨盡了，然後自己本來一片田地，壁立萬仞的，瞥爾現前。雖欲從之，末由也已。非親證人，不解作此語也。譬如賊入室宅，鼠入牛角，無限偷心，驀地盡絶矣。

"未知生，焉知死。"此理難解，非言可詮。余讀《妙喜語録》，至謂鄭昂曰："你今年六十四。六十四年前，這能聽能説一段，歷歷孤明底，未生之前，畢竟在甚麼處？"曰："不知。"妙喜曰："你若不知，便是生大。今生且限百歲，百歲後你待飛出世界外去，須是與他入棺材始得。當爾之時，四大五蘊，一時解散。有耳不聞聲，有眼不見物。有個肉團心，分别不行。有個身，火燒刀斫，卻不覺痛。這裏歷歷孤明底，卻向甚麼處去？"曰："昂也不知。"妙喜曰；"你既不知，便是死大，故曰生死事大。"又讀《中峰語録》，有曰："學者未有不言爲生死事大者，逮叩其何爲生死，例是茫然。或者强謂生不知來處，死不知去處，是謂生死。斯謂狂言。縱使知來知去，即其所知，宛是生死。以生死脱生死，無是理也。須知生死元無體性，因迷自心，妄逐輪轉，宛然成有。譬如積寒，結水成冰；寒氣忽消，冰復成水。積迷於心，妄結生死。所迷既悟，心體湛然。欲覓生死，如睡覺人求夢中事，安有復得之理。當知生死本空，由悟方覺；涅槃本有，以迷罔知。或不能洞悟自心，而欲決了生死，是猶不除薪火而欲鼎之不沸，理豈然哉！"此二論逗機深淺，原無勝劣。要知妙喜所示，即子路所疑，而中峰所明，實吾夫子“未知生，焉知死”之注疏也。

亘古亘今，當人腳跟下一段本來田地，强名爲仁。本無名相，安可言説。弟子於無問處伸問，好肉剜瘡；聖人向無答處顯答，虚空着彩。讀者直下識取，已涉廉纖，況復佇思，崖州萬里矣。當知此仁，悟得不加分毫，迷時亦不欠分毫。夫子各就當人現成身分，直指他曰：“你此個便是仁而已。”如顔子不遷怒，不貳過，故夫子直以其所能克己復禮，指示曰：“此便是仁。”仲弓寬洪簡重，寬洪則能恕，簡重則能敬。故夫子直以他所能敬恕，指示之曰：“此便是仁。”司馬牛多憂多懼人也。多憂懼人，定不敢輕言以取禍。故夫子直以他所能訒言，指示曰：“祇此便是仁而已。”所謂隨機應物，雖終日言而未嘗言者也。

克己之己，與爲仁由己之己同，即所謂我也。己者何？則耳目心知，能視聽言動者是矣。禮即是仁，仁即是禮，以其爲天然之則，故曰禮。己禮非一非二，迷之則己，悟之則禮。己如結水成冰，禮如釋冰成水。己如析金爲瓶盤釵釧，禮如鎔瓶盤釵釧爲金。故釋冰即是水，不别求水；鎔瓶盤釵釧即是金，不别求金；克己即是禮，不别求禮。下文勿視聽言動，便是克己工夫。但拂非禮，豈絶視聽言動。可見己與禮，非一非二也。

朱子訓“天下歸仁”，歸字爲與，讀者俱作上聲，不如作去聲讀，如“與祭”之與稍妥耳。蓋孔子意謂有己作礙，即不能歸天下爲一己。今既克己復禮，則盡乾坤渾然是一個禮。故以一性入一切性而無欠，以一切性入一性而無餘。所謂燈影交光，相在相入，而塵塵合妙；網珠接影，互融互攝，而處處分形。又如古人云：“一月普現一切水，一切水月一月攝。”殆妙得歸仁之極趣也。

既曰克己，何以又曰爲仁由己？蓋仙家捨七情無還丹，禪家捨無明無佛性。所以道一切煩惱，爲如來種。若更於視聽言動之外，日貿貿焉覓所謂禮者而復之，是棄冰覓水，棄瓶盤釵釧覓金也。故曰爲仁由己，非由人也。若捨此他覓，便是從人覓矣。

顔淵天資高邁，一聞克己復禮之訓，即領得己與禮原是一個，就是當人日用，更不是别的；故不更絮叨，直問其名目，以證所得耳。夫子知之，故但曰："己即是視聽言動，克己不教汝除卻視聽言動，但非禮勿視聽言動耳。"非禮即己當知眼有天，則視不以眼。顔淵至此，遂豁然大悟矣。此正是孔子與第一高弟傳心密語，壁立萬仞，如此喃喃，不直一笑。

仁道至大，離心緣，絶能所。怯弱之人不堪負荷，聰明之士反增機障。庶幾者，其剛毅木訥人乎？剛毅者，牢籠不住，呼唤不回，畢力一生，永無退轉。木訥者，不會穿鑿，不亂度量，精神易翕，情緣稍輕，故夫子謂其近仁。然而不學，則亦徒抱美質焉耳矣。

今夫盈河皆冰也，而取湯澆之，豈惟不能遍及，且恐所澆之湯隨化爲冰矣。人心多欲也，而擬用心禁之，豈惟不能盡禁，即恐所用之心復增爲欲矣。故太陽一出，則堅冰潛消；本地瞥見，則衆欲退聽。所謂不離情欲，而證天理，正聖門爲仁之真脉也。原思求仁，要使克伐怨欲不行，政如以湯銷冰者。故孔子曰："可以爲難矣，仁則吾不知也。"難者，謂此事難行耳，非許之也。

今之用心於學者，多在静處做工夫，閉目默坐，念起即擬放下。少得片時念不生，便以爲快，不知正是昏沉耳。無異擔雪填井，運石壓草，正所謂二乘除糞之道也。吾數年前，被邪師指示，幾誤一生。今之學此者，亦不少也，曷自反曰："是誰克伐？是誰怨欲？"則覓克伐怨欲了不可得，更欲教誰不行耶？

子路嘗沾沾自喜其勇。如曰："君子尚勇乎？""子行三軍則誰與？"至是又問成人。其意殆自謂：如吾之勇，可稱成人耳。孔子遂連舉幾個一節之行的，如臧武仲等，若曰："一身兼數行，尚未可與成人，須是文之以禮樂，況止如卞莊之勇者乎？"禮樂是天則，不是文具。張子韶詩曰："四者相資體亦成，體成須要得兼明。當知禮樂非文具，乃是其間造化名。"此妙得禮樂之義矣。下節或謂是子路語，亦通。

古之學者爲己，己一也。曰克己，又曰爲己，一取一捨，不相違耶？余觀釋典，初説苦空無我，後説常樂我淨。前無我即克己之己也，後我即爲己之己也。無我乃是真我，克己乃能爲己。

子貢，穎慧人也。夫子一日忽向他歎云："莫我知也夫！"此語直是險峻。子貢曰："何爲其莫知子？"大非孔子本意。夫子又曰："知我者其天乎！"蓋當時談道術者，未嘗不貴上達，而索之高遠，求之苟難，以其未嘗知天耳。孔子隨緣任運，也不怨天，也不尤人。世謂此尋常下學耳，不知除卻此更無上達也。此義愈淺愈深，誰知之者，其惟天乎？夫天何心乎，何言乎？此其知豈在情量解會間耶？蓋世有知天者，然後信天之知孔子。世有信天之知孔子者，然後信上達在下學内，且在信己躬内時時上達。世界内人人上達，特習矣而不察耳。程子亦云："下學人事，便是上達天理。然習而不察，則亦不能以上達。"卻甚分曉。考亭曰："循序漸進"，似非聖人一貫之學矣。

有心造出的，固是小慧；假饒無心造出的，亦不離小慧。何者？有心即落掉舉，無心便屬昏沉，都墮情識，故名小慧。情識之視良知，真不翅壘塊之在大澤也，安得不謂之小？然除卻有心無心，畢竟誰是大慧，試擇焉。

"君子義以爲質。"質，幹也。有幹，然後枝葉附焉。又質，素也。有素，然後彩色加焉。若不明此個，而務爲禮遜與信，是小禮也。足恭也，小信也，即作得周備，亦祇是一個硜硜小人，豈曰君子！義字便是義之與比之義，所謂性體也。

"君子疾没世而名不稱焉。"稱字宜作去聲讀，此語蓋謂實不稱名者發也。一生享大名，而考其實，不足以副，可惡孰甚焉。若作稱譽之稱，徒使噉名客藉口耳。《伯夷傳》亦引用此句，如注意，然史遷亦何足深據也。

"吾嘗終日不食，終夜不寢，以思無益，不如學也。"無益似當連上句讀，蓋思無益之事，如名物技藝之類，故不如學也。若能反求，是有益之思。有益之思即是學，更於何處覓學耶？學者覺也，覺匪心外。

"見不善如探湯。"或解曰：如以手探湯，始猶懼其熱，而漸入之久，則無傷矣。甚善。夫見善索然，安於不及矣；見惡油然，與之相諳矣。是委靡不振之人，此豈夫子所願聞且見者，故致歎焉。異時又曰："吾未見剛者。"

"仁者見之謂之仁，知者見之謂之知。"何以不得爲君子耶？曰：正謂其偏有所見耳。好仁好知，好信好直，好勇好剛，夫非學歟？何以曰不好學也？曰：謂其偏有所好耳。有所見則有所不見矣，有所好則有所不好矣。擔板非道，揀擇非學，故不能與於道而免於蔽。然則如之何而後可？曰：忘其見則道集矣，刳其好則學全矣。所謂一翳在眼，空花亂墜。

子曰："予欲無言。"夫孔子生平自言及答問，俱是逗學者機應所知，量所謂舌頭談而不談者，豈至此然後欲無言哉？可奈子貢依然祇是莫知本意，故孔子又引天爲證。此意亦淵邃，學者須委悉吾夫子不開口處，吃緊爲人，方是真脉。昔靈山拈筆，賴有迦葉，豈其聖門翻無針芥？顔子没矣，豈曾子當時不在側耶？

世人欲向四時行百物生處，見天之心。諸弟子欲向動靜語默處，見孔子之心。殆全見全不見也。窺月於千溪萬派，見春於萬紫千紅，謂非月非春不可，謂即月即春亦不可。

"有始有卒者，其惟聖人乎？"約理而論，則豈惟聖人爲然。百姓日用間，着衣吃飯，行住坐臥，何嘗不舉始該卒乎？蓋理外無事，事外無理，處處皆顯真實義。塵塵盡是本來人也。所以程子曰："灑掃應對，與精義入神，貫通祇一理。"雖灑掃應對，祇看所以然如何。學者誠知灑掃應對之所以然，則下學上達一以貫之之指，亦思過半矣。

聖如孔子，始與凡民無别。譬則通途平地，而子貢乃擬之於不可升之天也。孔子綏來動和之效，收之當念，而子貢以爲有待於邦家也，烏在知足以知聖人乎？然孔子爲魯司寇，攝相事，其初尚來彌裘之誇，則又安在其斯立斯行也哉？學者於此，當不能一笑釋然者，是尚未夢見子貢在，況能望見吾孔子影相也耶？

"不知命無以爲君子也。"此命字即"天命之謂性"之命。學者所學何事，而不知天命；雖行證極其完，樹建極其偉，亦衹是日用不知之百姓耳。百姓日用而不知，故君子之道鮮矣，故曰“不知命無以爲君子”。昔孔子自謂五十而知天命，蓋君子之難成也如此。

禮即是克己復禮之禮，不知禮即渾是人欲之私，其身頹然屈於萬物之下，而顛且仆矣。故曰：“不知禮，無以立。”

卷之十八

説書類

讀中庸二十六篇

友人問："如何是天命之謂性？"余曰："此中須細思，當自得之。"友人不省，數日又來，問曰："孟子説孩提之童，無不知愛其親也；及其長也，無不知敬其兄也。愛親敬長，即是良知，夫非天命乎？"余曰："聖賢説的，多是以第二門引人。且孟子説得甚明白，他説孩提既長，不説纔出胎之赤子。正以纔出胎之赤子，尚不知愛親敬長也。天命無一息不流者，如何斷滅於初生之時，而發見於孩提稍長之後？蓋愛親敬長，是率性之道，非天命之性也。"又曰："赤子初生，便能視能聽，能吃能動，此不待稍長而能之者，吾以爲定是天命之性。"余曰："此由出胎後根塵相對而後有，不是父母未生前消息也。如有目合色然後視，有耳合聲然後聽，有舌合食然後吃，有身合觸然後動，所謂由塵發知，因根有相，相見無性，同於交蘆者是已。若父母未生前，也無眼耳，也無身，也無舌，也無色聲味觸，不應天命之性一向斷了。姑無論父母未生前，恐你見以爲迂而不信，即如你熟睡不作夢時，也不視聽，也不吃，也不動不應，天命之性至此斷了？盡視聽等亦衹是率性之謂道耳，非天命之性也。"友人又曰："能視能聽的固不是天命，衹始視聽之時，隨感隨應，不待安排，不識不知，自然而然，此安得非天命之性？"余曰："因有色聲視聽，然後説個不識不知，自然而然，此即從緣生，即是有對待的。非絶待真心，即非是天命。鄧豁渠云：‘一等認不識不知，自然而然者，此是認識神作元明照。’恰中你病，蓋此等亦是率性之謂道也。”友人又曰：“然則聲色俱無，視聽雙泯，一念不起時是耶？”曰：“天命是無一息不流的，不可不視聽時便有，視聽時便無也。不可不起念時便有，起念時便無也。且人固未有一念不起之時，即有一念不起之時，亦屬想元。不見《楞嚴》以精明湛不搖謂之想元，屬之識陰。所以道縱饒似秋潭月影，静夜鐘聲，隨叩擊以無虧，觸波濤而不散，猶是生死岸頭事。如汝所認，是以想元識陰，生死岸頭事，而屬之天命之性也，誤矣。蓋此亦祇是率性之謂道耳。”友人曰：“我説許多，俱道不是，怪底慧可曰：‘覔心了不可得。’大顛亦曰：‘無心可將得。’我知之矣。了不可得的，將不得的，便是天命之性耳。”余曰：“你此説全是全不是，何也？覔固不可得，不覔時豈是無耶？將固不得可，不將時豈是無耶？且所覔所將之心，正是你所認情識之心耳。若天命之性，性一切心，體一切用，生天生地，生人生物，横貫宇宙，竪窮古今，豈爲你所無乎？可見你所説者，亦祇是率性之謂道也。”友人曰：“俱捨此何以見天命之謂性？”余笑曰：“俱捨此何愁不見天命之性？”友人不省，謾曰：“如子之論，天命率性，話作兩橛矣，恐亦不然。”余曰：“天命率性，難説是同，難説是異，你自辨取。”數日後，又來問余。余曰：“至此卻不能説，然不得已爲你説個譬喻：三四月間，萬樹千卉。紅者紅，紫者紫，青者青，白者白，爭妍交豔，那一件不仗賴春的氣力。然花卉有許多種色，春卻没許多種色。如今要説花卉紅白青紫種色不是春不得，要説即是春不得。要知春無一處不有，又無一處可見。考亭詩云：‘等閑識得東風面，萬紫千紅總是春。’你把前種種認作天命，便是將萬紫千紅認作春了，怎奈不識東風面何？你若真是徹的人，就把土石、瓦礫、塵埃、野馬、糟粕、矢溺等，總屬天命之性亦得，又何妨將前種種所見説爲天命耶？仰山答僧曰：‘問諸方老宿，向汝指那個是性。語的是耶？默的是耶？總是總不是耶？若認語的是，如盲摸象耳鼻牙者。若認默的是，是無思無念，如摸象尾者。若道總是，如摸象四足者。若道總不是，拋本象，落在空見。若汝透得四句，不要摸象，最爲第一。’然仰山此語，亦衹道得一半。”

不覩不聞，此性體也，即天命也。你起心擬戒慎恐懼，便是覩聞，便違卻本體。違卻本體，便是不戒慎恐懼矣。夫君子非無覩也，即覩而未嘗覩也。非無聞也，即聞而未嘗聞也。夫即覩而未嘗覩，即聞而未嘗聞，方於天命之本體無乖違處，其戒慎恐懼孰甚焉。

天下無一人無喜怒哀樂者，亦無有一人有喜怒哀樂者。其喜怒哀樂無一時非已發者，亦無一時非未發者。可見人人中，人人和，人人率性，何嘗有一人離道者哉？然人人有喜怒哀樂，易知也；人人無喜怒哀樂，難知也。皆已發，易知也；皆未發，難知也。欲知端的，須真參始得。

或問曰：纔起念去戒慎，便是不戒慎了，便是覩聞了。纔起念去致中和，便是不致了，便是不中和了。要不去戒慎，不去致，又坐在無事甲裏，這也不得，那也不得，將如之何？余曰：你此問極妙。不覩也，不聞也，中和也，衹你如今這也不得，那也不得的，不欠一分毫。你衹管這也不得，那也不得，便是戒慎恐懼致中和家具工夫也。一日失腳踏到底，方知余言不謬。

知愚賢不肖，皆不得與於道。然《費隱》章卻言夫婦之愚不肖，可與知能者何？我知之矣，愚不肖少情識，而賢知者多意見耳。

道也者，不可須臾離也。乃曰不明不行，不幾離之矣乎？嗟夫！此道人人圓成，豈有一時一刻不明行於天地間之理，所恨人不知耳。故曰：人莫不飲食也，鮮能知味也。一知味則須臾轉凡而成聖，不知味則自心本聖而墮凡。知之所係，大矣哉！

君子之强，惟致中和之聖人能之。故和而不流和字，中立不倚中字，即首章所稱中和耳。和者已發，已發易流，今不流而返其源。中者未發，未發則四空無着，意識不能緣，情念不能到。君子安住其中，不依倚一物，且隨所遇之有道無道，一無所變遷。非聖人其孰能之？故曰：“强哉矯。”

費隱二字，善狀道體者無踰此。他書贊道體萬萬言不能盡者，獨以二字該之，何其妙也。何謂費？夫婦鳶魚，可與知能焉。何謂隱？聖人有所不知不能也。夫有所不知不能，又何以爲聖人？《關尹子》曰："非有道不可知，不可知即道；非有道不可思，不可思即道。"《楞嚴》曰："自心取自心，非幻成幻法。"知此乃知不知不能，正所謂聖人也歟！

"語大天下莫能載焉，語小天下莫能破焉。"凡物以彼載此，以此載彼；以彼破此，以此破彼。蓋有二，故可載可破也。而道豈其然哉？不惟不可言二，而且不可言一，又安得而載之破之。讀釋典者，至芥納須彌，毛吞鉅海，轉法輪於微塵裏，現寶剎於一毛端，輒詫以爲奇。且謂吾儒不能爾也。獨不觀中庸曰："語大天下莫能載焉，語小天下莫能破焉。"何神通如之，而顧少遜於釋迦也耶？

道即是人，人即是道。不可以人別求人，不可以道別求道。纔擬心爲道，便與當人，遠之遠矣。故曰不可以爲道。然所謂人者何耶？豈其耳目口鼻而謂之人乎？豈見聞覺知而謂之人乎？然除此畢竟那個喚作人？於此不知，而言爲道，俱妄作耳。

率乎天命之謂性者，所謂素也，所謂易也。素者，無緣飾之謂。易者，平常無奇之謂。瞥生意見，便是外，不是素；是險，不是易。

里中學者多認釋典"不可得無心無相"之類，以爲極則。不知此猶權說，非了語也。古人道聖心無有取相之知，故云無知，非謂無真知也。何者？般若靈鑒，無種不知，不同太虛一向無知也。余嘗言第二月非有，而本月非無。影象非有，而鏡非無。翳非有，而目非無。非有既不立，非無亦何存。既非非無，亦非非有。到此説有説無，俱爲戲論，惟在學者默契而已。於此有疑，則吾孔子之論具在："視之而不見，聽之而不聞，體物而不可遺。"即云不可見聞，則全消影響；體物不遺，復是阿誰？孔子此處爲人吃緊，急着眼時，已遲八刻，況復卜度，劍去久矣。

哀公問政，蓋問其跡也。故孔子言"文武之道，布在方策"者，跡耳。非所以跡也，其惟人存乎？人道存自然敏政，而政之在方冊者，特蒲蘆耳，猶言土苴也。人道極於知天。何謂天道？誠是；何謂人道？誠之者是。人道盡，而行政自敏。若九經之數布在方冊者，直蒲蘆耳。此章之大意如此。

哀公問政，而孔子論學。今世士人歧政學爲二端者，曷省焉。先儒謂曾點、漆雕開已見大意。夫曾點之所志，漆雕開之所未信，皆此人道。得此大者，而政其緒餘矣，故曰已見大意。

誠不可言説，不可形容。孔子不得已説個不勉不思從容，已是勉矣，思矣，不從容矣。此個境界，豈復耳目心思之所能測，況可容擇與執耶？乃誠之者，無端於無揀擇中而生揀擇，於無可執持中而欲固執，若不十分用功，安能消鎔其情妄哉！故下文遂有博學等功。

或曰：博學、審問、愼思、明辨、篤行，何異於擇執乎？幾求之於耳目聞見矣。曰：此所謂以楔出楔者也。至於明强與誠合一，然後自知前者功力總不相干耳。譬如置物篋中，已忽忘之，遠搜垣墻之内殆遍矣；一旦復得於篋中，政不關搜尋之力也。然非搜尋之極，何以得篋中之物。故學問思辨，聖人爲下學方便門，百倍其功，自當神解。

有所在則有所不在，無所在則無所不在。至誠心，絶妄緣，無所在矣。是以靈知周遍，無所不在也。故曰惟天下至誠爲能盡其性，纔有所在，便成滲漏。滲漏則不盡矣。

盡人物性，參贊天地，以相求之，則孔子歉矣。不知即今人日用，元與人物天地毫無隔閡，又何疑吾孔子之贊化育，參天地乎！第衆人由之而不知，所以覺與人物天地不相關也。

仙家謂七情皆還丹，禪家謂無明即佛性。故由化識乃爲智，識即智之地也。由克己乃復禮，己即禮之地也。由致曲乃能誠，曲即誠之地也。故曰曲能有誠。曲者，不誠也。致者，致不誠以復於誠也。今人以物與人曰致。

誠者自誠也，而道自道也。自者全體現成，不假求索。若求之趨之，是從他覓，非自也。無怪其轉疎轉遠耳。今問於人曰："汝何以名人？”彼必曰：“我有耳目口鼻而爲人，我能見聞覺知而爲人。”不知此等皆因緣而合，緣盡而散，畢竟祇同於龜毛兔角耳。人所謂有而不知，其實無也。誠之在人，如空在諸相中，春在花木裏，摶之無形，覓之無蹤。人所謂無，而不知其實有也。蓋耳目口鼻見聞覺知，全仗誠力，無誠則無物矣。譬如無空，安能發揮諸相；非春，豈能生育萬物？

考亭解至誠無息曰：既無虛假，自無間斷。可謂簡切。即今耳目聞見是虛假，心意摶量是虛假，擬心去妄存誠亦是虛假。蓋此個都是仗境託物而生，境物非常住，此個安得無間斷？

余聞認識神爲德性者，喻認賊作子；認德性爲德性者，喻認奴作郎。夫認奴作郎，則其卑德性也甚矣。認德性有何過，而至卑之若此？蓋德性巍巍獨立，不與諸緣作對，不與萬物爲伍，本自尊也。直是親近不得，奔湊無門。你若擬議如何是德性，便將驢前馬後漢指作本來人，徹底卑他了也。故德性本尊，但莫汙染。如何即得不汙染？須是道問學始得。何故？萬古碧潭空界月，再三撈摝始應知。

大哉仲尼之聖，然非自爲大也，第祖述堯、舜耳，憲章文、武耳，上律天時、下襲水土耳。曰祖述，不敢作也。曰憲章，不敢悖也。曰律、曰襲，不敢違異也。豈惟孔子不自爲大，即天地亦不自爲大。聖人律之襲之，正律襲其不自爲大者耳。譬如天地無不持載矣，覆幬矣，四時日月錯行代明於其間矣，并育并行不相悖不相害矣。何其大也。而豈天地之自爲大哉，秋毫皆德爲之耳。故曰：小德川流，大德敦化。此天地之所以爲大也。夫天地不自爲大，而以德大。仲尼亦不自爲大，而以天地之大爲大，所謂律之襲之也。蓋德生天地，生聖人，而天地聖人何庸心焉。是以毫釐有心，天地懸隔。何謂大德小德，所謂誠也，誠固非有心之所能合也。

唐、虞盛世，尊親祇海内人民耳。日月所照，霜露所墜，則極天際地，不止中國矣。凡有血氣，則蠕動之屬咸在，不止人矣，而何以曰莫不尊親，豈非學者之所深疑者哉？或者曰：此論其理耳。夫理外無事，事外無理。且所謂理者，畢竟何如是理，請更思之。余里中有作此題者，中四股云："聖人與物，性一而類殊。類殊，故百千其族而不可窮。性一，故聖人建大德於萬類識中，而萬類自生成於聖人心内。物與聖人，體合而形離。形離，故竭有形之澤而不入。體同，故以一聖人攝衆有情，而物無遺類；以衆有情歸一聖人，而聖無遺澤。縱彼無知之甚，而所欲知趨，所惡知避，豈不全具聖心之造化耶！夫其能全具聖心之造化也，則所稱尊親之至者，曾不是過矣。縱彼纖細之甚，而方溫思出，方秋思入，豈不同游聖心之化育耶！夫其能同游聖心之化育也，則所稱尊親之實者，曾莫踰此矣。以上則莫尸其功，以下則莫知其賜，謂曰配天，不亦宜哉！"此文雖失時義矩矱，然庶得此題之髓矣。

無所倚者，不倚心思知慮，不倚耳目聞見。人之所恃者，衹此心思知慮，耳目聞見。今皆不用，又將何者去經綸，去知，去立。嘗聞木末蟲無所不緣，惟不能緣於火焰之上。心意識無所不緣，惟不能緣於般若之上。心意識不緣處，便是經綸大經，立大本，知化育處也。既曰夫焉有所倚，若將聰明睿知去知他，便是倚聰明睿知，若不聰明睿知，又怎領得，其惟固聰明睿知者乎！固者，收斂弢藏之謂也。

《中庸》始揭天命之謂性，而結之以無聲無臭，是豈學者情量所能推測者哉！其惟至德能凝之，而固聰明睿知者能知之。德而曰至，聰明睿知而曰固。你擬以小知小解去湊泊，不啻遠矣。

【箋】

李贄曾評宗道此篇，云："伯修《海蠡篇》説'天命之謂性'處盡好，如何卻又這等纏縛？"見袁中道《柞林紀譚》。

［鄧豁渠］鄧藿初，號豁渠，内江人。諸生，講良知學。久之，入於禪，入青城峨眉訪僧，隨入洱海雞足山白鶴寺薙發，雲游江、浙、湖、閩，後至燕京與趙大洲會。大洲勸令西還，至涿鹿水庵卒。有《南詢録》。《四川通志》卷一六八有傳。

卷之十九

説書類

讀孟子二十七篇

《孟子》一書，衹是以性善二字爲主。此善字，非善惡之善，如《大學》所謂至善也。性離文字，離言説，離心緣，不可見矣，見之於初發之情耳。故曰：天下之言性也，則故而已矣。故者，以利爲本。又曰：乃若其情，則可以爲善矣，乃所以爲善也。蓋論性難矣，舉其全，則豈惟第一念是性，即念外生念，千狀萬態，總是性也。何也？若無本性，不生忘念，故即性。遡其初，則豈惟念外生念，千狀萬態者不是性，即第一念總不是性也。何也？性本離念，念即離性，故云非性。譬如論月之全，則第二月是月也。以至光彩隨地，或長或斜，或扁或方，亦莫非月也。何也？無真月則無餘月，故皆是月。論月之體，則隨地光影非月也。即第二月亦非月也。何也？惟一月真，餘俱是妄，故皆非月。故爲月之難見，而遂取隨地光影以爲月。則或有疑月是長者矣，有疑月是扁者矣，有疑月是斜者矣，有疑月是方者矣，不愈遠而愈失其真乎？不若第指二月爲近之，何則？第二月離月非遠，雖曰幻妄，體相全同也。論性亦然，爲其不可指示，而遂取念外生念，千狀萬態者以當之。則或疑戕賊是性者矣，湍水猶性者矣，生是性者矣，食色是性者矣，惡是性者矣，有善不善是性者矣，可善可不善是性者矣，不愈遠而愈失其真哉！不若指第一念爲近之。何也？第一念離性未遠，雖曰情識，尚屬自然也。戰國之時，人不知性體，無責矣；而乃以杞柳湍水食色等，昭昭然揭於天下，曰此性也，則何所不至，其害可勝言哉！孟子生乎此時，何忍不方便救援，是以論天德，論王道，俱專提第一念，以惻隱羞惡辭讓是非爲仁義禮智，以禮義悅心爲心之所同然，以愛親敬長爲不慮不學之知能。以不失赤子之心爲大人，以充其有所不忍，有所不爲，爲不可勝用之仁義；而取證於孩提稍長之年，乍見入井之時，嘑爾蹴爾之頃。其論王道也，定天下則決之不嗜殺人之一念；王天下則決之不忍觳觫之一念；治天下如運掌，則決之怵惕赤子之一念。而總歸之曰性善。可謂香中爇其牛頭，水中飲其甘露，其有功於斯世斯民大矣。豈惟孟子？自精一執中之傳，以至於今所謂顯説者，亦惟此第一念而已矣。所謂執中者，以此執也。所謂克明者，以此明也。所謂一貫者，以此貫也。所謂致知者，致此也。所謂率性者，率此也。所謂修道者，修此也。所謂養氣者，養此也。所謂定性者，定此也。所謂主敬者，主此也。若夫一片本地風光，乃天地未分，父母未生時消息。而《中庸》首揭曰天命之謂性者，雖孔子、孟子窮其玄辯，亦不免轉説轉遠耳。雖然，苟有默契吾孔、孟不説之説者耶？所見飛潛動植，墻壁瓦礫，皆深譚天命之性，又何杞柳湍水諸論，而爲性外之譚者乎！夫桓、文定霸之業，豈不偉哉，固當時人之所不必能，亦當時人心之所共駭爲奇者。見觳觫之牛而動心，即人誰無是心，且誰有執此爲奇者。而孟子所取保民而王，乃在此不在彼，何也？嗟夫，寧有人人之所不必能而可通之人人者乎！寧有人心之所共駭而可聯屬乎人心者乎！夫惟人心所共能而心之所共安者，乃可以治天下矣。且以力服人，布彩於焦芽也；以羊易牛之一念，則發幾於靈根也，不翅遠甚。齊宣衣藏明珠，而津津渴慕他人之碔砆。不爲其易而爲其難，捨其上而趨其下者，不亦可笑矣乎！

“老吾老以及人之老，幼吾幼以及人之幼，治天下可運於掌。”“人人親其親，長其長，而天下平。”孝弟也者，鼓鑄一世之大洪鑪，點化庶品之大還丹也。各老吾老，各幼吾幼，各親吾親，各長其長，聖賢何嘗敝敝焉以治天下爲事哉，因民而已矣；何嘗有爲哉，自然而已矣，乃獨以無爲自然歸老、莊者何歟？

友人問知言方養氣大意。余曰：聖賢學問，衹是個不動心。曾子述孔子之言："知止而後有定，定而後能静，静而後能安，安而後能慮。"定静安便不動心，慮便是不動心的作用，知止便是不動心的工夫也。曾子得孔子知止之學，便能自反而縮。孟子得曾子自反之學，故能養氣知言。須知知止自反，知言養氣，總是一樣，總是不動心之的訣也。捨此而談不動心者，都是硬作主張的，與聖賢天地懸隔。如告子、孟賁、北宫黝、孟施舍等，便是不動心之外道也。譬如要樹不生，將樹枝葉縛了，縱然不發，他生意原不曾絶。畢竟如何即得不生，須是向根下着一刀方得。要心不動，硬作主張，衹不動便了。縱然暫時按伏得住，其偷心怎得絶，即這硬不動的便是偷心了也。所謂將心無心，心轉成有；止動歸止，止更彌動。何異縛樹枝葉，而求樹之不生者乎？如告子曰："不得於言，勿求於心；不得於心，勿求於氣。"他分明自知不得於言，不得於心，這兩不得，便是他受病根本，已是蚤動了也。乃曰：我衹一個不求便了。正是掩耳偷鈴。孟子認得不動心的根本，故説養氣非求之氣，知言非求之言，總在心上作功夫。氣，心之氣也；言，心之言也。一得於心，則氣不期養而自養，言不期知而自知矣。所以曰行有不得於心則餒。蓋告子不顧得與否，衹要不求。孟子不顧求不求，衹要得於心。欲辨孟子、告子之得失者無他，辨諸心之得與不得耳。告子便是縛枝葉的，孟子正所謂根下着刀者也。義即是心，求得於心，便是集義。集義，則知言養氣都在裏許了。所以説到知言處衹數語。無工夫如何集義，必有事焉，而勿正心勿忘勿助長便是。此孟子一生學問大頭腦，直接聖人之傳處。看此處那得草草。大抵人不是作意，即是忘懷，捨此二途，便無措手處。纔忘懷便是無事了，便是忘了。纔作意便是正了，便是助長了。直是趨向無路，湊泊不得。親之如大火聚，透之如生鐵壁。古人教人曰：此事不可以有心求，不可以無心得，不可以語言造，不可以寂默通。人衹有此四路，把來一時塞了，卻要他別尋一路，難哉，難哉！不知此正是吾人放身命處。誰能進一步於百尺竿頭，翹兩腳於獨木橋上？自爾浩然之氣一時養就，差别言語一時知得，方悟此心寂靜活潑，不以求時動，不求時不動也。不動時固不動，動時亦不動也。動亦不動，是爲大定。無不得之言，無不得之心，不須求，亦不須不求，方纔是當人大休歇之處，方纔是孟子之不動心，曾子之不動心，孔子之不動心，一切聖賢之不動心，豈告子輩之所能知哉！

李卓吾先生有《四書義》數十首，予最愛其《不得於言勿求於心不可》篇，後二股云："心無時而不動，故言之動，即心之動，初不待求之而後動也。即不待求而動矣，而又何惡於求耶！心無時而或動，故言雖動而心不動，而又豈求之所能動也。即非求之所能動矣，而又何害於求耶！"看他徹的人，出語自别。

友人問：人皆有不忍人之心，其意何如？余曰：若論天地未分，人物未生時，直是没開口處。及天地既分，人物既生，乃有仁義禮智名字。雖有名字，實無形相，雖然，已生實即未生的消息，正所謂性體也。然既有本體，便有發用，如所謂不忍人之心是矣。惻隱羞惡辭讓是非，總是不忍人之心。友人問：羞惡辭讓是非，如何也是不忍人之心？余曰：内之耳目口鼻意，與外境相觸，神感神應，不由人不惻隱，不由人不羞惡，不由人不辭讓是非，要忍也忍不得，故總屬之不忍也。友人又問：惻隱等心，何不便名仁義禮智乎？曰：仁義禮智是體，惻隱等是用。無感時則名仁義禮智，有感後則名惻隱等。如惻隱緣孺子感之而有，羞惡等亦各因感而有，無感則寂然，强名仁義禮智耳。友人曰：無感則無有，如何又有仁義禮智之名？余曰：其實祇一真心，無多種心。因感之而惻隱，則説他源頭是仁；感之而羞惡，則説他源頭是義。禮智亦然。若不因感，則仁義等名亦不立也。譬如空，一而已。在房則曰空房，在堂則曰空堂，在亭則曰空亭，在方器而曰方空，在圓器則曰圓空。因房堂方圓等器，故立差别空名。若無房堂等，即空名亦不立也。又曰：如何説惻隱等是仁義禮智之端？余曰：見人影則知有人，見鳥影則知有鳥，見山中響則知有泉，見石縫烟則知有火，見囊中尖則知有錐。仁義禮智是性體，非知可知，非識可識，惟於發用處見得耳。孟子説人皆有不忍人之心，蓋人是天地之生機，既是一團生機，如何忍得，所以各各有不忍人之心。不因聖增，不因凡減者也。但凡民初觸物便有，隨即昏昧。如石火忽現，倏然便滅。先王有不忍人之心，便用出來治天下，若運掌耳。人聞説治天下如運掌，便謂先王有多少奇特，豈知卻甚平常，衹從人人皆有的一副不忍人之心作出耳。如何見得此心人人皆有，即乍見孺子入井，而惻隱可見矣。謂之曰乍見，隨感輒應，那有毫髮許别意纔入，正所謂第一念也。蓋此個離元明本體不遠，不曾轉入第二念。如第二月非是月影，禪家謂之現量，轉入第二念便是比量，非量矣。比如九轉靈丹一點，則瓦礫皆黄金。堯、舜得此一點，將滿世界化爲時雍風動，故曰治天下可運於掌上。夫不忍於不惻隱，則當羞惡時，決不忍於不羞惡。以至當辭讓是非時，決不忍於不辭讓是非矣。若曰無此數種心，其必非人類而後可也。且道惻隱羞惡辭讓是非是甚麽，這不是别的，就是人所驚駭，以爲決不可能之仁義禮智的端緒也。可見盡天下人都是仁義禮智的人，不然怎解如是惻隱，如是羞惡，如是辭讓是非，人奈何自菲薄哉，而謂己不聖人若也。且如人必有四體，然後成人。四端就與四體一般，誰人不信自己有四體者，誰人以有四體爲奇特事者？奈何不信己有四端，奈何以有此四端爲奇特事哉？説到此尚恐人信不及，又以惡名激他。夫賊其身，賊其君，便盜跖聞賊名也不甘，豈不是天地間第一惡名。今不信有四端，便是這般人了，可不懼哉！孟子無奈戰國人人麻木何！説得痛的，的真是令人墮淚，我輩猶然信不及，豈惟孤負先賢，亦乃辱末自己也。夫四端既是決有的，宜乎通得到别處，如何别處又擴充不去。如乍見孺子，固然惻隱，及見鄉鄰失所者，又全不相干。此其病在何處，病在不能知耳。若還知得，皆能擴充了。便如始然之火，必至燎原；始達之泉，必然盈壑。又當知知即是擴充，非知了又另去擴充也。蓋即知之時，全體現見，豈不是擴充。知之一字，最是吃緊。如所謂“百姓日用而不知”，所謂“民可使由，不可使知”，聖凡之隔，隔於一時耳。故伊尹曰：“以先知覺後知，以先覺覺後覺。”千古聖賢設教，衹是教人一知便了。擴而充之，便可以保四海，與治天下如運掌之先王比功而并烈。若還不知而充之，莫説保天下，便自己妻子也保不得。人雖至下劣，豈可不求保妻子乎，而可不知爲也！要知帝堯克明峻德，當其初明時，四海已保合在一念中，時雍風動，特粗跡耳。孔、孟雖微賤，無一毫功業在春秋、戰國，不知已保合四海於一念中了。桓、文源頭不明，就能九合海内，亦止是以力服，非心服。非心服，豈得爲保合者聯屬之意。余往歲居村中，有人説傳記，至龐氏捨柴買魚作衣奉姑處，其時坐客都出淚。予視一客，其客收淚而笑，蓋其慚也。余曰："你不須慚，孟子所謂苟能充之，便是充你這一滴淚。你這一滴淚，不數鮫人一滴珠也？且你一向是凡民，今幸而作一刻聖人，而又慚乎？"予因思坐中數客，有妻子全不相聯屬者，這便是不保妻子的人。不是别人，就是先間聞龐氏事而出淚者。倏而聖人，又倏而下愚。下愚、聖人，信不隔一條線也，可哀可懼。余讀此章，知孟子以齊王猶反手，其胸中素定矣，豈有如公孫丑所疑動心之理。乃有謂孟子不能王而强欲王者，是何言歟？考亭《答梁文叔書》云："近看《孟子》，見人即道性善，稱堯、舜，此是第一義。若於此看得透，信得及，直下便是聖賢，便無一毫人欲之私，做得病痛。若信不及，孟子又説第二節工夫，又衹引成覸、顔淵、公明儀三段説話，教人如此發憤，勇猛向前。日用之間，不得存留一毫人欲之私在這裏，此外更無别法。"伯安先生編朱子晚年定論，有此一段，較之注解《四書》時，見解真大異矣。安得考亭於他注不安者，一一改正如此説之直截痛快也耶！顧學者徒稱法達亮禪，大能誦經講論，而不知其見曹溪、馬祖後消息，可歎也。

赤子之心無分别，無取捨，所謂第一念也。大人事業，衹用第一念有餘裕矣。故曰：大人者，不失其赤子之心者也。然熾然分别取捨，亦未嘗失赤子之心，又當知有這個道理。

謂人之所以異於禽獸者，靈知乎？則血氣之屬，必有知；凡有知者必同體，禽獸固未嘗異於人也。禽獸之所以異於人者，妄知乎？則一切凡民出作入息，何者非妄？見利即趨，見害即避，人又未嘗異於禽獸也。然則所謂幾希者安在乎？曰：人與禽獸，共由此道，而可使之知者獨人耳，此其所以少異也。裴公休曰：“鬼神沉幽愁之苦，鳥獸懷獝狘之悲。可以整心慮、趨正覺者，惟人道爲能耳。”人之異於禽獸，信在一知也。舜明於庶物，察於人倫，則爲千古之極聖。百姓行矣而不著，習矣而不察，則爲襟裾之禽獸。然則知與不知，所係甚大也。人聞罵之爲禽獸者，誰不攘臂。自我觀之，宜急求脱禽獸之實，不必怒其名也。

庶物人倫，百姓日用，獨舜能明能察耳。由仁義行，如孔子所謂從心不踰矩也。即伽文亦曰隨順覺性。行仁義便攙入思勉，墮於情識，非從心矣，非隨順矣。

古人喻論性者曰：如有一人，曾於七處住止，適人問月出没於何地。首則曰月自水東出，而水西没，曾居水國見之。又云月自山頂出，而山下没，曾居山中見之。又云月自城頭出，而城外没，曾居城中見之。又或指月出没於舟之左右，樓之上下，村之前後，郭之東西，皆其曾居而見之。而智者咸不許其説，當知彼所指處，未嘗非月也，惟是月實不於此七處出没。原其所指之謬者無他，雖隨處見月，惟未曾仰天一見耳。如告子所指杞柳湍水食色，無善無不善；又或者謂性可以爲善，可以爲不善，有性善有性不善，與論月出没於七處者何異？彼固非無所見而漫説者，其奈束於所見。何哉？世有能仰天一見者，始默契孟子性善之説於言外矣。

告子曰：“生之謂性。”性，體也。性發而爲情，曰生，用也。若論性體，則凡有血氣無有不同者，固無分人與犬牛矣。正猶白之謂白，無不同也。若發而爲生，於是各各不同。如人食芻豢，牛食草，犬食穢，以至居處，莫不各異。正猶白羽之異於白雪，白雪之異於白玉也。告子不知性體，而以生之謂性，則雖欲同之而不可得矣。故孟子舉雪羽玉之不同者以詰之，而告子又强同之。至於人與牛犬，即三尺童子知其嗜好之不同也，而告子猶能强同之乎？是以彼雖强辨，亦無可措詞矣。雖然，性無同異，因異立同。異既不立，同亦何有。此又孟子性善之奥義也。

鄧豁渠曰：“睡着不做夢時，此是没沾帶去處，言思路絶，烟火泯滅，五丁不能致力，六賊不能窺測，是謂向上機緣，玄之又玄。然人安得不睡時有此消息耶？平旦雖未與物接，然獼猴正醒，卻已落覺寤獨頭，非緣未來，但不至東跳西蹼之極耳。故曰好惡與人相近也者幾希，人所謂本來人也。”余謂學者衹愁不識獼猴本來面孔耳，若也識得，決不賤跳蹼而貴安靜矣。即熾然好惡，卻與睡着不做夢時一般耳。

耳目之官不思，而蔽於物。夫當耳聽物目視物之際，是渠自見自聽，而無關於心耶？心之官則思，夫觸物遇境由耳聽目見乃思耳，又豈心自思而無關於耳目耶？此不容不疑者。如《大智度論》問曰：“聞者云何聞，用耳根聞耶？用耳識聞耶？用意識聞耶？”若耳根聞，耳根無覺知，故不應聞。若耳識聞，耳識一念不能分別，亦不應聞。若意識聞，意識亦不能聞。何以故？先五識識五塵，然後意識識意識。不能識現在五塵，惟識過去未來五塵。若意識能識現在五塵者，盲聾人亦應識聲也。何以故？意識不破。故夫有能於此，思之思之，又重思之，一旦豁然，則意根既返其源，而耳目口鼻俱一時解脱矣，自能鑒超於機先，聞在於聲前，豈非從大體之大人哉！

好善與强知慮多聞識正相違。强知多聞，必沾沾自好，豈好人耶？故無他技，乃能有容。

聖賢論學，頓漸雙標，以俟上中下根人各取證焉。如説己立立人，己達達人，便説能近取譬，可謂仁之方。如説反身而誠，樂莫大焉，便説强恕而行，求仁莫近焉。盡心知性節，所謂頓學也。存心養性節，所謂漸學也。夭壽不二，乃合頓漸，俱證超生死田地，所謂及其成功一也。程子所謂明得盡渣滓便渾化，其次惟莊敬以持養之。以是發明盡心、存心二節之意，何等分曉。

夫心量之大，非數等譬喻之所及也。心生虚空，虚空立世界。所以道空生大覺中，如海一漚，發則心量之大何如哉！而人乃取物交物之影相，認之爲心。如人夢爲蟻，渺渺然蟻也，而不知其實人也。衆人心括虚空，而誤以爲在形骸之内，方寸之間，何啻人之自惑爲蟻乎？然雖惑爲蟻，而未始非人也。雖小其心，而心未嘗小也，特不能盡心之量耳。

而其咎安在乎？咎在不知性。知性則微雲散而太清朗，泡沫消而大海現，有不盡其心量者乎？故曰：盡其心者，知其性也。知其性，則性之所從來亦無不知矣。維天之命，於穆不已，上天之載，無聲無臭。所謂性之所從來也。

萬物皆備於我矣，此我非形骸之我，如釋典所謂常樂我淨之我也。萬物皆備於我，如釋典所謂色身外泊，山河虚空，大地咸是妙明，真心中物也。人恨不能反身耳，若能回光返照，則根塵之虚妄俱消，本地之實相獨露，所謂誠也。至此煩惱重障，當下冰釋，樂可知矣。其或未然，則又有强恕之漸學焉。我也，誠也，仁也，總一真心，但異名耳。

中天下而立，定四海之民，此堯、舜之業也。而以論之於性，則纖雲之於太虚也，微塵之於五嶽也。世人駭時雍風動之績，而不究堯、舜廣大之心，是見纖雲而不見太虚，見微塵而不見五嶽者也。此莊生所以比之於井蛙歟？

治平事業，俱從第一念做出，與天命之性不相聯續。蓋性者，離念者也，故曰所性不存焉。

分定者，世無一人而不具，人無一刻而可離。包宇宙而不易，亘萬古而無遷，所以大行不加，窮居不損，捨此即中天下而立，定四海之民，俱爲分外。

仁義禮智根於心。味根字，則知其餘總是枝葉。惟根於心，所以曰分定也。

虚靈之地，不染一塵，亦不捨一法。故不見有一法可取，亦不見有一法可捨。若有所取，則有所捨矣。楊子取爲我，墨子取兼愛，而子莫執中。夫有取則有捨，有捨則其所廢者多矣。故孟子惡執一，而謂其賊道。蓋謂之曰執，則所執非道，固賊道；即所執全是道，亦賊道也。故佛家有人執法執之説。又《信心銘》曰：“至道無難，惟嫌揀擇，但莫憎愛，洞然朗白。”又曰：“執之失度，必入邪路；放之自然，體無去住。”昔司馬溫公謂：“此心未有歸着，常念一中字以爲得術，乃復爲中所繫縛。”蓋信乎執心爲道之大害也。

余觀《圓覺經》曰："四大各離，今者妄身，當在何處。即知此身，畢竟無體，和合爲相，實同幻化。"又曰："覺悟清淨圓無際，故當知六根遍滿法界。根遍滿，故當知六塵遍滿法界。塵遍滿，故當知四大遍滿法界。"由前言之，則形骸情識，總屬幻緣；由後言之，則墻壁瓦礫，收歸妙覺。又何形骸情識而爲性外之物者乎？故曰：形色天性。永嘉所謂無明實性即佛性，幻化空身即法身，亦此意也。由迷故即轉佛性爲無明，由悟故不動幻身成法身。夫幻身化爲法身，所謂踐形也，非聖人其孰能之。程子注此句曰："能充其形。"蓋幻身稊米，而法身太倉也。故曰充。

仁也者，人也。合而言之，道也。仁與人一，合相不可得，説個合而言之道也，早是孟子方便接引之辭。學者乃以人求仁，是使道覓道也，展轉成二矣。況復求之聞見解會，何異埋頭向東走，欲取西邊物，不知隔了幾重公案。

可欲之謂善，有諸己之謂信。充實之謂美，充實而有光輝之謂大。若謂本地風光，實泊然其無可欲也。非己可有也，本虛而無所謂實也，無所謂光輝也。故必化之而後入聖，化者若冰雪之消化也，至此始能了悟本地矣。然曰化之，則尚有能化所化在也，至於聖而不可知，則融其悟境，亡其了心。無能化，亦無所化，非惟人不能知，即己亦不能自知，與日用不知的百姓一樣，方謂之神。昔黄蘗謂裴公休曰："言化城者，謂二乘及十地等覺妙覺，皆是權立接引之教，并爲化城。言寶所者，乃真心本佛自性之寶，此寶不屬情量，不可建立。"無佛無衆生，無能無所，何處有城。夫聖而不可知乃稱寶所，前并是化城耳。

龍溪論鄉愿，極細極徹，真能令學者赧然慚，又惕然懼也。其言曰："鄉愿一生幹當，分明要學聖人，忠信廉潔，是學聖人之完行；同流合汙，是學聖人之包荒。謂之似者，無得於心。惟以求媚於世，全體精神，盡向世界陪奉。謂之同流者，不與俗相異，同之而已。謂之合汙者，不與世相離，合之而已。若自己有所汙染，世人便得以非而刺之。聖人在世，善者好之，不善者猶惡之。鄉愿之爲人，忠信廉潔，既足以媚君子；同流合汙，又足以媚小人。比之聖人局面，更覺完美無滲漏。”又曰：“三代而下，士鮮中行，得鄉愿之一肢半節，皆足以成世。若究其隱微，尚不免致疑於妻子。求其純乎鄉愿，且不易得，況聖人之道乎！”

余嘗以講學勸一友人。友人曰；“吾衹做篤行君子便了，講學奚爲？”余曰：“堯、舜之世，比屋可封。即無論閭閻之民，共廷臣自禹、皋而外，豈無行誼卓犖，忠孝克盡，如你所欲爲者？而可以聞知者，獨此兩聖人。且所謂聞而知之，見而知之者何物耶？可舉以教我乎？且你起模作樣，去爲篤行君子，又怎得？即學到圓成，亦衹是鄉愿耳。”

然而無有乎爾，則亦無有乎爾。若曰：吾去聖人之世，去聖人之居，若此其近，較之五百餘歲後聞道差易矣，然不有見知如曾子者，我亦安得聞而知之乎？其負荷此道，可謂勇矣。

【箋】

萬曆十八年庚寅（一五八九）在公安作。三十一歲。

案：據袁中道《石浦先生傳》：“是年，先生以冊封歸里。仲兄與予皆知向學，先生語以心性之説，亦各有省，互相商證。先生精勤之甚，或終夕不寐。踰年，偶於張子韶與大慧論格物處有所入，急呼仲兄與語。甫擬開口，仲兄即躍然曰：‘不必言！’相與大笑而罷。至是，始復讀孔孟諸書，乃知至寶原在家内，何必向外尋求。吾試以禪銓儒，使知兩家合之一旨，遂著《海蠡篇》。”《四庫存目提要》云：“其書（指《海蠡篇》）大旨以儒釋二家同源異派，或援釋疏孔，或證孔於釋。謂濂洛諸儒於聖人書詮釋妙暢，如樽注海，是篇如蠡注海，故名《海蠡篇》。……皆本釋氏之虚寂與無善無惡之説而曼衍之，蓋沿姚江末流而加厲者耳。”卷十七即明言：“閑來與諸弟及數友講論，稍稍借禪以銓儒，始欣然捨竺典，而尋求本業之妙義。”是該書之宗旨正與《提要》所言合。復證之以篇中所論，皆所謂以禪釋儒者。故意此篇即所謂《海蠡篇》者也。因繫之於本年。惟《提要》云是書作者爲三袁之父袁士瑜，誤也。觀中道《石浦先生傳》及《柞林紀譚》引李贄語和《游居柿録》所録之李贄《書伯修〈海蠡篇〉後》，參以黃輝

《黄太史文集選》之《祭袁石浦文》，知《海蠡篇》確爲宗道所作。

[李卓吾四書義]《四書義》，未詳。李贄有《説書》九卷，見《李氏全書》。然其《説孟子》中，無宗道所徵引之文字。當别爲一書。今未見，待訪。

卷之二十

雜説類

論文上

口舌代心者也，文章又代口舌者也。展轉隔礙，雖寫得暢顯，已恐不如口舌矣，況能如心之所存乎？故孔子論文曰：“辭達而已。”達不達，文不文之辨也。唐、虞、三代之文，無不達者。今人讀古書，不即通曉，輒謂古文奇奥，今人下筆不宜平易。夫時有古今，語言亦有古今。今人所詫謂奇字奥句，安知非古之街談巷語耶？《方言》謂楚人稱知曰黨，稱慧曰譎，稱跳曰踥，稱取曰挻。余生長楚國，未聞此言。今語異古，此亦一證。故《史記·五帝三王紀》，改古語從今字者甚多：疇改爲誰，俾爲使，格姦爲至姦，厥田厥賦爲其田其賦，不可勝記。左氏去古不遠，然傳中字句，未嘗肖《書》也。司馬去左亦不遠，然《史記》句字，亦未嘗肖《左》也。至於今日，逆數前漢，不知幾千年遠矣，自司馬不能同於左氏，而今日乃欲兼同左、馬，不亦謬乎！中間歷晉、唐，經宋、元，文士非乏，未有公然撏撦古文，奄爲己有者。昌黎好奇，偶一爲之，如《毛穎》等傳，一時戲劇，他文不然也。

空同不知，篇篇模擬，亦謂反正。後之文人，遂視爲定例，尊若令甲。凡有一語不肖古者，即大怒，罵爲野路惡道。不知空同模擬，自一人創之，猶不甚可厭。迨其後以一傳百，以訛益訛，愈趨愈下，不足觀矣。且空同諸文，尚多己意，紀事述情，往往逼真。其尤可取者，地名官銜，俱用時制。今卻嫌時制不文，取秦、漢名銜以文之。觀者若不檢《一統志》，幾不識爲何鄉貫矣。且文之佳惡，不在地名官銜也。司馬遷之文，其佳處在敘事如畫，議論超越。而近説乃云西京以還，封建宮殿，官師郡邑，其名不馴雅，雖子長復出，不能成史。則子長佳處，彼尚未夢見也，而況能肖子長也乎？或曰：“信如子言，古不必學耶？”余曰：“古文貴達，學達即所謂學古也，學其意不必泥其字句也。”今之圓領方袍，所以學古人之綴葉蔽皮也；今之五味煎熬，所以學古人之茹毛飲血也。何也？古人之意期於飽口腹，蔽形體。今人之意亦期於飽口腹，蔽形體，未嘗異也。彼摘古字句人已著作者，是無異綴皮葉於衣袂之中，投毛血於肴核之内也。大抵古人之文，專期於達；而今人之文，專期於不達。以不達學達，是可謂學古者乎！

論文下

爇香者，沉則沉煙，檀則檀氣。何也？其性異也。奏樂者鐘不藉鼓響，鼓不假鐘音，何也？其器殊也。文章亦然。有一派學問，則釀出一種意見。有一種意見，則創出一般言語。無意見則虚浮，虚浮則雷同矣。故大喜者必絶倒，大哀者必號痛，大怒者必叫吼動地、髮上指冠。惟戲場中人，心中本無可喜事，而欲强笑；亦無可哀事，而欲强哭。其勢不得不假借模擬耳。今之文士，浮浮泛泛，原不曾的然做一項學問，叩其胸中，亦茫然不曾具一絲意見，徒見古人有立言不朽之説，又見前輩有能詩能文之名，亦欲搦管伸紙，入此行市；連篇累牘，圖人稱揚。夫以茫昧之胸，而妄意鴻鉅之裁，自非行乞左、馬之側，募緣殘溺，盜竊遺矢，安能寫滿卷帙乎？試將諸公一編，抹去古語陳句，幾不免於曳白矣。其可愧如此，而又號於人曰引古詞，傳今事，謂之屬文。然則二《典》三《謨》，非天下至文乎？而其所引，果何代之詞乎？

余少時喜讀滄溟、鳳洲二先生集。二集佳處，固不可掩，其持論大謬，迷誤後學，有不容不辨者。滄溟贈王序，謂“視古修詞，寧失諸理”。夫孔子所云辭達者，正達此理耳，無理則所達爲何物乎？無論《典》《謨》《語》《孟》，即諸子百氏，誰非談理者？道家則明清淨之理，法家則明賞罰之理，陰陽家則述鬼神之理，墨家則揭儉慈之理，農家則敘耕桑之理，兵家則列奇正變化之理。漢、唐、宋諸名家，如董、賈、韓、柳、歐、蘇、曾、王諸公，及國朝陽明、荆川，皆理充於腹而文隨之。彼何所見，乃强賴古人失理耶？鳳洲《藝苑卮言》，不可具駁，其贈李序曰：“六經固理藪已盡，不復措語矣。”滄溟强賴古人無理，而鳳洲則不許今人有理，何説乎？此一時遁辭，聊以解一二識者模擬之嘲，而不知其流毒後學，使人狂醉，至於今不可解喻也。然其病源則不在模擬，而在無識。若使胸中的有所見，苞塞於中，將墨不暇研，筆不暇揮，兔起鶻落，猶恐或逸；況有閑力暇晷，引用古人詞句耶？故學者誠能從學生理，從理生文，雖驅之使模，不可得矣。

【箋】

萬曆二十五年丁酉（一五九七）在北京作。三十八歲。宗道《李卓吾》尺牘云：“近日閑中，隨筆記所見所説，將百余段，不能悉寫請教，聊抄數章，博一笑。”此篇以下，概作於是年。此文乃宗道名作，指名批評當時文壇巨子，撻伐模擬之風，張揚性靈文字，强調真知特見，爲公安派重要論著之一。

[空同] 李夢陽，字獻吉，號空同子，慶陽人，弘治七年進士，授户部主事，因劾劉瑾下獄。瑾誅，起江西提學副使，以事奪職。夢陽工古詩文，才思雄鷙，爲前七子領袖人物。《明史》卷二八六有傳。

[滄溟] 李攀龍。見卷十六《答陶石簣》箋。

[鳳洲] 王世貞。見卷十六《答陶石簣》箋。

論大人小人

子謂子夏曰：“汝爲君子儒，無爲小人儒。”朱氏解曰：“君子儒爲己，小人儒爲人。”夫子夏，篤信謹守人也。爲人者必不謹篤，謹篤者必不爲人。果若朱解，夫豈對症之藥乎？愚意當云：君子儒爲人，小人儒爲己。盡爲己則狹隘，而爲人則廣大也。故孔子嘗曰："硜硜然小人哉！"硜硜者，守己之人也。又曰："大人之學在親民。"親民者，爲人之人也。譬如一家之中，嬰孩滿室，莫不嗷嗷。然徵飯索衣而被之啖之者，則其父兄也，蓋嬰孩小而父兄大也。故吾所名小人者，非加之狥私謀利之徒也。狥私謀利之徒，則謂之惡人，豈小人哉！吾所謂小人者，斤斤自守之人也。自一身之外，即爲胡、越；自全一身名節之外，即無學問。苟有利於人，而損己之名，決不爲也。即千萬分有利於人，而一二分有損於名，亦決不爲也。夫人一身摶六合之廣，攢人物之夥，而聚爲大骸。今總不注思游神於其間，獨認自首至足七尺之骸以爲我，而日扃其蓋天蓋地之物以爲之閑幐守護，竊竊焉避毁而遁譏，是孟子之所謂"從小體而不從大體"者也，雖欲不謂之小人，不可得矣。

故大人者，譬諸海洋變化，種種蛟龍，種種珠寶，然糞壤宿屍，亦溷其中也。小人者，譬諸尺潭，清瑩徹底，雖置寸鱗，猶驚怖不定也。然世人但覩海洋之濁，而不覩其變化之大；但取尺潭之清，而不知其一無所用，此大人之所以棄置於世也。故當春秋之世，則接輿、沮溺爲小人，而孔子之轍環列國爲大人。當戰國之世，則陳仲子之徒爲小人，而孟子之後車數十，從者數百，以應幣聘者爲大人。然孔、孟二大人，固已當其身不免於季路、彭更之疑。而接輿、陳仲子，百世之後，尚有好事者收入《高士傳》。甚矣，大人之難知，而小人之有述也！

漢、唐以來，大人之學不及孔、孟，而校其一時并肩之賢，則小人之品，亦未嘗不莛楹隔也。故叔孫彊諫之時，則有張子房爲大人。顧廚挑禍之日，則有陳太丘爲大人。裴炎廷爭之日，則有狄梁公爲大人。謝、劉去國之日，則有李文正爲大人。當其迎四皓，吊張讓、褫裘牝朝，周旋逆竪之時，比肩共事之人，誰不厭其作僞，罪爲諂佞，詬其穢濁，而卒之大有濟於時艱。其從旁怒駡之小人，亦陰受其在覆而不知。固無異小兒飽啖熟眠，忘其爲大人之賜也。雖然，余所謂小人者，真小人也。若陽樹名節，陰獵顯膴，此又小人之罪人矣。

【箋】

萬曆二十五年丁酉（一五九七）在北京作。三十八歲。

論用才

君子有才者，如張子房、諸葛孔明、謝安石、房、杜、韓、范諸公是也。君子無才者，如萬石君父子、盧懷慎、王介甫諸公是也。小人有才者，如韓非、商鞅、桑弘羊諸公是也。小人無才者不足論，有才君子如神龍然，飛天駕雲，膏沃萬里。無才君子如仙鶴孔雀，置之園囿，足以粧點風景。有才小人如俊鷹快馬，可以擊狐摶兔，負重致遠。無才小人，則凡羽冗毛，遍地皆是也。大抵神龍難得，而仙鶴也，孔雀也，鷹也，馬也，人間不乏。故爲豢鶴之道者，處之茂林修竹清流之間而已。爲畜鷹養馬之道者，多與粱肉，以致其死力；慎加絛轡，以妨其颺去。然後使之擊狐摶兔，負重行遠，則無不如意也。若夫凡羽冗毛，彼泛泛然生天地間，聽其自活自死，不必問也。

故清階雅秩，林水也。重爵厚禄，粱肉也。文法者，絛轡也。劇地冲邊，則摶擊負載之任也。故孟子曰："尊賢使能。"尊者，隆以禮數也；使者，畀以事權也。又曰；"賢者在位，能者在職。"位者[1]虛位，職則實職也。蓋自古待賢能之道，其不同如此矣。故夫介潔自好之人，而處以劇地，因以冲邊，是駕鸞放鶴，而望其獲禽也。長駕遠馭之才，而列之卿寺閑散之署，是縶鷹翮而縛馬足也。卒使兩長俱匿，而國家不收其毫末之益，豈天所以生此兩人之意哉？然心術可贋，而展錯難僞，故有才之小人常易見，而無才之君子常難知。晚世過信德而過疑才，重無用而輕有用，崇虛而黜真，進名而退實，非古人察能授官之義也。

【箋】

萬曆二十五年丁酉（一五九七）在北京作。三十八歲。

【校】

〔1〕者，疑作則。

不　肖

君子不器，天下皆謂我道大似不肖。夫不成器，不克肖，此衣冠之蠹也，里閈所穢，而題才者所擲也。而大才全才，不幸似之，非真正具眼豪傑，豈能賞識於牝牡外乎！然不器不肖，所謂大才，世不恒出，其近似者，則漢武帝所謂跅弛之士是已。其人往往狂妄任達，不拘繩墨，亦非肉眼所能輒賞。如陳平一縣盡笑；羅友好伺人祠，往丐餘食；狄梁公縱博朝堂，褫佞幸裘；張齊賢前揖群盜，乞食受金；寇萊公飛鷹走犬，致母投鎚流血。嗟夫！此等行徑，似未可向致堂諸公道也。

【箋】

萬曆二十五年丁酉（一五九七）在北京作。三十八歲。

讀子瞻范增論

子瞻《范增論》曰：“增之去善矣，不去，羽必殺增。”又謂其去當於羽殺宋義時，余竊謂不然。宋義承敝之策甚疎，且狠愎自用，聽其所爲，必至敗事。項羽殺之，未爲過也，增曷以此去哉？兩虎不俱生，當義、羽相持之時，羽不殺義，義必殺羽，事在呼吸，不容遲疑。乃於立談之頃，立斬上將，如晴空轟雷，掩耳不及。諸將股悚毛竪，不敢支吾。當是時兵未至鉅鹿，足未履秦關，而已氣蓋天下矣。增功名士，遇此英傑，得其主矣，奈何言去？救趙之役，增爲末將安然，殺義之謀，非增教之耶？觀鴻門示玦，至於再三，其決於殺沛公也，固知其決於殺義也。至於發疽以死，則增實自取之，非羽之罪也。安有爲人臣，當主前援劍撞斗，大罵豎子，而其主不艴然大怒者？然羽竟不怒，待之如初，其知增信增何如？在後之疑增，則迫於平之奇謀詭策，非羽本心也。

增剛悍之性，稍見侵慢，輒怒髮裂眦，悻悻求去。倘能濡忍旦夕，平謀必露。平謀露，則羽待增當益厚，當此時，楚兵正强，君臣謀合，秦氏之鹿，未知所歸也。乃不勝匹夫之忿，發疽以死，何爲者哉？況羽倚增爲謀主，雖策不盡用，不可謂非知己。士爲知己者死，即羽事不成，亦當白首同歸，何忍掉臂棄之哉！子瞻不惟取其去，而又惜其去之不早，何説乎？大抵增一褊急之夫，終非王佐之才。張良以黄石之柔道，佐高帝之忍恥，固能就帝業。以增之好剛使氣，佐羽之喑啞叱咤，未有能濟者也。而蘇子謂增不去，項羽不亡，亦過矣。

【箋】

萬曆二十五年丁酉（一五九七）在北京作。三十八歲。

論留侯鄴侯蹤跡

留侯、鄴侯，智謀既埒，即一生蹤跡，亦多合者。兩侯俱儒者，運籌帷幄，料敵疑神，此一合也。留侯學辟穀導引輕身，鄴侯亦辟穀導引，骨節珊然，人謂之鎖子骨，此二合也。漢易太子，留侯安之。唐易太子，鄴侯安之，此三合也。吕后强留侯食，代宗强鄴侯食肉，爲取妻，此四合也。留侯遇黄石授記，爲王者師。而鄴侯遇懶殘曰：“勿多言，領取十年宰相。”此五合也。兩公俱全身名以殁，此六合也。兩公真難優劣也。

然而爲留侯易，爲鄴侯難。何也？留侯言聽計從，而鄴侯憂讒畏譏故也。一厄於楊國忠而身全，再厄於李輔國而身全，三厄於元載而身全，四厄於常衮而身全。非有蓋世之智，其免乎？要之，兩公蓋神仙游戲人世者也，非濁骨能幾也。

【箋】

萬曆二十五年丁酉（一五九七）在北京作。三十八歲。

論謝安矯情

謝安石新亭從容，及圍棋賭墅等事，余少時每服其量，而疵其矯也。今乃知安石妙處，正在矯情。若出自然，有何難乎？譬如懸河之辨，一旦緘口；一石之量，忽然止酒，乃見定力。若口吃而不言，惡醉而不飲，其誰不能乎？且自古英雄，未有不矯而成功者也。怯者矯之，以至於勇；勇者矯之，以至於怯。拂之乃成，順則罔功，此類甚衆，難以悉數。即如荆軻、韓信諸人，非世人所謂殺人不眨眼英雄哉！然而勾踐怒叱，則隱嘿逃去；市人窘辱，則匍伏胯下。非世人所謂矯勇爲怯者耶？若安石，則真能矯怯爲勇矣。佛氏亦稱無生法忍。忍之也者，矯之也。貧者必憂，矯以樂；富者必僭，矯以禮。聖人之道也。人易自高，矯之以下；人易爲雄，矯之以雌。老氏之學也。若是，則謝安石之矯，吾猶恐其未至也，而又何疵焉。

【箋】

萬曆二十五年丁酉（一五九七）在北京作。三十八歲。

讀淵明傳

口於味，四肢於安逸，性也。然山澤靜者，不厭脱粟；而噉肥甘者，必冒寒出入，衝暑拜起之勞人也。何口體二性相妨如此乎？人固好逸，亦復惡饑，未有厚於四肢，而薄於口者。淵明夷猶柳下，高臥窗前，身則逸矣，瓶無儲粟，三旬九食，其如口何哉？今考其終始，一爲州祭酒，再參建威軍，三令彭澤，與世人奔走禄仕，以饜饞吻者等耳。觀其自薦之辭曰："聊欲弦歌，爲三徑資。"及得公田，亟命種秫，以求一醉。由此觀之，淵明豈以藜藿爲清，惡肉食而逃之哉？疎粗之骨，不堪拜起；慵惰之性，不慣簿書。雖欲不歸而貧，貧而餓，不可得也。子瞻隱括《歸去來辭》爲《哨遍》，首句云："爲口折腰，因酒棄官，口體交相累。"可謂親切矣。譬如好色之人，不幸稟受清羸，一縱輒死，欲無獨眠，亦不可得。蓋命之急於色也。

淵明解印而歸，尚可執杖耘丘，持鉢乞食，不至有性命之憂。而長爲縣令，則韓退之所謂"抑而行之，必發狂疾"，未有不喪身失命者也。然則淵明者但可謂之審緩急，識重輕，見事透徹，去就瞥脱者耳。若蕭統、魏鶴山諸公所稱，殊爲過當。淵明達者，亦不肯受此不近人情之譽也。然而自古高士，超人萬倍，正在見事透徹，去就瞥脱。何也？見事是識，去就瞥脱是才，其隱識隱才如此，其得時而駕，識與才可推也。若如蕭、魏諸公所云，不過惡囂就静，厭華樂澹之士耳。世亦有稟性孤潔如此者，然非君子所重，何足以擬淵明哉！

【箋】

萬曆二十五年丁酉（一五九七）在北京作。三十八歲。

儉　約

盧懷慎奉身之具，纔一布囊，以席蔽雨。范蜀公與同游各攜茶行。溫公以紙爲帖，蜀公用小黑木盒子盛之。溫公驚曰："景純乃有茶具！"杜衍第室卑陋，享客多用髹器，客有面稱歎者。衍命盡取白金燕具陳於前曰："非乏，雅自不好耳。"此三公，皆天性儉樸，非由矯飾。第五倫身爲二千石，而其妻不免自爨；王良身爲司徒，而使其妻曳柴，則我不能知矣。若馮道居茅庵，臥一束薪，以憂歸里，躬自樵爨，清苦極矣，若淡然無欲者，然而事四姓，奉十主，忍不可忍之辱，而不忍棄一官，又何也？

吾親見吾里數人儉嗇事，極可笑。其一以貲雄谷昇村，食惟稀糜，獨能厚餉插秧傭，然每食一粥一醬。傭者食畢去，而雞遺矢案邊，其人見而嗟惜，以爲醬也，遂舐之。其一爲吾同村人，手致千金，病且篤，不肯餌藥。親友勸之，沉吟半晌，乃應曰："吾聞葛道人藥殊驗，然無奈價太高何，不如且服陳打茇草藥耳。"未幾死，聞者皆大笑。此輩豈知惜福之理，不過爲兒子積耳。然如某子甲喜放債，子錢極重，家累萬金。老矣，尚無子，食兩粥，間日噉枯魚，與衆雜作，通身瘠黑。若此人者，惜福乎，癡乎？吾不能知矣。

【箋】

萬曆二十五年丁酉（一五九七）在北京作。三十八歲。

［葛道人］葛姓醫者，見卷九《葛醫序》箋。

卷之二十一

雜説類

論隱者異趣

閔仲叔不以口腹累安邑；朱桃椎結廬山中，夏則裸，冬緝木皮葉自蔽，是隱之清者也。許玄度隱永興南幽穴中，每致四方諸侯之遺；種明逸廣置良田，歲利甚厚，是隱之濁者也。袁閎築土室四周於庭，不爲户，自牖納飲食；張忠端拱若尸，鑿地爲窟以居，是隱之靜者也。梁伯鸞東出關，至於吴，寄居人廡下，竟客死；郭林宗褒衣博帶，周流郡國，獎訓士類，是隱之動者也。寒貧子窮巷小屋，行乞自給，是隱之窮者也。楊王孫家累千金，厚自奉養，是隱之富者也。王君公隱於儈，弦高隱於賈，屠羊説隱於屠，丘望之隱於巫，夏子治隱於傭，優孟隱於倡。吴卒全庾冰，惟願給酒樂餘年，此隱於卒者也。畢緘爲宰相，舅爲行杖隸，緘恥之，特除楊令，託以落舅猥籍，津送入京，爲除一官。楊至，諭以相意。答曰：“某下賤，豈有外甥爲宰相耶！”此隱於隸者也。

【箋】

萬曆二十五年丁酉（一五九七）——萬曆二十八年庚子（一六〇〇）在北京作。三十八歲——四十一歲。

雜説三十二篇

沈明遠所著《寓簡》載：宣、政間，一老人居通衢，第宅園池，花竹幽深。後房聲色侈麗，奉養極厚，午時不至廳事，未嘗與貴士相接。喜讀書，議論甚高。一夕歲暮，雪中合樂張宴甚盛，子弟侍坐，夜久未罷，而雪勢愈盛。宰相趨朝，騶唱過門。老人顧子弟曰："汝輩無忘意功名〔1〕，縱得顯位，不免如馬上趨朝輩忍凍矣。"沈存中《筆談》載：石曼卿居河下曲，鄰有隱者，曼卿訪之，延曼卿飲，麗人甚多，各執肴果，持樂器。一麗人酌酒以進，酒罷樂作，群豔執果肴者萃立於前。食罷，則分列左右。又《三柳軒雜識》：得南甘棠湖之南，有孟氏世業漁釣，門闌蕭然，竹籬茆舍。主人出見客，葛衫草履，容止語言，真江上漁人也。舍四周皆漁器，腥穢觸人。稍即廳事，如富貴家。指使莊客，聽命惟謹，已可驚怪。頃至中堂，榱題軒楹，皆以髹塗，間以雕彩，器服燦然奪目，至於酒殽，莫不旨佳。久之，出妓女三四人，容色纖麗，服飾絢爛，所唱皆京師新聲。王氏《明月篇》載：李時可者，名鳳，勝國人，倜儻喜結客。同時有楊維楨者，亦侈，挾四青衣，浮江過其家。時可訪之，舟中之器，黄金犀玉相半。時可開筵櫻桃下，瑪瑙作埒，紅氍毹覆之，三數麗人行酒，并絶色。以赤玉柈盛脯，白玉斗盛漿，皆盈尺。後挈家去，不知所在。三人者，自奉皆過於王侯。蓋抱奇才，負大用，而世乏具眼，不用於世，故頹然放於聲酒之間，以自排遣。斷乎當升之大隱之列，不可與卓王孫諸守財虜伍也。《寓簡》所載老人夜宴訓子語尤奇，其志憤激，其語似笑似罵。世有此等異人，而使之不用，豈非唱騶諸公之恥哉！中郎曰："不用他也好。不然，則亦唱騶諸公矣。"

【校】

〔1〕忘，疑當作"妄"。

瞿洞觀爲余言：曾有以星術見王元美，時僚友數人在坐，爭談星命。元美曰：“吾不用若算，吾自曉大八字。”問何爲大八字。曰：“我知人人都是要死去的。”

朱希真《東方智士説》曰：東方有人，自號智士，才多而狂。凡古昔聖賢與當世公卿長者，皆摘其短闕而非之。然地寒力薄，終歲不免饑凍。里有富人，建第宅甲其國中，車馬奴婢，鐘鼓帷帳咸備。一旦，富人召智士語之曰：“吾將遠游，今以居第貸子。凡室中金寶資生之具無乏，暫聽子用，還則歸我。”富人登車而出，智士杖策而入。僮僕奴妾，羅拜堂下，各效其所典簿籍以聽命，號智士曰“假公”。智士因遍觀居第，富實偉麗過王者，喜甚。忽更衣東圊，仰視其舍卑狹，俯閲其基湫隘，心鬱然不樂，召綱紀讓之：“此地高廣，而圊不稱。”僕曰：“惟假公教。”智士因令徹舊營新，狹者廣之，庳者增之，曰：“如此以當暑熱，如此以蔽風雨。”既藻其梲，又丹其楹。至於聚籌積灰，扇蠅攘蛆，皆有法度。事或未當，朝移夕改，必善必奇。智士躬執斤帚，與役夫雜作，手足瘡繭，頭蓬面垢，晝夜廢眠食，忉忉焉惟恐圊之未美也。不覺閲歲，尚未落也。忽閽者奔告曰：“阿郎至矣！”智士倉皇棄帚而趨，迎富人於堂下。富人勞之曰：“子居第樂乎？”智士恍然自失曰：“自君之出，吾唯圊是務。初不知堂中之温密，别館之虛涼。北榭之風，南樓之月，西園花竹之勝，吾未經目。後房歌舞之妙，吾未嘗舉躅。蟲網琴瑟，塵棲鐘鼎，不知歲月之及。子復歸，而我當去也！”富人揖而出之。智士還於故廬，且歎，悒悒而死。

宋時一老人，置酒大會。酒闌，語衆曰：“老人即今且去。”攝衣正坐，奄奄欲逝。諸子惶遂呼號，乞留一言。老人曰：“我何言？第一，五更起。”諸子未喻。老人曰：“惟五更可以幹當自家事。”諸子曰：“家中幸豐，何用早起？舉家諸事，皆是自家事，豈有分別？”老人曰：“所謂自家事，是死時將得去者。”羅近溪語人曰：“某幼時，與族兄訪一親長。此老頗饒富，凡事如意，時疾已亟，數對某兄弟歎氣。歸途謂族兄：‘此翁無不如意者，而數數歎氣何也？兄試謂我仕宦至爲宰相，臨終時有氣歎否？’族兄曰：‘誠恐不免。’某曰：‘如此我等須尋不歎氣事爲之。’”夫不歎氣事即是臨終將得去者，我輩壯年，便當幹辦，不宜更待衰老也。

墮地小兒，便解以目睨人，以口求乳，以手攬物，饑之而泣，飽之而止，是何物也哉？習也。初生何習乎？曰：有之，是千生薰染來者也。使無此習，則不生此人矣。然則人固將任習乎？曰：輪回業苦，皆此爲孽，那可任也。將除習乎？曰：無習無性，無性無習。習如可除，性亦可斷矣。

友人謂余曰：“近來覺利心都盡，尚餘名障耳。”余謂：“此孔聖人所難者，子奈何易之？”友人驚曰：“聖人尚有利名心耶？”曰：“昔孔子不恥執鞭，豈非利乎？疾没世而名不稱，豈非名乎？試内省種種思念，循種種意根，果有離名離利時否？竊恐一刻無名利，則外之耳目口鼻，内之心知意識，幾於泯滅無遺，惟就枕鼾睡，或者暫閑。而紛紛得失，復現夢境。然則人雖睡夢，尚恐未能離名利也，而況醒乎？何也？其眼耳鼻舌等爲之祟也。有眼即欲察色，有耳即欲聽聲，有鼻即欲齅香，有舌即欲嘗味。有名即有利，有利即有種種可意聲色香味以悦諸根，無名則賤，賤則無利，無利則窮餓以死，遑悦耳目口鼻乎哉！則人雖欲不好名不好利也，亦不可得矣。是故餅餌者，稚子之利也。布縷者，婦人之利也。穀粟者，農之利也。取直者，工之利也。積貸者，商之利也。華膴者，仕之利也。閑適者，隱士之利也。功伐者，志士之利也。形體漸大，好利彌廣，然俱是餅餌之初心所變化耳。稚子而譽以慧，則悦。婦人而譽以賢，則悦。農夫而譽以勤，則悦。工譽以巧，則悦。商譽以良，則悦，仕譽以卿相，則悦。隱士譽以巢、許，則悦。志士譽以皋、傅，則悦。形體漸大，好名彌奢，然俱是悦慧之初心所暢發耳。稚子好其小，壯夫好其大。知者好而巧，愚者好而拙。小則易見，大則不覺。拙者可厭，而巧者難知也。安見小者爲好，而大非好耶？拙者爲好，而巧非好耶？”“然則古有揮金塵玉者，彼豈好利人乎？”曰：“此精於利者也，好其大而忘其小，故逃名之士，名轉附焉；雖曰逃之，其實就之也。”“然則名利固無害耶？”曰；“大有害。季倫以利殺身，而嵇康以名殞命，其餘不可勝數。名利至毒，何可好也。”“然則凡民不可好，而聖人又奈何好之？”曰：“惟聖而後能好。聖人之於利名也，我情既爾，恒物當然。各安其利，共享其名。孔子之所絜以治平也。洞燭利源，窮極名根。好與不好，烟銷冰釋，瞿曇之所住以度世也。”

界有定方，東南西北，乃可分耳。無起無止，寧有定方。無定方則世人所號東南西北者，我不信也。時有定限，今古修短，乃可分耳。無初無終，寧有定限。無定限則世人所號古今修短者，我不信也。

古人云：“若取自己自心爲究竟，必有他物他人爲對治。”精哉！攝《楞嚴》五陰之魄，追《圓覺》四相之魂矣。嘿契斯語，乃有趨向。

吴尚之問：“六塵虚妄，我知之矣，奈此目前山河大地何？”余曰：“《楞嚴經》云：‘根塵同源。’子知六塵之虚妄，而不知六根之虚妄，何也？”

擁爐次，忽聞咄咄之聲，細聽乃出湯瓶中。童子曰：“何也？”余曰：“地水火風，激而爲此聲也”童子曰：“人之咄咄嗟歎，誰激之乎？”余曰：“亦地亦水亦火亦風也。我也，爾也，湯瓶也，此三物者等耳。”

里中某，兇人也。或曰其家門風。或曰其家陰地，應出惡人。或曰其宅門有某星，合生此人。或曰其人火病發時，兇狠尤甚。或曰某八字應破家。或曰某人面肉横生，那得不性兇。余曰：“諸君惡之否？”曰：“甚惡之。”余笑曰：“此不由渠也，渠如一傀儡耳，而掣其左右者又係大幻師，其人欲不兇惡何可得乎？”曰：“惡之非耶？”曰：“我亦惡之，但渠爲惡不可奈何，我與諸君之惡惡，亦出於不可奈何。”諸君皆大笑。

學未至圓通，合己見則是，違己見則非。如以南方之舟，笑北方之車；以鶴脛之長，憎鳧脛之短。夫不責己之有見，而責人之異見。豈不悖哉！

或曰：不執己見是乎？曰：既有見，安得是；既有是，安得不執。

無見可執，亦無是非。

笑獨臂之異，而不知兩臂之未嘗不異也。歎濕化之奇，而不知胞胎之未嘗不奇也。觀此大地五穀蔬果，感濕感熱，茁焉怒生，如雨後菌蕈，尤易生易萎。人身亦然。從精血醞釀生，亦濕熱所化也，與菌蕈奚異？夫以忽然濕熱所化之軀，噉濕熱忽然所化之物，以延刹那之命，而於其中競長競短，不亦可恥之甚乎！

農工商賈，廝養皂隸，所作之事，日化月遷；所説之語，亦日異月殊，以其新也。惟俗學終身在人涎沫下作生涯，無一新語，大可厭。

《楞嚴經》曰："因明立所，所既妄立，生汝妄能，無能異中，熾然成異。"又曰："如是三種，顛倒相續，皆是覺明。明了知性，因了發相，從妄見生。山河大地，諸有爲相，次第遷流。因此虛妄，終而復始。"嗟夫，嗟夫！明了之毒，一至此哉！學道之人，惟恐不明，惟恐不了。定要分疎得下，解脱得通，可謂錯用心矣。

學道者取聖人，而不知有取非聖人也。捨凡夫，而不知有捨即凡夫也。以非聖人求聖人，以凡夫脱凡夫，惡乎可！或曰：無取無捨，即聖人耶？余曰：若即聖人，仍不離取；若非聖人，仍不離捨。嘿契而已，非言可詮。

東坡知揚州，夢行山水間，一虎來噬。方驚怖，有紫衣道人揮袖障公，叱虎使去。明旦，一紫衣道士投謁，曰："夜出不知驚畏否？"公咄曰："鼠子乃敢爾！"道士惶駭而退。宋徽宗游神霄等夢，亦此類。化人令穆王神游，固非奇事也，然亦可笑。心識之，不爲我有矣。

《癸辛雜識》云：今時風俗薄甚。昔日投門狀有大狀、小狀。大狀則全紙，小狀則半紙。今時之刺，大不盈掌，足見禮之薄矣。然此説所非者，正今之所是。所謂薄俗者，正今之所謂厚俗也。是非厚薄，寧有定論。

宗門中戒律甚嚴，不貪佛，不貪法，不貪涅槃，是持不貪戒。不嗔生死，不嗔凡劣，是持不嗔戒。不起念，無念障；不求佛，無佛障；不求法，無法障；是持不癡戒。不離析名相，不割裂道理，是持不殺戒。

偷心冥絶，不犯他人苗稼，是持不盜戒。不染着真如，不浸淫妙理，是持不淫戒。不贊佛祖，是持綺語戒。不訶下劣，是持惡口戒。生佛不二，是持兩舌戒，此名真戒。十地菩薩、大阿羅漢，猶是破戒人。

或曰："某學佛無進，奈何？"余曰："非君不學佛之過，過在不信有佛法。"其人忿然作色："我至誠歸依，心中達於面目，有那一毫不信？"余曰："君信面上有眼耳否？"曰："何消信？"余大笑曰："君才信得有眼耳及。"

或問："某某是一流人，爲什麽一人平生快活，一人平生極不快活？"余曰："快活有什麽强似苦惱？"又問："快活與苦惱受用迥别，如何一樣？"余笑曰："受用又有甚麽强似不受用？"其人怒曰："公甚糊塗！"余曰："不糊塗有甚麽强似糊塗？"其人大笑而止。

慧遠畜一鵝，每聞講經，即入堂伏聽。若聞泛説他事，則鳴翔而出。法欽養一雞，不食生類。隨之若影，不游他所。欽入長安，長鳴三日而絶。

"逢人問難字，遇節着新衣。"此詠村漢詩也，出《瑣碎録》，極妙。

程泰之《考古編》："知好色則慕少艾。"遍思經傳，"以艾爲好之文。艾，刈也，刪也。人少則慕父母，知好色，則慕少減於孺慕之時矣。至有妻子，則慕妻子；孝衰於親，不止稍艾已矣。此説甚有理。

《稽神異苑》稱江陵衣冠藪澤，琵琶多於飯甑，措大多於鯽魚。甚新。今措大益多於昔，琵琶遂爲麟角矣。

從來文士名身顯赫者固多，無過白樂天者。雞林重價，歌女倍直，姑無論矣。荆州街葛子清，市儈耳，自頸以下，遍刺白樂天詩，每詩之下刺一圖，凡三十餘處。人呼爲《白舍人行詩圖》。嗟夫，異矣！

張子韶曰："觀世無非幻，而人處幻中不覺，乃認喜怒哀樂爲真。不知喜怒哀樂從何而生？以爲本有，則非物不形；以爲本無，則不可責之於木石。"此數語甚精，若以此注喜怒哀樂之未發謂之中，真破的矣。子韶有《心傳録》，乃其甥于恕所編者，似此入理深談絶少，無乃于氏河漢其語不之載耶？殊可惜也。于恕嘗疑佛氏之徒，未能泊然無欲，蓋指大慧之徒也。子韶語之曰：“佛氏一法，陰助吾教甚深，未可薄之。吾與杲和尚游，爲其議論超卓可喜也，其徒寧得皆善？吾甥所見者，其徒之不善者耳。”又曰：“吾自來知吾甥惡之，此意執得堅時亦好，但恐見不透反爲其徒所冷笑，且更窮究。”子韶直是没奈何，微辭引之耳，然亦可見于恕之鈍矣，其不能識阿舅精語，無責也。

楊朱自是一種討快活得便易人，楊王孫正是他的派。後來《高士傳》中人，亦是他一派。但此等打不過名障，姑尋世間一種幽閑清適之樂，以自徜徉度日，還是楊朱之二乘弟子。然較之常人，真有仙凡之隔。

與王則之、陶周望、顧升伯共看月道院閣上。則之指月曰：“世間乃有此等可愛可玩之物。”余曰：“秦淮海有言：‘凡悦可人耳目者，皆善想所變。’夫閻浮提中，善想所變，當無踰此。顧此時此景，披襟飽玩者幾人？”周望因極談往在西湖看月之趣，相與歎賞者久之。

《癸辛雜識》云：揚州分野，正直天市垣，所以兩浙之地，市易浩繁，非他處比。又云：近世乃下元甲子用事，正直天市垣，所以人多好市井謀利之事。然則人之嗜利無厭，無亦天寔爲之耶！

《江鄉志》末卷，記佛日大師宗杲，每住名山。七月遇蘇文忠忌日，必集其徒修供以薦。嘗謂張子韶曰：“老僧東坡後身。”子韶曰：“師筆端有大辨才，前身應是坡耳。”世傳東坡爲五祖戒後身，然未有稱其爲妙喜前身者，亦奇聞也。但考杲公生七年，坡公方卒，恐未是。

【箋】

萬曆二十五年丁酉（一五九七）——萬曆二十八年庚子（一六〇〇）在北京作。三十八歲——四十一歲。

［王氏］王穉登，字百穀，長洲人。十歲能詩，名滿吴中。好交游，善結納。以詩游公卿間，爲山人之名最著者。有《南有堂詩集》《王百穀全集》等。《明史》卷二八八有傳。《明月篇》乃其作品之一。

［瞿洞觀］瞿汝稷，字元立，號太虚，又號洞觀，景淳子，常熟人。以父蔭補官，歷郎署，出知黄州、邵武、辰州。博學、精内典。《明史》卷二一六有傳。

［吴尚之］吴應賓。

［王則之］王圖。

［陶周望］陶望齡。

［顧升伯］顧天埈。

卷之二十二

雜説類

雜説八篇

予始讀陽明先生集，意不能無疑。乃讀先生天泉證道之言曰：“汝中所見，我久欲發，恐人信不及，含蓄到今。此是傳心秘藏，顏子、明道所不敢言者。今既已説破，亦是天機該發泄時，豈容復秘。”嗟夫！先生弢藏最上一着，許多年不露一點端倪，若非龍溪自悟，當終身閉口矣。大宗匠作用何如哉！前輩爲余言：陽明接人，每遇根性軟弱者，則令其詣湛甘泉受學。甘泉自負陽明推己，歡然相得。其實陽明汰去砂礫，直尋真金耳。於時王龍溪妙年任俠，日日在酒肆博場中，陽明亟欲一會，不來也。陽明卻日令門弟子六博投壺，歌呼飲酒。久之，密遣一弟子瞰龍溪所至酒家，與共賭。龍溪笑曰：“腐儒亦能博乎？”曰：“吾師門下日日如此。”龍溪乃驚，求見陽明，一覿眉宇，便稱弟子矣。

李宏甫敘《龍溪語録》曰：“陽明之時，得道者如林，吾不能悉數之。獨淮南一派，其傳爲波石、山農等。波石之後，爲趙大洲。大洲之後，爲鄧渠和尚。山農之後，爲羅近溪，爲何心隱。心隱之後，爲錢懷蘇，爲程後臺。”余客歲見宏甫，問曰：“王心齋之學何如？”先生曰：“此公是一俠客，所以相傳一派，爲波石、山農、心隱，負萬死不回之氣。波石爲左轄時，事不甚相干，挺然而出，爲象蹴死，骨肉糜爛。山農緣坐船事，爲人痛恨，非羅近溪救之，危矣。心隱直言忤人，竟捶死武昌。蓋由心齋骨剛氣雄，奮不顧身，故其兒孫如此。又王心齋一日與徐波石同行，至一溝，溝殊闊，强波石超。波石不得已，奮力跳過。心齋大呼曰：‘即此便是！’”

趙大洲《贈謝給諫序》，論五蔽甚妙，語多不載，其末一段曰：“謝子本知，與天地萬物同其良也，與百姓日用同其能也，與千古萬古已去未來之聖哲同其妙悟也。疑此者謝子之真疑也，信此者謝子之真信也。真疑之體，即信體也；真信之用，即真用也。求去其疑非信也，求臻其信愈疑也，是謂不假修習之心，不俟旁求之性也。”又《别江北谷序》，略云：“真學真志，真志真修。真修至虚，至虚至謙。至虚無見，見即是我。至謙無我，我不可見。終日軋軋，學此而已。見起忘修，我起害志，修非真修，志非真志，敢曰真學？夫真學也者，不昧不落，不着不倚。不倚也者，學於見聞知識而不倚，學於人情事變而不倚，以至學於天地而不倚，無地無時無事非學而不倚，不倚也者，無我之謂也。見無我，則倚於無我。不倚也者，無見之謂也。無見也者，見即是我。無我也者，我不可見。此真見真我，謂之真志真修，謂之至虚至謙，謂之誠意。如是改過謂之改，如是懲忿謂之懲，如是徙義謂之徙，如是窒欲謂之窒。如是自改自懲自徙自窒謂之如惡惡臭，如好好色，謂之自謙，謂之自誠。夫誠之者性也，非見也。北谷子以告於波石徐子。徐子曰：‘趙子恐子之學自見起，見自聖人起，故爲斯言也。夫見不自聖人起，則吾良知自有不昧，而見爲真。我學不自見起，則我良知自有不倚，而學爲真修。趙子與子篤友道者也，故爲斯言也。雖然，趙子言之是矣，吾猶憂其自見中發也。’”又《與胡廬山督學論學》，略云：“來論學通天地萬物，無古今人我，誠然。但云欲捲而藏之，以已立處未充，不能了天地萬物也。斯言似有未瑩徹處耳。愚意謂當云已立未充，故時有滯執處，時有礙塞處。於此但假漸習薰修，久之不息，徐徐當徹去矣。即徹處謂之先天，而天弗違；即未徹謂之後天，而奉天時也。作如是功者，日用種種色色，刹刹塵塵，皆在此圓鏡智中，捲舒自在，不見有出入往來之相，淩奪换轉之境矣。故曰：‘不離日用常行内，直造先天未畫前’也，豈可以爲沾滯難於解脱耶？且公謂之了天地萬物古今人我者，愚意度之，當如李異人合論，謂自他不隔於毫端，始終不離於當念云耳。如公云貴任之重，有不容已，欲爲己任，又立處未充，則不免於攬厭之病矣。何則？天地萬物古今，與我一理也，而欲取爲己任，則二之矣，是攬之累也，謂迎之也。我與天地萬物古今，一用也，而患己立未充，則二之矣，是厭之累也，謂迎之也。我與天地萬物古今，一用也，而患己立未充，則二之矣，是厭之累也，謂將之也。均之非謂隨順覺性也。古今不貴踐履，祇貴眼明，歷落分明。雖於日用之中，官私之事，情有滯執處，念有礙塞處，一歸於習氣之累，漸資薰修方便而徹之耳。”

羅近溪先生曰：“夫人與人，原是一團靈物。萬感萬應，而莫究根原；渾渾淪淪，而初無名色。祇一心字，亦是强立。後人不省，緣此起個念頭，就念生個識見，因識露個光景，便謂吾心實有如是本體，本體實有如是朗照，實有如是澄湛，實有如是自在寬舒。不知此段光景，原從妄起，必隨妄滅。及來應事接物，還是用着天生靈妙渾淪的心。心儘在爲他作主幹事，他卻嫌其不見光影形色，回頭祇去想念前段心體，甚至欲把捉終身以爲純，亦不已顯，望發靈通，以爲宇泰天光。用力愈勞，違心愈遠。豈知孔門學習，祇一時字。天之心以時而顯，人之心以時而用。時則平平，而了無造作；時則常常，而初無分別。入居靜室，而不異廣庭：出宰事爲，而即同經史。煩囂既遠，趣味自深。如是則坐愈靜，而意愈閑。靜愈久，而神愈會。尚何心不真，道不凝，而聖不可學哉？”又一日，演武場講畢，父老子弟以萬計，咸依戀環聽先生進講，先生問以所自受用處，生對以常持此心，不敢放下。先生顧士夫歎曰：“祇恐心所持者，未必是心也。”生未達，先生遍指面前所有示之云：“大衆環侍聽講一段精神，果待持否？天高日朗，鳥鳴花發，亦共此段精神，果待他去持否？”老幼咸躍然而前，各有稱説。先生曰：“汝諸人所言者，就是汝諸人本心。”因教誨慰撫之，莫不感泣。先生强止散去。諸士夫復問曰：“諸老幼所言，即是本心，則生所言者，又何獨不是心耶？”先生歎曰：“謂之是心亦可，謂之不是心亦可。蓋天下無心外之事，何獨所持而不是心。既有所持，則必有一物矣。諸君試看許多老幼在此講談一段精神，千千萬萬，變變化化，倏然而聚，倏然而散，倏然而喜，倏然而悲，彼既不可得而知，我亦不得而測，非惟無待於持，而亦無容其持也。子於此心渾淪活潑處，曾未見得，詎云持守？則所執者或衹意念之端倪，或衹聞見之想像，故謂之不是心亦可也。”生復進而質曰：“心與意，如何相去如此之遠？”先生浩然發歎曰：“以意念爲心，自孔、孟以後，大抵然矣，又奚怪諸君之錯認也耶！但此乃學問一大頭腦，此處不清，而謾謂有志聖學，是猶煮沙而求粥也。”衆求指破，先生歎曰：“若使某可得用言指破，則此生亦可得以用力執持矣。”衆咸有省。又先生過臨清，忽遘病。一日倚榻而坐，恍若一翁而來言曰：“君身病稍康矣，心病則復何如？”先生默不應。翁曰：“君自有生以來，遇觸而氣每不動，當倦而目輒不瞑，擾攘而意自不分，夢寐而境悉不忘。此皆君心錮疾，乃仍昔也，可不亟圖瘳耶？”先生愕然曰：“是則予之心得，曷言病？”翁曰：“人之身心，體出天常，隨物感通，原無定執。君以宿生操持，强力太甚，一念耿光，遂成結習。日中固無紛擾，夢裹亦自昭然。君今謾喜無病，不悟天體漸失，豈惟心病，而身亦不能久延矣。蓋人之志意，長在目前，蕩蕩平平，與天日相交。此則陽光宣朗，是爲神境，令人血氣精爽，内外調暢。如或志意沉滯，胸臆隱隱約約，如水鑑相涵。此則陰靈存想，是爲鬼界，令人脉絡糾纏，内外膠泥。君今陰陽莫辨，境界妄縻，是尚得爲善學者乎？”先生驚起，叩天伏地，汗下如雨，從是執念潛消，血脉循軌。又曰：“學者須過信關，未過此關，大信則大進，小信則小進。既過此關，大疑則大進，小疑則小進。”又曰：“疑與明對，如謂意有不慊，而思加工，則正是明處，安得謂疑。若常慊意處，能求進步，方始是疑。此則無中生有，惟志之廣大而見之深遠者爲然。”

李龍湖先生《答周西巖》曰：“天下無一人不生知，無一物不生知，亦無一刻不生知者。但自不知耳，然又未嘗不可使之知也。惟是土木瓦石不可使知者，以其無情，難告語也。賢知不可使知者，以其意見橫胸中也。除是二種，則雖牛馬驢駝等，當其深愁痛苦之時，無不可告以生知，語以佛乘也。據渠見處，恰似有人生知，又有人不生知。生知者便是佛，非生知者未便是佛。我不識渠半生以前所作所爲，皆是誰主張乎？不幾於日用而不知乎？不知尚可，更自謂目前不敢冒認作佛。既目前無佛。他日又安得有佛也？若他日作佛時，佛方真有，則今日不作佛時，佛又何處去也？或有或無，自是識心分別，妄爲有無，非汝佛有有無也明矣。且既自謂不能成佛矣，亦可自謂此生不能成人乎？天下豈有佛外之人，人外之佛乎？吾不知何以自立於天地之間也。”

又《答鄧石陽書》曰：“穿衣吃飯，即是人倫物理。除卻穿衣吃飯，無倫物矣。世間種種，皆衣與飯類耳。故舉衣與飯，而世間種種，自然在其中。非衣飯之外，更有所謂種種絶與百姓不相同者也。學者衹宜於倫物上識真空，不當於倫物上辨倫物。故曰明於庶物，察於人倫。於倫物上加明察，則可以達本而識真源。否則衹在倫物上計較忖度，終無自得之日矣。支離易簡之辨，正在於此。明察得真空，則爲由仁義行；不明察，則爲行仁義，入於支離而不自覺矣，可不慎乎！昨者復書，真空十六字已説得無滲漏矣，今復爲注解以請正何如？所謂空不用空者，謂是太虚空之性，本非人之所能空也。若人能空之，則不得謂之太虚空矣，有何奇妙，而欲學者專以見性爲極則也邪？所謂終不能空者，謂若容得一毫人力，便是塞了一分真空。塞了一分真空，便是深了一點塵垢。此一點塵垢，便是千劫繫驢之橛，永不能出離矣，可不畏乎！世間蕩平大路，千人共由，萬人共履。我在此，兄亦在此，合邑上下俱在此。若自生分别，則反不知百姓日用也。”

又《四勿説略》曰：“由中而出者謂之禮，從外而入者謂之非禮。從天降者謂之禮，從人得者謂之非禮。由不學不慮不思不勉不識不知而至者謂之禮，由耳目聞見心思測度前言往行仿佛比擬而至者謂之非禮。語言道斷，心行路絶，無蹊徑可尋，無塗轍可由，無藩衛可守，無界量可限，無扃鑰可啓，則於四勿也，當不言而喻矣。”

又《説童心》曰：“龍洞山農敘《西廂》末語云：‘知者勿謂我尚有童心可也。’夫童心者，真心也。若以童心爲不可，是以真心爲不可也。夫童心者，絶假純真最初一念之本心也。若失卻童心，便失卻真心。失卻真心，便失卻真人。人而非真，全不復有初矣。童子者，人之初也。童心者，心之初者。夫心之初，曷可失也！然童心胡然而走失也？蓋方其始也，有聞見從耳目而入，而以爲主於其内，而童心失。其長也，有道理從聞見而入，而以爲主於其内，而童心失。其久也，道理聞見，日以益多；則所知所覺，日以益廣。於是焉又知美名之可好也，而務欲以揚之，而童心失。知不美之名是可醜也，而務欲以掩之，而童心失。夫道理聞見，蓋自多讀書識義理來也。古之聖人，曷嘗不讀書哉？然縱不讀書，童心固自在也。縱多讀書，亦以護此童心，而使之勿失焉耳。非若學者反以多讀書識義理而反障之也。夫學者既以多讀書識義理障其童心矣，聖人又何用多著書立言以障學人爲耶？童心既障，於是發而爲言語，則言語不由衷；見而爲政事，則政事無根柢；著而爲文辭，則文辭不能達。非内含以章美也，非篤實生光輝也，欲求一句有德之言，卒不可得。所以者何？以童心既障，而以從外入者聞見道理爲之心也。夫既以聞見道理爲心矣，則所言者皆聞見道理之言，非童心自出之言也。言雖工，於我何與？豈非以假人言假言，而事假事乎，文假文乎？蓋其人既假，則無所不假矣。由是而以假言與假人言，則假人喜；以假事業與假人道，則假人喜；以假文與假人談，則假人喜。無所不假，則無所不喜。滿場是假，矮場何辨也。然則雖有天下之至文，其湮滅於假人而不盡見於後世者，又豈少哉！何也？天下之至文，未有不出於童心焉者也。苟童心常存，則道理不行，聞見不立，無時不文，無人不文，無一樣創制體格文字而非文者。詩何必古《選》，文何必先秦，降而爲六朝，變而爲近體，又變而爲傳奇，變而爲院本，爲雜劇，爲《西廂》曲，爲《水滸傳》，皆古今至文，不可得而時勢先後論也。故吾因《西廂》而有感於童心者之自文也。”

大洲歸里時，徐魯源與吴悟齋同送大洲。悟齋極口講道學。大洲曰：“公真好色！”徐魯源遂言：“人愛世上聲色貨利，卻不愛道，曾不知有大捨，有大取。”大洲持杯大言曰：“我進公一着，我這裏無取無捨。”

鄧豁渠昔爲秀才，教學寺中。大洲亦欲講學寺中，以鄧故講於廂房。後鄧竊聽大洲法語，大喜，便執弟子禮，大洲亦知其根性猛利，可以共學。極愛之。後有來學者，悉令從鄧學。及後鄧有四方之志，大洲留之不得，遍游天下。十餘年後，其族人鄧石陽爲衛輝節推，傳聞豁渠在所屬邑中，大驚曰：“以爲死於四方矣，乃在是耶！”便尋至府衙中，而大洲先生適入都過衛，鄧亦往迎。大洲見鄧如隔生，遂下輿同步至官署。鄧聞其父母皆喪，又聞兩弟以尋渠死楚中，大痛仆地。大洲問：“公如此哭，是真情耶？”曰：“吾父母兄弟俱死，何爲不真？”曰：“公如不能忘情，豈無丘墓耶？”鄧曰：“歸亦好，但我家計飄零，將食土石乎？”大洲曰：“此易耳。”遂作一書付之曰：“持此向我家歲取若干石爲養。”鄧亦受之，定爲歸計矣。遂别大洲，暫住石陽衙中。會鄧終日出游，石陽以官舍出入不便止之。鄧大怒，出大洲紙付石陽，忿然去。自是絶無消息矣。後大洲歸，道出保定，而鄧亦在焉，遣信聞於大洲。大洲怒，不與相見。鄧卒客死保定人家。渠初病時，大洲私以十金託一鄉人携之歸。其人竟匿金。所著書，石陽訪得之，今亦不存。存《東詢録》，百分之一耳。

《西方合論》，弟中郎箴諸狂禪而作也，余爲之引曰：香光子避囂山刹，禪人過舍，見案上有石頭居士所撰《淨土合論》。閱未終篇，抗聲言曰：“念佛一門，原用接引中下根。至於吾輩，洞了本源，此心即是佛，更於何處覓佛？此心即是土，更於何處見土？實際理中，覓生佛去來生死三世之相，無一毛頭可得。纔説成佛，已是剩語，何得更有分淨分穢，捨此生彼之事？若於己處悟得是自在閑人，即淫怒癡皆是阿彌平等道場，如如不動。何乃捨卻己佛，拜彼金銅！”香光子聞而太息曰：“若汝所言，止圖口角圓滑，不知一舉足將墜於火坑也。生死無常，轉盼即至，如何熟記宗門見成相似之語，以爲究竟。都云我已成佛，不必念佛。若約理而言，世間一𥸷一𠰌，皆具有如來清淨覺體，無二無别。乃至諸佛成等正覺，證大涅槃，本體未嘗增得一分；衆生墮三塗，趨生死海，本體未嘗減卻一分。如如之體，常自不動；生死涅槃，等是妄見。亦無如來，亦無衆生，於此證入，亦無能證之人，亦無所證之法。泯絶心量，超越情有，大地無寸土，佛之一字，向何處安着？至於進修法門於無修證中修證，於無等級中等級，千差萬别，雖位至等覺，尚不知如來舉足下足之處。從上祖師所以呵佛斥教，一切皆遮者，止因人心執滯教相，隨語生解，不悟言外之本體，漫執語中之方便。一向説心説性，説空説幻，説頓説漸，説因説果，千經萬論，無不通曉。及問渠本命元辰，便將經論見成語言抵對。除卻見成語言，依舊茫然無措。所謂數他家寶，己無分文。其或有真定修行之人，不見佛性，辛苦行持，如盲無道。於是諸祖知其流弊，遂用毒手，剗其語言，塞其解路，令其苦參密究，逆生滅流。生滅情盡，取捨念空，始識得親生父母，歷劫寶藏，卻來看經看教，一二如道家中事。然後如説進修，以佛知見，淨治餘習。拜空花之如來，修水月之梵行；登陽燄之階級，度谷響之衆生。不敢寂證，是謂佛種。如供奉問岑大蟲：‘果上涅槃，天下善知識證否？’岑曰：‘未證。’奉曰：‘何以未證？’岑曰：‘功未齊於諸聖。’奉曰：‘若爾，何得名爲大善知識？’岑曰：‘明見佛性，亦得名爲善知識也。’弘辨禪師曰：‘頓明自性，與佛同儔，然有無始染習，故假對治，令順性起用，如人吃飯，不一口便飽。’潙山曰：‘初心從緣，頓悟自理，猶有無世曠劫習氣，未能頓淨。須教渠淨除現業，流識即修也，不可别有法，教渠修行趨向。’若論諸祖師爲人之處，壁立萬仞。大火聚中，觸之即爛；刀槍林裏，動着便燒。未曾開口，已隔千里萬里。至機緣之外，平實商量，未嘗盡絶階級，盡遮修行。《傳燈録》中，分明詳悉。大慧、中峰，言教尤爲緊切。血誠勸勉，惟恐空解着人，墮落魔事，何曾言一悟之後，不假修行。頓同兩足之尊，盡滿涅槃之果。後世不識教意，不達祖機，乃取喝佛罵祖，破膽險句，以爲行持。昔之人爲經論所障，猶是雜食米麥，不能運化。後之人飽記禪宗語句，排因撥果，越分過頭，是日取大黄、巴豆以爲茶飯也。自誤誤人，弊豈有極！自達磨西來，立此宗門，已云二百年後，明道者多，行道者少；説理者多，通理者少。今《傳燈録》中，如麻如粟，同云入悟，其實迥别。至如般若緣深，靈根夙植，伽陵破卵，香象絶流。或見根宗於片言，或顯威用於一喝。一聞千悟，得大總持。或有懷出世之心，具丈夫之志，捨彼塵情，究此大事。不怙小解，惟求實知。臥薪嘗膽，飲冰吞蘗。如此三十年、四十年後，或遇明師，痛與針劄。偷心死盡，心華始開。此後又須潛行密修，銷融餘習。法見尚捨，何況非法。若趙州除粥飯是雜用心，湧泉四十年，尚有走作；香林四十年，打成一片。兢兢業業，如護頭目，直至烟銷灰滅，自然一念不生，業不能繫，生死之際，隨意自在。詰其所證，恐亦未能超於上品上生之上。何以明之？龍樹菩薩，宗門之鼻祖也，得大智慧，具大辨才，住持佛法。故世尊數百年前於楞伽會上，遥爲受記，然亦不過曰證初歡喜地，往生安樂國而已。而觀經中上品上生，生於彼間，一刹那頃，亦證初地。今宗門諸大祖師，縱使間離蓋纏，語出窩臼，豈能即過龍樹？龍樹已悟無生無相之義，已具不墮階級之見，而生於安養，與上品上生所證之果正等。則禪門諸人所證，豈能獨過？良以上品上生，解第一義，還同禪門之悟；深信因果，還同禪門之修。止是念佛往生别耳。然吾以爲禪門悟修之士，既不能取無餘涅槃同於如來，又不肯取有餘涅槃同於二乘，必入普賢行願之海。若不捨一身，受一身，濟度衆生；則當從一刹至刹，供養諸佛。既見諸佛，還同往生。究竟與上品上生，止在雁行伯仲之間。何以高視祖師，輕言淨侶？其或悟門已入，休歇太早，智不入微，道難勝習。一念不盡，即是生死之根，業風所牽，復入胞胎。如五祖戒出爲東坡，青草堂再作魯公。隔因之後，隨緣流轉。道有消而無長，業有加而無減。還視中下往生之衆，已天地不足喻其否泰矣。況後世宗風日衰，人之根器亦日以劣，發心既多不真，功夫又不純一。偶於佛祖機鋒，知識語言，或悟得本來成佛處。當下即是處，意識行不到語言説不及處，一切不可得處，將古人語句合會，無不相似。既得此相似之解，即云馳求已歇，我是無事道人，識得煩惱如幻，則恣情以肆煩惱；識得修行本空，輒任意以壞修行。謂檀本空也，反捨檀而取慳；謂忍本空也，反肆嗔而置忍。言戒，則曰本無持犯，何必重持輕犯；言禪，則曰本無定亂，何必捨亂取定。聽情順意，踏有譚空。既云法尚應捨，何爲復取非法；既云真亦不求，胡爲捨之求妄。既云修觀習定，皆屬有爲之跡，何獨貪名求利，偏合無爲之道。愛憎毀譽之火，纔觸之而即高；生老病死之風，微吹之而已動。爭人爭我，説是説非。甚至以火性爲氣魄，以我慢爲承當；以譎詐爲機用，以誑語爲方便；以放恣爲游戲，以穢言爲解黏。贊歎破律無行之人，侮弄繩趨尺步之士。偏顯理路，故窮玄極妙，莫之蹤跡；盡剗行門，故縱意任心，無復規矩。父既報讎，子遂行劫。寫烏成馬，展轉差謬。不念世間情欲無涯，隄之尚溢。如何日以圓滑之語，大破因果之門，決其防藩，道以必流。欲出三塗，無有是處。石頭居士少念志參禪，根性猛利，十年之内，洞有所入。痛念見境生心，觸途成滯，浮解實情，未能相勝。始約其偏空之見，涉入普賢之海。又思行門端的莫如念佛，而權引中下之疑，未之盡破。又後博觀經綸，始知此門全攝一乘，悟與未悟，皆宜修習。於是採金口之所宣揚，菩薩之所闡明，諸大善知識之所發揮，附以己意，千波競起，萬派横流，詰其涯歸，皆同一源。其論以不思議第一義爲宗，以悟爲道，以六度萬行爲助因，以深信因果爲入門。此論甫成，而同參發心者，隨欲流通，以解狂禪之惑。香光識劣根微，久爲空見所醉，後讀此論，宿疑冰釋。所以今日不憚苦口。病夫知醫，浪子憐客，汝宜盡剗舊日知見，虚心誦習，自當有入。生死事大，莫久遲疑。”於是禪人悲淚交集，作禮而去。時萬曆庚子仲春之廿有三日也。

余雖戒殺生，而未能忘味。一月之内，尚有十日食三淨肉。饞習深重，極可厭恨。及讀《楞伽》，至《斷食肉品》，見其字字痛切，遂朝夕誦持，用自警策。夫達磨，宗門第一祖；《楞伽經》，達磨印心之經也，其諄諄戒殺若此，余戒可例。今學者浩浩談宗，乃不重戒，豈不大悖少林之本旨哉！或曰：“如此則悟緩於戒耶？”曰：“何可緩也！種種戒行，總爲悟設。故未悟則藉戒資薰，已悟則藉戒長養。苟不圖悟，持戒奚爲？若懵然持戒，云不須悟，是謂發矢不必中鵠，行舟不必到岸。恐勤苦萬劫，終無脱離生死之日也。”

【箋】

萬曆二十八年庚子（一六〇〇）在北京作。四十一歲。

［湛甘泉］湛若水，字元易，號甘泉，增城人。少從陳獻章游，弘治十八年進士，授編修。嘉靖時歷南京兵部尚書。王守仁在吏部講學，若水與相應和，築西樵講舍，學者稱甘泉先生。年九十五卒，謚文簡。有《格物通》《心性書》《甘泉集》等，《明史》卷二八三有傳。

［趙大洲］趙貞吉，字孟静，號大洲，内江人。嘉靖十四年進士，授編修，爲司業，以知本率性之學教士。忤嚴嵩廷杖謫官。後遷至户部右侍郎，復忤嚴嵩奪職。隆慶起官，歷禮部尚書，文淵閣大學士。尋與高拱不協，乞休歸，年六十九卒。謚文肅。有《文肅集》。《明史》卷一九三有傳。

［波石］徐樾，字子直，號波石，貴溪人。初從王守仁游，復受業於王艮，得其傳。舉嘉靖十一年進士。歷官雲南左布政，死沅江土酋之難。有《波石集》。《明史》卷二八三有傳。

［何心隱］原名梁汝元，字夫山，復改其姓名爲何心隱，永豐人。少補諸生，從學於顔山農，與聞心齋立本之旨。後入京師，與羅近溪、耿天臺游，因忤張居正，逮死獄中。《明儒學案》卷三十二有傳。

［山農］顔鈞，字山農，吉安人。嘗師劉師泉，無所得，乃從徐波石學，得泰州之傳。其學以人心妙萬物而不測，性如明珠，原無塵染，率性所行，純任自然，便謂之道。凡儒先見聞，道理格式，皆足以障道，是其大旨。以他事下南京獄，後以戍出，年已八十餘。《明儒學案》卷三十二有傳。

［程後臺］程學顔，字二蒲，號後臺，孝感人。官至太僕寺丞。《明儒學案》卷三十二有傳。

［錢懷蘇］錢同文，字懷蘇，興化人。知祁門縣，入爲刑部主事，累轉至郡守。與何心隱善。《明儒學案》卷三十二有傳。

［徐魯源］徐用檢，字克賢，號魯源，蘭溪人。嘉靖壬戌進士。除刑部主事，調兵部，禮部，至郎中。出爲山東副使，終太常寺卿，萬曆辛亥卒，年八十四。《明儒學案》卷十四有傳。

［羅近溪］羅汝芳，字惟德，號近溪，南城人。嘉靖三十二年進士。除太湖知縣。官至布政司參政。初從顔山農講學，後山農繫獄，汝芳鬻產救之。年七十四卒。門人私謚明德。有《孝經宗旨》《明通寶義》《廣通寶義》《一貫編》《明道録》《近溪子文集》等。《明史》卷二八三、《明儒學案》卷三十四有傳。

［李龍湖］李贄。

附録一

傳　記

張廷玉

袁宗道傳

袁宏道，字中郎，公安人。與兄宗道、弟中道并有才名。時稱“三袁”。宗道字伯修，萬曆十四年會試第一，授庶吉士，進編修，卒官右庶子。泰昌時，追録光宗講官，贈禮部右侍郎。

《明史》卷二八八《袁宏道傳》附《袁宗道傳》

温體仁

（萬曆二十九年正月）辛酉，閣臣以掌右春坊右庶子袁宗道病卒。

宗道，湖廣公安人。萬曆丙戌進士，改庶吉士，至今官。修潔有文行。時東宫未立，講官不補，僅得三人。宗道力疾日講，不忍言去，竟以憊卒。天啓初年贈少詹事，賜祭蔭如例。

《神宗實録》卷三五五

錢謙益

袁庶子宗道

宗道，字伯修，公安人。萬曆丙戌會元，選庶吉士，授編修，歷官春坊中允，至右庶子。年四十有二。以光廟東宮舊學，贈禮部侍郎。有二弟，曰稽勳宏道、儀部中道，所謂“公安三袁”者也。伯修在詞垣，當王、李詞章盛行之日，獨與同館黃昭素，厭薄俗學，力排假借盜竊之失。於唐好香山，於宋好眉山，名其齋曰“白蘇”，所以自別於時流也。其才或不逮二仲，而公安一派，實自伯修發之。伯修論本朝詩云：“弇州才卻大，第不奈頭領牽掣，不容不入他行市，然自家本色時時露出，畢竟非歷下一流人。晚年全效坡公，然亦終不似也。”余近來拈出弇州晚年定論，恰是如此，伯修可謂具眼矣。

《列朝詩集小傳・丁集中》

袁中道

石浦先生傳

先生名宗道，字伯修，楚之公安人也。其上世世爲武弁，自蘄、黄徙荆，屯田於邑之長安里。至曾祖處士公，負氣，以武勇聞。正德中，天下亂，群盜起湖湘間，公以兵法勒里中子弟自衛，盜賊不敢至。長令壯之，署以賊曹，所擒捕甚夥。後賊盜報讎者數百人突至，公逐之於雙田，盡殲之，水爲之赤。子左溪公，改其先行，斌斌爲退讓君子；性慷慨，周人之急，每得糶直，擇其贗金擲之，秤金於人，昂則喜。嘉靖中，邑大饑，公出母粟二千石，金千兩，以饑盡焚其券，家遂落。明年，予大人七澤公生。有老奴竊歎曰："活寶出矣。"後娶方伯公女，實爲吾母龔孺人，生先生。

初，先生降生之夜，祖母余夢一美人頭自天飛來，若今所畫天人菩薩之飾，寶絡交垂，以襟承之。甫覺，而先生生，實嘉靖庚申二月十六日也。先生生而慧甚，十歲能詩，十二列校。見鄉先達祠，曰："吾終當俎豆其間。"二十舉於鄉。不第歸，益喜讀先秦、兩漢之書。是時，濟南、琅琊之集盛行，先生一閲，悉能熟誦。甫一操觚，即肖其語。弱冠，已有集，自謂此生當以文章名世矣。性耽賞適，文酒之會，夜以繼日。踰年，抱奇病，病幾死。有道人教以數息静坐之法有效，始閉門鼻觀，棄去文字障，遍閲養生家言。是時海内有譚冲舉之事者，先生欣然信之，謂神仙可坐而得也。移家長安里中，栽花薙藥，不問世事。癸未，大人强之赴試，行至黄河而返。還至荆門，舍於逆旅。夜半夢有神人語之曰："公速起！"如是者三，先生醒，復寐。神人又語之曰："公何不起？吾老人爲公特來，何得不見念也？"微以杖敲其足，足隱隱痛，擁被大呼而出。甫出屋崩，牀碎爲塵。人以此識先生非常人。然先生亦翻然若有所悟，曰："吾其以幾死之身，修不死之道也！"歸而妻死，不復娶。大人强之娶，則娶田家女。曰："吾求可與偕隱者耳！"先生習静久，體氣愈充。大人謂之曰："昔淨名依於忠孝，自古之冲舉者，豈盡枯槁耶？"先生曰："諾！"時復拈筆爲制舉義，窮工極變。丙戌，遂舉會試第一，年甫二十七耳。

先生官翰院，求道愈切。時同年汪儀部可受、同館王公圖、蕭公雲舉、吴公應賓，皆有志於養生之學，得三教林君艮背行庭之旨，先生勤而行焉。己丑，焦公竑首制科，瞿公汝稷官京師，先生就之問學，共引以頓悟之旨。而僧深有爲龍潭高足，數以見性之説啓先生。乃遍閲大慧、中峰諸録，得參求之訣。久之，稍有所豁。先生於是研精性命，不復談長生事矣。是年，先生以冊封歸里，仲兄與予皆知向學，先生語以心性之説，亦各有省，互相商證。先生精勤之甚，或終夕不寐。踰年，偶於張子韶與大慧論格物處有所入，急呼仲兄與語。甫擬開口，仲兄即躍然曰："不必言！"相與大笑而罷。至是，始復讀孔孟諸書，乃知至寶原在家内，何必向外尋求。吾試以禪銓儒，使知兩家合一之旨，遂著《海蠡篇》。既報命，旋即乞歸。七八年間，先生屢悟屢疑。癸巳，走黄州龍潭問學，歸而復自研求。

戊戌，再入燕。先生官京師，仲兄亦改官至，予入太學，乃於城西崇國寺蒲桃林結社論學。往來者爲潘尚寶士藻、劉尚寶日升、黄太史輝、陶太史望齡、顧太史天埈、李太史騰芳、吴儀部用先、蘇中舍惟霖諸公。先生見地愈明，大有開發。當是時，海内談妙悟之學者日衆，多不修行。先生深惡圓頓之學爲無忌憚之所託宿，益泯解爲修同。學者矯枉之過，至食素持珠，先生以爲不可，曰："三教聖人，根本雖同。至於名相施設，決不可相濫。"於時，益悟陽明先生不肯徑漏之旨。其學方浸浸乎如川之方至，而先生卒矣。

先生素切歸山之志，以東宫講官不獲補，僅得三人。先生曰："當此危疑之際，而拂衣去，吾不忍也。"是時，東宫未立，中外每有煩言。先生聞之，私泣於室，體經病後，遂不堪勞。自丁酉充東宫講官，雞鳴而入，寒暑不輟。庚子秋，偶有微恙，强起入直，風色甚厲，歸而病始甚。明日，復力疾入講，竟以憊極而卒。

先生爲人修潔，生平不妄取人一錢。居官十五年，不以一字干有司。讀書中秘，貧甚。時鄉人有主銓者，謂所知曰："我知伯修貧，幸主銓，可爲地，千金無害也。"所知以語先生，先生笑而謝之。某邑令以三百金交，期爲汲引。竟不發函，急還其人。時予偶見，問何令。先生秘之，竟不知爲何如人也。生平卻百金者累累，或饋遺至十金，則惶愧不受。卒於官，棺木皆門生斂金成之。檢囊中，僅得數金。及妻孥歸，不能具裝。乃盡賣生平書畫几硯之類，始得歸。歸尚無宅可居，其清如此。

然先生爲人平恕，亦不以此望人，且自多也。興致甚高，慕白樂天、蘇子瞻爲人，所之以"白蘇"名齋。居官，省交游，簡酬應，蕭然栽花種竹、掃地焚香而已。每有月，則邀同學諸公步至射堂看月，率以爲常。耽嗜山水，燕中山刹及城内外精藍無不到。遠至上方、小西天之屬，皆窮其勝。詩清潤和雅，文尤婉妙。然性懶，不多作。著有《白蘇齋集》若干卷。先生得年僅四十一，有兩子一女，皆先後卒，竟無子，以予子祈年爲嗣。蓋壽不如樂天，而無子則似之矣，傷哉！先生與同學友黄公輝交若兄弟，先生死，黄公哭之甚慟。及葬，黄公請告，迂道登壟哭之，爲志其墓。踰年，先生舊社友董公其昌視學政，因諸生之請，祠於學宫，卒如其素志云。

中道曰：先生平粹縝密，而遇事燭照。萬曆丁酉、戊戌間，有東倭關白之警，時議封貢，先生歎曰："石尚書其不免乎？"李卓吾刻《藏書》成，先生曰："禍在是矣。"已而皆然。如此者，不可枚舉，大都量與識皆全者也。天不假以年，未得盡抒其用世之略，惜哉！先生書法遒媚，畫山水人物有遠致。作小詞樂府，依稀辛稼軒、柳七郎風味。舊有傳奇二種，置之笥中，爲鼠子嚙壞。鳳毛龍甲，竟不存於世，可爲永歎。

《珂雪齋集》卷十七

袁鳴珂　周承弼

袁宗道傳

袁宗道，字伯修，號石浦。曾祖暎，以任俠聞。祖大化，彬彬爲退讓君子。性慷慨，周人之急。每得糶，直擇其贋金擲之。秤金於人，昂則喜。嘉靖中邑大饑，公出母粟二千石，金千兩以貸，盡焚其券，家遂落。明年，封公士瑜生，娶龔方伯女，生伯修、中郎、小修三先生。初，先生生之夜，祖母余夢一美人頭自天飛來，若今所畫天人菩薩之飾。寶髻交垂，以襟承之。甫覺，而伯修生，時嘉靖庚申二月十六日也。先生生而慧甚，十歲能詩，十二列鄉校，見鄉先達祠，曰：“吾終當俎豆其間。”二十，舉於鄉，下第歸，益喜讀先秦兩漢之書。是時濟南琅琊之集盛行，先生一閱，悉能熟誦。甫一操觚，即肖其語。然已疑詩文之道，不盡於是矣。弱冠已有集，自謂此生以文章名世也。性耽賞適，文酒之會，夜以繼日。踰年，抱奇病，病幾死。有道人教以數息靜坐之法，有效。閉門鼻觀，棄去文字障，遍閱養生家言。是時海内有譚冲舉之事者，先生欣然信之，謂神仙可坐而得也。移家長安里中，栽花蒔藥，不問世事。癸未，父强之赴試，行至黄河而返。還至荆門，舍於逆旅。夜半夢有神人語之曰：“公何不起？吾老人爲公特來，何得不見念也？”微以杖敲其足，足隱隱痛，擁被大呼而出。甫出屋崩，牀碎爲塵。人以此識先生非常人，然先生亦翻然若有所悟。曰：“吾其以幾死之身，修不死之道也。”歸而妻死，不復娶。父强之娶，則娶田家女。曰：“吾求可與偕隱者耳！”先生習靜久，體氣愈充。父謂之曰：“昔淨名依於忠孝，自古之冲舉者，豈盡枯槁耶？”先生曰：“諾！”時復拈筆爲制舉義，窮工極變。丙戌，遂舉會試第一，年甫二十七。官翰林，求道愈切。時同年汪儀部可受、同館王公圖、蕭公雲舉、吴公用賓，皆有志於養生之學，得三教林君艮背行庭之旨，先生勤而行焉。己丑，焦公竑首制科，瞿公汝稷官京師，先生就之問學，共引以頓悟之旨。而僧深有爲龍潭高足，數以見性之説啓先生。乃遍閱大慧、中峰諸録，得參求之訣。久之，稍有所豁。於是研精性命，不復談長生事矣。是年，以冊書歸里，中郎與小修皆知向學，先生語以心性之説，亦各有省，互相商證。先生精勤甚，或終夕不寐。踰年，偶於張子韶與大慧論格物處有所入，急呼中郎與語。甫擬開口，中郎即躍然曰：“不必言。”相與大笑而罷，至是，始復讀孔孟諸書。乃知至寶原在家内，何必向外尋求。吾試以禪銓儒，使知兩家合一之旨，著《海蠡篇》。既報命，旋即乞歸。七八年間，屢悟屢疑。癸巳，走黄州龍潭問學，歸而復自研求。戊戌，再入燕。先生官京師，中郎亦改官至，小修入太學，乃於城西崇國寺蒲桃林結社論學。往來者爲潘尚寶士藻，劉尚寶日升、黄太史輝、陶太史望齡、顧太史天埈、李太史騰芳、吴儀部用先、蘇中舍惟霖諸公。先生見地愈明，大有開發。當是時，海内談妙悟之學者日衆，多不修行。先生深惡圓頓之學爲無忌憚之所託宿，益泯解爲修同。學者矯枉之過，至食素持珠，先生以爲不可。曰："三教聖人，根本雖同。至於名相設施，決不可相濫。"於是，益悟陽明先生不肯徑漏之旨。其學方浸浸乎如川之方至，而先生卒矣。先生素切歸山之志，以東宫講官不獲補，僅得三人。先生曰："當此危疑之際而拂衣去，吾不忍也。"是時東宫未立，中外每有言，先生聞之，私泣於室。自丁酉充東宫講官，庚子秋以病卒。

先生爲人修潔，生平不妄取人一錢。居官十五年，不以一字干有司。讀書中秘，貧甚。時鄉人有主銓者，謂所知曰："我知伯修貧，幸主銓，可爲地千金無害也。"所知以語先生，先生笑而謝之。某邑令以三百金交，期爲汲引。竟不發，遂急還其人。弟小修偶見，問何令，先生秘之，竟不知爲何如人也。生平卻百金者累累，或饋遺至十金，則惶愧不受。卒於官，棺木皆門生斂金成之。檢囊中，僅得數金。及妻孥歸，不能具裝。乃盡賣生平書畫几硯之類，始得歸。歸尚無宅可居，其清如此。然先生爲人平恕，亦不以此望人且自多也。興致甚高，慕白樂天、蘇子瞻爲人，所之以"白蘇"名齋。居官，省交游，簡酬應，蕭然栽花種竹、掃地焚香而已。每有月，則邀同學諸公步至射堂看月，率以爲常。耽嗜山水，燕中山刹及城内外精藍無不到。遠至小[1]方、小西天之屬，皆窮其勝。詩清潤和雅，文尤婉妙。然性懶，不多作。著有《白蘇齋集》若干卷。

先生與同學友黄公輝交若兄弟。先生死，黄公哭之甚慟。及葬，黄公請告，迂道登壟哭之，爲志其墓。踰年，先生舊社友董公其昌視學政，因諸生之請，祠於學宫，卒如素志云。萬曆丁酉、戊戌間，有東倭關白之警，時議封貢，先生歎曰："石尚書其不免乎？"李卓吾刻《藏書》成，先生曰："禍在是矣。"已而皆驗。如此者，不可枚舉，大都量與識皆全者也。天不假以午，未得盡抒其用世之略，惜哉！

書法遒媚，畫山水人物有遠致。作小詞樂府，依稀辛稼軒、柳七郎風味。舊有傳奇二種，置之笥中，爲鼠子嚙壞。鳳毛龍甲，竟不存於世，可爲永歎。光廟御極，以東宫講讀晉詹事，贈禮部右侍郎。予祭葬，蔭一子。

《公安縣志》卷六

【校】

〔1〕小，當作“上”。

陳　田

袁宗道傳

宗道字伯修，公安人。萬曆丙戌進士，改庶吉士，授編修，歷中允，洗馬，庶子，贈禮部侍郎。有《白蘇齋集》二十二卷。

《列朝詩集》：伯修在詞垣，當王、李詞章盛行之日，獨與同館黄昭素厭薄俗學，力排假借盜竊之失。於唐好香山，於宋好眉山，名其齋曰白蘇，所以自别於時流。其才或不逮二仲，而公安一派，實自伯修發之。

《静志居詩話》：伯修服習香山眉山之結撰，首以白蘇名齋，既道其源；中郎小修繼之，益揚其波，由是公安流派盛行。然白、蘇各有神采，顧乃頽波自放，捨其高潔，專尚鄙俚。鍾、譚從而再變，梟音鴂舌，風雅蕩然。泗鼎將沉，魑魅齊見，言作俑者，孰謂非伯修也耶！

田按：伯修深入禪理，興趣蕭遠，詩特寄耳。其《同人讀唐詩有感》云：數卷陳言逐字新，眼前君是賞音人。家家櫝玉誰知贋，處處描龍總忌真。再捨肉黥居易句，重捐金鑄浪仙身。一從馬糞《巵言》出，難洗詩家入骨塵。意在翻王、李窠臼，中郎、小修從而煽之，遂令天下靡然從風，亦伯修所不及料。

《明詩紀事·庚籤》卷五

附録二

交游詩文

劉楚先

憶白行賦寄贈袁伯修宮允，予發都門時，宮允以白香山潯陽圖賦見贈，故答之

憶昔白傅江洲城，感憶曾作《琵琶行》。高蹤一去不復返，《琵琶》千載留英名。青山如舊江侵月，我今亦避南箕舌。歸舟八月過潯陽，楓葉荻花仍瑟瑟。對此還令咄歎多，吾輩由來偏坎坷。葑菲自餘風雨念，蒿萊其若邦家何？世路翻車真輾轉，春明門外天涯遠。祖道悠悠鵷鷳情，伯修勞贈《琵琶卷》。中允聲稱人共識，點染本是宮臣職。玅繪輕湘意氣佳，逐夫承之生顏色。自顧糠秕在禁垣，二十八載荷帝恩。沉寘甘索長安米，骯臟不掃相公門，曾參殺人不疑盜，一旦鬼車鑿空造。豈關文字占時名，總緣竽瑟難投好。寡和方驚下里非，《陽春》且向郢中操，戢君惠卷佩刀同，行藏況我唐賢中。平生居易竊有之，到此樂天不知窮。獨愧才情不如古，綴玉聯珠難比數。飄零未就《長恨歌》，婆娑早擬香山伍。計到章臺菊節黄，茱萸滿把黄金囊。不須蠻腰樊素口，漁謳社舞亦成行。檀嘈雜錯流鶯語，杜鵑不和猿彷徨。南山種豆東陵瓜，酒後耳熱

興交加。斑管雖孱歲月迴，後來或與長慶誇。高峰培塿原徑庭，榮遇升沉何必論。眼前身世似君期，千載相如真慕藺。君居筵幄曉傳經，秋暉皎皎芝蘭馨。我寓溢皋江水曲，商飇蕭颯吹浮萍。入境懷賢畫舫移，因披君卷誦其詩。感今思昔仿佛間，學步效顰聊爾爲。至人不逢紅裙耖，《霓裳》《六么》無音徵。茫茫流波祇如此，相看那得淚沾衣。

《青黎館集》卷一

馮　琦

送袁玉磐冊封楚藩并懷乃弟倩修三首

王家臺榭枕重湖，曲席親觴漢大夫。君到楚宫逢設醴，不知曾問穆生無？

黄鵠磯頭黄鶴還，至今蹤跡落人間。舊曾游處難忘卻，城上樓臺江上山。

征帆遥指洞庭波，惆悵離筵奏楚歌。歸見惠連爲寄問，池塘春草還如何？

《北海集》卷五

鄒元標

謝袁玉蟠太史

不孝過不自揣，冒干名賢，乃辱不鄙夷，賜之教言，洞肝決腸，兼賜奠唁，更辱雄文，跪而告之先靈，九原有耀。元標益信此心無内外、無人我、無遠近、無古今，纖毫不隔也。

年來海内於此學有窺者，不孝方期之爲仕路津梁，乃皆垂翅而歸世，遂以爲詬病，豈天忌其開眼而堅其成乎？亦保任之功尚疎耶？夫學猶不離保任，此不得已爲癡人面前解嘲。若真正開眼保任，更何復言，門下亦以不保任爲保任耶？亦未離保任耶？亦保任猶不害爲不保任耶？昔吾邑先正末年單提收攝保聚四字，不孝竊疑其神識用事，今拘儒猶以此爲救命靈符，門下將孰之從？

《願學集》卷二

祭袁玉蟠宫允文

天扶元化，代有名儒。匪無名儒，而多管窺。猗維先生，天挺雄姿。篤生湖湘，能自得師。直窺元始，玩心庖羲。收功一源，陋彼支離。大言小言，琳琅并垂。學成行尊，德望群推。爾我論文，跡阻形隨。剖晰疑義，叠奏塤篪。我母謝世，先生大慈。恤死存生，遺以些詞。方望先生，爲世蓍龜。胡天不憖，吾道之衰。如彼瞽者，倀倀莫之。如彼跛者，誰爲持危？世道交喪，中心悵而。束芻難致，南望神馳。嗚呼！身不必顯，斯文在兹。壽不必永，萬古惟斯。身有去來，神無不之。孰短孰長，我又何悲？哀素遥將，我愧後時。先生聞乎，豈謂我私！

《願學集》卷七

余繼登

袁太史封楚藩

爲銜恩命出明光，驛路迢迢向武昌。禮樂共瞻周太史，聲名曾冠漢賢良。楚筵酒設黄金縷，郢歌吟成白雪章。何事錦雲隨地落，乘流知欲賦瀟湘。

《淡然軒集》卷八

李　贄

書伯修《海蠡篇》

予讀袁石浦《海蠡篇》已奇矣，兹復會石浦於龍湖之上，所見又别，更當奇也。夫學道之人，不患不放手，患放手太早耳。聰鋭者易放，魯鈍者難入。豈誠有聰鋭、魯鈍之人哉？無真志耳，不怕死耳。好學而能入，既入而不放，則其放也，孰能禦之？因爲書其後，候再晤焉。

袁中道《游居杮録》卷一

與袁石浦

《坡仙集》我有批削旁注在内，每開看便自歡喜，是我一件快心卻疾之書。大凡我書，皆是求以快樂自己，非爲人也。

《續焚書》卷一

又

弟今秋一疾幾廢，乃知有身是苦。佛祖上仙所以孜孜學道，雖百般富貴，至於上登轉輪聖王之位，終不足以易其一盼者，以爲此分段之身禍患甚大，雖轉輪聖王不能自解免也，故窮苦極勞以求之。不然，佛乃是世間一個極拙極癡人矣，捨此富貴好日子不會受用，而乃十二年雪山，一麻一麥，坐令鳥鵲巢其頂乎？想必有至富至貴，世間無一物可比尚者，故竭盡此生性命以圖之。在世間顧目前者視之，似極癡拙，佛不癡拙也。

《續焚書》卷一

哭袁大春坊

獨步向中原，同胞三弟昆。奈何棄二仲，旅櫬下荆門？老苦無如我，全歸亦自尊。翻令思倚馬，直欲往攀轅。

《續焚書》卷五

焦　竑

送袁太史冊封楚府便歸省覲

倚門親夢遠，分土主恩寬。豈謂一朝别，先成兩地歡。綬花晴自媚，劍氣晚生寒。莫以鄉關滯，雲霄待握蘭。

《澹園集》卷三十九

書袁太史卷

道也者，不可須臾離也，可離非道也。蓋上下四方各有定位，之東則離西，之上則離下，此可離也。若無之而非我，無之而非道，惡能離諸？故以迷悟作輟言者，皆非也。《詩》云："民之質矣，日用飲食。"夫日用飲食，又豈有作與輟哉？學者日用不知，不爲凝滯所隔，則爲聰明所亂。於是身在高堂廣廈中，日向他人尋覓住處。又如忘己之頭，狂走呼號，別求首領。古先生名爲可憐憫者，莫大於此。

嘗記《惟心訣》有言："全體見前，猶希妙悟，從來俱足，仍待功成。"倘知人人尋常日用，無時不見前，無人不具足，又何必鑽研故紙，强生支節，如蠶作繭，自苦自縛？袁先生空野獨步，如香象之絶儔；高岸先登，歎小狐之未濟。時一過而存予，真大慈之用心也。於其還楚，漫書數言，以志別緒。亭州有卓吾先生在焉，試一往訊之，其有以開予也夫？

《澹園集》卷二十二

王穉登

袁伯修太史白蘇齋

白傅蘇公總解禪，高齋懷古帝城邊。談詩已□□人受，詩偈都令侍女傳。藜火分來看貝葉，玉堂□處湧青蓮。香山赤壁千年事，賴爾風流稱昔賢。

《南有堂集》卷七

湯顯祖

寄袁石浦太史

蹇散之姿，天幸以金玉之游，牽拘黽勉，忽自忘其非神仙侶也。亦恃王子聲在座。交知零露，倏離而去，念之悵然！在都一吏部郎相詒以散局見處，謂可燕南趙北之間，便回馬首，不謂墨絲金骨，銷纏四年。玉堂人頗記平昌令夜半雪中回嘯否？

《湯顯祖集》卷四十五

陶望齡

懷伯修先生近體四章

玉署論交地，黄金講法臺。空中花自雨，句外語如雷。赤水探珠罷，春池拾礫回。端居歲云晚，愁絶北窗梅。

楚越應非異，無何共一鄉。逢迎童僕慣，坐起主賓忘。劇語驚河漢，悲歌托鳳凰。知音吾敢附，未訝接輿狂。

清晨孤磬發，獨自禮迦文。貝葉閑開帙，優曇轉憶君。難忘御街月，無定越山雲。泯然知何寄，津頭坐夕曛。

客行常念返，車馬亦生光。此去懷京國，翻如別故鄉。狂誰憐浪士，病己失醫王。烟水西湖曲，扁舟意莫忘。

《歇庵集》卷一

寄懷袁伯修

楚袁瀟灑似龐公，十載交游伯仲中。尺素懷人勞强飯，一瓶餉遠笑擎空。總無兒女謀身易，示有威儀與俗同。苦憶西郊共攜手，江南今已楝花風。

《歇庵集》卷二

得袁石浦書并枉新什志喜十四韻

失喜驚妻問，江洲遠信傳。入懷珠滿把，開紙舌生蓮。鬧處偷鞶看，幽時靜憶眠。逢人隨口誦，逐句費心箋。獨露當陽劍，勤加最後鞭。句新詩有眼，琴古韻無弦。曩者官聯署，同時客寓燕。效鞶徒竪指，失利在空拳。射虎雄隨廣，飛丸富逐嫣。篙蹄虛剪拂，朽質謝雕鎸。離索竟誰訴，蹉跎衹自憐。法仍慙白白，講已罷玄玄。金鑄司倉佛，丹懷郭泰仙。原因風力厚，鎩翮會飛騫。

《歇庵集》卷二

與袁石浦

謝生歸已迫歲暮，所賫手訊百有二十日而始見，歡喜何可言？通都大邑，賢士所聚，猶有巖谷之歎，況真處巖谷者乎？黄昭素不知何日能還都，渠如黄楊，則僕更是虎刺、山茄樹也。可歎、可愧。舍弟迷謬與僕等，能詩，頗勝其兄，僕向不入此保社。昨與六休同游，爲所牽綴，間或有作，旋亦遺忘。前得京信時，有志喜詩。舍弟亦鍾韻，今録此佳什，秀色可玩。二令弟每詘家兄作本分詩，以僕觀之，自是令弟過份耳，爭怪得阿兄邪！

又

天下有二等自在人，一大睡者，二大醒者。惟夢魘未覺，人謂睡着則已，欲醒未醒，則正在夢境叫號譫囈，純是苦趣。僕魘者也，足下雖振其手搖其足，未肯霍然寤也，欲自在得邪。憶侍雅論，時覺身心時時有益，自遠勝友，轉復茫然。雖苦自鞭策，較往日已加緊切，而愈求愈遠不自知，其入於支離艱僻之内，此古人所以願親近善知識，以爲甚於衣食父母也。長安如奕棋，世路日難矣，歎，歎！

又

秋間連得良訊，兼蒙厚奠，謝謝！僕比日詩學、禪學俱覺長進，恨不得與吾丈面商之耳。從來詩道大明派頭甚正，至我朝何、李諸公，忽爾衰絶。楊用修博學多識，向甚慕之，謂其述作，必能超絶等夷，昨得其全集，其持論正與諸君等。然其七言律與五七言絶句，大有佳者，所恨太似古人，遂減成色。習氣所羈，要自難免。弇州諸體近鄖陽者輒佳，使芟繁撮要，選作三兩卷，自足傳世。若未刻者，其佳可知矣。丈如抄得，乞録示，須煩無養，二生何如？

《歇庵集》卷十一

江盈科

飲袁太史伯修齋中

高齋列坐共飛觴，一縷天風透骨涼。盆石活如螺吐肉，階樹瘦比鶴休糧。徵來舊母甘勝醴，選得歌兒曲繞梁。醉後移樽吸新月，幾回卜地徙胡牀。

《雪濤閣集》卷四

白蘇齋册子引

白蘇齋者，今翰林石浦袁公所爲自顔其齋者也。公舉丙戌進士第一，通籍金閨，爲文學侍從之臣，固主上所儲，需他日舟楫鹽梅之用者也。夫白太傅、蘇長公兩君子，其高文亮節，名理玄言，固皆獨拔一時，垂輝百代，而淵蓄厚抱，不究於用，爲世所惜。乃石浦於兩君子津津然不勝向往，直將精魂與游，若恨吾生之晚而不得與旦暮遇者。此何以解？吾嘗覩夫人之身所爲流注天下，觸景成象，惟是一段元神。元神活潑，則抒爲文章、激爲氣節、泄爲名理、竪爲勳猷，無之非是。要以無意出之，無心造之。譬諸水焉，升爲雲，降爲雨，流爲川，止爲淵，總一活潑之妙，隨觸各足，而水無心。彼白、蘇兩君子，所謂元神活潑者也。千載而下，讀其議論，想見其爲人，大都其衷灑然，其趣怡然。彼直以世爲宇，以身爲寄，而以出處隱見、悲愉歡戚爲陰陽寒暑呼吸之運，故見華非華，見色非色，見訴非訴，見醜非醜，大化與俱，造物以游，無處非適，無往非得，兹石浦所爲寤寐想象冀旦暮遇焉者也。公既已歷金門，上玉堂，稱貴倨矣，然其寄興蕭遠，烟霞丘壑宛然在念，直忘其身之太史，而所居之玉堂也者。視草之暇，退食清燕，焚香趺坐，形神俱融，白耶，蘇耶！羹墻相見，夢寐相接，蓋真曠世一室，恍焉契合於形骸之外。夫人之元神無不活潑有弗然者，或牿之也。牿有二端，塵俗之慮，入焉而牿；義理之見，入焉而牿。二者清濁不同，其能爲牿，則若藏穀之於亡羊，均也。公静觀無始，洞見故吾，湛然虚明，一無所着。何物塵俗？何物義理？都歸無有。猶之眼睛，一片直是空洞、沙礫金屑，兩無所留。故芥粒須彌，無微無鉅，當其在前，無不立見。世有用我如鹽梅者乎、舟楫乎？迫而動、感而應、無象起象，無用致用，唐虞事業，豈待外索哉？然則白、蘇兩君子能爲可用而不必用，石浦不蘄於用而能爲可用，元神所注，何不可了？白乎？蘇乎？袁乎？其一耶？其非一耶？齋之所自爲名，豈欺我哉？

公弟次君與余同官姑蘇，語及其事，吴中諸公相與被之聲歌，侈之圖繪，爛然成帙，予因而序之如此。

《雪濤閣集》卷八

王　衡

題白蘇齋爲袁太史作

古人頌風流，大雅遺典刑。道喪薄俗時，蕩者蒙其名。朗朗白少傅，容與握道平。曠代眉山公，神宇更瑩晶。胸次高雲流，落筆春泉鳴。高雲曠何際，春泉靜無聲。以玆廓落心，治我節崢嶸。春酒社中熟，雜花湖上明。於此最酣適，縱横説無生。燿若奔電驚，止若寒蟬停。學士淡蕩人，尚友心自傾。寤寐對兩公，萬慮真可輕。灑落豪素契，寥寂松醪盟。熙朝寡諍論，拱揖延高清。緬懷何能已，千載同此情。

《王緱山先生集》卷四

湯賓尹

哭袁伯修太史兼柬小修

燕市悲歌歲月徂，幽明此日泣殊途。半生俠骨無人識，萬里歸骸有弟扶。門掩古槐秋墮葉，烟迷孤棹夜啼烏。遺文零落名山老，事業如今屬少孤。

《居東集》卷二

龍　膺

哭袁伯修兄文

萬曆辛丑之春三月，人自長安來，聞宫坊右庶子袁伯修兄之訃。家大人率孝廉兄暨膺爲位而哭。哭已，膺復爲文哀之曰："悲哉，伯修兄之死也！伯修與膺齒相若，同舉於鄉，一締歡於鹿鳴，而心莫逆也。家父兄遂以世世之好締交於伯修，而伯修亦莫逆余父若兄也。莫逆云何？賦才雖殊，氣相求也。音容雖曠，心相邇也。比伯修直承明廣庠而膺亦通成均之籍，則契闊談宴，日益相歡，而意相得也。迨膺被謫，取道歸，晤伯修於石浦之上，清言竟夕。已而投荒萬里，别遠會稀，邈不相聞，徒有勞結。然猶謂伯修有久要之言，擬卜鄰武陵溪上以偕遁也。乃今已矣，悲哉！伯修何遽修文地下也？人以爲伯修可以死乎？伯修秉節清亮，負性慈和，問學淵徹，其在鄉國則荆之璞、楚之珩也；其在朝廷則虞之鳳、岐之麟也；其在方以外，則有法中之龍與象也。以文章爲楷模，以操行爲砥範，以願力爲津梁，經世名世出世，伯修具矣。之人也，不世有之人也，胡可以死也？則又謂伯修以死爲戚乎？伯修胸中納大千於芥子，齊萬劫於刹那，四大雖空而真吾未喪也，何戚也？則又謂伯修以死爲樂乎！

伯修天性純孝，高堂方緑髮未老，而法嗣斬焉無遺，伯修奚死之樂也？悲哉伯修，膺不知涕之何從也。家父兄之慟伯修，亦如膺之爲慟，又不知尊公及二仲無修小修之何如爲慟也。悲哉伯修！生與二仲鼎立一代，伯於鼎爲初鼎之趾，顛矣。宏鼎鉉之業、奉鼎食之歡以瞑，伯修於九京優游樂國者，其在二仲乎？伯修死無可戚也。膺不能策素車如鉅卿，又不能躬薦生芻如孺子。乃歌《薤露》者，六情見乎辭，知伯修之聽之也，悲哉！爲文若詩而哭伯修者，武陵同年龍膺也。書於左。

《重刊綸隱全集》卷十二

黄　　輝

祭石浦袁太史文同社

嗚呼！先生之用，可康萬類，而年不少假；先生之澤，何止五世，而嗣不延。蓋行道有知，猶爲傷悼，矧吾黨乎哉！

嗚呼！先生恒言，舉世一夢耳，噩胡足驚？祥胡足喜？長胡足戀？短胡足惜？松生於腹惡乎榮？柳生於肘惡乎瘁？花實之有無多寡惡乎是校？世人所爲傷悼先生者，不值先生一噓也，乃吾黨所悼，則異於是。自顏子没而聖道晦，賴西來一脉代爲吐氣，今宗門冷落，復歸於我。然近無大儒猶相與陰陽其間，未有東魯西竺融爲一心，酥酪醍醐，混爲一味，如先生所著《海蠡篇》者也。嘉石投穴，金鎞刮翳，使痿盲陋儒舍杖得路，英靈衲子得游洙泗，見者聞者，咸去驚疑而得踴躍，此其功當與河沙劫石俱矣。鐸音甫振，赤幟旋偃，一息古今，萬人何贖！嗚呼？昔人倚柱作書，旁無震霆，世且多之。先生著是書，正徹於危病，蓋識悟超然，迥出情量，即天迴地轉，宜爲不瞬。自非夙秉願力，期績惠命，孰能待先生？先生清矣，而兩弟繼之，智證日進，法味沾洒，當益無窮。吾黨雖不見先生以天耳通頤視，吾黨將無用奮迅三時時加被之乎？

《黄慎軒先生全集選》

明右春坊右庶子兼翰林院侍讀袁公壙志

石浦先生族袁氏，名宗道，字伯修，一字無修，以嘉靖庚申之二月十六日生。年十三，入鄉校，萬曆己卯舉於楚，丙戌，舉禮闈第一，筆試臚傳二甲第一，改翰林院庶吉士。戊子，授翰林院編修，充經筵展書官。庚寅，奉使册封楚藩，便道省覲，時先生祖母余尚在堂。辛卯，注起居，教習内書堂。壬辰，先生弟宏道舉進士，予告偕歸里。甲午還朝，與修國史，管誥敕。乙未，校禮闈。丁酉，充文華殿日講官。戊戌，升左春坊左中允兼翰林院編修，管司經局事。是年，典武試。己亥，升左春坊左諭德，兼翰林院侍讀。庚子，升右春坊右庶子，兼官同。以是年九月入直遇寒，遂病瀉，庚子十一月初四日卒於邸，享年四十一歲。父曰士瑜，國子生，封翰林院編修。先生鄉舉時，封公年纔三十六。母龔氏，河南布政司左布政龔公之女，先生入鄉校之二年而卒。妻曹亦早世，俱贈孺人。繼室廖，封孺人。子二，長曰應泰，次曰應徵。女一，適今禮部侍郎劉之次子，曰啓祚。皆曹出，俱先公卒。弟曰宏道，禮部儀制司主事；曰中道，國子生。异母弟曰安道、曰寧道，俱諸生。嗣子曰萬齡，中道子也。將以是年十月初六日，厝先生於故居之長安里，而余適至，若有待焉。遂略述其官閲世系而爲之志曰：余交伯仲，識伯子最先。性命要領，伯也實啓其籥。自余識伯子來，東華之講，石渠之直，每出入必與伯子俱。暇則射堂之月，西山之水，每游必叠騎而去。伯子所與交皆奇杰士，余因得遍識。所談皆性命至語，一時賢士大夫競爲名理者，伯子倡也。余晚始交公二弟，歡重於骨肉。伯子逝時，值二弟皆歸里，獨余在，經紀其事。及余西歸，道玉泉，復值伯簀期，仲來謂余曰："弟婦初春夢伯如束裝者，謂大人曰，若黄平倩不至，兒不行。大人泣謂黄太史去此不遠，仲可往請。"以今事驗，若合契，所謂沆交也。余未至之前數夕，季子亦夢伯與余偕來。諦視伯，乃一僧也。伯年廿二時，病，因幾死。習静三年，體始復。入官，益究心玄奥。偶閲張子韶格物語，遂洞徹。謂二弟曰，紫陽非聖門嫡也，其於濂洛，亦猶南宗之有荷澤也，遂著《海蠡篇》，以發其旨。生平嗜白、蘇書，兼慕其人，遂顔其齋曰白蘇。胸中浩浩如萬頃波，而臨事修謹，不失分寸。與人雖隸卒亦飲其和，而屏跡權貴，不假人尺素書。工爲文而薄著述，登華途最早而侶空寂，居乎愛閑適不事事，一旦居啓沃之任，雖盡瘁不垠，年纔四十一而負公輔望，群鄉之士相與翕然而祀之校。先生之爲人，不知於郭有道，何如也？伯行業直有傳，又以蔭，謚皆合格。他時當有譜説，姑之其略云。

萬曆壬寅十月朔，春坊庶子掌司經局事社弟黄輝撰。

附録三

佚　文

創建般若庵記

繡林據江滸，山亦聳秀。余去歲訪友黄泥坂，泊舟山下，是夜月色晶明，與兩弟杯酒放歌其下，相與歎曰："風塵勞薪，俗人腸胃，他年息機此地，即可爲道場，何必三山五嶽然後可卓錫耶！"兩弟欣然頷之。

蓋予有向平之癖，而所居無魁父丘，每雪辰月夜，常攜酒尋培塿登焉。夫天地間奇峰怪石，號稱尤跡者，不可數。然伐木鑿山，余不能如謝康侯；濟勝之具，遠遜許生。擇其近者而從之，無如繡林矣。

繡林中有庵，左龍蓋，右天馬，黄湖如練，横亘其前，真可以餐霧怡雲，枕流漱石。近金園落城，紺像備具，實閻浮提一佛土也。其名曰般若云。

《康熙石首縣志》卷之四，上海圖書館藏膠卷 209

試策四篇

書一　故君子名之必可言也，言之必可行也，君子於其言無所苟而已矣

同考試官郎中王批　雄渾古健、善發尼父正名之心。

同考試官編修陸批　藏鋒含穎，而奇峭自見，所謂淵然之光蒼然之色，非耶?

同考試官編修楊批　會文切理，是有關名教，非苟作者。

同考試官侍讀盛批　體莊語麗，氣達思深，時藝不可多得者，宜録以式。

考試官待讀學士周批　沉雄古雅，語義之最佳者。

考試官大學士王批　文有骨力，可取。

君子知名之爲重，所以謹稱名也。蓋名正乃可言而行，所繫甚重也。君子之無苟於稱名也，固其所哉！

夫子示子路若曰："人君立臣民之上，毋謂名自我定，而可苟焉爲也？蓋言以命此名，行以體此言，其得失理亂之機，胥繫焉？故君子者，以名立而僅爲飾僞計，無爲貴名矣；言出而僅爲飾聽計，無爲貴言矣。一稱謂也，使顯然訓之中外，而毫無愧詞，必可言焉；一論議也，使昭然措之經綸，而動有成績，必可行焉。夫名不徒名，期乎可言矣；行不自行，基於可言矣。而謂言可苟乎哉？是以君子慎之。言出於身，不可加於民，弗苟言也；言發於口，不可施於事，弗苟言也。思内庭廣衆，其耳目最難掩，而兢兢乎擬之後言，惟恐名與實違，或上乖乎國紀；思天下後世，其聽覩爲至公，而惕惕乎慮然後發，惟恐實因名紊，或下拂乎人心。夫君子之無所苟於言也，固如此。言一慎而無不正之名，無不當之行，衆務舉矣。甚哉，君子之晰治本也！子奈何其迂之也?

抑是道也，古帝王祖顓、郊嚳、昭文、穆武，類無敢後名者。大道之行也，夫子蓋有志焉，惜乎衛不果用，而後《春秋》作矣。雖然，鈇鉞凛如，所爲正君臣夷夏之名者，功固偉也。

書二　事孰爲大，事親爲大

同考試官郎中王批　命意精深，修詞典雅可愛。

同考試官編修陸批　遣意入微，鑄詞逼古文之上乘者。

同考試官編修楊批　理既切至，詞復精詣，足稱傑作。

同考試官侍讀盛批　發事親爲大意最明悉，而詞復雅健，是善作者。

考試官侍讀學士周批　精深宏暢。

考試官大學士王批　警健不浮。

有繫於事之大者，而用情當先之矣。蓋人之不能無所事也，情也。乃事之大，在事親焉。盍亦知所先乎？且事之名何繇起也？其起於恩之有所維，分之有所屬乎？而世乃泛泛焉不求其所自生，則亦暗於用情之敘矣。是故凡吾之所當事者，多矣。孰爲大，其惟事親乎？

蓋論人生之初，其與父母，原不隔形骸而語立愛之情。其於家庭，尤倍爲聯屬。凡激於恩者，當事而親之。鞠子，自有覆載以來，稱罔極焉。此非常恩，則以恩言事者，孰加於親也？凡屬於分者，當事而子之；承親，自有綱常以來，稱首倫焉。此非常分，則以分言事者，又孰加於親也？朝夕承歡，道若甚邇，實天經地義之所在。雖天下亦有委質爲事者，而要之未出庭闈，則顧復之愛尤真。故有等天合之倫於人合，則昧矣。左右就養，事若甚易，實至德要道之所存。雖天下亦有克恭爲事者，而要之念始孩提，則瞻依之情獨切，故有等尚親之誼於尚齒，則拂矣。信乎人無二本，孝先百行。有親而不能事，見謂失真。事親而猶他人，見謂悖德，皆不明於大之義者也。

然而事親，要矣。所以事親者，尤要焉。古稱舜孝底豫，周孝繼述，蓋皆養志之説也，曾子得之矣。乃其傳《大學》，先身而後家，則誠身又養志之大者。故求曾子之孝，當自三省始。

書三　安汝止，惟幾惟康，其弼直，惟動丕應。徯志以昭受上帝，天其申命用休。帝曰：吁！臣哉！鄰哉！鄰哉！臣哉！禹曰：俞

同考試官郎中王批　明約雅致，得典謨體者，無踰此篇。

同考試官編修陸批　沉渾簡嚴，無一剩語。

同考試官編修楊批　虞廷吁俞之盛，宛然在目，而詞義渾雅得體，宜録以式。

同考試官侍讀盛批　醇正精瑩，《書》義無踰此矣。

考試官侍讀學士周批　純粹古雅。

考試官大學士王批　筆意蒼然。

大臣致儆於君，因有契乎聖君之儆臣者焉。蓋聖世君臣交相儆也，禹方期帝慎位，而臣鄰之昧能，弗俞哉？且盛哉？虞君臣之際也，臣不謂黼扆，有聖主而忘謇諤之規；君不謂端揆，有直臣而忘儆惕之念，其心同也。故禹陳慎位，意曰惟君乃宰化之原，惟弼有正君之責，必也汝止則安乎？幾康則審乎？而其弼也則直乎？

一人之猷念，有安貞而無悔吝，已足以孚上下群臣之規警。有直道而無曲從，益足以聯天人。則民助其信，而徯志之應可，必也；天助其順，而用休之命可，必也。此固繫君德哉，而臣與有力矣。帝也感焉而歎曰："吁！臣哉，其我鄰哉，而弼誠切於倚毗矣；鄰哉，其我臣哉，而直誠深於願望矣。"反復以志感，而求輔之念益殷；詠歎以寄情，而慎位之圖愈切。固密勿之箴銘，而賡采之炯鑒也。禹之聞而俞也，固宜哉！吁，盛矣！雖然，君慎臣直，固在交修乎？乃其主宰，則尤繫人主

之慎位何如爾？故有明聖之君，不患無規拂之臣。否則主德暗而方，且以諫爲諱，容知勵臣之弼直乎哉？此又君天下者所當知。

論一　帝天之命，主於民心

同考試官郎中王批　天民相通之旨，人人能言之，獨此以閎深雋偉之辭，發激昂剴切之意，而末復歸諸敬德必雅抱忠忱、期攄匡翼者，宜録以式多士。

同考試官編修陸批　才氣沉雄，學識淵博者士哉。

同考試官編修楊批　朗麗剴切，達天人之際矣。

同考試官侍讀盛批　邃學淵淳，雄文沛發，必卓爾不群士也，可爲楞人慶。

考試官侍讀學士周批　沉雄典重，發意親切，刊盡浮靡，獨存古雅，擅場作也。

考試官大學士王批　詞古氣厚，而發題意破的，顯見所養。

世之治也，則人主先重民矣。夫所爲重民者，非爲民重也，而爲天之所寄命者重也。天，至尊也；命，至不可測也，而否泰隆替之機，則天乃不能自握其命，而寄之於民。人主弗察，則見以爲天自天，民自民。民之癢屙噓吸，毫無關於蒼蒼顯赫之命，以至權使威寵，益自重而輕民。民輕而自重，則其究也，天之命亦輕，而俯仰一無足畏者。夫惟明主超然遠覽，審於天人相與之際，而徵天心於民心。賤以徵貴，微以徵顯，則不敢一日不重民。重民所以重天也，天下之治則必由此矣。

張子曰："帝天之命，主於民心。"此人主重民之説也。夫人主處曲房重楹之中，高拱紫垣黄屋之上，海内莫敢跂尊焉。一喜則恬愉滿幽遐，一怒則焰毒徹蔀屋，海内莫敢望威焉。蓋天下之稱靈爽顯赫者也，而不有最靈爽顯赫者以臨之乎上，則志益慆淫而靡所顧忌，故天得以禎符昭主勤，又得以怪異震主懈；得以岡陵昌熾之運答明禋，又得以震怒更置之罰黜穢德。一日予我，則欲拱揖辭之而弗克；一日威我，則欲避之幽障險巖重襲石室之中而亦弗克。而中主乃或恣行胸臆，怡燕堂而寢厝火，猝有不測，乃始錯愕躑躅，而歸之適來適往之數，莫可誰何？間有一二畏天之主，則又謂是蒼蒼者，寔祲祥我，而圖度之計百出。其悖至於燔圭幣陳牲騂，封雲禪亭，齋受天書，以幸渺漠不可知之天命；又其悖則矯天以從人，以策免賢良爲答譴，以誅鋤善類爲消沴，以創建營造爲更始，天著郵則曰符命降，天亢陽則曰以乾封，噫！亦大惑矣。抑孰知天渾渾爾，漠漠爾，安懸耳目？安測聲聞？而其神氣精意，則自與下土含生之類，膠附而響隨。是以東風至而酒湛液，蠶珥絲而商弦絶，物氣感之，蔑弗應矣。賤臣叩心，而霜飛燕地；庶女告天，而風襲靈臺。一夫感之，蔑弗應矣。又況環瀛海内外，百千萬億不可指數之元元，其喜怒悲愉，百千萬億不可壅閼之情狀。而天之明威視聽，有不因之轉移類應者乎？故精感於下，徵變於上，民方忻忻於庾盈廪羨，嬉游歌誦，而天輒告以慶雲德星、保世永祚之徵。民方嗷嗷於宵啼露處，重足燔炙，而天輒告以夭札疹癘、背譎乖疵之徵。民之於天也，若執券、若植表、若鼓宫商，叩靡不聞，謁靡不報者。明主知其然，故不畏積氣積形穹然者之天，而畏能降災降祥之天。

夫能真降災降祥之天，則民是已。民者，勢輕於尚枲，權輕於飛羽。吏臨之則輕，法束之則輕，里井而賦之則輕，什五而藉之則輕。夫惟合衆輕而寄之帝天之命，則獨重。何者？天之愛民甚矣。民心所欲就，天亦就之，民心所欲去，天亦去之。此主權所不能制，吏法所不能加，故曰重也。是以人主不重天則已，重天則必先重天所寄命之民心。故九重之夏屋官駕，雕琢陸離，而閭閻有蓬裸不蔽之民，慮非天意，弗敢恣也；九重之田獵驅騁，翽翽星馳，千鍾萬燧，長夜擊鮮，而閭閻有黎黑瘴瘃之民，慮非天意，弗敢恣也；九重之衛袖姨施，奉尊稱觴，萬舞千謳，飄雪回風，而閭閻有煢孑枵腹之民，慮非天意，弗敢恣也。日閔閔皇皇，下狗窮簷而招好去惡，濡沫卵翼，不敢一念一事自先而後民，自貴而賤民，自勇而弱民，自智而愚民，此豈真謂民之重有加於我哉？重大命也。天爲民立君，君爲天重民，然後君心與民心合，民心與天心合。其應至於雨暘若寒燠時，山出異丹，水出沉玉，屈軼蓂莆産於朝，青麟赤鳳止於郊。蕭雲掩闕，丹露騰軒，日月揚光，五氣運照，荷天之休若是，其顯隆懿爍也。而所繇致，蓋有秋毫不自重民出者哉！

昔者皋陶矢謨，至天聰明，明畏皆自我民出，而以敬飭有土。召公祈天休命，而其大旨，乃在敬德諴民。夫二臣者，豈其不諳造化，不徹三極，而姑爲是迂闊無當之論？又豈其暗於卜祝修禳、延祚迎齡之術，而若是斤斤致敬於下土賤微之小民者，此可惕然思矣。

後世詰後，察相欲爲國家計長遠，捨敬，復操何道乎？而敬德有要，吾以謂一無欲，足以盡之。藉令某處深宫燕閑，接近習暬，御一澹然，主以無欲之心，則君志將益清明，君身將益强固。一猷念發，即注存小民；一解澤流，即朝濡而暮曁於小民，於天之心固忻然有當矣。即卜年卜曆，踰萬斯年，與天長久無窮極，可也。

《明代登科録彙編》第二十冊之《萬曆丙戌會試録》